HÖLLGROTTEN

Monika Mansour, geboren 1973 in der Schweiz, liebte schon als Kind spannende Geschichten. Nach einer Augenoptikerlehre ging sie auf Reisen und verbrachte mehrere Monate in Australien, Neuseeland und den USA. Danach arbeitete sie am Flughafen, führte eine Whiskybar, war Tätowiererin und erledigte die Buchhaltung für einen Handelsbetrieb. 2014 erschien ihr erster Krimi, und damit erfüllte sich ihr Traum vom Leben als Schriftstellerin. Heute wohnt sie mit ihrem Mann und ihrem Sohn im Luzerner Hinterland.

MONIKA MANSOUR

HÖLLGROTTEN

Kriminalroman

emons:

Bibliografische Information der Deutschen Nationalbibliothek
Die Deutsche Nationalbibliothek verzeichnet diese Publikation in der Deutschen Nationalbibliografie; detaillierte bibliografische Daten sind im Internet über http://dnb.d-nb.de abrufbar.

FSC
www.fsc.org
MIX
Papier aus verantwortungsvollen Quellen
FSC® C083411

Umschlagmotiv: Steffz/photocase.de
Umschlaggestaltung: Nina Schäfer, nach einem Konzept von Leonardo Magrelli und Nina Schäfer
Umsetzung: Tobias Doetsch
Gestaltung Innenteil: César Satz & Grafik GmbH, Köln
Lektorat: Irène Kost, Biel/Bienne (CH)
Druck und Bindung: CPI – Clausen & Bosse, Leck
Printed in Germany 2018
ISBN 978-3-7408-0308-7
Originalausgabe

Für Jenny

Der Schmetterling,
der zwischen die Dornen fliegt,
wird seine Flügel zerreissen.
Afrikanisches Sprichwort

Die Wahrheit ist ein geschliffener Diamant,
sie hat viele Facetten.
Unbekannt

Ich wollte immer die Welt retten,
diesen wunderschönen Ort.
Doch je näher man kommt,
desto deutlicher erkennt man die grosse Finsternis.
Diana Prince, Wonder Woman

Für meine Imani

Ich wurde in die Hölle hineingeboren. Auf verbrannter Erde traf ich einen weissen Engel. Er gab mir ein Geschenk. Maman nannte dieses Geschenk teuflische Sünde, und sie wollte dich aus mir herausprügeln, denn mit dir unter meinem Herzen würde der alte Monsieur Kalemba mich bestimmt nicht mehr zu seiner Frau nehmen. Ihn wollte ich nie, ich wollte dich.

Ich kenne Gottes Plan nicht, den er sich für uns ausgedacht hat, deshalb schreibe ich dir diese Zeilen. Dies ist meine Geschichte – und deine Vergangenheit. Du sollst die Wahrheit erfahren über den Muzungu, das Schmetterlingskind und mich.

Bukavu – November

Ich beginne meine Geschichte an jenem Tag, als ich das Hotel verliess. Es war später Nachmittag. Hinter mir lag der Kivusee, vor mir die lauten Strassen Bukavus, der Hauptstadt der Provinz Süd-Kivu im Osten der Demokratischen Republik Kongo. Stinkende Motorräder schlängelten sich wagemutig zwischen hupenden Autos vorwärts, Soldaten patrouillierten entlang der Strassen, Verkäufer riefen ihre Waren aus, und ein herrenloser Esel stand unbeeindruckt mitten im Chaos.

Ich wich schlammigen Schlaglöchern aus, als ich zur Busstation marschierte. Die dunklen Wolken hingen tief. Der Bus kam mit Verspätung und war bereits überfüllt. Ich zwängte mich hinein. Die Fahrt aufs Land dauerte über eine Stunde. Eine Stunde, in der mich der Mut verliess. Maman hat immer gepredigt, wir sollen uns nicht billig verkaufen, sie habe ihre Töchter zu anständigen, hart arbeitenden Mädchen erzogen. Ich war die Älteste, ihr ganzer Stolz, die Tochter eines ehrbaren Mannes, der bei Kämpfen gegen die Milizen im Ersten Kongokrieg, noch vor meiner Geburt, ermordet wurde. Meine beiden jüngeren

Schwestern, die Zwillinge, wurden 2004 gezeugt, während des Massakers in Bukavu. Sie waren, wie so viele andere Kinder, die Folgen der Gräueltaten an den wehrlosen Frauen des Kongos …

Auf der Fahrt überflog mein Blick die grünen Felder und dunklen Hänge, die mit Regenwald bedeckten Hügel. Dies ist unsere Heimat. Ein wunderschönes Land, geplündert, ausgeraubt und die Natur ebenso vergewaltigt wie die Menschen, denen es gehört. Der Bus fuhr durch Dörfer, die Hütten wurden schiefer, kleiner und schäbiger.

Als ich ausstieg, hatte es aufgehört zu regnen. Zu Fuss ging ich auf dem matschigen Pfad zu unserem runden Schilfhäuschen. Onkel André sass draussen. Maman servierte ihm Tee. Sie beschimpfte mich, weil ich zu spät kam. Meine Schwestern seien bald zurück aus der Schule und hungrig. Ich setzte mich an die Feuerstelle und kochte Fufu.

Nach dem Essen marschierten meine Schwestern los, um Wasser zu holen, und Onkel André ging zu den anderen Männern ins Kaffeehaus am Dorfrand. Ich wusch das Geschirr ab, Maman flickte unsere Kleider. Meine Angst war gross, doch ich musste mit ihr sprechen, also kniete ich mich vor sie auf den Boden. «Maman», begann ich und erzählte ihr von dir und dem Muzungu.

Sie sagte kein Wort, legte ihr Flickzeug nieder, stand auf, ging zur Feuerstelle und griff nach dem rostigen Küchenmesser. Ich müsse verschwinden oder sie bringe mich um, weinte sie los. Für ein Freudenmädchen sei kein Platz unter ihrem Dach. Sie bekreuzigte sich immer und immer wieder. Ich hätte die Familie entehrt und den guten Namen meines verstorbenen Vaters beschmutzt – Gott habe ihn selig, wimmerte sie, bevor ihre Wut ausbrach wie ein Vulkan, in dem es brodelte, und sie mit dem Messer auf mich zustürmte.

Heulend rannte ich ins Freie und floh vor meiner eigenen Familie, denn Onkel André würde mich mit Sicherheit umbringen, wenn er zurückkam. Er tat immer, was Maman sagte. Ich rannte aus dem Dorf hinaus in die Wildnis. Ich hatte nichts bei mir ausser den Kleidern an meinem Körper – und dich unter meinem Herzen.

Als ich mich nach einigen Kilometern endlich sicher genug fühlte, setzte ich mich auf die knorrigen Wurzeln einer Würgefeige. Der mächtige Himmel begann zu weinen. Ein bunter Schmetterling suchte Schutz und setzte sich auf meine schwarze Schulter. Ich war eine Verstossene, aber ich war nicht alleine – und ich war bereit, um dich zu kämpfen, egal, wie hoch der Preis sein würde – oder wie tief der Fall.

EINS

Ein aussergewöhnlicher Todesfall also, dachte Sara und blickte hoch zum Bogenviadukt. Es war ein tiefer Fall von der mittleren der drei Brücken ins Lorzentobel. An die sechzig Meter, schätzte sie.

Sara war lange nicht mehr hier unten gewesen. Ein idyllisches Plätzchen, würde nicht die Leiche auf dem Kiesweg liegen. Sie übernahm an diesem Dienstagmorgen als stellvertretende Pikettoffizierin die Leitung am Tatort. Es waren fast alle hier. Zwei Einheiten vom Bereitschaftsdienst, die Kollegen von der Dienststelle Baar-Berg, Staatsanwalt Eckart Lind, der Kriminaltechnische Dienst, Rettungssanitäter und Dr. Keller, der Amtsarzt auf Pikett.

Sara grüsste ihr Team mit einem kurzen Nicken. Sie war erst seit gut zwei Monaten, seit April, die Chefin der Zuger Kriminalpolizei. Mehrere ihrer Kolleginnen und Kollegen waren über ihre Beförderung nicht begeistert gewesen.

Sie schob ihre Sonnenbrille auf den dunklen Haarschopf und trat neben Dr. Keller, der bei der Leiche kniete. Die Tote war eine junge Frau, eine Schwarze. Ihre schwarzen Haare waren zu kordelartigen Rastalocken eingedreht. Sie trug ein langes, schlichtes Baumwollkleid in Schwarz. Ihre Füsse steckten in Laufschuhen. Sie lag auf dem Rücken, ihr Rumpf war unnatürlich zur Seite gebogen. Wirbel mussten gebrochen sein. Der Oberschenkel des rechten Beines war geknickt, das Knie verdreht, ihr Kopf lag auf der Seite, und eine feine Blutspur rann ihr über die Lippen. Ihre Augen waren aufgerissen und starrten hoch zum Bogenviadukt. In dem leeren Blick spiegelte sich Entsetzen, als ob von oben ein Monster auf sie herunterstarrte.

«Dr. Keller, was haben Sie für mich?»

«Ebenfalls einen guten Morgen», sagte Dr. Keller wenig freundlich und ohne aufzublicken. «Sieht nach Suizid aus. Es sind jedenfalls keine äusseren Einflüsse zu erkennen, bis auf das hier, das gefällt mir nicht.» Er zeigte auf die offenen Hände der Leiche.

«Die Fingerkuppen sind abgeschliffen», sagte Sara. «Sie will anonym bleiben. Wie alt ist sie? Anfang zwanzig?»

Dr. Keller nickte. Er war ein grosser, hagerer Mann in den Fünfzigern, mit einer runden Hornbrille zwischen kantigen Wangenknochen und buschigen Augenbrauen.

«Herkunft? Haben Sie eine Idee?», fragte Sara.

«Zentral- oder Südafrika, würde ich schätzen. Das Institut für Rechtsmedizin wird uns weiterhelfen.»

Sara scheuchte eine lästige Fliege von ihrer Wange. «Todeszeitpunkt?»

«Die Leichenstarre ist fast vollkommen eingetreten, nur die Füsse lassen sich leicht bewegen; die Totenflecken kann ich wegdrücken, sie ist demnach nicht sehr lange tot. Sobald der Bestatter hier ist, werden wir sie für die Legalinspektion ins Friedhofsgebäude Waldheim bringen. Im Obduktionsraum kann ich sie mir genau ansehen. Auch Leichen haben ein Recht auf Privatsphäre. Ich will sie nicht hier auf dem Kiesweg am Boden ausziehen und untersuchen. Danach wissen wir mehr. Meiner groben Schätzung nach dürfte sie seit acht bis zehn Stunden tot sein.»

«Gegen Mitternacht letzte Nacht also.» Sara betrachtete das Gesicht der jungen Frau genauer. Sie war schön, auf ihre eigene Art. Ihre Haut war makellos und dunkel wie Zartbitterschokolade. Die Lippen waren voll, die Nase breit. «Erzähl mir deine Geschichte, schöne Unbekannte», sagte Sara und ignorierte den irritierten Blick von Dr. Keller. «Man springt doch um Mitternacht nicht einfach von der Lorzentobelbrücke?» Sara stand auf und ging zu Staatsanwalt Eckart Lind, der sich mit einem Kollegen von der Dienststelle Baar-Berg unterhielt. «Habt ihr was für mich?» Sie setzte sich die Sonnenbrille wieder auf.

Lind übernahm das Wort, massierte sich dabei seinen grau melierten Bart. «Scheint sich um einen Suizid zu handeln», sagte er. «Wir haben fast nichts. Der Kriminaltechnische Dienst sucht die Gegend nach Hinweisen ab.»

Sara sah das nicht so eindeutig. Die abgeschliffenen Fingerkuppen machten sie stutzig. «Auch wenn sie gesprungen ist, heisst das nicht, dass sie es freiwillig tat. Die Gitterabsperrung oben auf der Brücke ist hoch, die sollte Selbstmordgefährdete eigentlich davon abhalten, zu springen. War der KTD schon oben?» Sara winkte einem der Kollegen in den weissen Schutzanzügen zu und zeigte hoch zur Brücke. Er nickte.

«Sie hat keinen Ausweis bei sich», sagte Lind, «kein Handy – nichts.»

Sara starrte ihn an. Lind war ein alternder Hippie, der sich nicht um die Normen der Gesellschaft scherte. Er war ein brillanter Anwalt, menschlich jedoch nicht ihr Typ. Mit seiner ausgefallenen Art war er das pure Gegenteil von ihr. Er war der beliebteste Mann im Team von Polizei und Staatsanwaltschaft. Sara kannte keinen anderen Anwalt, der mit fast sechzig lange Haare, bunte Kleidung und geknüpfte Armbänder trug. Sein Dauergrinsen ging ihr auf den Keks. Manchmal fragte sie sich, ob er als Kind in einen Kessel Haschsuppe gefallen war so wie Obelix in den Zaubertrank. «Wer hat sie gefunden?», fragte Sara, um ihre Gedanken wieder auf den aussergewöhnlichen Todesfall zu richten.

«Ein älterer Herr», sagte der Kollege. «Ein Hans Peter Glanzmann. Wir haben seine Personalien aufgenommen. Er kam hier heute Morgen gegen halb neun mit seinem Hund vorbei.»

«Der kann uns kaum weiterhelfen.» Sara strich sich ihre schwarzen, kinnlangen Haare hinters Ohr. Es war schwül. Sie hätte nicht die weisse Bluse anziehen dürfen – oder mehr Deodorant benutzen sollen. «Gut, dann …»

«Frau Jung, ich hab da was», rief Dr. Keller herüber.

Das klang gut. Sara marschierte zu ihm hin. Lind folgte ihr.

«Einen Hinweis auf ein Tötungsdelikt?», fragte sie.

«Sehen Sie selbst. Ich habe der Leiche die Sportschuhe ausgezogen, da, am Fuss …»

Widerwillig kniete sich Sara auf den Kiesweg. Sie mochte Füsse nicht und rümpfte die Nase. «Unser Opfer hatte mindestens Grösse 41.» Sie schob ihre Sonnenbrille ins Haar.

«Das ist nicht relevant», sagte Dr. Keller genervt. «Sehen Sie da? An der Innenseite des grossen linken Zehs?»

«Was ist das?»

«Ich habe es erst übersehen wegen ihrer dunklen Haut … Da steht eindeutig etwas geschrieben.»

«Tätowiert?»

«Nein, ich tippe auf Kugelschreiber. Die Buchstaben sind leicht verwischt und zudem unsauber geschrieben. Ich kann es nicht lesen.»

Sara richtete sich auf und rief einen Kollegen vom KTD zu sich. «Gib mir mal deine Taschenlampe.» Sie zog ein paar Latexhandschuhe aus ihrer Hosentasche. Es war nicht einfach, die steifen Zehen auseinanderzuziehen. «Wartet mal, da steht … Kip… Kipeko… nein, Kipekapeka. Kipekapeka!»

«Was bedeutet Kipekapeka?», fragte Lind.

Schweigen.

Sara griff nach ihrem Handy und tippte das Wort in die Suchmaschine ihres Browsers. «Hm, da erscheint nur Peka Peka. Das ist ein Ort auf Neuseeland. Sagt euch das was? Nein? Gut, ich werde unsere Analytiker darauf ansetzen.»

«Denkst du, die Tote hat das geschrieben?»

«Eine junge Frau springt in den Tod. Sie verschleiert ihre Identität und hinterlässt uns eine versteckte Botschaft. Weshalb?»

«Könnte sie vor Menschenhändlern geflohen sein?», fragte Lind.

«Möglich», antwortete Sara. «Oder sie ist eine abgewiesene Asylsuchende oder … Keine Ahnung. Wir haben einfach nicht genügend Informationen.»

«Kein eindeutiger Suizid also?»

«Ich weiss nicht.» Sara legte der Toten die Hand auf den Kopf. «Ich werde dein Geheimnis lüften, das ist ein Versprechen.»

***

«Ein schöner Morgen, nach dieser schrecklich kühlen Nacht.» Alexandra betrat den gläsernen Käfig, bunte Tücher auf dem Arm. «Du hast erneut hier geschlafen?»

Natalie setzte sich in ihrem Bett auf. Ihr ganzer Körper schmerzte, Blut klebte am Bettlaken. «Mist, der Arm ist wieder aufgerissen.»

Alexandra setzte sich neben sie. «Schlimm?»

«Nichts, was ich in meinen dreiundzwanzig Lebensjahren nicht schon erlebt habe. Was soll's? Blöd rumjammern bringt nichts. Wo sind die anderen?»

«In der Küche.»

Ein Schmetterling flog vorbei und liess sich auf dem Kopfkissen nieder. «Es werden jeden Tag mehr», sagte Natalie und streckte ihren Arm aus. Der Schmetterling schien sich an der verkrüppelten Hand nicht zu stören. «Sie sind wunderschön, nicht?» Ein zweiter Schmetterling setzte sich auf Natalies Schulter. «Sie sind voll zart und doch so mutig.»

«Du bist eine Schmetterlingsflüsterin, sag ich ja.» Alexandra legte die bunten Tücher aufs Bett. «Khangas in den Farben des Monarchfalters, zufrieden?»

«Ja. Danke für die Klamotten. Wann kommen sie?»

«Zehn Uhr.»

«Bis dann sollte ich mich herausgeputzt haben, was? Wir wollen die Herren ja nicht erschrecken. Wie schlimm ist die Wange?»

«Die Wunde ist fast komplett verheilt.»

Alexandra war wie eine grosse Schwester für Natalie. Sie war geduldig, mitfühlend, aber nicht zu sehr bemutternd. Natalie bewunderte sie für ihre strahlende Haut und die langen blonden Haare, die im Morgenlicht glänzten. Natalie wandte den Blick von ihr ab. Sie hasste sich dafür, dass sie Alexandra manchmal heimlich beneidete, denn Alexandra war nicht zu beneiden …

«Musa kommt gleich und holt dich ab. Ich muss zurück in die Küche.»

Wieder alleine, blickte Natalie hoch zur Kuppel des Glasdaches. Hunderte Schmetterlinge hingen dort an den Ästen der tropischen Pflanzen. Ihr Papiliorama war mit einem Durchmesser von fünf Metern nicht gross. Natalie liebte es. Es fühlte sich fast so an, als lebe sie in einem Dschungel, die üppige Vegetation und die exotischen Blumen, die hier gediehen, waren traumhaft. In der Mitte des Papilioramas stand ein kleiner, runder Glastisch mit zwei antiken weissen Schmiedeisenstühlen. An der einen Seite, eingebettet zwischen Bananenpflanzen, stand ihr zu einem Bett umfunktioniertes Schlafsofa.

Natalie atmete die warme, feuchte Luft ein. Hier drinnen konnte sie mit ihren Freunden leben, den Schmetterlingen, den Heuschrecken und den Käfern. Ein Taggecko haftete an der Innenseite einer Glaswand. Das Papiliorama war ihr kleines Paradies, und mit ein wenig Phantasie wandelte sich die Aussicht auf den Zugersee in ein Meerespanorama. Einzig die Wärme tagsüber im Sommer war das Problem, doch für das Gefühl der Freiheit nahm Natalie sie in Kauf. In der Nacht war es erträglich.

Ein Tagpfauenauge setzte sich auf ihre Hand. Behutsam berührte Natalie die Flügel des Falters. Dieser öffnete seine ganze Pracht. «Es heisst, dass der Flügelschlag eines Schmetterlings eine Kettenreaktion auslösen kann, die man am anderen Ende der Welt zu spüren bekommt. Es ist schon passiert, nicht? Wir müssen sie finden, kleiner Freund.»

Das Tagpfauenauge auf Natalies vernarbter Hand flog aufgeschreckt davon, als Musa die Tür ihres gläsernen Käfigs öffnete und eintrat. Er trug Shorts und ein weisses T-Shirt auf seiner schwarzen Haut. «Es wird Zeit», sagte er.

«Wirst du es nie leid, mich zu quälen?», fragte Natalie und fügte sich einmal mehr ihrem Schicksal. Sie folgte Musa ins Haus.

Zwei Stunden später sass Natalie noch immer halb nackt im Beautysalon im oberen Stockwerk der Villa. Der Beutel für die Magensonde hing neben ihr. Frühstück aus der Konserve war ihr auch heute lieber als Halsschmerzen. Musa tupfte ihre Wunde am Bein mit einer Desinfektionslösung ab. Natalie kannte die Prozedur und ertrug sie schweigend. Anders war die Wunde auf ihrem Arm. Ein glatter Schnitt von der zerbrochenen Fensterscheibe.

«Du grinst ununterbrochen, seit du mich in die Folterkammer gelockt hast», bemerkte Natalie. «Liegt das an den total krassen Typen unten im Entrée?»

«Sind echte Prachtexemplare dabei.»

Natalie zuckte zusammen, als Musa ihr Bein einbandagierte. Sie schaute auf die Uhr. Es war halb elf. «Wie lange dauert das heute?»

«Ich bin Krankenpfleger und kein Jetpilot. Da sind einige Wunden, um die ich mich kümmern muss. Nächste Woche kommt Dr. Wild vorbei. Dein linkes Bein gefällt mir nicht. Sie soll sich das genauer ansehen.»

«Seit wann gefällt dir irgendetwas an mir?»

Musa stand vom Hocker auf und schaute Natalie tief in die Augen. «Mir gefallen dein Mut, dein gutes Herz, dein Humor und deine Seele. Okay, ich muss zugeben, deine Hülle ist kein Qualitätsprodukt.»

Natalie boxte ihm ganz leicht gegen den Oberarm. «Du wirst echt frech für einen Sklaven.»

«Mylady bekommt ja bald ein neues Spielzeug. Schon einen Favoriten? Du hast bestimmt alle Bewerbungsunterlagen gelesen.»

«Und einen coolen Typen ausgesucht. Er heisst Tom Engels.»

«Dass er cool ist, weisst du, ohne ihn zu kennen?»

«Ich habe alle Bewerbungsmappen studiert und im Netz weitergeforscht. Tom Engels ist mein Mann.»

«Er ist nicht mehr der Jüngste, geht auf die vierzig zu, richtig? Er könnte fast dein Vater sein.»

«Ha! Du hast die Dossiers also auch heimlich gelesen?» Natalie lachte. «Ja, Mann, du hast recht, Tom Engels ist bereits achtunddreissig.»

«Was ist anders an ihm?»

«Er ist Mitglied im Fanclub vom EVZ.»

«Aha, und das qualifiziert ihn?»

«Er war Kickboxer, hat ein paar fette Preise gewonnen, und er hält sich nicht immer an die Regeln, sass einmal in U-Haft, es kam nie zur Anklage.»

«Dann fällt er bei deinem Vater durch.»

«Ich brauche keinen Lackaffen, der Paps gefällt, ich brauche einen Draufgänger, der für das kämpft, woran ich glaube.»

«Einen Söldner also. Na, wenn das mal gut geht.» Musa hängte den Beutel ab und verschloss die kleine Öffnung der Magensonde. «Fertig. Madame kann sich anziehen und die Bodyguards mustern – wenn dein Vater nicht schon einen eingestellt hat.»

Natalie wickelte sich zwei der grossen Khangatücher um, so, wie es ihr eine Bekannte aus Tansania gezeigt hatte. Musa half ihr, ein drittes Tuch um den fast kahlen Kopf zu drapieren. «Nicht einen», sagte sie. «Ich will Tom Engels.»

***

Tom stolperte über den Wäschekorb am Boden. «Mist, verdammter! Hör zu … Karo?» Sie hatte aufgelegt. Tom blickte auf das Display seines Handys und wählte erneut ihre Nummer. Während er darauf wartete, dass sie seinen Anruf entgegennahm – was lange dauern konnte, er kannte ihre Spielchen mittlerweile –, holte er Kleider aus dem Schrank und suchte in der Schublade nach frischen Socken. «Jetzt mach schon.» Er schlüpfte in die Jeans, streifte das dunkelblaue T-Shirt über und blickte zwischendurch auf die Armbanduhr. Er war spät dran. Um zehn hätte er dort sein müssen. Es war bereits halb elf. Sie hatte wieder einmal den perfekten Augenblick ausgesucht, um ihn zu ärgern.

Karo nahm endlich seinen Anruf entgegen und legte gleich los: «Du bekommst sie nicht, nicht bevor du mir mehr Geld überweist.»

«Du willst mir meine eigenen Töchter verkaufen und Profit aus meinem Besuchsrecht schlagen? Ist das ein Rat von deinem schleimigen Anwalt, mit dem du neuerdings ins Bett steigst? Der lässt dich kaum verhungern. Mein Bankkonto ist leer, Karo. Du hast alles genommen. Behalte das verdammte Geld, aber Lucy und Alicia bekommst du nicht für dich alleine. Ich bin ihr Vater, schon vergessen?»

«Sie fürchten sich vor dir.»

«Mach dich nicht lächerlich. Du manipulierst die Mädchen.»

«Das Gericht wird mir glauben. Die wissen von deiner bösen Seite, und die Richter mögen keinen Kickboxer als alleinerziehenden Vater.»

«Sagt wer? Dein neuer Lover? Sag mal, weigerst du dich eigentlich, den Begriff gemeinsames Sorgerecht zu lernen?» Tom ging ins Bad, sparte nicht an Deodorant, machte sich die Finger nass und richtete sein kurzes Haar. «Wir können am Abend weiterdiskutieren. Ich habe ein Bewerbungsgespräch.» Seine Agentur hatte ihn gestern angerufen und ihm den Termin und die Adresse durchgegeben. Offensichtlich war jemand in Gefahr und brauchte dringend Personenschutz, mehr wusste Tom nicht.

«Zahlen sie gut?», fragte Karo. «Lucy braucht einen neuen Tennisschläger.»

«Ich habe ihr letzten Monat erst einen geschenkt.»

«Eben.» Karo legte ohne ein weiteres Wort auf.

Frustriert steckte Tom sein Handy in die Gesässtasche der Jeans. Beim Verlassen der kleinen Ein-Zimmer-Wohnung schnappte er sich den Wäschekorb und trug ihn eine Etage tiefer. Er klopfte kurz an die Wohnungstür und trat ein. «Paps, bist du da?» Blöde Frage. Wo sollte Paps alleine auch hin? Der Fernseher lief auf höchster Lautstärke. Tom ging ins Wohnzimmer und stellte ihn leiser.

«Junge, die zeigen einen Film über Gürteltiere. Mach uns Kaffee, schön stark mit Schuss, und setz dich zu mir.»

«Paps, für Schuss ist es definitiv zu früh am Morgen, und die Schwester von der Spitex hat Kaffee auf die schwarze Liste gesetzt. Da steht Tee auf dem Tisch.»

«Phä, bittere Brühe.» Paps hustete und zog ein altes Stofftaschentuch mit aufgestickten Initialen aus seiner dünnen Strickjacke. Überbleibsel von Mutter.

«Tun die Gürteltiere da, was ich denke, was die tun?», fragte Tom und starrte auf den Bildschirm.

Paps putzte sich die Nase. Seine schütteren grauen Haarsträhnen standen wie elektrisiert in die Höhe.

«Morgen rufe ich den Sender an», sagte Tom gespielt entrüstet. «Pornografie im Morgenprogramm geht gar nicht. Ich habe dir die Wäsche gebracht. Ich werde sie am Abend einordnen. Ich muss los.»

«Bring Bier mit, wenn du zurückkommst. Wir machen einen Männerabend. Rösli ist heute Abend mit ihren Jassfrauen im Beizli in der Linde.»

«Ja, sicher.» Tom klopfte seinem Vater auf den Rücken. Die Schulterblätter standen knochig ab. Toms Blick fiel auf die Fotos an der Wand. Seine Mutter war bald zehn Jahre tot. Der alte Herr fühlte sich einsam.

Tom verliess den Wohnblock, der über einem Lebensmittelladen in Steinhausen stand. Er zwängte sich hinters Steuer seines roten Peugeot 106 und musste den Anlasser mehrmals betätigen, bis der Wagen endlich in die Gänge kam. Hoffentlich lief heute Morgen wenigstens der Verkehr flüssig durch Zug hindurch. Sein Bewerbungsgespräch hatte er in einer Villa in Walchwil, wenn er sich denn dort mit einer Stunde Verspätung noch vorstellen durfte.

ZWEI

Vincent Raschak wartete auf den Rückruf. Das dauerte zu lange. Dabei hätte er sich auf die Sitzung heute Nachmittag vorbereiten sollen. Es gab Probleme in den Minen. Der Verwaltungsrat von GeoFoss war einberufen, da die kongolesische Regierung die Schürfrechte nicht verlängern wollte.

Schürfrechte waren Vincents kleinstes Problem. Er blickte aus der Fensterfront hinunter auf den Zugersee. Schlafmangel zerrte zusätzlich an seinen Nerven, und sein Bluthochdruck machte ihm zu schaffen, dabei war er noch keine vierzig. Er massierte sich seinen kurzen Bart und lockerte die Krawatte. Es war erst Juni, aber schwül, auch in seinem klimatisierten Büro. Oder lag das an ihm? Seine in harter Arbeit aufgebaute Welt bröckelte an allen Seiten. Amanda jammerte ihm den Kopf voll, die Rückzahlungen waren fällig, das Bankkonto leer, und jetzt kam der ganze Ärger mit Emeline dazu.

Sein Telefon klingelte. Leonie, seine Sekretärin, stellte den Anruf durch. Es war nicht wie erwartet Godefroid Kakoko am Apparat. Vincent kannte die dunkle Stimme nicht, die sich auf Französisch vorstellte.

«Bonjour, Monsieur Raschak. Ich bin Lionel. Ich rufe Sie im Auftrag von Monsieur Kakoko an. Wir haben ein grosses Problem. Emeline ist tot.»

Vincent liess beinahe den Hörer aus der Hand fallen. Emeline war tot? Unmöglich. «Wie ist das passiert?»

«Sie ist von einer Brücke gesprungen.»

«Niemals. Sie lügen!» Vincent schrie die Worte beinahe ins Telefon. «Emeline würde sich niemals umbringen.» Er liess sich aufgewühlt in den Bürostuhl fallen.

«Die Polizei transportiert gerade ihre Leiche ab. Fragen Sie nach, wenn Sie mir nicht glauben. Das Dumme ist nur, dass sie die Ware nicht ausgeliefert hat, und das wird ein Problem für Sie. Monsieur Kakoko hat Sie schon mehrmals gewarnt. Er will den Deal endlich abschliessen, seine Geduld neigt sich dem Ende zu.»

«Wer sind Sie überhaupt?», fragte Vincent überfordert.

«Mein Name ist Lionel. Monsieur Kakoko hat mich in die Schweiz geschickt, um die Angelegenheit für ihn zu regeln.»

«Sie wissen, wo das Problem lag. Emeline zu schicken war ein Fehler. Euer Fehler.»

«Monsieur Kakoko war sehr geduldig und hilfsbereit. Wir wussten, dass Emeline schwierig war. Deshalb bin ich hier – zu Ihrer Unterstützung.» Lionel legte eine kurze Pause ein und sagte dann: «Sie sind vor drei Wochen Vater geworden. Ihre süsse kleine Tochter heisst Anna, richtig? Ich hoffe, Ihre Frau ist wohlauf?»

«Lassen Sie meine Familie aus dem Spiel! Meine Frau hat nichts damit zu tun.» Die Stimme dieses Fremden war furchteinflössend. Lionel klang gebildet, sprach aber mit der Kälte eines Schlächters.

«In Afrika ist die Familie Teil des Geschäfts, Vincent. Wir helfen einander und versichern einander Treue und Ehrlichkeit. Kann ich das von Ihnen erwarten?»

Vincent schwieg. Schweiss perlte von seiner Stirn.

«Ich brauche ein Zeichen von Kooperation, Vincent. Geben Sie mir etwas. Wo könnte Emeline die Ware versteckt haben? Hatte sie andere Kontakte in der Schweiz? Bei wem war sie untergekommen?»

Vincent zerrte an seiner Krawatte und zog sie aus. Sein Atem ging heftig. Er zögerte. Er hatte einen Namen, doch wenn er ihn preisgab, konnte das gefährlich für sie werden. «Kipekapeka», sagte er, um seine eigne Haut zu retten.

***

Tom wollte keinen Zorn fühlen, als er auf das Grundstück der Kriegers einbog. Er tat es dennoch. Diese Welt war ungerecht.

Eine jüngere blondhaarige Frau empfing ihn an der Einfahrt. Tom parkierte, stieg aus und bewunderte neidisch die grandiose

Aussicht auf den See und die Stadt Zug. Der weisse Kiesel unter seinen Füssen blendete ihn, aber er setzte seine Sonnenbrille nicht auf. Er wollte nicht arrogant rüberkommen. Die Frau lächelte, was ihn besänftigte. Eine schnippische Hausdame hätte er nicht ertragen.

«Natalie wird sich freuen, dass Sie hier sind, Herr Engels. Besser spät als nie. Wir haben vor einer halben Stunde mit der Vermittlungsagentur telefoniert und nach Ihnen gefragt.»

«Tatsächlich?»

«Ich hatte Sie mir grösser vorgestellt. Und kräftiger.»

Tom trat näher an die Frau heran. Sie schreckte einen Schritt zurück. Er ging irritiert wieder auf Distanz. «Sie sind …?»

«Ich bin Alexandra Bierbaum, die Haushälterin.» Sie ging vor und führte ihn zum Haus.

«Ich habe mir Haushälterinnen konservativer vorgestellt», scherzte Tom und folgte ihr, vorbei an blühenden Blumenbeeten, zum Eingang.

«Wir leben im 21. Jahrhundert, nicht? Verabschieden Sie sich von Klischees, vor allem in diesem Haus. Hier ist nichts konventionell.»

Sie betraten die Villa. Das Entrée war beeindruckend. Hell und freundlich, aber protzig genug, damit Tom mit gutem Gewissen die Nase rümpfen konnte.

«Die anderen Bewerber sind bereits gegangen. Herr Krieger erwartet Sie im Arbeitszimmer.» Alexandra klopfte an eine schwere Eichentür mit Goldbeschlägen. Sie öffnete die Tür und liess Tom eintreten.

Er hatte einen älteren Herrn im Anzug erwartet. Stattdessen sass ein sportlicher Mittvierziger in Shorts und T-Shirt auf dem Arbeitstisch und telefonierte mit dem Handy. Mit einem Handzeichen deutete er Tom an, es sich auf dem Sofa an der Wand gemütlich zu machen. Alexandra brachte ihm unaufgefordert eine kühle Cola und verliess den Raum.

Tom kam nicht darum herum, dem Telefongespräch zu folgen. «Fragen Sie erneut beim Bundesamt für Veterinärwesen nach, es muss eine Lösung geben. Wie lange wollen die den

Affen noch am Zoll in Quarantäne halten? – Nein. – Okay, machen Sie das. Wir sehen uns später im Labor.» Er legte das Handy weg und kam mit offener Hand auf Tom zu. «Sie sind reichlich spät. Aber gut, Natalie hat darauf bestanden, dass ich Sie mir ansehe. Ich bin Harri Krieger, ihr Vater.»

Tom stand vom Sofa auf und schüttelte ihm die Hand. «Entschuldigen Sie die Verspätung. Familienangelegenheiten.»

«Kommt das öfter vor? Ich muss mich auf den Bodyguard meiner Tochter verlassen können.» Harri war ein attraktiver Mann. Seine dunklen Haare waren an den Schläfen grau meliert. Sein Gesicht war kantig, was ihm Stärke verlieh. Er war gross, grösser als Tom, und blickte mit dunklen Augen auf ihn herunter.

«Ist Ihre Tochter in Gefahr?», fragte Tom.

«Es gab einen Einbruch Sonntagnacht. Natalie hat den Einbrecher in der Küche überrascht. Seither ist sie verunsichert. Natalie ist sehr … sehr verletzlich.»

Na toll, dachte Tom, ein verzogenes Schickeria-Püppchen, das bei der kleinsten Gefahr nach einem Bodyguard schrie. Er hatte keine Lust, ein verwöhntes Töchterlein zu beschützen. Eine weitere Frau, die ihn nervte, ertrug er nicht. Vermutlich würde er den halben Tag in Designerläden herumstehen müssen. Nein danke. Das Gespräch mit Herrn Krieger würde kurz werden. «Was war der Grund für den Einbruch?», fragte Tom mehr aus Höflichkeit. «Was sagt die Polizei?»

«Wir haben sie nicht eingeschaltet. Es wurde nichts gestohlen. Ein Anfänger von einem Dieb hat wohl sein Glück versucht. Solche Kerle kriegt die Polizei eh selten zu fassen. Natalie wollte lieber jemanden, der auf sie aufpasst, statt die Polizei im Haus.»

Toms Abneigung wuchs. «Ich bin Bodyguard, kein Babysitter. Ich denke nicht, dass Ihre Tochter wegen eines Einbruchversuchs in ernsthafter Gefahr ist.»

Harris Miene verfinsterte sich. «Das ist meine Entscheidung, nicht Ihre. Der Job wird gut bezahlt, und ich will meine Tochter beschützt wissen, wenn ich nicht hier bin. Meine Arbeitstage sind lang.» Er ging zu seinem Tisch und holte Toms Bewerbungsunterlagen, die er von der Vermittlungsagentur erhalten hatte. «Sie waren nicht mein Favorit. Um ehrlich zu sein, hätte ich Sie heute nicht eingeladen, hätte Natalie nicht darauf bestanden. Ihr Lebenslauf weist wesentliche Mängel auf, Herr Engels. U-Haft macht sich nicht gut darin.»

«Da steht klar geschrieben, dass ich nicht angeklagt wurde. Ich hätte dieses Kapitel in meinem Lebenslauf verschweigen können. Mein Fehler, dass ich zu der ehrlichen Sorte Mensch gehöre.»

Harri legte die Papiere weg. «Hören Sie, Natalie ist besonders. Ich –»

«Jede Tochter ist für ihren Vater besonders, Herr Krieger. Ich weiss, wovon ich spreche, ich habe selber zwei Töchter. Vielleicht sollten Sie Natalie mehr Selbstvertrauen beibringen.»

Harri zeigte mit dem Finger auf Tom. «Sagen Sie mir nichts von Selbstvertrauen. Sie kennen Natalie nicht. Sie haben ja keine Ahnung.»

«Herr Krieger, ich denke, zwischen uns ist alles geklärt. Ich bin nicht der Richtige für die Bedürfnisse Ihrer Tochter.»

Harri nickte.

Tom verabschiedete sich, verliess das Büro und steuerte im Entrée direkt auf die Haustür zu.

«Sie gehen?», fragte eine junge, weibliche Stimme hinter ihm. Sie klang leicht heiser.

Tom blieb stehen. Das musste Natalie sein. Er drehte sich mit aufgesetztem Lächeln um.

Natalie kam die seitliche Treppe herunter auf ihn zu.

Sein Lächeln erstarrte. Auf ihren Anblick war Tom nicht vorbereitet gewesen. Sie hinkte leicht und verzog vor Schmerzen kurz das Gesicht, als sie die letzten Stufen nahm. Gekleidet war sie wie eine Afrikanerin. Sie trug bunte Tücher und eine Art Turban auf dem Kopf. Ihr Gesicht war im Kontrast zu der Kleidung bleich und eingefallen. An den Füssen hatte sie Stricksocken übergezogen. Langsam kam sie näher. Sie war recht gross, fast so gross wie Tom. Selbst die locker gebundenen Tücher kaschierten nicht, wie mager sie war. Es war ihr Gesicht, das Tom in Beschlag nahm. Die rechte Wange war aufgeschürft – sie musste übel verprügelt worden sein. Ihre Augen waren hellwach und der Blick herausfordernd. Sie blieb vor ihm stehen, ohne ihm die Hand zu schütteln. «Wollten Sie mich nicht wenigstens kennenlernen?» Natalie lächelte. Ein ehrliches Lächeln, keine Spur von Arroganz, dafür schwangen Enttäuschung und Trauer mit, gepaart mit Entschlossenheit. «Ich habe Sie mir echt grösser vorgestellt und muskulöser. Die anderen Bewerber waren Gorillas in Anzügen.»

«Ich trage nie einen Anzug», sagte Tom, unfähig, den Blick von ihr zu nehmen.

«Und ich keine Designerkleider. Ich werde Sie also nicht stundenlang bei Armani, Gucci und Chanel ausharren lassen. Wir haben anderes zu tun.»

Tom runzelte die Stirn. Anderes zu tun?

In diesem Moment trat Harri aus seinem Arbeitszimmer. «Herr Engels, Sie sind noch hier?»

Tom starrte ihn an. «Sie haben mir nicht erzählt, dass Ihre Tochter bei dem Einbruch verletzt wurde. Sie müssen ehrlich sein, wenn ich für Sie arbeiten soll. Weshalb wurde die Polizei nicht eingeschaltet? Der Kerl muss gefasst und bestraft werden.»

Natalie lachte.

Tom starrte sie überfordert an. Eine geprügelte Frau, die Angst hatte, sah anders aus. Entweder dieses Mädchen war extrem mutig und stark, oder …

«Sie können denjenigen nicht bestrafen, der mir das angetan hat, Herr Engels. Es sei denn, Sie seien ein Engel, was ich bezweifle – trotz Namensverwandtschaft.»

Tom verstand nur Bahnhof.

«Mensch, machen Sie sich locker. Der Schnitt am Arm von der Glasscheibe ist nun echt kein Drama und meine Schuld», sagte Natalie. Sie streckte ihren Arm aus. Ein Verband war um die Schnittwunde gewickelt. Was Toms Atem stocken liess, war

Natalies Hand. Sie war gerötet, die Haut vernarbt, die Finger gekrümmt und zusammengewachsen. Fingernägel fehlten.

Natalie war auf seinen Schock vorbereitet. «Nein», sagte sie, «ich habe mir die Hand nicht verbrannt. Ich bin krank. Ein dummer Gendefekt. Ist nun mal so, ich lebe damit. Man kann ja schlecht hochfliegen und Gott dafür bestrafen. Wenn es Sie stört, dass ich kein hübsches Modepüppchen bin, ist das natürlich ein Problem.»

«Ähm, nein», stammelte Tom und schaute in ihre blauen Augen. Sie waren hell und glänzend. «Nein, ich bin erleichtert, dass …»

«Erleichtert, dass ich krank bin?», beendete sie lächelnd seinen Satz, die Stimme rau und sanft wie Schmirgelpapier auf Ebenholz.

Sie hatte ihn voll erwischt. Er drückte die Brust raus und korrigierte seinen Fehler: «Erleichtert, dass kein arrogantes Püppchen vor mir steht. Wann darf ich anfangen?»

«Moment mal», wandte Harri ein, «ich habe Sie nicht eingestellt. Schon vergessen, Sie wollten gehen.»

«Cool», sagte Natalie. «Gehen wir auf mein Zimmer und verhandeln über die Anstellungsbedingungen.»

Eine junge Frau, die Entscheidungen traf und auf den Punkt kam, das gefiel Tom. «Cool», wiederholte er.

«Hallo? Hier habe ich das Sagen», beschwerte sich Harri.

Natalie warf ihm einen Luftkuss zu. «Paps, du bist der Beste. Danke!» Sie drehte sich um und humpelte die Stufen hoch.

Tom folgte ihr. Sie nannte ihren Vater ebenfalls Paps. Wenn das kein gutes Omen war. Wie hatte Alexandra vorhin gesagt? In diesem Haus sei nichts konventionell. Schien vielversprechend zu werden, die Stelle.

***

Sie mochte ihn. Es war ein Bauchgefühl. Tom Engels war ehrlich, direkt und kein Schleimer, der auf das Geld aus war. Hatte er tatsächlich geglaubt, er müsse eine reiche, versnobte Tochter beschützen? Gut, reich war sie, dafür konnte sie nichts. Versnobt? Niemals!

Sie führte ihn auf einen Rundgang durchs Haus. «Der Nordflügel der Villa ist von mir besetzt», sagte sie, während sie Tom die Treppe hochführte. «Hier rechts ist das Zimmer von Alexandra.»

«Die Haushälterin habe ich bereits kennengelernt», sagte Tom und schloss zu ihr auf. «Andere Mitbewohner, von denen ich wissen sollte?»

«Musa, mein Personaltrainer.»

«Personaltrainer?»

«Und bester Freund.»

«Alles klar.»

«Dann ist da Jonas.»

«Lassen Sie mich raten: der Gärtner?»

«Chauffeur und Paps' Mädchen für alles. Musa und Jonas wohnen drüben im Pförtnerhaus.»

«Weitere Angestellte?»

«Wir sind nicht die Trumps.»

«Für die würde ich nicht arbeiten.»

Natalie grinste zufrieden. Lief ganz gut, das Gespräch. Sie öffnete die Tür zu ihrem Reich und liess Tom vor.

«Oh wow! So habe ich mir das Zimmer einer vermögenden jungen Frau nicht vorgestellt», sagte er und schaute sich neugierig um. «Ist eher leer das Zimmer, nicht?» Ein grosses Bett und ein alter Sessel, mehr Mobiliar stand nicht im Raum ausser … «Die vier Helden gefallen mir – und diese komischen … Figuren.»

«Die Helden waren schwer zu kriegen.» Natalie trat neben die lebensgrosse Plastikfigur von Wonder Woman. «Ich musste die Kinobetreiber bestechen, damit sie sie mir verkauften. Verraten Sie's nicht dem Finanzamt. Die anderen, *komischen* Figuren sind Kunstschätze aus Afrika. Der süsse Kerl in der Ecke mit der langen Nase ist ein Grebo.»

«Aha.» Tom trat vor den mannshohen Superman. «Ganz ehrlich, der ist mir lieber als der mürrische Grebo. Verträgt er sich mit Batman da drüben?» Er nickte zur Begrüssung kurz Batman zu, der neben dem Sessel stand.

«Iron Man sorgt für Frieden, und Wonder Woman ist der Boss hier.»

Tom wandte sich Natalie zu. «Ein starkes Quartett. Brauchen Sie die zu Ihrem Schutz?»

«Helden sind mein Beruf. Ich bin Comiczeichnerin, war Comiczeichnerin, wollte Comiczeichnerin werden. Mist. Heute kann ich nur noch mit Grafikprogrammen arbeiten, und die Aufträge werden immer weniger. Stifte halten ist das Problem.» Sie hob ihre geschundenen Hände.

Tom schwieg.

Natalie wusste, er musste sich erst an ihre Krankheit gewöhnen. Die meisten Menschen reagierten verlegen und überfordert, wenn sie auf sie trafen. «Willst du die restlichen Räume sehen?», fragte sie.

«Wir sind beim Du?»

«Ist das ein Problem?»

«Ich befürchtete schon, ich müsse dich mit Fräulein Krieger anreden.»

«Fräulein? Sicher. Ich und Fräulein passt super. Das kannst du dir gleich abschminken.» Wenn Tom lachte, zeigten sich in seinen Wangen zwei tolle Grübchen. Natalie schluckte leer, was heute wieder extrem schmerzte. Sie versuchte, den Schmerz zu ignorieren, sie wollte sich diesen Tag nicht von ihrer Krankheit vermiesen lassen. Tom war der erste Mann, dem sie ihre Zimmer zeigte, abgesehen von Musa. Aber Musa tickte anders, also war Tom der Erste. Sie war nervös. Natalie öffnete die Tür links. «Das hier ist mein Beautysalon. Riecht steril, ich weiss. Hier geh ich nur rein, wenn Musa mich dazu zwingt, und das tut er täglich. Zwei bis drei Stunden in diesem Zimmer sind normal für mich, gewöhne dich daran. Für dich hingegen ist es Sperrzone. Komm niemals rein, wenn Musa an mir arbeitet, kapiert?»

Natalie entging nicht, dass Tom sich auf die Lippen biss, als sein Blick über die Krankenliege und die Regale mit all den

Medikamenten und Verbandsutensilien glitt. In der Ecke des Zimmers gab es eine grosse Duschkabine hinter Glas mit einer Sitzbank am Boden verankert. Schamgefühle keimten in Natalie auf. Kein Mitleid, betete sie still, ich will kein einziges Wort von Mitleid hören.

«Regel verstanden», sagte er.

Sie atmete erleichtert auf und schloss rasch die Tür. «Hier rechts ist die Toilette. Geradeaus ist der Balkon, die Treppe daneben führt hinunter in mein Arbeitszimmer.» Er folgte ihr die Stufen hinab.

«Ein ganz normales Arbeitszimmer», sagte er, nachdem er es besichtigt hatte. «Da bin ich froh. Ich war besorgt, Loki könnte uns auflauern oder der Hulk. – Wohin führt diese Tür?»

Natalie stellte sich daneben und zeigte auf den Boden. «Siehst du die rote Stopplinie davor? Es ist verboten, die Schwelle zu überschreiten. Dahinter ist mein Geheimzimmer, und niemand – absolut niemand hat Zutritt.»

«Ein Geheimzimmer? Verwandelst du dich da drin in Supergirl oder Wonder Woman?»

«Schön wär's. Hältst du dich auch an diese Regel?»

«Du bist der Boss», sagte er mit einem lockeren Schulterzucken. «Hey! Du bist ein EVZ-Fan?» Tom zeigte auf die Poster vom Eishockey-Club an der Wand. «Toll. Wir können nächste Saison die Spiele besuchen.»

«Nein. Zu gefährlich für ein Schmetterlingskind. Na ja, das ist Paps' Meinung. Er übertreibt es manchmal mit dem Beschützerinstinkt.»

«Schmetterlingskind?», fragte Tom.

«Ich erklär's dir. Gehen wir ins Papiliorama. Dort penne ich den Sommer über.»

«Ganz schön viel Glas und nicht gerade einbruchsicher, dein Sommerquartier. Was ist das, eine Gottesanbeterin?» Tom betrachtete die Stabschrecke auf einem Feigenblatt.

Natalie bot ihm einen der Gartenstühle in ihrem Papiliorama an. Sie setzte sich ebenfalls. «Ich mag Tiere», sagte sie, «Hunde und Katzen sind zu gefährlich für mich – meint Paps. Insekten erlaubt er, solange sie nicht stechen.» Sie streckte ihre Hand aus, und ein grosser Schmetterling nahm darauf Platz. «Ein blauer Mosaikfalter. Ist er nicht krass schön?»

«Weshalb willst du einen Bodyguard?», fragte Tom.

Natalie musterte ihn durchdringend. Er hatte ein zartes Gesicht. Die kurzen dunkelblonden Haare standen kreuz und quer in alle Richtungen ab. Seine Ohren waren eng anliegend, die Nase leicht schief, und die Mundwinkel waren asymmetrisch. Die Augen waren eher schmal, die Iris war wasserblau, die Pupille tiefschwarz.

«Ich habe EB, Epidermolysis bullosa, die schwere Form davon. Jackpot!» Sie seufzte. «EB ist ein Gendefekt, für den es keine Heilung gibt. Meine Haut ist verletzlich wie die Flügel eines Schmetterlings. Deshalb nennt man uns Schmetterlingskinder. Mir fehlt ein Kollagen, das meine Haut zusammenhält. Die kleinste Berührung verursacht Megawunden. Ich verlasse selten die Villa, weil es da draussen unberechenbare Faktoren gibt, die mich verletzen könnten, und Paps ist überängstlich und behütet mich wie eine Glucke. Ich habe die ersten Jahre eine Privatschule besucht. Dort hatte ich einen schlimmen Unfall auf dem Pausenplatz. Ich lag zwei Monate im Spital. Mein ganzer Rücken ist seither vernarbt. Paps hat mir danach einen Privatlehrer besorgt. Meine Teenagerjahre waren der Hammer, abgeschottet unter Bediensteten. Hey, wenigstens lebe ich!»

«Das war nicht meine Frage», sagte Tom ruhig und bestimmt.

Das gefiel Natalie. Er war ehrlich, direkt und unkompliziert. Doch die Wahrheit konnte sie ihm nicht anvertrauen. «Nein, das war nicht deine Frage. Egal. Und? Was denkst du? Willst du für mich arbeiten? Gleich morgen könntest du anfangen. Ist neun Uhr okay?»

DREI

Mittwochmorgen, dampfenden Kaffee in der Hand, und Sara war bereit, den Sitzungsraum zu betreten. Ihre beiden Kollegen Rizzo und Bolander von der Abteilung Kapitaldelikte schauten auf, als sie an ihnen vorbeischritt und sich neben das Board mit den Tatortfotos stellte. Auch Staatsanwalt Eckart Lind sass am Tisch sowie Lüscher vom Kriminaltechnischen Dienst. Sara begann ohne Begrüssung mit der Besprechung. «Wir haben eine unbekannte Schwarze, die vom Bogenviadukt gesprungen ist. Ob freiwillig oder nicht, wird sich zeigen. Der Leichnam ist im Institut für Rechtsmedizin in Zürich und wird gerade untersucht.»

Anscheinend hatte Dr. Keller etwas gefunden, wollte aber nicht damit rausrücken, bevor seine Vermutung vom IRM bestätigt wurde. Es musste wichtig sein. Dr. Keller hatte darauf bestanden, dass die Obduktion der Unbekannten vorgezogen wurde. «Die Vermisstendatenbanken ergaben keinen Treffer», fuhr Sara fort. «Auch unter den Asylsuchenden ist sie nicht gemeldet. Hast du Neuigkeiten vom Tatort?» Sie schaute Lüscher an.

«Negativ. Da war rein gar nichts. Die Umgebung war sauber. Keine Reifenspuren oder verdächtigen Schuhabdrücke, keine ungewöhnlichen Gegenstände, einfach nichts.» Lüscher war jung und trug diese dicke schwarze Hornbrille, die Sara irritierte. Sie mochte ihn, aber Rizzo und Bolander hatten ihn auf ihre Seite gezogen. Männer.

«Die Medien haben den Fall bereits aufgeschnappt», fuhr Sara fort. «Offensichtlich hat unser Spaziergänger von der Leiche ein Foto gemacht, bevor die Polizei vor Ort war. Er dürfte sich ein gutes Sümmchen dazuverdient haben, als er das Bild an die Klatschpresse verkaufte. Daran können wir nichts mehr ändern. Rizzo, bist du mit Interpol in Kontakt?», fragte sie.

«Schalt einen Gang runter», antwortete Rizzo. «Wir wissen ja nicht mal, ob hier ein Verbrechen vorliegt.»

Sara starrte ihn mit zusammengekniffenen Augen an. Rizzo war ein italienischer Macho, jung und emotional, mit gelockter Haarpracht, auf die er mächtig stolz war. «Du hast Interpol nicht kontaktiert?», fragte sie.

«Es ist erst neun Uhr! Soll ich meine Schicht denn schon um sechs beginnen?»

Sara massierte sich ihren Nacken und hoffte, so Verspannung und Frust zu lösen. Sie wandte sich an ihren anderen Kollegen. «Hast du wenigstens Neuigkeiten für mich, Bolander?»

«Nein.»

«Ihr kniet euch nicht gerade in den aussergewöhnlichen Todesfall rein.»

«Wenn du meine Nachricht gelesen hättest», konterte Bolander, «die ich dir gestern aufs Handy geschickt habe, wüsstest du, dass ich Geburtstag habe und heute Morgen alle Kollegen in die Kantine zu Kaffee und Gipfeli eingeladen habe.»

«Ich war da», sagte Lind grinsend.

Die SMS. Sara hatte sie gestern gelesen und gleich wieder vergessen. Konnte passieren. Bolander sollte sich nicht kindisch anstellen. Sie hatte sich letzten Monat auch nichts anmerken lassen, als sie ihren einundvierzigsten arbeitend verbracht hatte. «Wir haben einen aussergewöhnlichen Todesfall, der hat Priorität», sagte Sara, hängte nach kurzem Zögern doch Glückwünsche zum Geburtstag an. Sie fuhr mit dem fort, was sie am besten konnte: Fakten zusammentragen. «Unsere Analytiker haben nach Kipekapeka geforscht und sind fündig geworden. Es ist ein Wort in Lingála, einer Bantusprache aus Ost- und Zentralafrika, die heute vor allem im Kongo gesprochen wird, dort auch als eine Nationalsprache gilt. Deshalb dürfen wir annehmen, dass unser Opfer aus dieser Region stammt.»

«Was bedeutet dieses Wort?», fragte Lüscher.

«Kipekapeka bedeutet Schmetterling.»

«Weshalb schreibt sich eine Frau, die in den Tod springt, ‹Schmetterling› auf den grossen Zeh?», fragte Rizzo.

«Weil Kipekapeka eine Organisation ist. Viel wissen wir nicht. Sie betreibt eine simple Website, deren Ursprung sich nicht leicht zurückverfolgen lässt. Offenbar operiert die Organisation vor allem im Darknet. Es kann dauern, die Initianten ausfindig zu machen. Unsere IT-Spezialisten arbeiten daran. Ich vermute, Kipekapeka hat ihren Sitz in der Schweiz.»

«Wofür steht die Organisation?», fragte Rizzo. «Drogen, Waffen, Kinderpornografie?»

«Es handelt sich um eine Organisation, die vorwiegend Frauen in Not hilft und Umweltsünder an den Pranger stellt.»

«Eine Hilfsorganisation? Und weshalb so geheimnisvoll und im Darknet?», fragte Bolander.

Sara wollte gerade antworten, als Linds Handy klingelte. «Aha, Dr. Berger vom Institut für Rechtsmedizin.» Er stand auf, ging ans Fenster und hörte einen Moment lang nickend zu.

Lind steckte sein Telefon zurück in die Brusttasche seines mintgrünen Hemdes. «Wir haben einen Fall von höchster Priorität», sagte er. «Es gibt brisante Entwicklungen.» Er schaute alle der Reihe nach an. «Unser Opfer war schwanger. Sie hat vor wenigen Tagen entbunden.»

«Entbunden», wiederholte Sara und schluckte leer. «Wir haben kein Baby.»

«Finde es», sagte Lind.

***

Tom war gerade auf die Vorfahrt gefahren, als ein junger dunkler Typ mit strahlendem Lächeln auf ihn zukam. Tom stieg aus.

«Du musst Tom sein.» Der Mann reichte ihm die Hand. «Ich bin Musa und werde dir hier alles zeigen – Anweisung vom Lady-Boss. Lass deinen Wagen hier stehen.» Musa verzog das Gesicht, als er Toms verbeulten Peugeot musterte. «Jonas wird ihn später in der Garage parkieren.»

«Musa, freut mich. Du bist Natalies Personaltrainer, richtig?» Tom konnte Musa schwer einschätzen. Er war gross, eher schmächtig, so Mitte zwanzig. Seine Haut war braun wie

Milchschokolade, das Haar einen Millimeter kurz rasiert. Ein leichter Bartschatten zeichnete sich ab. Er trug ein kariertes Hemd und weisse Shorts. Musa blieb ernst. «Personaltrainer. Krankenschwester. Verdammt, begreift denn niemand, dass ich als Sklave gehalten werde?»

Tom brauchte eine ganze Weile, bis er verstand, dass Musa scherzte.

«Dir wird es nicht besser ergehen.» Musa lachte heraus. «Natalie wird dich auf ihre Art auf Trab halten.»

«Soll ich gleich wieder gehen?»

Musa klopfte ihm auf die Schulter. «Keinesfalls. Endlich habe ich hier Gesellschaft, die mir gefällt. Du bleibst.»

Tom starrte Musa an und beschloss, den jungen Schwarzen zu mögen.

Musa führte ihn um das grosszügige Grundstück herum. Vor dem zweistöckigen, hufeisenförmigen Haupthaus lag der Swimmingpool mit dem Papiliorama daneben. Das Haus stand in Hanglage, die unverbaute Aussicht auf den Zugersee hinunter und die Rigi im Hintergrund war grandios. Seitlich vom Südflügel der Villa stand das Pförtnerhaus. Auf der Nordseite, nach hinten zur Zufahrtsstrasse versetzt, lag die Garage. Tom machte sich während der Führung Notizen betreffend der Alarmanlage, die eher dürftig ausgebaut war. Es gab zwei Kameras, eine beim Einfahrttor und die andere vor dem Haupteingang zur Villa, der auf der Rückseite des Gebäudes lag. Das Tor war elektrisch mit einer Fernbedienung zu öffnen. Nachts leuchteten Scheinwerfer auf, wenn sich jemand auf dem Vorplatz bewegte. Seitlich war das Grundstück durch einen zwei Meter hohen Maschendrahtzaun gesichert. «Die vielen Büsche und Bäume rund um die Villa machen es einem Einbrecher leicht, sich zu verstecken», sagte Tom, als sie zu den Garagen gingen. «Warum keine Wachhunde? Die sind besser als jede Alarmanlage.»

«Zu gefährlich», sagte Musa. «Wenn ein Hund Natalie anspringt, auch wenn er nur spielen will, kann das schlimme Verletzungen verursachen.»

«Wie erträgt sie das?»

«Darüber musst du mit ihr sprechen. Ich weiss nur, dass sie der mutigste und stärkste Mensch ist, dem ich je begegnet bin. – Da ist Jonas.» Musa ging auf den Chauffeur zu. Jonas war jung, bestimmt keine dreissig. Er hatte braunes gelocktes Haar, war schmächtig gebaut, und leichte Sonnenbräune hätte seinem Teint gutgetan. Neben Musa wirkte er fast kränklich, was wohl eine optische Täuschung war.

«Ist das der Bodyguard?» Jonas richtete seine Frage an Musa. Seine Freude über Tom hielt sich in Grenzen.

«Ja, Natalies neuer Sklave. Kannst du nachher Toms Peugeot in die Garage fahren?»

Jonas musterte Tom eingehend und streckte nach einigem Zögern seine Hand aus.

Tom schüttelte sie kräftig. Er mochte Menschen mit laschem Händedruck nicht. Jonas war ein solcher Mensch.

Musa schaute auf die Uhr. «Neun Uhr. Zeit für Natalies Wellnessbehandlung. Tom, wenn du hier fertig bist, geh in die Küche. Alexandra erwartet dich. Sie hat extra eine Kirschwähe gebacken.»

Musa liess ihn bei Jonas zurück, der wortlos in die Garage ging. Tom folgte ihm. «Wow! Nicht übel.» Vier Wagen standen parkiert: eine klassische Mercedes Limousine S-Klasse in Silber, ein schmucker roter Porsche 911 Carrera GTS Cabriolet, ein schwarzer VW Touareg und ein kleiner orangefarbener Honda Jazz Hybrid. Tom klopfte auf die Motorhaube des Honda. «Das muss Natalies Wagen sein, hab ich recht?»

Jonas stand im hinteren Teil der Garage und gab sich beschäftigt. Er antwortete, ohne aufzublicken: «Klar.»

Als Tom neben Jonas trat, sah er, dass dieser eine Küchenmaschine vor sich ausgeschlachtet auf der Werkbank liegen hatte.

«Die ist beim Einbruch zu Boden gefallen. Der Hund kam über das Küchenfenster rein.»

«Wie ist das genau passiert?», fragte Tom und schaute zu, wie Jonas geschickt die Teile zusammenbaute. Er entdeckte ein grosses Pflaster quer über Jonas' Hand.

«Es war Sonntagnacht, kurz nach elf Uhr. Musa und ich schauten im Pförtnerhaus fern. Die anderen schliefen. Anscheinend hat Natalie ein Geräusch geweckt. Sie ging in die Küche und überraschte den Einbrecher, der durch die eingeschlagene Scheibe verschwand, dabei fiel die Küchenmaschine zu Boden. Natalie hatte grosses Glück. Wenn der Kerl ihr etwas angetan hätte ...»

«Hat er nicht. Ich denke, Natalie kann sich ganz gut selber verteidigen.»

«Ach ja?» Jonas fuhr herum. «Wie denn? Sie ist ein Schmetterlingskind.»

«Sie ist mutig», sagte Tom ruhig.

«Genau. Das ist Natalies Problem. Sie denkt, sie kommt mit allem alleine klar.»

«Sie will deine Hilfe nicht?»

«Sie nimmt von niemandem Hilfe an.»

Tom zeigte Richtung Villa. «Musa hilft ihr. Und mich hat sie auch zu sich geholt.»

«Lass Natalie in Ruhe», zischte Jonas wütend. «Sie ist nicht wie andere Frauen. Sie kann keinen Mann –»

«Sie hat dir einen Korb gegeben?» Tom wusste, dass er sich soeben die Freundschaft mit Jonas verscherzt hatte, aber auf die konnte er verzichten. Wetten, Jonas hatte die Innenwand seines Kleiderschrankes mit Bildern von Natalie ausstaffiert? Er wechselte das Thema. «Was ist mit der Wunde auf deiner Hand? Ist die von einer Glasscherbe?»

Jonas schnaubte wütend und griff nach einem kleinen Schraubenzieher. «So ein Ding war schuld. Weshalb sollte ich durchs Küchenfenster einbrechen? Ich habe einen Schlüssel für die Villa, und ich habe die Alarmanlage persönlich eingebaut.»

«Wer sollte überhaupt in die Villa einbrechen und weshalb?», fragte Tom. «Ist Natalie wirklich in Gefahr, oder war der Einbrecher einfach auf Wertsachen aus? Ich bekomme das Gefühl nicht los, dass sie mir ein Detail verschweigt.»

Jonas schraubte die Bodenplatte an die Küchenmaschine.

«Natalie hat Geheimnisse, schon möglich», sagte er. «Wer hat die nicht?»

«Du sprichst ihr Geheimzimmer an?»

«Wichtig ist nur, dass sie in Sicherheit ist. Auch wenn ich dich nicht mag, ich hoffe, du bist gut in deinem Job.»

«Können wir persönliche Gefühle aus dem Spiel lassen und uns darauf einigen, dass wir beide Natalie beschützen wollen? Du bist der Chauffeur. Wir müssen zusammenarbeiten.»

«Ja klar, solange du professionell bleibst, habe ich kein Problem damit.»

«Ich fange nie etwas mit meinen Klienten an», verteidigte sich Tom. «Das wäre unprofessionell. Ausserdem könnte Natalie beinahe meine Tochter sein. Du kannst sie gerne für dich erobern.»

«Natalie will nicht erobert werden, sie will beschützt werden», sagte Jonas überzeugt.

Tom starrte Jonas in die Augen. Sah er Furcht darin? Verzweiflung? Hoffnungslosigkeit? «Natalie braucht keinen Beschützer», sagte Tom ruhig, «sie braucht Freunde.»

Der Schwingbesen schlug heftig gegen die Glasschüssel, als Alexandra den Rahm von Hand aufschlug. «Jonas repariert gerade die Küchenmaschine», sagte sie.

Tom sass am grossen Küchentisch, eine Tasse Kaffee vor sich und einen Teller mit einem Stück Kirschwähe. «Sie soll dem Einbrecher runtergefallen sein.»

Alexandra zuckte kurz zusammen und stoppte ihre hektische Bewegung. Sie nickte eifrig und schlug weiter auf den Rahm ein. Tom mochte sie. Sie hatte ein warmes Lachen und freundliche Augen. Ihm entging nicht, dass sie unruhig war, vorsichtig, wachsam. «Hast du von dem Einbruch etwas mitbekommen?», fragte er.

«Ich hörte Natalie rufen. Als ich in die Küche kam, waren Jonas und Musa schon bei ihr.»

«Hättest du nicht schneller unten sein sollen? Die beiden wohnen drüben im Pförtnerhaus.»

Alexandra nickte, stellte die Schüssel hin und holte aus einer Schublade einen Löffel hervor. Sie sagte nichts weiter und gab eine gute Portion Schlagrahm auf Toms Kirschwähe. Sie stellte die Schüssel auf den Tisch und setzte sich neben ihn. «Ich bin froh, dass du hier bist. Ich habe dir das Zimmer oben gleich gegenüber von meinem bereit gemacht. Es wird dir gefallen. – Sie ist so mutig, weisst du», Alexandra spielte mit ihren Fingern an einer ihrer blonden Haarsträhnen, «und so stark. Sie hat den Einbrecher alleine in der Küche gestellt und verjagt. Sie kennt keine Angst, Tom. Dafür bewundere ich sie.»

Tom schob sich das erste Stück Wähe in den Mund und beobachtete Alexandra genau, als sie weitersprach. Sie war Anfang dreissig, mit schmalem Gesicht und von zierlicher Statur. Keine klassische Schönheit, jedoch herzlich und charmant. Sie trug ein schlichtes Sommerkleid mit Blumenmuster.

«Natalie wirkt zerbrechlich», erzählte Alexandra weiter, «sie ist es nicht. Nicht hier drinnen.» Sie legte die Hand auf ihre Brust. «All die Heldenfiguren in ihrem Zimmer, die sind nichts im Vergleich zu ihr. Sie erträgt ihr Schicksal mit so viel Kraft.»

«Wie lange arbeitest du schon hier?», fragte Tom.

«Zwei Jahre, einen Monat und drei Tage.»

«Wow, das nenn ich eine detaillierte Angabe.»

Alexandra biss sich auf die Lippen, atmete ein paarmal stossweise und zauberte ihr Lächeln aufs Gesicht. «Schmeckt die Kirschwähe?»

«Bombastisch. Mein Paps liebt Kirschwähe. Meine Mutter war eine begnadete Köchin.»

«Sie lebt nicht mehr?»

«Nein.»

«Tut mir leid. Ich werde dir ein grosses Stück Wähe für deinen Vater einpacken.»

«Das würdest du tun?»

«Sicher.»

«Du bist die gute Seele des Hauses, wie?»

«Die Kriegers sind toll», sagte Alexandra. «Sie haben mir ein Zuhause gegeben.»

«Woher …»

Jonas kam mit der Küchenmaschine herein. «Die funktioniert wieder», sagte er und stellte sie auf den Küchentisch.

«Toll! Danke, Jonas. Setz dich, ich bring dir einen Kaffee.»

Jonas musterte Tom einen Moment. Er war sich anscheinend nicht sicher, ob er sich zu ihm an denselben Tisch setzen wollte. Er setzte sich.

Alexandra brachte ihm den Kaffee. «Hier ist die Einkaufsliste für das Abendessen.» Sie legte Jonas einen Zettel hin.

Tom zog eine Augenbraue hoch. «Einkaufen gehört auch zu deinen Aufgaben?»

Jonas warf Tom einen wütenden Blick zu. «Ja, für Alexandra tue ich das gerne.»

Sie schaute zu Boden und legte Jonas die Hand auf die Schulter. «Jonas ist ein Schatz. Ohne ihn wären wir hier aufgeschmissen.»

Tom wusste nicht recht, was die Bemerkung bedeuten sollte. Auf jeden Fall gab es in diesem Haushalt mehr Geheimnisse als einen mysteriösen Einbrecher, der nichts klaute. Schien ein interessanter Job zu werden.

Ein kurzer Schrei riss ihn aus den Gedanken. Er kam vom Nordflügel.

Alle blickten erschrocken auf.

Natalie!

VIER

Leonie klopfte an und trat in Vincents Büro. «Deine Frau ist unten am Empfang. Darf ich sie hochlassen?»

Vincent hatte gerade gedankenversunken aus dem Fenster gestarrt. Die Zeit lief ihm davon, es war bereits Mittag. Am wenigsten brauchte er jetzt Amanda. «Lass sie hochkommen.»

Es dauerte drei Minuten und Amanda stürmte ins Büro, wie gewohnt schwebte eine teure Parfumwolke vor ihr her.

«Was machst du in der Stadt?», fragte Vincent. «Solltest du nicht bei Anna sein?»

«Seit drei Wochen habe ich nachts nicht durchgeschlafen, Vincent. Ich war heute Morgen bei der Kosmetikerin. Ich darf mir zwischendurch eine Auszeit gönnen. Babys sind anstrengend.»

«Du hast eine Nanny, jammere nicht rum. Andere Mütter schaffen das alleine.» Amanda war nicht billig im Unterhalt. Neu kam der Lohn für die Nanny dazu.

«Andere Mütter haben dich nicht zum Mann», herrschte sie ihn an.

Sie kam um den Tisch herum auf Vincent zu. Sie sah blendend aus, perfekt in Szene gesetzt mit ihren langen blonden Locken, die einer Shampoowerbung entstammen konnten, den blauen Augen, die dank farbiger Kontaktlinsen wie ein Topas strahlten, und den perfekten Zähnen, die ein Vermögen gekostet hatten. Sie trug einen roten Zweiteiler von Valentino, der geschickt die wenigen Kilos kaschierte, die von der Schwangerschaft übrig geblieben waren. «Was willst du hier?», fragte Vincent.

Sie öffnete die Hand. «Wie soll ich die Blumen für den Wohltätigkeitsabend besorgen, wenn meine Kreditkarte nicht funktioniert. Die Kosmetikerin schickt auch eine Rechnung. Hat Leonie das Kreditinstitut nicht nach einer neuen Karte angefragt?»

Vincent drehte sich der Magen um. Amanda war eine Geldvernichtungsmaschine. Er zückte sein Portemonnaie und gab ihr seine Karte. «Nimm die, bis deine neue da ist.»

Amanda steckte sie in ihre Handtasche. «Für Freitagabend ist alles organisiert. Wir erwarten an die fünfzig Gäste. Ich denke, wir werden einen guten Betrag für die Waisenkinder sammeln können.»

«Wird es nicht Zeit zu stillen?»

«Du hast mich schon eleganter aus deinem Büro geschmissen.»

«Die Kriegers!», sagte er plötzlich.

«Was?»

«Hast du die Kriegers eingeladen?»

«Ich dachte, die magst du nicht.»

«Ich will, dass du ihnen persönlich eine Einladung bringst. Harri soll unbedingt mit seiner Tochter vorbeikommen. Sei überzeugend.»

«Du weisst, dass sie –»

«Lass dir halt was einfallen. Jammere ihr vor, wie schwer es die armen Waisenkinder haben.»

«Vincent!»

Das war die Lösung, dachte er. Natalie musste auf der Wohltätigkeitsveranstaltung, welche die Raschaks jährlich im Juni auf ihrem Anwesen in Oberägeri veranstalteten, erscheinen. Warum war ihm die Idee nicht früher gekommen? Er musste Godefroid Kakoko anrufen und mehr Zeit herausschinden. Kipekapeka war seine Rettung.

***

«Natalie! Alles in Ordnung? Was ist los?»

Natalie hörte, wie Alexandra gegen die Tür hämmerte, doch sie war unfähig, sich zu rühren. Entgeistert starrte sie auf das Foto auf dem Monitor. Immer wieder las sie den Text unter dem Foto eines Online-Newsportals:

Wer kennt diese Frau? Am Dienstagmorgen fand ein Spaziergänger die Leiche einer schwarzen Frau unter der Lorzentobelbrücke. Die junge Frau, die vermutlich aus Afrika stammt, gibt der Polizei Rätsel auf. Ausser Kleidung trug sie nichts bei sich.

«Emeline», flüsterte Natalie leise, obwohl sie alleine in ihrem Geheimzimmer war. Sie fühlte Tränen in den Augen. Mein Gott, das durfte nicht wahr sein. Die arme Emeline. Wie war das passiert?

«Natalie?», rief eine Männerstimme.

Natalie warf überrascht einen Blick zur verschlossenen Tür. Natürlich. Das war Tom. Heute war sein erster Arbeitstag. Natalie schluckte faden Speichel hinunter. Sie hörte, wie Tom sich an der Tür zu schaffen machte. Wenn sie nicht rausging, würde er ihr Geheimzimmer stürmen, und das konnte sie nicht zulassen. Sie musste erst einen klaren Kopf kriegen. Sie fuhr den Computer herunter, stand auf und ging zur Tür. Das Bein brannte wie Feuer, dabei hatte es Musa eben erst frisch verbunden. Sie knipste das Licht aus, im Zimmer wurde es stockfinster. Hier gab es kein Fenster. Sie drehte den Schlüssel und trat hinaus.

Alexandra, Tom und Jonas schauten sie besorgt an. Musa kam gerade die Treppe heruntergerannt.

«Natalie, was ist denn?», fragte Alexandra.

Natalie wagte es nicht, Tom in die Augen zu sehen. Sie vermutete, dass er gut darin war, Lügen zu erkennen. «Wow! Was macht ihr für einen Aufstand? Ich habe mir nur das verdammte Bein angestossen.»

«So klingt dein Schmerzensschrei?», fragte Tom.

«Soll ich es mir ansehen?», fragte Musa.

«Lass mal. Du hast es eben erst verbunden.»

***

Tom liess Natalie nicht aus den Augen. Was war an der Sache faul? Er sass mit ihr und Alexandra am Küchentisch. Jonas hatte einen Anruf von Herrn Krieger erhalten und musste für ihn Besorgungen in der Stadt erledigen. Er versprach Alexandra, auch gleich die Einkäufe zu tätigen. Musa zog sich ins Büro zurück. Er hatte an einer Online-Bestellung für Verbandsmaterial gesessen, als er Natalie hatte schreien hören.

Natalie sass still, die vernarbten Hände im Schoss gefaltet, das Kinn auf der Brust. Auch heute trug sie lockere afrikanische Kleidung, diesmal in Blautönen, und die passende Kopfbedeckung dazu. Tom wusste nicht, welche Haarfarbe Natalie eigentlich hatte.

Alexandra stellte ihr ein Glas Milch hin. «Trink wenigstens etwas.»

«Es geht nicht», sagte Natalie.

«So schlimm?», fragte Alexandra. Sie bemerkte Toms fragenden Blick. «Natalie hat Schmerzen beim Schlucken. EB betrifft auch die Schleimhäute und Speiseröhre.»

Was sollte Tom darauf antworten?

«Kommt jetzt das grosse Mitleid?», fragte Natalie ungewohnt schnippisch. «Ist nicht so cool, für einen Krüppel zu arbeiten, was?»

Tom musterte sie. Etwas war im Geheimzimmer vorgefallen. Das war nicht die Natalie, die er gestern kennengelernt hatte. Demonstrativ griff er nach seinem inzwischen kalten Kaffee und trank ihn in einem Zug leer. Er stellte die Tasse hin und beugte sich zu Natalie vor. «Nein, damit habe ich keine Probleme. Wenn ich allerdings der Person, die ich beschützen soll, nicht vertrauen kann, gibt es Schwierigkeiten. Was hast du da unten gemacht? Und bring nicht die Ausrede von dem schmerzenden Bein.»

«Tom!», rief Alexandra entsetzt dazwischen.

«Was? Ich mache hier meinen Job. Wenn euch das nicht passt, kann ich gehen.»

«Du bleibst», sagte Natalie, schob das Glas Milch von sich weg und lehnte sich diesmal selber zu ihm vor. «Ich bin Umweltaktivistin. Im Netz. An Bahngleise kann ich mich in meinem Zustand ja schlecht anketten.»

«Umweltaktivistin?»

«Mein Geheimzimmer ist meine Zentrale. Du musst keine Details wissen. Nur so viel: Ich habe eine weltweit vernetzte Organisation gegründet. Ich bin oft im Darknet unterwegs und gehe gegen korrupte Regierungen, machtgierige Konzerne, Umweltsünder, Menschenhändler und anderen Abschaum unserer Gesellschaft vor.»

Das war sie also, dachte Tom, eine Cyber-Wonder-Woman. «Und da stellst du einen Bodyguard ein? Du solltest dich in einen Bunker verkriechen und eine Armee um dich haben. Sei nicht naiv. Denkst du wirklich, mit Internetenthüllungen könntest du die Welt retten? Du bist nicht Supergirl. Du bringst dich und andere in Gefahr.» Er atmete tief durch. «Bist du jemandem zu nahe getreten? Hatte der Einbruch etwas mit deinen Aktivitäten zu tun?»

«Was weisst du über Coltan?», fragte Natalie.

«Das verbaut man in Handys.»

«Nicht nur in Handys. Coltan ist ein Erz, aus dem man Tantal gewinnt. Tantal braucht die Industrie für Elektrolytkondensatoren, die in nahezu allen elektronischen Geräten eingebaut sind. Australien und die Demokratische Republik Kongo sind Hauptabbaugebiete von Coltan. Im Kongo hat der Abbau zu grossen Schäden an der Umwelt und unter der Bevölkerung geführt. Regenwälder wurden gerodet und mit den Geldern des Westens der Bürgerkrieg finanziert. Bis heute kontrollieren die Rebellen wichtige Gebiete mit Coltanvorkommen. Der Westen schaut weg und hält die Hand auf. Sklavenhaltung, Kinderarbeit und eine leidende Bevölkerung interessieren uns nicht. Wichtig ist nur, dass wir jedes Jahr das neuste Handy in unserer Tasche haben.»

«Was willst du mit deinem Protest erreichen? Und wie?», fragte Tom.

«Schon mal von GeoFoss gehört?»

«Nein.»

«Es ist eine Zuger Firma. Sie handelt mit Rohstoffen. Es ist ein Konzern, der diskret operiert und seinen Namen aus

Zeitungsberichten raushaben will. Je weniger die Bevölkerung über die Geschäfte von GeoFoss weiss, desto besser. Der Konzern hat mehrere Geschäftszweige. Einer ist der Abbau von Coltan im Osten der Demokratischen Republik Kongo, im umstrittenen Gebiet beim Kivusee, an der Grenze zu Ruanda. Offiziell dürfen ausländische Firmen nur zertifiziertes Coltan erwerben. Doch genauso wie man Geld wäscht, wäscht man auch die Zertifikate der Säcke, die mit Coltan gefüllt abtransportiert werden. Was unternehmen schon die Regierungen der Industriestaaten dagegen? Zu wenig. Es dauert Jahre, bis die in die Gänge kommen, und solange wird weiter betrogen und geraubt und geschmiert.»

«Du legst dich mit mächtigen Firmen an», sagte Tom.

Natalie legte die Arme auf den Tisch und vergrub den Kopf darin. «Scheisse.»

«Du wirst bedroht?», riet Tom.

«So was in der Art.»

«Weisst du davon?», fragte Tom und schaute Alexandra stirnrunzelnd an.

«Wenig. Natalie will uns da nicht mit reinziehen.»

«Verstehe. Du spielst ein verdammt gefährliches Spiel, Mädchen», sagte er.

Natalie schaute auf. Ihre Augen funkelten zornig und voller Leben. «Ich bin nicht dein Mädchen! Und verdammt, was habe ich denn zu verlieren? Mein beschissenes Leben? Ich werde früh sterben. Ein heldenhafter Tod ist mir lieber, als jämmerlich zu verkümmern.»

«Natalie, sag so was nicht.» Alexandra legte behutsam ihre Hand auf die vernarbten Finger von Natalie.

Tom schwieg. Er konnte Natalie verstehen, würde selber in der Situation nicht anders handeln. «Wenn ich dir helfen soll, muss ich dir vertrauen können. Du musst mich in deine Geheimnisse einweihen. Ich muss wissen, wer dir gefährlich werden könnte.»

Natalie nickte. «Ich werde dich einweihen, doch mein Geheimzimmer bleibt tabu.»

Damit konnte Tom vorerst leben. «Na gut. Hier meine erste Frage: Wie heisst deine Organisation?»

Natalie antwortete leise: «Kipekapeka.»

***

«Kipekapeka», schnaubte Godefroid Kakoko am anderen Ende der Leitung. Die Verbindung war schlecht. Es rauschte in Lionels Ohr, und Satzfetzen gingen verloren, von denen Kakoko so einige auf Lager hatte. Lionel lag auf dem Bett. Er war in einem kleinen Hotel am Stadtrand von Zug abgestiegen. Er zappte mit der Fernbedienung durch die stummen Kanäle des Fernsehers, stimmte Kakoko in regelmässigen Abständen zu und wartete, bis sein Boss den Monolog für beendet hielt. Die Situation war ernst. Kakoko verlangte nach einer Lösung. Lionel hatte sie ihm bisher nicht geliefert. Immerhin hatten sie eine Spur. «Glaubst du Vincents Vermutung?», fragte Kakoko.

Lionel tauchte seine freie Hand in die Chipstüte. Es war Nachmittag, und er hatte heute noch nichts gegessen. «Vincent hat Panik. Er wird uns nicht belügen.»

«Kipekapeka weiss, wo die Ware ist?»

«Vielleicht ja. Vielleicht nein. Wir wissen nicht, ob Emeline geplaudert hat.»

Lionel hörte Kakoko am anderen Ende grunzen. Er sah den Alten vor sich, wie er es sich auf seinem Sofa gemütlich gemacht hatte, während eine seiner jungen Frauen seine überflüssigen Pfunde massierte. Früher, unter Laurent Nkunda, dem Rebellenführer des Nationalkongresses zur Verteidigung des Volkes, des CNDP, war Kakoko ein gefürchteter Kommandant gewesen und hatte seine Truppen mit harter Hand geführt. Nach der Entmachtung Nkundas 2009 wandte sich Kakoko anderen Geschäften zu, schliesslich war der Kongo eines der rohstoffreichsten Länder der Welt und flächenmässig so gross wie Europa. Bodenschätze machten Kakoko mächtig. Sie brachten das Geld für Waffen. Mit Waffen liessen sich Kriege gewinnen. Lionel hatte gehört, Kakokos Macht reiche bis in die obersten

Regierungskreise und weit über die Landesgrenzen hinaus. Er besass neben seiner Villa in Kinshasa ein prächtiges Anwesen in Nord-Kivu, direkt am See, unweit der Provinzhauptstadt Goma.

Lionel war als Kind zu Kakoko gebracht worden. Die Ausbildung war hart gewesen. Über die Jahre hatte er sich das Vertrauen Kakokos erarbeitet. Lionel wurde seine rechte Hand, durfte die Schule beenden, in Paris studieren und war heute sein verlängerter Arm im Ausland.

In der Schweiz war Lionel das erste Mal. Gewöhnlich brachten ihn seine Geschäfte in kriegserschütterte Länder. Diesmal ging es nicht um einen Waffendeal. Eigentlich hätte es ein einfaches Geschäft werden sollen. Das Problem waren die Frauen. Auf sie war kein Verlass. Sie waren schwach und handelten idiotisch. Emeline war trotzig und rebellisch gewesen. Die Nächte bei Kakoko hatten sie nicht gezähmt. Es lag in Lionels Händen, das Chaos aufzuräumen, das sie angerichtet hatte. Kakoko machte Druck, die Käufer wurden unruhig, und Vincent als Zwischenhändler war nicht verlässlich. Er war ein Anfänger.

«Vincent will Aufschub», sagte Kakoko. «Am Freitag gibt er einen Wohltätigkeitsabend auf seinem Anwesen. Er will den Anlass nutzen, diese Natalie unter Druck zu setzen. Das dauert mir zu lange. Sie muss unser Anliegen ernst nehmen.»

«Ich kümmere mich darum. Was tun wir wegen des anderen Problems?», fragte Lionel.

«Nichts», sagte Kakoko. «Frauen lösen diese Art von unerwünschten Problemen unter sich.»

***

Sara hatte Rizzo an diesem Nachmittag an ihrer Seite. Sie stiess ihm unauffällig ihren Ellbogen in die Rippen, als ihr Kollege auf dem Vorplatz der Villa staunend stehen blieb. «Die haben nur Geld», sagte Sara, «deswegen sind sie keine besseren Menschen.» Sie setzte sich ihre Pilotensonnenbrille auf und fluchte heimlich über diese Hitze.

Ein sportlicher Typ in Jeans und dunkelblauem T-Shirt kam auf sie zu. Selbstbewusst, mit kühlem Charme und offener Neugier in seinen Augen.

«Polizei?», fragte er und reichte Sara die Hand. Guter Händedruck.

«Sie sind der Herr des Hauses? Herr Krieger?»

«Nein.» Er stellte sich als Tom Engels vor. «Ich arbeite für die Kriegers. Sicherheit und Personenschutz.»

«Aha», sagte Sara und musterte den gut aussehenden Mann. «Muss denn hier jemand beschützt werden?»

Tom schwieg diskret, verlangte stattdessen nach ihren Ausweisen und wollte wissen, worum es ging.

«Wir müssen mit Natalie Krieger sprechen. Ist sie zu Hause?»

«Sie bekommt gerade ihre Wellnessbehandlung», antwortete er. «Wollen Sie solange auf einen Kaffee ins Haus kommen?»

«Die Polizei hat keine Zeit für Kaffeeklatsch», sagte Rizzo und blähte seine Brust. «Frau Krieger kann ihre Massage später fortsetzen.»

«Kann sie nicht», sagte Tom.

Eine halbe Stunde später sass Sara noch immer mit Rizzo und dem Bodyguard im Salon, vor sich eine leere Kaffeetasse. Rizzo hatte bereits zwei Stücke Kuchen verdrückt, den eine charmante, wenn auch eher schüchterne Haushälterin serviert hatte.

«Was arbeitet denn Herr Krieger? Solch eine Villa ist ja nicht gerade billig, erst recht nicht im Kanton Zug.» Sara starrte Tom herausfordernd an.

Er blieb gelassen. «Über meinen Arbeitgeber gebe ich keine Auskunft, es sei denn, ich werde gerichtlich vorgeladen. Ich bin überzeugt, die Polizei ist bereits bestens informiert.»

«Arbeiten Sie schon lange hier?», fragte Sara.

«Seit heute.»

«Ihr erster Arbeitstag? Und da müssen Sie sich gleich mit

der Zuger Polizei herumschlagen. Scheint ein interessanter Job zu sein.»

«Es ist mit Sicherheit kein langweiliger Job.»

Eiskalter Hund, dachte Sara. Der liess sich nicht so leicht einschüchtern. Das gefiel ihr. Sie zweifelte, dass er so lieb und brav war, wie er sich gab. Sie musste ihn definitiv genauer durchleuchten.

«Wie lange dauert denn diese Wellnessbehandlung?», fragte Rizzo.

Sara hörte ein Geräusch aus der Eingangshalle.

«Da kommt Natalie.» Tom stand auf und ging ihr entgegen, blieb jedoch abrupt stehen.

Sara brachte nichts so schnell aus der Ruhe, Natalie Krieger tat es. Sara stand auf und starrte sie an.

Die junge Frau trug ein leichtes Sommerkleid in bunten Farben. Es war ärmellos und reichte ihr knapp bis zu den Knien. Sie humpelte in Socken auf sie zu. Das rechte Bein war bis zum Knie einbandagiert, das linke mit Blasen übersät. Auch ihre Arme waren verletzt. Das Gesicht war bleich und schmal. Hellblaue Augen musterten Sara neugierig. Sie konnte nicht anders, als der Frau auf den Kopf zu starren. Natalies Haare waren millimeterkurz geschoren. Kreisrunde, haarlose Stellen überzogen die Kopfhaut.

Was war mit dieser jungen Frau geschehen, fragte sich Sara. Sie sah aus, als sei sie aus jahrelanger Folterhaft entlassen worden. Häusliche Gewalt? Als Natalie ihr die Hand zur Begrüssung entgegenstreckte, dämmerte es Sara, dass sie krank sein musste. Die Hände waren vernarbt, die Finger gekrümmt und zusammengewachsen. Sara zögerte.

«Sie dürfen meine Hand zur Begrüssung schütteln», sagte Natalie. «Ich bin nicht ansteckend, ist nur ein nerviger Gendefekt.»

Sara schüttelte vorsichtig die Hand. Während Natalie sich setzte, schielte Sara zu Tom hinüber. Er stand am Eingang des Salons. Mit halb offenem Mund starrte er Natalie an. Schien so, als hätte er in seiner kurzen Karriere bei den Kriegers die junge Frau nie wirklich zu Gesicht bekommen. Nutzte sie ihre Krankheit aus, um bei der Polizei Mitleid zu erregen? Sara fiel nicht auf den Trick herein. Der junge Rizzo hingegen schon. Er räusperte sich und entschuldigte sich dreimal, dass sie Natalie befragen wollten. Memme.

«Worum geht's?», fragte Natalie und setzte sich Sara gegenüber in einen Sessel.

«Was sagt Ihnen Kipekapeka?», fragte Sara geradeheraus.

«Ich habe Kipekapeka gegründet.»

«Ihre Website im Netz liefert nur wenige Informationen. Was genau tut Kipekapeka?»

«Wir helfen Menschen.»

«Wer ist wir?»

«Junge Leute auf der ganzen Welt, die privilegiert geboren wurden und ihr Geld nicht in Beautysalons und auf Partys verschleudern wollen und anonym bleiben möchten.»

«Die Robin Hoods des 21. Jahrhunderts?»

«Robin Hood war arm und hat die Reichen bestohlen, um das Geld gerecht unter der Bevölkerung zu verteilen. Wir von Kipekapeka hingegen sind reich, bestehlen niemanden und helfen jenen Menschen, die von Staaten, Konzernen oder Familien ausgebeutet werden.»

«Wer genau nimmt Ihre Hilfe in Anspruch?»

«Sklaven.»

«Sklaven?»

«Menschen, die gegen ihren Willen ausgebeutet werden», sagte Natalie, streckte ihr einbandagiertes Bein aus und verzog kurz das Gesicht.

«Wie treten die Sklaven mit Ihnen in Kontakt?», fragte Rizzo, sprach dabei das Wort «Sklaven» vorsichtig aus. «Auf Ihrer Homepage finden sich keine Kontaktdaten, und die IP-Adresse führte uns nach Kolumbien. Es hat unsere Spezialisten ganz schön Arbeit gekostet, Ihre Website bis nach Zug zurückzuverfolgen.»

«Wir haben Mitglieder an jedem gottverlassenen Ort der Welt, die uns helfen, Kontakte mit Einheimischen und Bedürftigen zu knüpfen. Es wäre zu gefährlich, wenn jeder sofort herausfinden könnte, wer hinter Kipekapeka steckt. Deshalb kommunizieren wir im Darknet.»

Sara beobachtete, wie der Bodyguard aufmerksam zuhörte.

«Wie sieht Ihre Hilfe aus?», fragte Rizzo.

«Wir helfen mit Geld, medizinischer Versorgung, in gewissen Fällen mit Rechtsbeistand, und manchmal greifen unsere Kontakte vor Ort persönlich ein, wenn ein Leben bedroht ist.»

«In welchen Ländern operieren Sie?»

«Auf der ganzen Welt: in Afrika, Asien, Südamerika, in den USA, und wir betreuen Fälle in Europa.»

«Darf ich mich bei Ihnen umsehen? Einen Blick auf Ihren Computer werfen?», fragte Sara.

«Definitiv ein No-Go. Es sei denn, Sie haben einen Wisch vom Richter.»

Auf die harsche Antwort war sie nicht vorbereitet gewesen. Natalie schien körperlich schwach, im Kopf war sie ein Ninja. Sara scheute keinen Kampf. Sie war nicht als Freundin hier. Sie zog ein Foto aus ihrer Hosentasche und reichte es Natalie. Umständlich nahm Natalie es mit ihren vernarbten Händen entgegen. Lange schaute sie es an.

Tom trat hinter Natalie und blickte ebenfalls auf das Bild. «Wer ist sie?», fragte er.

«Eine junge Frau mit zentralafrikanischen Wurzeln», erklärte Sara. «Sie fiel vorletzte Nacht von der mittleren Lorzentobelbrücke. Ob freiwillig oder nicht, wissen wir nicht. Wir kennen ihre Identität nicht. Aber Sie, Frau Krieger, Sie kennen diese Frau.»

Tom zog überrascht die Augenbrauen hoch, kam um den Sessel herum und setzte sich neben Sara. Er roch gut.

«Du kennst die Frau?», fragte er Natalie.

«Nicht persönlich. Ich hatte vor einem Monat mit ihr Kontakt. Wir haben uns kurz unterhalten, via Skype. Sie heisst – hiess Emeline, mehr weiss ich nicht. Die arme Frau. Wurde sie ermordet?»

«Wie kommen Sie darauf?»

«Weshalb sollte mich sonst die Polizei befragen?»

«Wir wissen es nicht», erklärte Sara. «Was können Sie uns über diese Emeline erzählen?»

«Sie ist vor einem mächtigen Mann geflohen, der sie über Monate hinweg vergewaltigte und bis nach Europa verfolgte. Das ist alles, was ich Ihnen sagen kann.»

«War sie hier in der Schweiz, als Sie mit ihr gesprochen haben?», fragte Rizzo.

«Nein. Emeline kommt aus der Demokratischen Republik Kongo, aus Bukavu, wie sie mir sagte. Als sie mich kontaktierte, war sie bereits in Europa, in Brüssel. Eine Adresse kenne ich leider nicht, auch nicht ihren Nachnamen. Sie war total verstört und wollte sich mir nicht anvertrauen. Sie hat den Kontakt abgebrochen. Seither habe ich nichts mehr von ihr gehört.» Natalie schaute Tom an, einen Tick zu lange, wie Sara fand.

«Emeline hat sich die Fingerkuppen abgeschliffen», sagte Sara, «wir können daher keine Fingerabdrücke nehmen. Wenigstens haben wir dank Ihnen einen Namen, der hilft hoffentlich weiter, und Brüssel ist ein guter Hinweis.»

Tom blickte Sara verwundert an. «Wie kamen Sie darauf, dass Natalie mit dem Tod der Frau in Verbindung steht?»

«Kipekapeka», sagte Sara. «Diese Emeline hat sich das Wort auf die Innenseite des grossen Zehs geschrieben. Sie wollte, dass wir Sie finden, Frau Krieger. Warum?»

Natalie zuckte mit den Schultern.

«Sie haben Emeline nie persönlich getroffen?», hakte Sara nach.

«Nein. Weshalb fragen Sie?»

«Die Obduktion ist noch nicht abgeschlossen, aber etwas hat das Institut für Rechtsmedizin in Zürich bereits festgestellt: Emeline hat wenige Tage vor ihrem Tod entbunden.»

Es wurde ganz still im Salon. Tom wagte sich als Erster zu sprechen. «Wo ist das Baby?»

***

Natalie schaute auf, als Tom eintrat. Es war bereits früher Abend. Sie sass auf ihrem Bett, bewacht von ihren lebensgrossen Superhelden. Die Knie hatte sie angezogen und hielt sie umschlungen. Sie trug noch immer das kurze Sommerkleid und den Kopf unbedeckt.

«Eine Frau mit Glatze ist mal was Neues. Der Anblick hat voll eingeschlagen, was?»

Tom blieb neben Superman stehen und imitierte dessen Pose mit den Händen an den Hüften. «Frauen mit Glatze sind okay. Ich mag keine Frauen, die lügen.»

«Ich kenne dich gerade einmal einen Tag. Denkst du, da vertraue ich dir mein ganzes Leben an?»

«Wenn dir dein Leben lieb ist, ja. Dann verlange ich das von dir. Wie soll ich dich sonst beschützen?»

Natalie stand auf. Es sollte eine energische Geste werden, doch sie hatte Schmerzen, das sah Tom deutlich in ihren Augen. Sie ging hinüber zu einer Kommode und zog eine bunte Mütze hervor, die Bob Marley besser gestanden hätte. Sie zog sie umständlich an, da beide Hände dick eingebunden waren und nur die Fingerspitzen aus dem Verband ragten. «Ich werde sterben, dagegen kannst du nichts ausrichten. Aber da draussen», sie zeigte mit der Hand zum Fenster, «da draussen leiden Menschen, denen geholfen werden kann. Ich will mein beschissenes Leben nicht sinnlos beenden.» Sie ging zu Batman und legte ihm den Arm um die Schulter. «Ich wurde reich geboren. Ich kann helfen. Und ich tue es.»

Tom schüttelte den Kopf, ganz leicht nur. «Wach auf aus deiner Phantasiewelt. Du bist nicht Wonder Woman. Deshalb schläfst du ab sofort nachts im Haus. Hier oben in deinen Räumen. Kein Papiliorama. Kein Shoppingtrip nach Zug. Keine Kontakte über Kipekapeka und kein Surfen im Darknet. Bevor die Polizei den Fall nicht aufgeklärt hat, verhältst du dich still.»

«Boah, Alter, vergiss es. Du sagst mir nicht, was ich zu tun habe!» Natalie liess Batman stehen und trat vor Tom. Sie starrte ihn auf Augenhöhe an. Diese hellblauen Augen loderten zornig. «Du bist mein Bodyguard, Tom, du bist nicht mein Vater.»

«Dein Vater ist nicht hier, doch jemand muss dir die Grenzen aufzeigen. Missbrauche deine Krankheit nicht, um andere zu manipulieren. Das geht schief, Mädchen. Es funktioniert bei mir nicht, und es hat bei der Polizistin nicht funktioniert.»

«Nenn mich nicht Mädchen! Du bist nicht mein Paps. Du arbeitest für mich, verdammt.»

«Das bedeutet nicht, dass ich deshalb zu deinem Sklaven werde, Mädchen.» Tom fühlte sein Herz rasen. Solche Diskussionen raubten ihm den letzten Nerv. Er wollte gehen. Natalie hielt ihn am Arm zurück. Er schaute auf ihre verbundene Hand, die auf seinem Oberarm lag. Es war eine entschlossene Geste von einer kraftlosen Hand. Tom sagte nichts, schaute nur Natalie an. Es gab selten Momente, in denen er überfordert war. Dies war einer jener Momente.

«Wir sind noch nicht fertig», sagte sie.

«Doch, sind wir.» Behutsam nahm Tom ihre Hand von seinem Oberarm. «Meine Ex labert mir schon den Kopf voll. Das hier brauche ich nicht. Ich gehe nach Hause.»

«Nein. Du schläfst hier. Du hast hier dein Zimmer.»

Sie stellte sich ihm in den Weg. Weshalb? Weil sie beleidigt war, oder hatte sie Angst …

Tom ging um sie herum zur Tür. «Ich habe zu Hause einen dementen Vater, den ich ins Bett bringen muss. Und ich brauche frische Socken. In einer Stunde bin ich zurück. Heute Nacht übernachte ich vor deiner Tür. Verdammt, du lebst auf einem Pulverfass. Du legst dich mit grossen Konzernen an, mit Rebellenorganisationen und weiss der Kuckuck, mit wem. Wenn die Polizei Kipekapeka hierher zurückverfolgen konnte, können es deine Gegner erst recht. Eine Frau ist tot, der du geholfen hast. Der Einbruch war kein Zufall. Das war kein gewöhnlicher Dieb, hab ich recht? Wie kann ich dich beschützen, wenn du mich belügst? Du wusstest schon vor dem Besuch der Kripo von Emelines Tod, richtig? Und du weisst mehr über sie, als du zugibst. Auch über das verschwundene Baby?» Tom atmete tief durch. «Wir zwei haben so einiges zu bereden – morgen.»

FÜNF

Natalie kritzelte über das digitale Tablet wilde Kreise auf den Bildschirm vor sich. Sie war stinksauer und konnte sich nicht konzentrieren. Eigentlich hatte sie ein paar Entwürfe zeichnen wollen, jetzt sah sie nur dämliche Kreise vor sich. Wütend schob sie den Laptop von sich. Die hektische Bewegung scheuchte einige Schmetterlinge auf, die auf einer Orchidee neben dem Tisch gesessen hatten.

Es war bereits warm im Papiliorama, zu warm. Abwesend kratzte sich Natalie den Arm, zu spät bemerkte sie ihren Fehler. Mist! Das würde eine neue Blase geben. Sie stand auf. «Das ist Toms Schuld», beklagte sie sich bei dem Gecko, der an der Glasscheibe haftete. Sie hatte sich heute Morgen mit ihm gestritten. Zum Henker, er war ihr Angestellter, nicht ihr Vormund. Heute Nacht würde sie wieder im Papiliorama schlafen, Tom hatte hier nichts zu melden.

«Es ist nicht seine Schuld», sagte eine sanfte Stimme.

Natalie drehte sich um und zog einen Schmollmund, als sie Alexandras kritischen Blick auf ihr Gekritzel bemerkte.

«Deine Entwürfe waren schon besser», sagte Alexandra. Sie trug ein Tablett in der Hand und stellte es auf den Tisch. «Es ist diese Polizistin von gestern, die dich aufgewühlt hat, nicht Tom, hab ich recht?»

Natalie seufzte und liess sich auf den Stuhl fallen. «Glaubst du, ich habe mich übernommen? Mit Kipekapeka, meine ich.»

«Ja, hast du. Du hast ja keine Ahnung, was es bedeutet, in Angst zu leben. Warum kümmerst du dich nicht mehr um dich und weniger um andere?» Alexandra setzte sich neben sie an den Tisch.

«Weil mich dann das heulende Elend überkommt. Ich hasse mich, wenn ich mich so aufführe.» Natalie starrte auf das Tablett, das Alexandra mitgebracht hatte. Ein Glas Milch stand darauf.

«Natalie, du kannst dich nicht für deine wahren Gefühle hassen.»

«Von wem ist der?», wich Natalie aus. Sie zeigte auf den Brief, der auf dem Tablett lag. Die Adresse war von Hand geschrieben, eine zittrige Schnörkelschrift. Sie hob ihn hoch. Da war ein Gegenstand drin, klein und hart.

«Lag heute im Briefkasten. Wo steckt eigentlich Tom?», fragte Alexandra. «Habt ihr euch ausgesprochen?»

«Nein. Nur den Streit von gestern Abend fortgeführt. Er ist so stur.»

«Oh, mit sturen Menschen habe ich Erfahrung», sagte Alexandra mit tadelndem Blick.

Natalie verdrehte die Augen. «Tom macht einen Rundgang. Will die Alarmanlage aufrüsten. Jonas ist stocksauer, weil er ihm helfen muss.»

«Jonas ist nicht sauer. Er ist eifersüchtig.»

«Ha! Davon träumst auch nur du, dass sich zwei Männer um mich streiten.» Natalie versuchte, den Brief aufzureissen. Mit ihren vernarbten Händen war das ein Kunststück.

«Herzchen, Jonas vergöttert dich, hast du das nicht bemerkt? Der würde dich gleich morgen heiraten, wenn er eine Chance bei dir sähe.»

«Schon vergessen? Mir wird nie ein Mann einen Diamanten an den Finger stecken können. Bei diesen Händen ist das nicht einmal physiologisch machbar.» Mit einem unbeholfenen Ruck riss sie das Couvert auf. Etwas Rundes fiel heraus und rollte über die Tischkante zu Boden. Alexandra stand auf, um es aufzuheben.

«Da ist eine Notiz drin», sagte Natalie und zog das Stück Papier heraus. Sie las den Satz laut vor: *«Diamants du sang pourrissent en enfer!»*

Alexandra richtete sich auf. In der Hand hielt sie einen kleinen kantigen Stein, kaum grösser als eine Erbse. Er hatte eine dunkelrote, matte Farbe. «Was ist das?» Sie legte ihn Natalie auf den Tisch.

«Mein Gott!» Natalie brauchte einen Moment, um die Zusammenhänge zu begreifen. «Alexandra, nimm eine Serviette und versuche, die rote Farbe auf einer Seite wegzuwischen.» Alexandra tat es. Tatsächlich war der Stein darunter glasig weiss. Das war kein Stein. «Alexandra, das ist ein Diamant! Ein Rohdiamant. Ein Blutdiamant.»

Überfordert liess sich Alexandra in den Stuhl fallen. «Wer schickt dir einen Blutdiamanten? Was hat das zu bedeuten? Das ist irgendwie unheimlich.»

Natalie starrte auf die eine Zeile Text. *Diamants du sang pourrissent en enfer!* Blutdiamanten verrotten in der Hölle! Es gab nur eine Person, die ihr den Blutdiamanten geschickt haben konnte. Weshalb? Es ging nie um Diamanten. «Scheisse. Hol sofort Tom her.»

***

Tom stand auf der Leiter und schaute über das Einfahrtstor hinaus auf die Strasse. Er würde eine zweite Kamera brauchen. Die bereits über dem Tor installierte war auf die Zufahrtsstrasse nach Norden gerichtet. Wenn ein Wagen aus der anderen Richtung kam, so wie der Porsche Cayenne, der gerade die Strasse hochfuhr, blieb er unentdeckt. Es gab einfach zu viele tote Winkel, die ein Einbrecher nutzen konnte.

Jonas stand unten neben der Leiter und notierte, was Tom ihm diktierte. «Eine weitere Kamera? Das ist schon die fünfte.»

«Und es wird nicht die letzte sein. Oh, sieht so aus, als bekommen wir Besuch.» Der kaffeebraune Porsche hielt vor dem Tor. Eine blonde Frau sass hinter dem Steuer. Tom gab ihr ein Zeichen, dass er gleich zu ihr kommen würde. Er stieg die Stufen hinab, stellte die Leiter beiseite und trat durch die Tür im Einfahrtstor hinaus.

Die Frau liess die Scheibe hinunter. «Guten Morgen», sagte sie und zeigte ein strahlendes Lächeln. Ihr Mund war kirschrot, die Zähne schneeweiss, und das Haar fiel ihr perfekt frisiert über die nackten Schultern. Sie trug eine schulterfreie Seidenbluse. Die Augen konnte Tom nicht sehen, die waren von einer grossen dunklen Sonnenbrille bedeckt. Wow, eine schöne Frau, dachte er, und eine teure dazu. Er nahm neben dem Wagen eine stramme Haltung an, wie das die Bodyguards in amerikanischen Filmen taten. Lächerlich. Heute machte es ihm ein klein wenig Spass. «Sie wünschen?», fragte er mit tiefer Stimme.

«Ich will zu den Kriegers. Wir sind gute Bekannte.»

«Name?»

«Frau Raschak.» Jonas trat neben den Wagen, ein breites Grinsen im Gesicht. «Sie haben Glück, Herr Krieger arbeitet heute zu Hause. Ich mache Ihnen gleich auf.» Jonas ignorierte Toms mürrischen Blick und öffnete das Tor. Die feine Dame fuhr auf den Vorplatz. Tom ging hinterher. Er würde hier neue Regeln einführen müssen. So ging das nicht.

Ohne auf Tom zu warten, führte Jonas diese Frau Raschak in die Villa. Schleimer, dachte Tom.

Als er kurz darauf in den Salon trat, sass sie bereits in einem Sessel. Jonas holte gerade Herrn Krieger aus seinem Arbeitszimmer. Die Frau zog die Sonnenbrille aus und strahlte Tom an. «Wir kennen uns nicht.»

«Engels. Tom Engels. Ich bin der Sicherheitsbeauftragte der Kriegers.»

«Oh!»

«Amanda! Welch schöne Überraschung.» Harri kam auf sie zu, die Hände bereits zur Begrüssung ausgestreckt und ein erfreutes Gesicht aufgesetzt. Er schüttelte ihr die Hand und wies Jonas an, Alexandra zu holen, damit sie Kaffee servieren konnte. «Ach, Herr Engels», wandte er sich danach an Tom, «holen Sie bitte Natalie.»

Tom nickte kurz und verliess den Salon. Er vermutete, dass Natalie im Papiliorama sass. Beim Pool stiess er fast mit Alexandra zusammen. «Wow! So eilig?»

«Tom. Gott sei Dank. Wir brauchen dich.»

«Ist etwas mit Natalie?» Ohne auf eine Antwort zu warten, rannte er zum Papiliorama. Natalie schreckte vom Stuhl auf, als er die Tür zum Glashaus aufriss.

«Scheisse, Tom, du hast mich erschreckt.»

Er ging rasch zu ihr. «Alles okay? Alexandra hat gesagt –»

«Und da rennst du wie von der Tarantel gestochen zu mir?» Natalie setzte ein gequältes Lächeln auf. «Mir geht es gut. Ich muss mit dir reden – wegen heute Morgen …»

Tom prustete Luft aus den Lungen und setzte sich auf die Tischkante. «Reden, ohne zu streiten? Gerne ein andermal. Du hast Besuch. Eine Amanda Raschak räkelt sich im Salon.»

«Was will die denn?»

Tom entging das nervöse Flackern in Natalies Augen nicht. Sah er Tränen? «Was ist los?»

Sie schaute weg und schüttelte den Kopf.

«Denkst du, ich weiss nicht, dass du mich belügst? Mich und die Polizei. Es hat mit dieser Emeline zu tun, nicht?»

«Fängst du schon wieder damit an?» Natalie drehte sich zu ihm um und streckte ihm ihre Hand entgegen. Ein kleiner, schmutziger Stein lag darin. Oder ein Stück Glas? Tom nahm ihn zwischen seine Finger und schaute Natalie fragend an.

«Den hat mir Emeline geschickt. Gemäss Poststempel hat sie den Brief am Montag in Zug aufgegeben, am Tag vor ihrem Tod. Das ist ein Diamant, Tom. Ein Blutdiamant.»

«Heiliges Kanonenrohr! Und das ist echtes Blut, das daranklebt?»

«Ich vermute schon. Emelines Blut, müsste ich raten.»

Tom legte den Diamanten auf den Tisch. «Wir sollten das sofort der Polizei melden.»

«Nein! Ich muss erst nachdenken.»

Worüber, wunderte sich Tom. Sie hütete mehr Geheimnisse, als gut war.

Natalie stand auf. «Aber zuerst muss ich wohl oder übel Amanda begrüssen. Wir sprechen nachher darüber. Ich muss erst meine Gedanken ordnen.»

Sie wickelte den Rohdiamanten in eine Papierserviette und verliess das Papiliorama. Tom folgte ihr in den Salon.

Harri sass Amanda gegenüber in einem Sessel. Alexandra brachte gerade Kaffee und frische Buttergipfeli. Natalies Begrüssung fiel eher kühl aus, dafür drückte sie ihrem Paps einen langen, warmen Kuss auf die Stirn. Heute trug sie ein leichtes, bodenlanges Baumwollkleid mit Batikmustern und langen Fledermausärmeln. Ihre Beinah-Glatze verbarg sie unter einer Sommermütze. Sie sah aus wie ein Hippie oder eine Greenpeace-Aktivistin. Auf jeden Fall bot ihr Aussehen einen krassen Kontrast zur perfekt gestylten Amanda Raschak mit Seidenbluse, engem Rock und Stöckelschuhen.

«Ich habe dich lange nicht mehr gesehen, Natalie. Wie geht es dir?»

Was für eine blöde Frage. Tom stellte sich neben den Eingang und beobachtete die Szene. Niemanden schien es zu stören, dass er anwesend war. Der Small Talk zog sich einige Minuten hin, der Kaffee wurde getrunken, und als der Gesprächsstoff ausging, begann Amanda in ihrer Handtasche zu wühlen. «Der Grund, weshalb ich hier bin ... Vincent und ich wollten euch gerne einladen.» Sie zog einen Umschlag aus der Tasche. Dabei fiel ein kleines Ding zu Boden und rollte in Toms Richtung. Er ging sofort hin und hob es auf. Es war ein Schnuller. Unschlüssig betrachtete er das Ding und reichte es Amanda zurück. «Oh – danke. Der gehört Anna.»

«Wie macht sich die kleine Anna?», fragte Harri.

Amanda strahlte. «Sie ist ein Schatz. Erst drei Wochen alt und hält mich und die Nanny auf Trab. Deswegen bin ich nicht hier.» Sie reichte Harri die Einladung. «Morgen Abend veranstalten wir auf unserem Anwesen den jährlichen Wohltätigkeitsabend. Der Erlös soll Waisenkindern zukommen. Wir würden uns freuen, wenn ihr kommen könntet.»

«Geht nicht», sagte Natalie.

«Natalie, natürlich gehen wir hin, es ist für einen guten Zweck», sagte Harri.

«Schon vergessen, Paps, Menschenmengen sind für mich der Horror.»

«Wohl kaum die Wohltätigkeitsveranstaltung bei den Raschaks.»

«Bitte, du musst kommen», sagte Amanda. «Wir bestehen darauf.»

Natalie blickte Tom an. «Ich komme, wenn ich meinen Bodyguard mitbringen darf.»

Harri starrte Natalie überrascht an, und Amanda runzelte verwirrt die Stirn. Tom stöhnte innerlich. Bitte keine Schickimicki-Gala.

***

Das Büro war herrlich klimatisiert, was Sara begrüsste, da sie innerlich vor Aufregung brannte, und das nicht nur wegen der Entdeckung, die Dr. David Berger vom Institut für Rechtsmedizin gemacht hatte. Bolander hatte ihr gestern Abend davon erzählt, aber sie wollte es persönlich aus Bergers Mund hören. Klar war das ein Affront gegen Bolanders Integrität, doch damit konnte sie leben. Ausserdem war Berger einen Besuch wert. Er war riesig, muskulös und glatzköpfig. Sein Faible für Rockmusik stellte er jeweils durch seine T-Shirts zur Schau. Diesmal war es Metallica. Berger musste aus einem faszinierenden Genmix entstanden sein. Sara glaubte, einmal gehört zu haben, dass sein Vater Afroamerikaner war.

«Wegen dieses Falles kommen Sie extra nach Zürich?», fragte Berger.

«Ich will jedes Detail wissen.»

Die Assistentin trat ein und reichte Dr. Berger ein Dossier.

«Vero-Schatz, du bist die Beste.»

Vero hob defensiv die Hände. «Er ist immer so, nehmen Sie sich in Acht. In zwei Wochen ist mein Praktikum bei Dr. Charme vorbei. Dann kannst du dir einen neuen Schatz suchen, Dave.» Beide lachten herzlich, und Sara beneidete sie fast ein wenig. Mit Bolander und Rizzo konnte sie nie scherzen. Es mussten die Toten sein, welche die Lebensfreude im Institut förderten.

Vero ging, und Sara brachte das Gespräch direkt auf den Punkt. «Sie haben einen Diamanten im Magen der Leiche gefunden?»

«Einen Rohdiamanten, genau. Die Analyse hat das heute

Morgen definitiv bestätigt. Das war das wohl teuerste Henkersmahl aller Zeiten.»

«Wann hat sie den geschluckt?»

«Kurz vor ihrem Tod.»

Ein weiteres Zeichen, das darauf hindeutete, dass Emeline in den Tod getrieben wurde. Man verschluckt einen Diamanten, damit ihn ein anderer nicht kriegt. Oder war der Diamant als Hinweis für die Polizei gedacht? Emeline gab Rätsel auf. «Neuigkeiten zu ihrer Entbindung?»

«Nur, was ich Ihnen bereits gesagt habe. Sie hat bei einem Arzt oder in einem Spital entbunden. Ihr wurde ein Dammschnitt gemacht. Professionelle Arbeit. Perfekte Naht.»

«Etwa drei Tage vor ihrem Tod?»

«Jep.»

«Andere Spuren? Missbrauch, Vergewaltigung?»

Dr. Berger verschränkte seine Arme, was seinen gebräunten Bizeps enorm betonte, und lehnte sich im Stuhl zurück. «Wenn sie vergewaltigt wurde, muss das länger zurückliegen. Sie hatte keine frischen Verletzungen, die nicht vom Sturz herrührten, allerdings einige ältere Anzeichen, dass ihr Leben nicht einfach war. Sie hat sich zweimal den rechten Arm gebrochen. Einmal in ihrer Kindheit, der andere Bruch ist ein paar Jahre alt. Auf dem Rücken hatte sie längliche Narben, die von einem Stock, einer Peitsche oder von einem Messer sein könnten. Am rechten Unterschenkel hat sie eine Brandnarbe, die mehrere Jahre alt ist.»

«Wir vermuten, dass sie aus der Demokratischen Republik Kongo stammt», sagte Sara. «Aus Bukavu, im Osten des Landes. Dort tobten seit 1996 drei Kriege.»

Berger nickte. «1996 dürfte etwa ihr Geburtsjahr gewesen sein. Die Narben könnten durchaus Kriegsverletzungen sein.» Er schüttelte traurig den Kopf. «Ein Mädchen überlebt drei Kriege, und wir hier in der Schweiz regen uns über Lappalien im Alltag auf.»

***

Am späten Nachmittag sass Tom mit Natalie in ihrem Arbeitszimmer. Er hielt den kurzen Brief in der Hand, den Emeline geschrieben hatte. «Was meint sie damit: Diamanten verrotten in der Hölle?»

«Keine Ahnung», sagte Natalie, die ihm gegenüber am Tisch sass. «Ich weiss nicht, was sie mit Hölle meint. Ihr Land? Ihr Leben? Die Menschen, die sie jagten?»

Tom legte den Brief zurück auf den Arbeitstisch. «Du solltest den Diamanten der Kripochefin übergeben.»

Natalie senkte den Blick und fuhr mit der Hand über das Briefpapier. «Nein, keine Polizei. Emeline hat ihn mir geschickt. Weshalb? Ich muss es herausfinden. Hoffentlich erfahre ich morgen Abend auf der Wohltätigkeitsveranstaltung der Raschaks mehr.»

«Du gehst also hin?», fragte Tom.

«Ja. Und du kommst mit. Vier Augen sehen mehr als zwei. Vincent Raschak mag mich nicht. Hässlicher Kerl. An den komme ich nicht ran. Aber du. Verwickle ihn in ein Gespräch. Komm auf den Kongo zu sprechen und auf die Leiche im Lorzentobel. Achte auf seine Reaktion. Ich muss wissen, wie er zu Emeline stand und ob er von dem Baby wusste. Ich werde Amanda darauf ansprechen.»

«Aus welchem Grund hast du ihn auf dem Schirm?»

«Liegt doch auf der Hand. Er reist oft in den Kongo, ich habe das recherchiert. Dann ist da Emeline, die hochschwanger nach Zug reisen will. Das kann kein Zufall sein. Und gleichzeitig schenkt auch Amanda Vincent eine Tochter?»

«Die Raschaks können kaum ein farbiges Baby ihr eigenes nennen, wenn du das denkst.»

«Du hast ja recht. Aber etwas stinkt da gewaltig.»

Tom schaute auf seine Armbanduhr. Es war fast fünf. «Was dagegen, wenn ich mich für zwei Stunden abmelde? Unsere Nachbarin, die sich um meinen Paps kümmert, muss weg, und die Spitex schaut erst um sieben wieder vorbei.»

«Wie schlimm ist es mit deinem Vater?», fragte Natalie.

«Er hat gute und schlechte Tage. Lange kann ich ihn nicht

mehr alleine in seiner Wohnung lassen. Unsere Nachbarin betreut ihn schon fast rund um die Uhr.»

«Tut mir leid.»

Tom sah, dass Natalie es ernst meinte. Sie rieb sich abwesend das Handgelenk.

«Hast du Schmerzen?»

«Ich hatte auch schon bessere Tage. Dieses Jucken treibt mich in den Wahnsinn, und kratzen darf ich nicht. Tja, so ist mein Leben.» Sie schaute auf. «Ich bin froh, dass wir uns ausgesprochen haben.»

Tom wollte etwas erwidern, als sein Handy klingelte. Er blickte aufs Display und legte sofort seine Stirn in Falten. «Das ist Lucy. Da muss ich rangehen. – Hey, Süsse, alles okay bei euch?»

«Nein! Mami macht voll auf Glucke, nur weil ich heute nach der Schule eine Stunde später nach Hause kam. Ich bin zwölf, ich brauche meinen Freiraum, die soll nicht immer so stressen!»

«Was hast du denn in dieser Stunde gemacht?», fragte Tom und hatte da schon so eine Ahnung.

«Na, Robbie, der hat da so einen megacoolen YouTuber entdeckt, der macht voll krasse Sachen, und wir haben uns im Park seine Blogs reingezogen.»

«Du und dieser Robbie? Alleine?»

«Oh Mann, stresst du auch rum oder was? Ich bin kein Baby mehr, Papi.»

Tom musste heimlich lachen, und als Natalie amüsiert die Augenbrauen hochzog, weil sie unmöglich Lucys Stimme überhört haben konnte, wurde sein Grinsen breiter. «Lucy, warum erzählst du mir nicht einfach von diesem Robbie? Wie alt ist er, welchen Sport treibt er, wie sind seine Schulnoten, ist er der Polizei bekannt …?»

«Och, Papi, du bist echt unmöglich!»

***

«Diese billigen Gerbera passen nicht auf die Terrasse. Vincent! Ich habe Orchideen bestellt.»

«Blumen sind Blumen.» Es brauchte wenig, und Vincent würde explodieren. Er hatte auf einen ruhigen Abend gehofft, um nachzudenken. Mit einer Zigarre hatte er sich aufs Sofa im Wintergarten gesetzt, in der Hand einen Cognacschwenker. Es war nach neun, die Sonne stand noch über dem Horizont, ihre Strahlen reflektierten im Ägerisee und blendeten ihn.

Amanda riss ihm die Zigarre aus der Hand und drückte sie im Aschenbecher aus. Ihre Eventplanerin stand hinter ihr wie ein Schatten.

«Wir bekommen Probleme mit der Gewerkschaft, wenn du sie so lange arbeiten lässt», sagte Vincent.

Die Eventplanerin setzte ihr gekünsteltes Lächeln auf. «Das geht in Ordnung, Herr Raschak. Morgen soll alles perfekt sein, nicht?»

Er könnte heute Abend zum Mörder werden, dachte er und starrte auf die sterbende Zigarre. «Nicht mal einen Anlass bekommst du alleine hin.» Er wusste nicht, ob es Absicht war, dass Amanda seine Worte hörte. Vermutlich schon.

Und sie legte gleich los. «Meine Familie hat diesen Wohltätigkeitsabend immer im Juni veranstaltet, seit mehr als dreissig Jahren. Meine Mutter hatte ein ganzes Team von Angestellten um sich. Ich habe nur Frau Rustenholz.»

Vincent liess sein Kinn auf die Brust fallen. Er konnte Amandas Anblick nicht ertragen. Nicht heute. «Was ist mit Josephine, Leopold und der Nanny? Die können sich nützlich machen.»

«Josephine steht seit drei Tagen in der Küche und putzt die Abende durch. Leopold kümmert sich um Garten und Terrasse, und unser Kindermädchen hat weiss Gott anderes zu tun, als Silber zu polieren. Heute Nachmittag brachte die Gärtnerei die Blumenarrangements. Gerbera! Ich wollte Orchideen.»

«Und ich habe die Bestellung abgeändert. Sechstausend Franken für Blumenarrangements? Ich dachte, wir wollten für Waisenkinder sammeln und nicht die Blumenlobby unterstützen.»

Amanda verwarf die Hände. «Würden meine Eltern noch leben, sie würden sich für dich schämen. Sie haben mich vor dir gewarnt.»

Vincent schoss von seinem Stuhl auf. «Weshalb, hm? Weil ich ein Schwiegersohn aus unangemessenem Stand bin? Ich bitte um Entschuldigung, dass mein Vater nur Mechaniker war und meine Mutter Hausfrau. Sie konnte zumindest vier Kinder ohne Hilfe von Nannys, Köchen und Hausangestellten aufziehen. Und wenn wir zu Ostern ein Familienfest veranstalteten, brauchten wir keine überteuerte Eventmanagerin.»

«Vincent!»

«Ach, halt die Klappe! Vielleicht solltest du besser mal hinhören. Das Baby schreit seit fünf Minuten.»

«Die Nanny ist bei Anna.»

«Bei Anna. Sicher.»

«Warum kümmerst du dich nicht um den Dreck, den du angerichtet hast?»

Der Satz brachte das Fass zum Überlaufen. Die Explosion kam aus dem Nichts. Die ganze aufgestaute Wut entlud sich, als Vincent seine flache Hand gegen Amandas Wange schleuderte.

Frau Rustenholz stiess einen kurzen Schrei aus und warf sich die Hände vor den Mund.

Mit der Situation überfordert stand Vincent vor Amanda. Ihr Haar verdeckte ihr Gesicht, das zur Seite geneigt war. Was war bloss los? Er hatte seine Frau nie geschlagen. «Amanda, es –»

«Schweig!» Sie richtete sich auf, strich die Haare zurück und drehte sich zu der Eventmanagerin um. «Kein Wort zu niemandem.» Sie trat vor Vincent. «Ich hole umgehend die Angestellten der Gärtnerei aus dem Bett und verlange bis morgen Mittag die bestellten Orchideengestecke geliefert. Und du verschwindest. Vor dem Anlass will ich dich nicht mehr sehen.»

«Amanda, lass uns –»

Sie schnitt ihm das Wort ab. «Dein Kind braucht dich. Hörst du nicht, dass es die ganze Zeit über schreit?» Amanda machte auf dem hohen Absatz kehrt und verliess den Wintergarten. Die Eventmanagerin folgte ihr aufgelöst.

Verdammt. Vincent schmetterte den fast vollen Cognacschwenker zu Boden und ging hoch in sein Arbeitszimmer. Er schloss die Tür ab, nicht sicher, ob er damit Amanda draussen halten wollte oder sich selber zur Sicherheit drinnen. Er war dabei, sein Leben, das er sich mit harter Arbeit aufgebaut hatte, zu zerstören. Vincent setzte sich an den Computer, öffnete den Browser und rief eine Onlineseite mit Glücksspielen auf. Er loggte sich ein und nahm an einer Runde Poker teil.

Kahuzi-Biéga-Nationalpark – November

Ich mied die Strassen. Eine junge Frau alleine im Dschungel unterwegs war Freiwild. Ich war weniger wert als die Paviane, die mich von den Bäumen herab beobachteten. Dies war nicht meine erste Flucht ins Hochland. Zweimal hatten wir uns in den letzten Jahren vor plündernden und mordenden Rebellen im Nationalpark versteckt. Ich weiss, wie ich überleben kann. Maman hat immer gesagt, ich habe das Herz einer Löwin, die Haut eines Elefanten und die Beine einer Gazelle. Ich bin eine gute Läuferin, aber Maman verbot mir eine sportliche Karriere. Sie brauchte mich zu Hause. Onkel André hat mir die Stelle im Hotel besorgt. Es war eine gute Arbeit. Das war vorbei.

In jener Nacht sass ich im Dunkeln in der Wildnis, verstossen von meiner Familie, verlassen von meinem Muzungu, auf der Hut vor wilden Tieren. Dieses Land war Paradies und Hölle gleichzeitig. Ganz egal, was ich tat, es gab nichts zu gewinnen und nichts zu verlieren. In jener Nacht schmiedete ich einen Plan, der töricht und unerreichbar schien: Ich wollte dich zu deinem Vater bringen.

In dieser ersten dunklen und nassen Nacht, in den Schlaf gesungen von den unheimlichen Stimmen des Dschungels, träumte ich von meinem Muzungu. Unsere Liebe war stark gewesen, dachte ich damals. Ich verstand nicht, weshalb er nicht wie versprochen zurückgekommen war. Etwas musste mit ihm geschehen sein. Ich musste diese Nacht überleben. Für uns. Ich musste stark sein und die bösen Mächte aufsuchen, denn die guten waren nicht bereit zu helfen.

In jener Nacht hatte ich einen leichten Schlaf. Es waren nicht die wilden Tiere, die mich in der Morgendämmerung aufschreckten. Es waren die Stimmen von drei Männern, die plötzlich vor mir standen. Hutu-Rebellen.

SECHS

Es war Freitagabend. Tom hockte neben Natalie auf der Rückbank des Mercedes. Jonas sass am Steuer. Harri war mit seinem Porsche vorgefahren.

«Hör auf, an der Krawatte zu ziehen, die sitzt perfekt.»

Tom fühlte sich unwohl. Er mochte keine Anzüge. Die Ausrede, dass er überhaupt keinen besass, half nicht. Herr Krieger hatte ihm grosszügig einen zur Verfügung gestellt. Feinster Zwirn, der um die Schultern zu eng sass. «Die Krawatte schnürt mir die Luft ab», stöhnte Tom und schaute verwundert auf, als er Natalie lachen hörte. Es klang nicht echt.

Tom hatte Natalie den ganzen Tag über nicht zu Gesicht bekommen. Alexandra hatte ihm erklärt, dass es Natalie nicht gut ging. Solche Rückschläge gab es anscheinend öfters. Am Mittag war die Ärztin gekommen und für drei Stunden in Natalies Zimmer geblieben. Den Anlass heute Abend hatte Tom schon vergessen, als Alexandra plötzlich mitteilte, er solle sich in Schale werfen, Natalie sei bereit, auszugehen.

Er schaute sie lange an. Es war das erste Mal, dass er Natalie mit Make-up sah. Alexandra hatte gezaubert. Die Wunde an der Wange war nicht mehr zu sehen. Nie hatten Natalies blaue Augen so hell gestrahlt, doch Tom sah auch den Schmerz darin. Ihr ging es nicht gut. Sie trug eine Perücke, lange aschblonde Haare. Ihr Kleid war schlicht, aus feinster Seide. Es war lilafarben, bodenlang, mit leichten Chiffonärmeln, die ihr bis über die Hände reichten. Es war figurbetont, aber nicht eng anliegend, am Hals hochgeschlossen.

«Was starrst du mich an?», fragte sie und riss ihn aus den Gedanken.

«Du siehst gut aus. Wie eine echte Lady.»

«Ich fühl mich beschissen.»

Komplimente ertrug Natalie wohl nicht. Er sollte sie in Zukunft bleiben lassen. Persönliche Komplimente an seine Klienten waren unprofessionell, sein Motto. Er richtete den Blick aus dem Fenster. Riesige Quellwolken zogen über den Bergen auf. Ein Gewitter braute sich zusammen. «Lass uns umkehren. Wir müssen nicht bei den Raschaks auftauchen.»

Natalie seufzte. «Du hast dich extra in Schale geworfen, da kehren wir nicht um. Au!»

«Ist alles okay?», rief Jonas, und Tom begegnete seinem Blick im Rückspiegel. Jonas beobachtete genau, was hinten geschah.

«Diese blöde Perücke foltert mich», sagte Natalie und zog an den Haaren. «Ich habe mir ausgerechnet letzte Nacht im Schlaf den Kopf gekratzt. Eine fiese Blase ziert mein Haupt.»

«Zieh sie aus», sagte Tom.

«Ja sicher. Ich zeige mich mit Glatze der Schickeria von Zug.»

«Genau. Du bist ein toughes Mädchen.» Er griff nach den Haaren und zog Natalie behutsam die Perücke vom Kopf. Darunter trug sie eine dünne Baumwollmütze. «Die Wunde blutet wieder.»

«Mist, ich habe nichts dabei. Jonas, fahr kurz in die Stadt. Wir brauchen eine Apotheke.»

Tom sprang fünf Minuten vor Ladenschluss in die Apotheke, kaufte die Verbandsutensilien, die Natalie ihm aufgetragen hatte, und einen lilafarbenen Sommerschal, den sie im Sonderangebot hatten.

Während Jonas sie nach Oberägeri hochfuhr, versorgte Tom die Wunde nach Natalies Anweisung. Sie hielt still, obwohl es wehtun musste.

«Du hast geschickte Hände», sagte sie.

«Ich habe zwei Töchter grossgezogen. Wenn die sich die Knie aufschlugen, war ich der Notarzt. Meine Ex konnte nie Blut sehen. So, fertig.»

«Du machst das fast so gut wie Musa.»

«Nur fast?»

«Okay, genauso gut wie Musa. Danke, Tom.»

«Kein Problem, ist mein Job», sagte er.

Sie streckte den rechten Arm aus und zog den Chiffonärmel zurück. Darunter trug sie ein pinkfarbenes Band am Handgelenk. «Das trage ich immer bei besonderen Anlässen. Es ist das Einzige, was ich von meiner Mutter besitze.»

Tom atmete tief durch. «Ist sie verstorben?»

«Wer? Meine Mutter? Nein, die geniesst ihr Leben auf Mauritius. Ein Leben ohne verkrüppelte Tochter. Ich war ihr zu anstrengend. Täglich das Eincremen und Verbinden und dazu mein Gejammer, das ertrug sie nicht.»

«Sie hat dich verlassen?» Tom schoss das Blut in den Kopf. Wie konnten Menschen nur so herzlos sein?

«Meine Mutter war Ballerina, keine sehr gute. Sie tanzte in einem kleinen Ensemble. Dann hat sie Paps kennengelernt. Die ach so grosse Liebe! Zwei Jahre später kam ich zur Welt. Meine Mutter hat mir zur Geburt ein Paar Ballerinaschuhe geschenkt. Sie sei stolz gewesen, eine Tochter geboren zu haben. Als ein paar Tage später die Diagnose EB kam, brach für sie eine Welt zusammen. Fünf Jahre hat sie durchgehalten, dann ist sie mit einem Hotelbesitzer durchgebrannt, hat die Scheidung eingereicht, und seither kriege ich zu Weihnachten ein Geschenk von ihr. Meine Geburtstage vergisst sie – mit Absicht.»

«Sie hat dich und deinen Vater einfach zurückgelassen?»

«Wir sind in fünf Minuten bei den Raschaks», unterbrach Jonas. Tom wusste sehr wohl, dass ihm das Gespräch zu intim wurde. Wer war hier wirklich der Bodyguard?

«Ist gut, Jonas. Danke», sagte Natalie.

Jonas grinste breit. Armer Idiot, dachte Tom, der Freundlichkeit mit einer Liebeserklärung verwechselt.

«Wo ist die Perücke?», fragte Natalie.

«Keine Perücke», antwortete Tom. «Die ist zu schwer und reisst die Wunde wieder auf.» Er zog den dünnen Schal aus dem Plastiksack der Apotheke. «Hier, garantiert echter Polyester, wiegt etwa drei Gramm, und die Farben passen – na ja – passen fast perfekt zum Kleid.»

«Für mich?»

«Ein Geschenk. Um den Kopf wickeln musst du ihn selber. Damit bin ich überfordert.»

***

Natalie wusste, sie war nicht ohne Grund eingeladen worden. Als Tom sie, ganz gentlemanlike, zum Eingang des prachtvollen Anwesens führte, verdrängte die Neugier die Schmerzen. Was wollte Vincent von ihr? Sie klammerte sich fester an Toms Arm.

«Alles okay?», fragte er. «Wieder Schmerzen?»

«Nein. Es kommt nur selten vor, dass mich ein Mann ausführt.»

Tom blickte auf ihre vernarbte Hand, die auf seinem Unterarm lag. «Ich überschreite heute Abend definitiv meine Kompetenzen als Bodyguard.»

«Wie konnte ich vergessen, dass du mein Bodyguard bist?»

Er schwieg.

Hatte sie ihn in Verlegenheit gebracht? Natalie war verwirrt. Sie kannte Tom erst seit vier Tagen, und bereits unterhielt sie sich mit ihm über ihre Mutter. Sie sprach nie über ihre Mutter. Nicht einmal mit Paps.

«Die Raschaks geizen nicht mit Prunk, was?»

Toms Worte holten Natalie aus den Gedanken. «Amandas Eltern haben mit Rohstoffhandel ein Vermögen aufgebaut», erklärte sie.

«GeoFoss?»

«Ja. Amandas Vater hat GeoFoss gegründet, die Firma aber vor fünf Jahren an eine Holding verkauft. Kurz darauf kamen ihre Eltern bei einem Autounfall an der französischen Riviera ums Leben. Amanda war die Alleinerbin.»

«Und Vincent?»

«Vincent hat sich bei GeoFoss hochgearbeitet und dabei Amanda kennengelernt. Sein Glück, dass sie vor dem Autounfall geheiratet haben. Er hat eine gute Partie gemacht.»

«Du magst die beiden nicht?»

Natalie erinnerte sich an die Hochzeit der Raschaks zurück.

Das Fest hatte drei Tage gedauert. Sie erinnerte sich an Vincents angeekelten Blick, als er sie kennenlernte. «Mein Vater war mit Amandas Eltern befreundet. Nach deren Tod ist der Kontakt abgebrochen. Vincent hat nicht gerne Aussätzige in seinem Palast.»

Tom blieb abrupt stehen. «Lass dir niemals von einem Idioten einreden, dass du weniger wert bist.»

«Begreifst du nicht, Tom, es kann kein Zufall sein, dass ich heute eingeladen wurde. Ausgerechnet heute. Ich war seit ihrer Hochzeit nicht mehr hier.»

«Du denkst, es gibt eine Verbindung von Emeline zu GeoFoss?»

«Den Blutdiamanten, den hat mir Emeline geschickt. Sie hat den Brief am Tag ihres Todes eingeworfen. Diamanten sind Rohstoffe. Ich dachte, es gehe um Coltan – da lag ich voll daneben.»

«Was hast du heute Abend vor?» Tom legte seine Hand auf die ihre. «Mach keine Dummheiten. Wir sollten besser gehen. Jonas wartet im Wagen bei der Einfahrt.»

Natalie starrte auf seine Hand. Weshalb ekelte er sich nicht vor ihren verkrüppelten Fingern? «Mach dich locker. Wir bleiben.»

Sie betraten die mit Orchideen geschmückte Eingangshalle. Eine Bedienstete führte sie in den Garten.

Die Party war in vollem Gange. Ein Quartett spielte Mozart, das Buffet war errichtet und der Champagner entkorkt. Die Zuger High Society sass an weiss gedeckten, runden Tischen und plauderte unbeschwert. Natalie war sich der verstohlenen Blicke bewusst, als Tom sie zu dem Tisch führte, an dem Paps sass. Die Gäste unterhielten sich über Börsenzahlen, ein neues Modelabel, über Permanent-Make-up und einen Hundesalon.

«Ich kotz gleich», flüsterte Natalie in Toms Ohr. «Wir sind hier, um für Waisenkinder zu sammeln. Waisenkinder scheinen hier niemanden zu interessieren.»

«Menschen können sich nicht nur über Tragödien unterhalten», flüsterte Tom zurück.

«Natalie!» Harri stand auf, als er sie kommen sah. Er sass bei den Müllers und hatte ihr einen Platz frei gehalten. «Komm, setz dich.»

Sie blieb stehen und schaute Tom an. Weshalb vergass sie so leicht, dass er ihr Bodyguard war und nicht ihr Date für diesen Abend.

«Guten Abend, die Herrschaften», sagte Tom und deutete eine kleine Verbeugung an. Er schob Natalie den Stuhl zurecht. Sie setzte sich, schaute über ihre Schulter zurück und formte ein Sorry mit ihren Lippen. Er zwinkerte ihr zu. «Ich bin oben auf der Terrasse, wenn du mich brauchst.»

Natalie war bemüht, dem Gespräch am Tisch zu folgen, aber Segeln auf dem Gardasee interessierte sie nicht. Sie suchte unter den Gästen nach Vincent und Amanda. Die Gastgeber waren nicht zu sehen.

***

Tom versuchte, mit einem teilnahmslos wachsamen Bodyguardblick dem Lächeln der Damen zu entgehen. Die Terrasse lag erhöht über dem Garten. Von hier hatte er einen guten Überblick über die Gesellschaft. Dumm nur, dass er wie ein Ausstellungsstück betrachtet wurde. Es gab nur wenige junge Männer, und offenbar langweilten sich einige Damen mit ihren Ehegatten.

Natalie blickte immer wieder zu ihm hoch. Sie fühlte sich unwohl, das sah er ihr deutlich an. Warum tat sie sich das an? Tom mochte sie sehr, aber er war auch verwirrt. Natalie war eine junge Frau mit der Lebenserfahrung einer Vierzehnjährigen. Sie hatte ihr halbes Leben eingesperrt in ihrem Palast verbracht. Sie war zu Hause unterrichtet worden und hatte kaum gleichaltrige Freunde und keine Erfahrung mit Männern. Er musste vorsichtig sein, dass sie sich nicht zu nahe kamen. Sie könnte seine Zuneigung falsch verstehen.

Er sah, wie Amanda Raschak auf Natalies Tisch zuging. Die Frauen unterhielten sich einen Moment, dann stand Natalie auf und folgte Amanda ins Haus. Was sollte das, wunderte sich Tom und wollte hinterhergehen, als er am Arm zurückgehalten wurde.

«Sie müssen Natalies Bodyguard sein. Amanda hat mir von Ihnen erzählt.»

Tom starrte den Mann an, der kaum älter als er selber war. Er trug sein Haar mit Gel aus dem Gesicht gekämmt. Ein voller, kurz gestutzter Bart liess ihn älter wirken. Seine Augen blickten stechend, aber nicht unfreundlich.

«Oh, verzeihen Sie, natürlich muss ich mich vorstellen. Ich bin Vincent Raschak. Der Gastgeber.» Er reichte Tom die Hand.

«Herr Raschak.»

«Bitte, nennen Sie mich Vincent. Sie sind Tom, richtig? Gott! Ich hasse diese Veranstaltung. Diese überalterte Gesellschaft langweilt mich. Wie auch immer, Amanda besteht auf den Anlass. Dieser Wohltätigkeitsabend hat Tradition in ihrer Familie. Ich stamme aus einfachen Verhältnissen, wissen Sie. Ich wäre lieber mit Freunden in einer Bar.»

Tom warf einen Blick über die Schulter zurück. Mist. Natalie war mit Amanda im Haus verschwunden. «Ähm, ja, schön, Sie kennenzulernen. Ich muss gehen. Natalie …»

«Sie ist bei Amanda in sicheren Händen. Hier passiert nichts. Ich habe heute Abend eine private Sicherheitsfirma damit beauftragt, meine Gäste zu schützen. Kommen Sie, gehen wir an die Bar.»

«Ich bin im Dienst.»

«Sind wir das nicht alle?» Vincent ging vor. Die Bar war im Wintergarten aufgestellt worden. Er holte zwei Cognacschwenker und reichte Tom ein Glas. Er nahm es höflichkeitshalber entgegen, nippte aber nicht daran, im Gegensatz zu Vincent, der den Inhalt in einem Zug leerte.

Tom war nicht glücklich, Natalie aus den Augen verloren zu haben. Er blickte zum Himmel hoch, als sich Donnergrollen über den Voralpen entlud. Diese Gesellschaft würde sich früher auflösen als geplant.

«Natalie lügt.»

Fast hätte Tom den Schwenker fallen gelassen. «Wie bitte?»

«Natalie ist eine notorische Lügnerin», sagte Vincent. «Sie können ihr nicht trauen.»

«Ich dachte, Sie kennen sich kaum.»

«Hat Natalie das erzählt? Ja klar. Eine weitere Lüge.»

Tom stellte den Schwenker zurück auf die Theke. «Was wollen Sie?»

«Sie warnen. Natalie weiss genau, wie sie ihre Krankheit dazu nutzen kann, andere zu beeinflussen. Hat sie Ihnen von Kipekapeka erzählt? Glauben Sie, sie hat die Organisation gegründet, um bedürftigen Menschen zu helfen?» Vincent zog Tom in eine ruhigere Ecke. «Sie hat die Organisation gegründet, um GeoFoss zu schaden. Sie mischt sich in all unsere Geschäfte ein, hetzt Arbeiter gegen uns auf und streut in den Medien Lügen über uns.»

«Weshalb sollte sie das tun?», fragte Tom. Ihm gefiel das Gespräch nicht.

«Wegen mir. Wir haben uns vor sechs Jahren kennengelernt. Auf der Verlobungsparty von Amanda und mir. Natalie hat sich mit Amanda nie gut verstanden. Sie war eifersüchtig, Sie verstehen schon, wegen ihrer Krankheit und weil Amanda jung, schön und begehrenswert ist. Ich habe Natalie damals zum ersten Mal getroffen. Sie war ein Teenager, gerade einmal siebzehn. Sie tat mir leid, und ich war freundlich zu ihr, bin mit ihr am See spazieren gegangen. Sie hat meine Freundschaft falsch verstanden.»

Tom schwieg und hörte weiter zu.

«Natalie hat sich in mich verliebt. Sie hat mir Liebesbriefe geschrieben, mich ständig angerufen und versucht, sich zwischen mich und Amanda zu drängen. An unserem Hochzeitstag hat sie die Grenze überschritten. Sie kam in meine Garderobe und hat mich geküsst. Ich habe sie von mir gestossen. Dabei hat sie sich dummerweise am Arm verletzt. Sie ist weinend zu Daddy gerannt, der mit ihr ins Spital gefahren ist.»

Tom fühlte Wut keimen. Dieser feine Pinkel hatte Natalie

verletzt. «Was hat sie ihrem Vater erzählt?», fragte er mit kontrollierter Stimme.

«Nichts. Sie sei gestolpert und hingefallen.»

Tom atmete tief durch. «Weshalb erzählen Sie mir das?»

«Weil Natalie mit dem Tod der jungen Frau, die von der Lorzentobelbrücke gesprungen ist, in Verbindung steht.»

«Woher wissen Sie das?»

«Von der toten Frau? Aus den Medien. Ich kannte sie. Sie hiess Emeline und arbeitete in einem Hotel in Bukavu. Sie war schwanger und hat mir erzählt, dass ihr Freund Mitglied einer Organisation sei und sie zu ihm nach Europa wolle. Sie erwähnte Kipekapeka. Und sie sprach von Diamanten und dass sie Angst hatte.»

Tom schluckte schwer. Das waren zu viele neue Informationen auf einmal. Und schwere Anschuldigungen. «Haben Sie das der Polizei erzählt?»

«Nein. Es fehlen die Beweise, die meine Aussage belegen. Ich will da nicht mit hineingezogen werden. Ich warne Sie, Natalie ist ein gerissenes Luder und manipuliert Menschen. Sie benutzt Sie, Tom. Es kann kein Zufall sein, dass gerade Sie für sie arbeiten. Sie verfolgt einen Plan, garantiert.»

Tom blieb äusserlich gelassen. In seinem Kopf rotierten die Gedanken. War es kein Zufall, dass er für Natalie arbeitete? Weshalb hatte sie gerade ihn eingestellt? Er kam zu spät zum Vorstellungsgespräch, und die U-Haft in seinem Lebenslauf hatte bisher alle anderen Arbeitgeber abgeschreckt.

Toms Handy klingelte. Es war Natalie. «Alles in Ordnung?», nahm er den Anruf entgegen.

«Tom, hol mich hier raus!»

Er fand Natalie auf der Treppe in der Eingangshalle sitzen. Sie drückte ein Tuch an ihre Hand. Blut tropfte auf den Marmorboden. Neben ihr stand Amanda, ein Baby im Arm. Ein Hausmädchen blickte erschrocken auf, als Tom auf Natalie zurannte und sich sofort neben sie auf den Boden kniete. Er sah, wie Natalie gegen die Tränen ankämpfte. «Was ist passiert?»

«Ich habe ihr Anna gezeigt», antwortete Amanda an Natalies Stelle. «Sie hat darauf bestanden, obwohl Anna fest geschlafen hat. Sie wollte unbedingt, dass ich Anna aus dem Bett nehme. Als ich sagte, das ginge nicht, wurde Natalie wütend und hat die Hände verworfen. Dabei schlug sie mit der Hand gegen eine Vase, die ist laut krachend am Boden zersplittert und hat Anna geweckt. Bist du zufrieden, Natalie? Du machst uns nichts als Ärger. Bist du jetzt auch eifersüchtig, weil Vincent und ich eine Tochter haben?» Amanda redete sich in Rage und schuckelte das Baby heftig im Arm.

«Was?» Natalie starrte hoch zu Amanda. «Ihr spinnt ja!»

«Das reicht», sagte Tom. «Wir klären das ein andermal.» Er half Natalie aufzustehen. «Wir bringen dich zum Arzt.»

Während er Natalie aus der Villa führte, rief er Jonas an. Zwei Minuten später hielt dieser mit quietschenden Reifen und sprang aus dem Auto. «Solltest du nicht auf sie aufpassen?», schnauzte er Tom an.

Tom führte Natalie die paar Stufen vom Haus hinunter zur Vorfahrt.

«Es war nicht Toms Schuld. Es war –» Ein dumpfer Knall liess sie erschrocken den Kopf zurückwerfen. Sie blieb neben dem Wagen stehen und starrte zum Eingang hoch. Amanda hatte die Tür zugeknallt. «Ich hasse die Raschaks», murmelte Natalie. «Jonas, gib mir mal meine Handtasche, die liegt auf dem Rücksitz. Ich habe Taschentücher dabei. Die offene Schnittwunde blutet dir sonst das teure Polster voll.»

«Natalie, setz dich in den Wagen», sagte Tom strenger als beabsichtigt.

«Es geht schon!», schrie sie ihn an. «Ich bin nicht dein Porzellanpüppchen, Tom Engels.»

Jonas und Tom wechselten Blicke.

«Gibst du mir endlich meine Tasche», sagte Natalie in versöhnlicherem Ton zu Jonas. Der tat, was sie verlangte.

Tom nahm Jonas zur Seite. «Sollen wir ihren Vater holen?»

«Gute Idee, sonst –»

Natalie stiess einen kurzen Schrei aus.

Tom schnellte herum und sah, wie sie ihre Tasche fallen liess, dabei aber etwas in der Hand festhielt. Entsetzt stolperte sie einen Schritt zurück und schlug mit der Ferse gegen die unterste Stufe, dabei verlor sie die Balance und stürzte rückwärts auf die Treppe.

Harri Krieger marschierte in der Küche auf und ab. Alexandra, Musa und Jonas sassen regungslos mit Tom am Tisch. Alexandras Schokoladenkuchen blieb unangetastet. Es war bereits nach zehn Uhr an diesem Freitagabend. Dem Streitgespräch von vorhin war beklemmendes Schweigen gefolgt.

«Wer tut so was?», fragte Alexandra und starrte auf die hässliche Stoffpuppe, die mitten auf dem Tisch lag. Nadeln steckten in ihrem Körper, in ihren aufgemalten Augen und auf ihrem Kopf zwischen den Wollfäden.

«Es hätte nie so weit kommen dürfen», sagte Harri und zeigte auf Tom. «Sie haben meine Tochter aus den Augen gelassen. Sie sind Bodyguard, muss ich Ihnen Ihren Job erklären?»

Tom antwortete nicht. Harri hatte recht. Es war sein Fehler gewesen.

«Das konnten wir nicht vorhersehen», sagte Musa.

«Wie kam die Puppe in Natalies Tasche?», fragte Harri.

Jonas versicherte, den Wagen keine Minute aus den Augen gelassen zu haben. Er war die ganze Zeit über an der Seite gestanden und hatte sich mit einem anderen Chauffeur unterhalten. «Allerdings hätte sich schon jemand heimlich von der anderen Seite heranschleichen können und rein theoretisch die hintere Wagentür öffnen können, ohne dass ich es bemerkt hätte. Der Wagen war ja nicht abgeschlossen.»

Tom starrte auf die Puppe. Es gab eine weitere Möglichkeit … Er verwarf den Gedanken. Natalie hatte ein Recht, auf seine Fragen zu antworten, bevor er sie verurteilte. Wichtig war, dass es ihr gut ging. Die Ärztin war seit über einer Stunde bei ihr oben im Zimmer. Natalie hatte sich bei dem Sturz die Hüfte heftig geprellt.

Harri stützte sich auf der Küchenkombination ab und trommelte mit den Fingern auf den Granit. «Herr Engels, Sie sind fristlos entlassen.»

«Harri!», mischte sich Alexandra ein.

«Lass es», sagte Tom. «Ich würde in seiner Situation nicht anders handeln.» Tom stand auf und trat vor Harri. «Ich werde gehen, nachdem ich mich von Natalie verabschiedet habe.»

«Natalie wird Sie nicht gehen lassen wollen. Sie hat einen Narren an Ihnen gefressen, weiss der Teufel, weshalb.»

«Harri.»

Tom blickte auf, als die Ärztin die Küche betrat.

«Rebecca! Wie geht es Natalie?»

«Eine riesige Blase an der Hüfte. Daran wird sie zu beissen haben. Ihre Hände sind durch den Schlag an die Vase und den Sturz verletzt. Ich habe sie eingebunden.» Sie wandte sich Tom zu. «Sie müssen Tom sein. Natalie hat von Ihnen geschwärmt.» Sie streckte die Hand aus. «Ich bin Dr. Rebecca Wild.»

Tom schüttelte die Hand. Es war eine warme Hand. Überhaupt strahlte die Frau nichts als Wärme aus. Er schätzte sie auf um die fünfundvierzig Jahre. Sie trug ihre braunen Haare kurz geschnitten. Sie war gross und zierlich gebaut. Ihre Haut war hell, und feine Lachfältchen zeigten sich um ihre Augen, die einen leicht asiatischen Touch hatten. Sie war selbstbewusst genug, um ohne Make-up aufzutreten.

«Kann ich zu ihr?», fragte Tom. «Ich möchte mich von Natalie verabschieden.»

«Verabschieden?» Rebecca schaute Harri an, der entschlossen die Schultern zurückzog. «Ja, gehen Sie zu Natalie. Ich werde einen Kaffee trinken und Alexandras selbst gebackenen Schokoladenkuchen probieren.»

Tom klopfte an Natalies Schlafzimmertür und trat ein. Sie lag in ihrem Bett und starrte an die Decke, bewacht von Batman, Superman und Co. Es roch nach Desinfektionsmitteln.

Tom schloss die Tür hinter sich. Er setzte sich zu Natalie auf die Bettkante. «Wie geht es, Supergirl?», fragte er. Als er sah, dass sie gegen die Tränen ankämpfte, legte er ihr vorsichtig seine Hand auf die Schulter. «Dr. Wild sagt, du wirst wieder. Nur Jonas ist sauer. Du hast die Ledersitze vollgeblutet.»

Natalie brachte zwischen den Tränen ein Lachen hervor. «Jonas ist nicht sauer. Niemals. Nicht auf mich. Wenn, dann auf dich, weil …»

«… weil ich nicht auf dich aufgepasst habe?»

«Quatsch, du bist nicht mein Babysitter!»

Tom lehnte sich zu ihr vor. «Wer bin ich, Natalie? Wer bin ich für dich? Weshalb wolltest du mich an deiner Seite, wenn nicht als Bodyguard?»

Sie starrte ihn entsetzt an. «Wollte?», fragte sie nach.

«Ich bin gefeuert.»

«Blödsinn!»

«Hätte mich dein Vater nicht gefeuert, hätte ich gekündigt.» Tom stand auf. Das hier wurde zu emotional, das war nicht gut.

Natalie versuchte sich im Bett aufzusetzen, liess sich aber mit einem Wimmern wieder ins Kissen fallen. Sie sah müde aus. Dunkle Ringe hatten sich unter ihren Augen gebildet. Sie hatte darauf verzichtet, ihren kahlen Kopf unter einem Tuch zu verbergen. «Das hat Paps nicht zu entscheiden, und du hast einen Vertrag einzuhalten. Deine fristlose Kündigung akzeptiere ich nicht. Schliesslich habe ich dich damit beauftragt, Vincent auszuhorchen. Das war nicht dein Fehler, dass ich mit Amanda nach oben gegangen bin.»

«Ich habe dich aus den Augen gelassen.»

«Es ist nicht dein Job, mir wie ein Dackel hinterherzulaufen, darauf verzichte ich gerne.»

Tom setzte sich wieder zu ihr auf die Bettkante. «Wenn das nicht mein Job ist, was ist es dann?»

Sie schwieg.

«Das ist das Problem. Du belügst mich, wo du kannst. Das hier ist eine Farce. Der Einbruch ohne Einbrecher, eine Frau, die von der Lorzentobelbrücke springt, ein verschwundenes Baby, Kontakte im Darknet, ein blutverschmierter Rohdiamant, Coltanabbau im Kongo, eine Voodoopuppe – was geschieht hier, hm? Was ist wahr, was von dir erfunden, und was verschweigst du?»

Natalie setzte sich auf, allen Schmerzen zum Trotz. «Du willst die Wahrheit? Ein Baby ist verschwunden. Ich muss es finden, deshalb brauche ich dich. Deshalb wollte ich zu den Raschaks.»

«Du dachtest, Anna sei Emelines Baby?»

«Ja, dachte ich. Tom, die stecken da mit drin, ich weiss es.»

Tom wollte Natalie an den Schultern packen, sie wachrütteln, hielt sich aber im letzten Moment zurück. «Die Raschaks sind nur arrogante Snobs. Nicht sie verheimlichen uns die Wahrheit, du tust es! Du lügst mich an. Vincent hat mir erzählt, was du an seinem Hochzeitstag getan hast. Und nun das Baby? Ist das zu einer weiteren Obsession von dir geworden? Und die Puppe? Hast du sie selber in deiner Handtasche platziert? So wie es nie einen Einbruch in der Küche gab, richtig? Und was ist mit dem Blutdiamanten? Hast du ihn dir selber zugeschickt, um den Verdacht von dir abzulenken? Was planst du? Mensch, Natalie, ich verstehe, dass dein Leben eine echte Qual ist, dass es schrecklich ist, wenn einen die Mutter im Stich lässt. Aber du brauchst Hilfe. Du kannst nicht einfach das Leben anderer zerstören.»

«Das Leben anderer zerstören?» Natalies Augen glühten vor Wut. «Du raffst es nicht, was? Wer hat denn Emelines Leben zerstört, hm? Wer hat ihr das Kind weggenommen und sie auf diese Brücke getrieben? Soll das *ich* gewesen sein?»

«Das ist ein Fall für die Polizei. Mensch, Mädchen, du –»

«Nenn mich, verdammt noch mal, nicht Mädchen! Verschwinde! Na los, raus hier. Geh und treib deine Ex in den Wahnsinn.»

Tom stand auf. Es war sinnlos. Er war an der Tür, als Natalie seinen Namen rief: «Tom! Wie würdest du handeln, wenn deine Töchter plötzlich verschwinden würden? Würdest du das auch als psychische Störung deines Verstandes abtun?»

Der Hieb sass.

Tom brauchte eine Minute, um sich zu beruhigen. Lag er falsch? War nicht Natalie die Lügnerin? Verschworen sich die Raschaks gegen Natalie?

Tom schlich an der Küche vorbei und wollte unbemerkt die Villa verlassen, als er Schritte hinter sich hörte.

Rebecca schloss zu ihm auf. «Ich begleite Sie zum Wagen.»

Die Regenwolken hatten sich verzogen, keine Spur mehr von dem Gewitter, das vor einer Stunde gewütet hatte. Der Mond strahlte heiter.

«Wie gut kennen Sie Natalie?», fragte Tom.

«Für mich ist sie wie eine eigene Tochter. Ich kenne Harri seit der Studienzeit. Bei Natalies Geburt war ich dabei und auch, als die Ärzte die Diagnose stellten. Kurz darauf ging ich für längere Zeit ins Ausland. Unser Kontakt ist nie ganz abgebrochen. Zwischen meinen Auslandeinsätzen lebte ich immer mal wieder einige Monate in Zug. Seit zwei Jahren bin ich endgültig zurück in der Schweiz und habe eine Praxis für Allgemeinmedizin eröffnet.»

Tom brannte eine Frage auf der Zunge. «Sie betreuen Natalie als Patientin, wissen Sie, ob –»

«Bitte, nenn mich Rebecca. Wenn man sein halbes Leben im Dschungel unter Eingeborenen verbringt, empfindet man höfliche Anredeformen als lächerlich.»

Tom konnte sich die zierliche, gross gewachsene Frau unter Eingeborenen nicht vorstellen. Sie deutete sein fragendes Gesicht richtig.

«Ich habe für Ärzte ohne Grenzen gearbeitet. In Myanmar, im Südsudan, in Sierra Leone, Ruanda und in der Demokratischen Republik Kongo.»

«Du warst im Kongo?»

Rebecca blieb stehen. «Ist lange her, das war 1996 bis 98, während des Ersten und bis zu Beginn des Zweiten Kongokriegs.» Sie schob den Ausschnitt ihres T-Shirts ein Stück zur Seite.

Tom sah deutlich die kreisrunde Narbe. «Was ist passiert?»

«Schusswunde. Berufsrisiko, wenn man in den Kongo geht.

Es herrschten schreckliche Zustände. Hier in der Schweiz hat man das Drama, das sich da unten abspielte, kaum mitbekommen. Hunderttausende Hutu-Flüchtlinge, die vor den Tutsi aus Ruanda flüchteten, wurden in Camps im Osten des Kongos, in der Kivuregion, untergebracht. Das reinste Chaos brach aus, die westlichen Hilfsorganisationen verloren die Übersicht über die sich bekämpfenden Stämme. Die Kongolesen litten ebenfalls, ihr Land wurde für die Flüchtlinge gerodet und geplündert. Leider waren unter den Hutu-Flüchtlingen viele Massenmörder, die am Genozid in Ruanda beteiligt waren. Sie versteckten sich in den Wäldern, bildeten neue Gruppierungen und überfielen ganze Dörfer. Eine Katastrophe, deren Folgen bis heute spürbar sind.»

«Hast du noch Kontakte in den Kongo?», fragte Tom.

Rebecca starrte ihn einen Moment fragend an, dann lächelte sie. «Alle Zelte abgebrochen. Wolltest du mir vorhin nicht eine Frage stellen?»

Tom überlegte es sich anders und schwieg. Bei seinem Wagen angekommen, schloss er die Tür auf. «Ich muss wohl. Mein Paps wartet zu Hause. Er ist krank und braucht Unterstützung.»

Rebecca legte ihre Hand auf Toms Arm. «Natalie braucht dich auch.»

Tom atmete tief durch. «Sie hat mich belogen. Ich weiss einfach nicht, was in ihrem Kopf vor sich geht. Wie kann ich sie da beschützen?»

«Natalie hat ihre Gründe. Sie wird dich einweihen, wenn sie so weit ist, wenn sie dir vertraut. Gib ihr Zeit.»

Tom spielte mit dem Autoschlüssel und starrte auf seine Schuhe. Es waren nicht seine Schuhe. Sie gehörten Herrn Krieger. Er trug noch dessen Anzug. «Weshalb sollte ich das tun? Weshalb sollte ich Natalie helfen?»

Rebecca trat einen Schritt zurück und lächelte. «Weil dich und Natalie etwas verbindet, das ist mir sofort klar geworden.»

«Ist das so?»

«Ihr habt das Herz am richtigen Fleck und teilt das innere

Bedürfnis, Schwächeren zu helfen, ganz gleich, was das Gesetz dazu sagt.»

«Du weisst, weshalb ich angeklagt wurde?»

«Natalie weiss es. Sie ist gut im Recherchieren.»

Tom nickte. «Habe ich mir schon gedacht. Dann weiss sie auch von meiner anderen Seite, von …» Er öffnete die Wagentür und liess den Satz in der Luft stehen. War ja klar, dass Natalie es herausgefunden hatte. Er stieg ein, startete den Motor, liess das Fenster hinunter und verabschiedete sich von Rebecca.

«Und», fragte sie, als er den Rückwärtsgang einlegte, «hilfst du Natalie?»

«Keine Ahnung. Ich weiss nur, dass ich Herrn Krieger den Anzug zurückbringen muss.»

SIEBEN

Sara sass auf der Seeterrasse des Hafenrestaurants und studierte die Speisekarte. Es war ein herrlicher Samstagmittag, und die Zuger stimmten sich bereits auf die Sommerferien ein. Dolcefarniente gab es nicht nur in Italien. Ein älteres Ehepaar verwöhnte seinen Pudel unter dem Tisch mit Felchenfilets, zwei junge Herren in Designeranzügen planten ihre Wochenendaktivitäten, und eine muntere Wandergruppe zückte zum Kaffee die Jasskarten.

«Ich nehme das Rindstartar», sagte Christina und legte die Speisekarte weg.

Sara wählte die Maispoularde und bestellte eine Flasche stilles Mineralwasser.

«Nächsten Monat muss ich unser gemeinsames Mittagessen streichen», sagte Christina und band sich ihr rotes Haar im Nacken zusammen. Sie hatten zusammen die Polizeischule besucht. Während Sara bei der Kripo Karriere machte, hatte Christina sich auf die Gründung einer Familie konzentriert. Die fünfjährigen Zwillinge hielten sie auf Trab, deshalb arbeitete sie nur Teilzeit bei der Medienstelle der Zuger Polizei. «Erich hat mir zu unserem Zehnjährigen Ferien auf den Malediven geschenkt. Was machst du in den Sommermonaten?»

«Arbeiten. Wir haben diesen neuen Fall, der –»

«Du bist seit zehn Wochen Kripochefin und kniest dich richtig rein, wie?»

«Als Frau muss man doppelt so gut sein, um akzeptiert zu werden.»

«Wie läuft es mit den Kollegen?», fragte Christina.

«Sie rebellieren bei jeder Anweisung, die ich gebe.»

Christina setzte ihre Sonnenbrille auf. «Du solltest an deinem Auftreten arbeiten, Sara, ganz ehrlich. Du bist toll in deinem Job, aber ein Boss braucht Mitgefühl und Teamgeist, nicht nur Disziplin und Herrschsucht.»

Die Kellnerin brachte das Mineralwasser.

«Ich habe Wasser ohne Kohlensäure bestellt», beschwerte sich Sara und drückte der Kellnerin harsch die Flasche zurück in die Hand. Diese entschuldigte sich und eilte zurück ans Buffet.

«Siehst du», sagte Christina, «genau das meine ich. Du hättest die Reklamation freundlicher anbringen können.»

«Ich kann niemanden für einen Fehler loben.»

«Bist du denn perfekt und fehlerfrei?»

Sara wollte mit Ja antworten, hielt sich jedoch zurück. Stattdessen sagte sie: «Wir zwei sind auch Freundinnen geworden. Warum klappt das bei den anderen Kollegen und Kolleginnen nicht?»

Christina schüttelte den Kopf und lehnte sich über den Tisch zu Sara vor. «Wir zwei sind Arbeitskolleginnen, die sich lange kennen. Wir sind keine Freundinnen. Du warst noch nie bei mir zu Hause, ich nie bei dir. Was weisst du schon über mich, hm?»

Sara zögerte. «Du bist seit zehn Jahren mit Erich verheiratet, und du hast Zwillinge.»

«Wie heissen meine Jungs?»

«Keine Ahnung.»

«Was sind meine Hobbys? Leben meine Eltern noch? Welches ist mein Lieblingsfilm? Wie heisst mein Coiffeur? Gegen was bin ich allergisch?»

«Woher soll ich das wissen?»

«Eben! Du weisst nichts über mich. Wenn wir Freundinnen wären, wüsstest du das alles. Du lädst mich einmal im Monat zum Mittagessen ein, und wir reden über die Arbeit.»

«Ist das schlecht?»

Christina verwarf die Hände. «Das ist doch nicht das Leben! Du kapselst dich ab und versteckst dich hinter deiner Arbeit. Gibt es überhaupt einen einzigen Menschen, der dir nahesteht?»

Sara schwieg. Sie mochte solche Gespräche nicht. Über die Arbeit zu reden war ihr lieber. Deshalb wechselte sie rasch das Thema. «Wir suchen nach einem Baby.»

«Von welchem Baby sprichst du?»

«Na, das von unserer Leiche unter der Lorzentobelbrücke – die Kongolesin.»

«Echt jetzt?»

«Was?» Sara verstand Christinas Aufregung nicht. Weshalb sollte der Fall sie nicht interessieren? Sie wollte mehr Mitgefühl von ihr. Hier ging es um ein Baby. Um ein unschuldiges, verlorenes, kleines Baby. Er war wieder da, der Stich in ihrem Herzen. Ihre Tochter wäre heute fünfundzwanzig … Sie schob den Gedanken beiseite. «Natalie Krieger weiss von dem Baby, da bin ich mir sicher. Sie lügt uns an.»

«Du sprichst von der Tochter von Harri Krieger?»

«Du kennst sie?»

«Flüchtig. Erichs Eltern wohnen zwei Häuser weiter in der gleichen Strasse. Walchwil ist nicht gross, man kennt sich halt. Natalie leidet an dieser schrecklichen Hautkrankheit, nicht?»

«Man nennt sie Schmetterlingskinder. Ich habe mich informiert. Eine schlimme Krankheit, die gibt ihr aber nicht das Recht, uns zu belügen. Ich werde hinter ihr Geheimnis kommen.»

«Sara …»

«Was?»

«Natalie ist krank. Zeig Mitgefühl. Geht das, ja, dieses eine Mal?»

«Tu ich ja. Ich mache mir Sorgen. Wenn mich Natalie belügt und sich hinter meinem Rücken mit GeoFoss, kongolesischen Rebellen oder korrupten Regierungen anlegt, könnte sie die Nächste sein, die fliegen lernen muss.»

«Du bist unmöglich, weisst du das?»

«Nein, nur ehrlich.»

***

Tom marschierte am Hafenrestaurant vorbei. Es war längst geschlossen. Es war bereits halb zwei. Die Nacht war finster, der Mond hinter Gewitterwolken verborgen. Er war alleine unterwegs. Um sich abzulenken, hatte Tom den Abend im Boxclub mit Freunden verbracht. Körperliche Betätigung half. Er hatte den Sandsack ganz schön rangenommen. Dann waren sie zusammen auf ein Bier in die nächste Kneipe gegangen.

Um seinen Kopf frei zu kriegen und frische Luft zu tanken, hatte er sich danach kurzerhand für einen Spaziergang den See entlang entschieden. Tom musste nachdenken. Harris Anzug hing noch in seiner Wohnung an einem Kleiderbügel, verpackt hinter Folie, genau so, wie er ihn aus der Reinigung geholt hatte. Tom war nicht bereit gewesen, ihn zurückzubringen. Das Streitgespräch mit Natalie hatte ihn mehr aufgewühlt, als er sich eingestehen wollte. Letzte Nacht hatte er keinen Schlaf gefunden, und in dieser war ebenfalls nicht daran zu denken. Er hatte tagsüber Stunden vor dem Computer verbracht und Nachforschungen angestellt. Nachforschungen über GeoFoss und Vincent Raschak. Nachforschungen über den Kongo, dessen politische Situation und den Rohstoffabbau in der krisengeplagten Kivuregion. Vor dreissig Jahren war die Region ein kleines Paradies gewesen, die Schweiz Afrikas nannte man sie. Gemässigtes Klima, üppige Vegetation, ein herrlicher See mit klarem Wasser. Die Nationalparks zogen mit ihren Gorillas und Waldelefanten Touristen an. Dann kamen die Kriege, und aus dem Paradies wurde die Hölle. Der Westen schaute gerne weg, solange er eines der rohstoffreichsten Länder der Welt zum eignen Vorteil ausschlachten konnte.

Tom zog sein Smartphone aus der Tasche. Neueste Generation. Er hielt vermutlich ein Stück Kongo in der Hand. Das Display war schwarz. Natalie hatte sich den ganzen Tag über nicht gemeldet. Tom war mehrmals kurz davor gewesen, sie anzurufen. Lag er falsch, wie Rebecca behauptet hatte? War Natalie tatsächlich in Gefahr? Wenn nicht sie die Puppe in ihrer Tasche versteckt hatte, wer dann? Es gab weitere Fragen, die Tom zudem beschäftigten: Wenn die Raschaks Natalie nicht leiden konnten, weshalb war Amanda extra vorbeigekommen, um sie einzuladen? Weshalb sollte Natalie auf der Party sein?

Und weshalb hatte sich Vincent ausführlich mit ihm unterhalten wollen?

«Ich bin ein Idiot», sagte Tom laut und weckte sein Smartphone.

Er liess es lange klingeln. Natalie nahm den Anruf nicht entgegen. Entweder war sie noch sauer, oder sie schlief tief und fest. So fest, dass sie seinen Anruf nicht hörte?

Tom wählte Jonas' Nummer.

***

Lionel stand Wonder Woman gegenüber. Er würde diese Weissen nie verstehen. Frauen waren schwach und keine Kämpfer. Sie gebaren Kinder, kochten Essen und hielten das Haus für ihren Mann sauber. Es gab Ärger, wenn man den Frauen zu viele Freiheiten liess. Emeline war der beste Beweis dafür.

Der Lichtkegel seiner Taschenlampe durchsuchte das Zimmer. Es war leer. Das Bett war unberührt. Das ergab keinen Sinn. Es war halb zwei und dunkel im Haus. Lionel hatte die Villa den ganzen Tag beobachtet. Natalie musste zu Hause sein. Bloss, wo war sie?

Er steckte seine Waffe in den Hosenbund und ging hinunter in die Küche, wo er durch ein Fenster eingestiegen war. Auf dem Tisch stand ein Glas Milch, daneben lag die Puppe. Lionel ging durchs Esszimmer in den Salon. Die Vorhänge waren zugezogen. Er knipste das Licht seiner Taschenlampe aus und zog den Stoff ein Stück zur Seite. Der Mond leuchtete hell zwischen mächtigen Gewitterwolken. Der Zugersee lag dunkel unter ihm. Vor dem Salon befand sich die Terrasse mit dem Swimmingpool. Daneben stand ein rundes Glashaus.

Ein Schatten löste sich daraus und kam auf ihn zu.

***

Natalie trat durch die Verandatür in den Salon. Sie hätte vor Schmerzen schreien können. Ihre Hüfte war ein brennendes

Inferno. Wie hatte sie so blöd sein können, wegen dieser dämlichen Voodoopuppe hinzufallen. Glaubte Vincent ernsthaft, er könne sie mit so einem Quatsch einschüchtern? Wozu? Um ihr den Mund zu stopfen? Sie wusste mehr, als gut war. Sie wusste von dem Baby, dem armen kleinen Würmchen. Sie wusste von dem Baby, und das versetzte Vincent in Aufruhr. Weshalb? Glaubte er, dass sie … Sie verwarf den Gedanken und ging vorsichtig im Dunkeln durch den Salon zur Küche. Ihr Magen knurrte. Sie hatte schon lange nichts mehr gegessen. Es ging einfach nicht. Ihre Kehle schmerzte, das war nichts Neues. Neu war ein Gefühl, das Verliebtheit nahekam. Natalie war nie verliebt gewesen. Sie mochte Tom. Wie naiv musste sie sein, zu glauben, dass sie einen Freund gefunden hatte? Er sah sie nur als seine Auftraggeberin, wenn überhaupt. Mädchen, nannte er sie. Mädchen! Schlimmer war, dass er sie als Lügnerin sah.

Natalie betrat die Küche und schaltete das kleine Licht über dem Herd an. Sie wollte nicht gleich das ganze Haus wecken.

Ein Luftzug liess sie frösteln. Das Küchenfenster stand offen. Sie schloss es, ging zum Kühlschrank und holte ein Joghurt heraus, damit setzte sie sich an den Küchentisch. Diese blöde Puppe lag vor ihr und starrte sie an. Natalie nahm sie in die Hand. «Du dummes, dummes Ding. Wegen dir habe ich voll Ärger. Woher kommst du, hm? Wer hat dich in meine Tasche geschmuggelt? Vincent? Hat er auch dich verstossen? Als Aussätzige behandelt? Dich verlassen für seine reiche, schöne Amanda mit ihrem strahlend weissen Baby?» Ihr Appetit auf das Joghurt war vergangen.

Natalie stand auf und entsorgte die Puppe im Abfall. «Ja, so enden wir Frauen. Leblos entsorgt.» Sie wischte sich kurzerhand mit dem Handrücken eine Träne von der Wange und starrte danach auf ihre Hand. Diese war dick eingebunden. Die Erinnerung kam zurück, wie sie letzte Nacht auf der Treppe gesessen hatte, blutend, wie Tom zu ihr gerannt kam, echte Sorge im Gesicht.

Und nur zwei Stunden später nannte er sie eine Lügnerin.

Natalie konnte ihm nicht wirklich böse sein. Er hatte recht. Sie war eine Lügnerin. Hätte sie ihm gleich die ganze Wahrheit erzählen sollen? Sie kannte ihn ja kaum.

Entschlossen kramte sie die Puppe wieder aus dem Müll und schüttelte sie heftig. «Idiotin!»

Ein schepperndes Geräusch liess sie zusammenfahren.

***

Jonas tastete nach seinem Handy, das im Dunkeln leuchtete und vibrierte. Seine Augen brauchten einen Moment, um sich zu fokussieren. Tom? Was wollte der mitten in der Nacht von ihm? War er nicht gefeuert?

«Was?», nahm Jonas den Anruf widerwillig entgegen.

«Mann, schläfst du schon? Ist bei euch alles okay? Natalie nimmt ihr Telefon nicht ab.»

Jonas schaute auf die leuchtende digitale Anzeige an seinem Wecker. Es war kurz nach halb zwei. «Könnte es sein, dass Natalie schläft?»

«Schau nach ihr. Ich mache mir Sorgen.»

«Wo bist du?»

«In der Stadt.»

«Du machst dir mitten in der Nacht Sorgen um Natalie? Ihr geht es gut. Ausser dass du sie verletzt hast, weil du einfach gegangen bist. Ich sollte ja froh darüber sein, aber –»

«Jonas, halt die Klappe und schau nach ihr.»

«Sicher nicht. Ich –»

«Tu es! Jetzt. Sofort.»

Jonas atmete ein paarmal tief durch. Wenn er nicht nach Natalie sah und ihr etwas zustiess, könnte er sich das nie verzeihen. Er schluckte seinen Stolz hinunter, auf Toms Befehl zu handeln, und schwang sich aus dem Bett. Im Zimmer nebenan hörte er Musa leise schnarchen. «Okay, ich sehe nach ihr. Ich ruf dich zurück.» Es war eine gewisse Genugtuung, Tom kaltzustellen. Jonas zog sich eine Jeans und ein T-Shirt über, steckte sein Handy in die Gesässtasche, verliess das Pförtnerhaus und ging hinüber zum Haupteingang der Villa. Die Scheinwerfer gingen an, als er sich dem Haus näherte.

***

Lionel betrat das Glashaus. Hier also schlief Natalie. Schmetterlinge, angezogen vom Licht seiner Taschenlampe, flogen umher. Er schlug sie mit der Hand weg. Er musste nicht lange suchen. Auf dem Tischchen stand Natalies Laptop. Mehr brauchte er für den Moment nicht. Die weisse Frau war nicht im Kongo aufgewachsen. Beschützt in ihrem Palast würde sie mit Sicherheit wichtige Informationen auf ihrem Laptop speichern, ohne sich Gedanken über Diebstahl zu machen. Ein Passwort konnte er knacken. Das war kein Problem. Lionel stutzte. Auf dem Laptop lag eine kleine Schmuckdose. Er nahm sie in die Hand. Sie war schlicht und blau. Er öffnete sie. Es lag kein Ring darin, dafür ein Stein. Nicht irgendein Stein. Das hier war einer der Rohdiamanten, nach denen er suchte. Das war einer von Godefroid Kakokos Steinen! Natalie wusste davon. Wenn sie einen besass, wusste sie mit Sicherheit, wo die anderen waren.

«Hey, was tun Sie da? Finger weg!»

Lionel schoss herum. Die weisse Frau. Sie kam genau zum richtigen Zeitpunkt zurück. Er zog seine Pistole und richtete sie auf Natalie, die zu seiner Überraschung ruhig blieb. Er war es gewohnt, dass Frauen schrien, wenn er den Lauf seiner Waffe auf sie richtete. Diese tat es nicht. Mit fünf grossen Schritten war er bei ihr, so nah, dass er ihren Atem fühlen konnte. *«Où sont les diamants?»*

Sie blieb stehen, wich keinen Millimeter zur Seite. *«Où est le bébé?»*

Lionel verschlug es für eine Sekunde lang die Sprache. Auf eine Gegenfrage war er nicht gefasst gewesen. Er packte Natalie am Arm, liess ihn aber sofort wieder angeekelt los, als er ihre vernarbte Haut in seiner Hand spürte. Mit dem Ellbogen stiess er sie rückwärts. «Sag mir, wo die Diamanten sind», wiederholte er auf Französisch, «oder ich bring dich um.»

«Ha! Bring mich um. Du tust mir damit einen Gefallen.» Natalie hob ihre eingebundenen Hände vor sein Gesicht. «Oder würdest du so leben wollen?»

Überfordert von der ungewohnten Situation fiel ihm nichts anderes ein, als der weissen Frau eine Ohrfeige zu verpassen. Sie war nicht sonderlich hart, aber genügte, damit Natalie das Gleichgewicht verlor, rückwärtsstolperte und hinter sich in einen Farn stürzte.

Schmetterlinge stoben auf. Hunderte von Schmetterlingen. In allen Farben und Grössen tanzten sie um die weisse Frau. Fast sah es so aus, als bildeten sie einen schützenden Kreis um sie, der sich immer schneller drehte. Ein grosses Exemplar mit türkis-braun gefärbten Flügeln flog direkt auf sein Auge zu. Wütend schmetterte Lionel mit seiner Hand auf das Insekt ein, das mit gebrochenen Flügeln zu Boden fiel. Lionels Schuhsohle gab dem Falter den Rest. Er zerdrückte ihn zu Staub.

Unbändige Wut kochte in ihm hoch. Dieses Weibsbild und ihre Schmetterlinge wagten es, sich ihm zu widersetzen! Er verlangte von Frauen Respekt und Gehorsam. Und Angst. So hatte es Godefroid ihn gelehrt. Lionel schlug auf weitere Falter ein, trampelte sie nieder und liess den aufgestauten Frust an ihnen aus. Er hörte die Frau wimmern, fuhr herum und kniete sich mit einem wütenden Schnauben neben sie auf den Boden. Zwischen Daumen und Zeigefinger hielt er einen bunten Falter gefangen. Lionel lachte. «Du wirst die Nächste sein, wenn du mir nicht gibst, was ich will.» Mit Genugtuung zerdrückte er das Insekt in seiner Hand.

***

Tom blieb vor dem Papiliorama stehen. Natalie sass auf dem Bettsofa, Alexandra neben ihr und hielt ihre Hand. Harri hockte auf einem Stuhl am Tisch, sein Handy fest umklammert. Jonas und Musa standen ratlos draussen herum.

«Tote. So viele Tote», hörte Tom Natalie schluchzen.

«Habt ihr die Polizei gerufen?», fragte Tom.

«Nein», sagte Jonas. «Natalie will keine Polizei. Sie hat sich mit ihrem Vater deswegen gestritten.» Jonas erzählte Tom, was vorgefallen war.

«Wie schlimm ist sie verletzt?»

«Eine Ohrfeige. Ich kam gerade rechtzeitig. Der Kerl hätte sie übel verprügelt. Er hat den Laptop mitgenommen, als er geflohen ist.» Jonas fuhr sich mit der Hand mehrmals durchs Haar. Die Hand zitterte. «Woher wusstest du, dass Natalie in Gefahr war?»

«Ein Bauchgefühl.»

«Dein Bauchgefühl hat ihr das Leben gerettet.»

Im Augenblick war Toms Bauch ein harter Klumpen. Der Einbrecher hätte Natalie töten können. Er würde sie nicht mehr aus den Augen lassen.

Tom betrat das Papiliorama. Natalie blickte nicht auf, obwohl er sie ansprach. Sie starrte auf ihre Hand. Darin lag ein blauer Schmetterling. «So viele tote Schmetterlinge», sagte sie. «Die Flügel sind gebrochen.»

Tom wechselte einen Blick mit Alexandra, die nickte, aufstand und Harri vom Stuhl zog. «Gehen wir in die Küche und setzen Tee auf. Wir brauchen nach diesem Schock alle eine Stärkung. Tom, komm mit Natalie nach.»

Er nickte und kniete sich vor Natalie auf den Boden. Die anderen liessen sie alleine.

«Sie haben für mich gekämpft, Tom. Die Schmetterlinge wollten mich beschützen, aber es sind keine Kampfhunde. Sie sind schwach und zerbrechlich. Sie können nichts gegen das Böse ausrichten.»

Tom nahm ihr behutsam den toten Schmetterling aus der Hand. «Ihre Hülle ist zart und zerbrechlich», sagte er, «das hält sie nicht davon ab, mit dem Herzen einer Löwin zu kämpfen.» Er bettete den toten Schmetterling neben einer Orchidee auf die Erde.

Natalie blickte auf. Sie trug keine Kopfbedeckung und am Körper nur ein schlichtes weisses Baumwollnachthemd. Auf ihrer Wange bildete sich bereits eine Blase. «Ich habe sie nicht beschützt und sieh, was passiert ist.»

Tom strich ihr über die Wange. «Ich habe dich nicht beschützt und sieh, was passiert ist.»

Natalie zwang sich ein Lächeln auf und drückte ihren Kopf enger gegen seine Hand. «Ich war Wonder Woman. Für einige Sekunden war ich Wonder Woman. Unsterblich. Mutig. Eine Kriegerin, die keine Angst kennt. Ich machte meinem Namen alle Ehre.»

«Das machst du seit deiner Geburt.»

«Ich habe mich ihm in den Weg gestellt. Wie naiv zu glauben, ich wäre stärker. Er hat mich einfach umgehauen. Whamm! Und ich lag am Boden. Zum Glück bin ich weich gefallen und auf die unversehrte Pobacke. Hätte er fester zugeschlagen ...»

«Das passiert auch Wonder Woman. Weisst du was? Wonder Woman steht nach jeder Niederlage wieder auf. Komm, gehen wir rein und trinken Alexandras Wundertee.» Tom half Natalie, aufzustehen.

«Nein», sagte Natalie, als sie endlich auf den Füssen stand. «Erst muss ich dir etwas zeigen.»

***

Ihre verbundene Hand zitterte zu heftig. Tom musste die Tür zu ihrem Geheimzimmer aufschliessen. «Bist du sicher, dass ich die rote Linie überschreiten soll?», fragte er.

Sie drehte sich zu ihm um. Er war zurückgekommen. Natalie befürchtete, dass er sie gleich wieder verlassen würde, wenn sie ihm ihr Geheimnis beichtete. Das Risiko musste sie eingehen. «Ja, Mann, du hast ein Recht auf die Wahrheit. Ich hätte dich nicht belügen sollen, aber ich muss dich warnen: Kennst du erst einmal die Wahrheit, gibt es kein Zurück mehr, dann musst du dich entscheiden, für mich oder für die Kripochefin.» Tom stiess einen kurzen Pfiff aus. Es sollte locker klingen, doch Natalie spürte, dass er angespannt war.

«Deswegen hast du mich ausgesucht, nicht?», fragte er. «Du

brauchst keinen Bodyguard. Du wolltest einen neugierigen Typen, der auf Vorschriften pfeift, die Klappe halten kann und mit brauchbaren Muskeln ausgestattet ist.»

Er hatte es auf den Punkt getroffen. Sie versuchte sich in einem Lächeln. «Willst du eintreten, oder hast du Schiss?»

«Mach die Tür auf, der Tee wird kalt.»

«Dann herzlich willkommen in meiner grossen Finsternis.» Sie liess ihm den Vortritt und schloss die Tür hinter sich. Natalie gab Tom die Minute, die er brauchte, um sich umzusehen. Es war ein grosser, fensterloser Raum. In der Mitte stand ein mächtiger Tisch mit drei Computermonitoren, die ihr Geheimzimmer in künstliches grünes Licht tauchten. Hinten an der Wand war ein Regal mit Büchern und Zeitschriften. Gegenüber stand ihr alter Lieblingssessel. Mehr Inventar gab es nicht. Was Tom magisch anzog, waren die Bilder, mit denen die Wände tapeziert waren. Es waren teils Schwarz-Weiss-Fotos, die Natalies Freunde an den Fronten geschossen hatten, teils ihre eigenen Kohlezeichnungen. Natalie schaltete die Deckenbeleuchtung ein. Sie hatte den vier dunkelblau tapezierten Wänden vier Konfliktkontinente zugeteilt. Rechts war Asien, vorne Afrika, links Mittel- und Südamerika und hinter ihr, neben der Tür, der Nahe Osten und Europa.

Natalie humpelte über den grauen Teppichboden zum Sessel und liess sich hineinfallen. «Das ist mein dunkles Reich. Das Tor zu anderen Kontinenten, zu Krisenregionen. Das Darknet setzt mir keine Grenzen. Ich begegne anonym Tätern und Opfern.»

Tom brauchte fünf weitere Minuten und schaute sich die Bilder genau an. Es waren Bilder von Kriegen, von Gräueltaten, von katastrophalen Umweltsünden, von leidenden Menschen, Bilder von Verzweiflung und Tod.

Als er sich alles angesehen hatte, setzte er sich in der Mitte des Raumes auf die Tischkante. Schweigend. Er blickte freundlich, mitfühlend, ein wenig traurig, aber da war kein Entsetzen in seinen Augen, keine Abscheu oder Wut. Er drängte sie nicht, weiterzuerzählen.

Weshalb konnten nicht alle Männer wie er sein? Weshalb trafen Frauen auf der ganzen Welt auf Arschlöcher, die sie peinigten, entwürdigten, vergewaltigten, brachen – und ihre Spuren hinterliessen? Als Natalie zu sprechen begann, glaubte sie, an ihren eigenen Worten zu ersticken. «Auf diesem Tisch hat Emeline entbunden. Hier drinnen wurde vor acht Tagen Imani Dibwa Raschak geboren.»

Kahuzi-Biéga-Nationalpark – November

Einer der Männer, der grösste und stärkste unter ihnen, kniete sich neben mich ins Gras. Seine Hände waren riesig. Die eine umklammerte eine Kalaschnikow, die andere war zur drohenden Faust geballt. Er sprach mich auf Kinyarwanda an. Er fragte, wer ich sei, was ich auf seinem Land zu suchen habe.

Auf seinem Land? Das war mein Land!

Ich verstand ihn gut, antwortete trotzdem auf Kiswahili. Er sprach kein Kiswahili. Wie auch. Er war ein Hutu. Einer jener ruandischen Massenmörder, der nach dem Genozid an den Tutsi als Flüchtling in den Kongo gekommen war und blieb, sich einer Milizenarmee im Nord-Kivu anschloss und seither das Land und die Einheimischen ausplünderte.

Ich hatte diejenigen gefunden, nach denen ich suchte. Ich zweifelte jedoch daran, dass ich diesen Morgen unversehrt überleben würde. Sich auf das Böse einzulassen war gefährlich. Würden sie mir nicht glauben, könnte das meinen Tod bedeuten.

Die Männer legten freudig johlend ihre Waffen und Gürtel ab. Ich lag am Boden. Weglaufen ging nicht. Ich musste verhandeln, sonst würden du und ich sterben.

Ich setzte mich in jener Nacht auf, hob den Kopf und drückte die Brust raus, so wie es die Stammesführer taten, um ihre Autorität zu symbolisieren. Ich durfte vor diesen Hutu-Rebellen keine Angst zeigen. Sie waren käuflich, mehr noch als andere. Ich sprach sie auf Französisch an: «Bringt mich zu meinem Onkel.»

Sie lachten und drückten mir den Lauf ihrer Waffen gegen die Brust.

Ich blieb stark. Es war meine einzige Chance zu überleben. «Bringt mich zu Godefroid Kakoko.»

Die Männer erstarrten. Selbst das Kreischen der Paviane verstummte, als ich den Namen aussprach. In den Wäldern des

Kahuzi-Biéga-Nationalparks brüllte ein Flachlandgorilla. Es musste ein mächtiger Silberrücken sein.

«Warum sollten wir einer verwilderten Nutte wie dir glauben?», fragte der Anführer.

Es war gut, dass im Hotel oft der Nachrichtensender im Fernseher gelaufen war. Politische Diskussionen hatten mich magisch angezogen. Ich war nur vier Jahre zur Schule gegangen, war jedoch klug, konnte lesen und schreiben. Das Hotel war meine Universität gewesen. Gäste aus der ganzen Welt logierten dort, ausländische Mitarbeiter der UNO, von Hilfswerken und NGOs. Vertreter aus allen ethnischen Gruppen des Kongos und der Nachbarländer waren zu Gast. Es kamen die Stammesführer der Mai-Mai, der Pygmäen und Banyamulenge, der Tutsi und Hutu. Ich habe viel gelernt in den vier Jahren im Hotel, über mein Land und die Männer der verschiedenen Stämme, die das Chaos zu regieren versuchten. Denn im Kongo regiert das Blut. Blut als Waffe zur Unterdrückung der Bevölkerung und Blut als Machtwerkzeug. Familienbande sind stark. Doch Blut ist käuflich. Alles ist käuflich im Kongo. Auch ich. Also erzählte ich ihnen in jener Nacht Details über meinen Onkel, die nur eine Verwandte wissen konnte. Ich sprach voller Überzeugung, so wie die Politiker im Fernsehen. Nur eine Frau, die Kakokos Blut in ihren Adern fliessen hatte, konnte sich vor bewaffneten Rebellen so herrisch aufführen.

Die Männer senkten die Waffen und zogen ihre Gürtel wieder an. Sie nahmen mich mit.

Ihr Jeep stand unten an der Schotterstrasse. Die Scheinwerfer erhellten die Dämmerung. Wir kamen nur langsam vorwärts. Die Männer fuhren auf durchlöcherten und zerschossenen Nebenstrassen durch den Dschungel, vorbei an abgelegenen Orten. Kurz nachdem wir ein kleines Dorf passiert hatten, hielt der Wagen mitten im Busch. Zwei Männer stiegen aus, ihre Waffen am Anschlag. Sie waren nervös. Am Boden lagen Leichen. Dutzende von Leichen. Männer, Frauen, Kinder. Ein weiteres Massaker im Kongo.

Die Männer stiegen bald wieder ein. Alles in Ordnung, sagten sie. Die Mörder – wer immer das gewesen war – waren weg. Der Jeep fuhr über die Toten hinweg, als er auf Goma zusteuerte.

Meine Tränen haben die Rebellen nicht bemerkt.

ACHT

Sara trat im letzten Moment hart auf die Bremse ihres Wagens. Vor ihr stand Staatsanwalt Lind mitten in der Tiefgarage der Polizeidienststelle. Er blieb gelassen, obwohl Sara ihn an diesem Montagmorgen fast totgefahren hätte. Sie verwarf die Hände. Was stand der auch mitten auf der Fahrspur? Er tippte sich kurz als Zeichen der Begrüssung an die Stirn, trat drei Schritte beiseite und gab Sara ein Handzeichen, weiterzufahren. Sie drückte aufs Gas und bog rechts in die erste freie Parklücke ein. Als sie ausstieg, stand Lind an der Seite. Er wartete auf sie. Na toll.

«Wenn du den Rest der Woche mit dem gleichen Tempo zurücklegst, mit dem du in den Wochenstart fährst, gibt es garantiert Tote», sagte er.

«Na, du hast zumindest überlebt», antwortete Sara wenig belustigt.

Zusammen gingen sie die Rampe hoch zum unterirdischen Eingang ins Polizeigebäude.

«Wir sehen uns später», sagte Sara und bog links zu den Garderoben ab. Sie hoffte, Lind schnell losgeworden zu sein. Vergeblich. Er folgte ihr, als wären sie auf einem glücklichen Wanderausflug.

«Wann waren wir zwei eigentlich zuletzt einmal etwas trinken?», fragte er.

Sara würgte innerlich. Lind war fast sechzig, auch wenn man ihm das nicht ansah. «Waren wir nie. Wir arbeiten zusammen, schon vergessen?»

«Genau deshalb frage ich. Wir müssen über den Fall sprechen.»

«Welchen?»

«Die Kongolesin und ihr Baby.»

Sara blieb stehen. «Gibt es Neuigkeiten?»

«In Mannheim wurde letztes Wochenende ein schwarzes Baby in den Babykorb der St. Hedwig-Klinik gelegt.»

«Emelines Baby?»

Lind zuckte mit den Schultern. «Ich habe einen DNA-Abgleich beantragt. Vor Ende Woche dürfen wir mit keinem Resultat rechnen.»

Sara lehnte sich an die kalte Betonmauer. «Und Natalie Krieger?»

«Was ist mit ihr?»

«Die Sache stinkt zum Himmel, und wir kommen nicht an sie ran. Sie ist im Darknet unterwegs, da haben wir keinen Zugang zu ihren Aktivitäten.»

Lind kratzte sich den grau melierten Bart. «Sie ist krank und versucht, ihrem traurigen Alltag Sinn zu geben. Auch wenn sie sich mit ihren Hilfsaktionen in einer Grauzone bewegt, sie tut es, um anderen zu helfen. Lassen wir sie in Ruhe.»

«Eckart, das ist nicht dein Ernst! Frau Krieger ist kein Opfer. Sie weiss genau, was sie tut. Emelines Tod war keine Verzweiflungstat. Es steckt mehr dahinter, viel mehr. Ich will sie herholen lassen. Ich will sie befragen.»

«Damit uns die Pressegeier attackieren, weil wir eine kranke junge Frau verhören? Sara, du musst mir gute Gründe liefern, weshalb ich das anordnen soll.»

«Nenn es weibliche Intuition. Ich weiss, wenn mich eine Verdächtige belügt.»

«Gute Gründe, Sara.»

«Kipekapeka.»

«Gute Gründe. Der Name einer Hilfsorganisation auf dem Zeh einer Selbstmörderin ist kein guter Grund. Vielleicht hat sie ihn aufgeschrieben, um das komplizierte Wort der Organisation nicht zu vergessen, die ihr hätte helfen können.»

«Sie war Afrikanerin. Für sie ist Kipekapeka kaum ein kompliziertes Wort.» Saras Puls raste. Hatte Lind vor Arbeitsbeginn einen Joint geraucht, oder woher nahm er diese Gelassenheit?

***

Harri Krieger wusch sich die Hände. Es war ein Ritual, das er mit Sorgfalt jeden Morgen vor Arbeitsbeginn ausführte, bevor er sich den weissen Laborkittel überzog. Heute wusch er sich die Hände länger als üblich. Er musste nachdenken, und er brauchte Kaffee, um wach zu bleiben, leider schürte das Koffein ebenfalls seine innere Unruhe. Da hatte er über zwanzig Jahre in Sorge gelebt, in Sorge, seine kleine Tochter könnte sich verletzen, und als sie endlich erwachsen war, um ein Stück weit selber auf sich aufzupassen, legte sie sich mit Terroristen, Rebellen, Verbrechern und mafiaähnlichen Organisationen an. Und dieser neue Bodyguard? Seine Referenzen waren dürftig, und bisher hatte er Natalie nicht wirklich beschützt. Dennoch bestand sie darauf, dass er bei ihr blieb. Das gefiel Harri nicht. Natalie hatte es schwer genug im Leben, ein gebrochenes Herz war Gift für ihre Krankheit. Früher hatte er ihre Bitten mit väterlicher Fürsorge abgeschlagen. Skifahren, Velofahren, Reiten und Skaten waren zu gefährlich. Als Natalie mit sechzehn Jahren für ein Wochenende mit Freunden ins Tessin fahren wollte, hatte er erfolgreich interveniert. Freunde konnten Natalies Wunden nicht versorgen. Sie hatte getobt und geweint, bis ihre Augen sich entzündeten und sie sie am nächsten Tag nicht mehr öffnen konnte. Er war mit ihr eine Woche später an den Gardasee gefahren; sie hatte zwei Tage lang nicht mit ihm gesprochen.

Und gestern? Sie wurde überfallen, geschlagen, fast getötet und bestand weiterhin auf Tom Engels an ihrer Seite und keine Polizei. Sie hatte entschieden. Seine Natalie war erwachsen. Er sollte lernen, loszulassen.

Er trocknete seine Hände ab und ging zuerst in sein Büro, erledigte Mailanfragen, sah Berichte und Analysen seiner Mitarbeiter durch und tätigte einige Anrufe. Es klopfte an der Tür.

Rebecca steckte den Kopf in sein Büro. «Kaffeepause?», fragte sie.

Er ging mit ihr in die Kantine der Firma. Sie setzten sich mit reichlich Koffein eingedeckt an einen ruhigen Tisch.

«Ich war vorhin bei Natalie. Es geht ihr den Umständen entsprechend gut. Sie sprach begeistert von Tom.»

«Ist mir auch aufgefallen. Leider.»

Rebecca lachte. «Leider? Ist doch toll, wenn sie einen Freund gefunden hat.»

Harri starrte auf seinen Kaffee. «Tom Engels ist zu alt. Fünfzehn Jahre Altersunterschied sind zu viel. Natalie ist jung und unerfahren …»

Rebecca legte ihre Hand auf die seine. «Alles in Ordnung bei dir? Du bist in letzter Zeit sehr verschlossen.»

«Erinnerst du dich an den Tag, an dem Charlotte uns verlassen hat?»

«Sicher. Du hast mich an jenem Abend angerufen, und ich bin gleich zu euch gefahren.»

«Ich habe Natalie damals ein Versprechen gegeben. Ich habe ihr versprochen, dass ich ihr helfen werde, ihre Krankheit zu besiegen. Dass ich sie beschützen werde. Dass ich für sie da sein werde.»

«Und …?»

«Ich habe kein einziges Versprechen eingelöst. Gestern habe ich sie nicht beschützt, als sie angegriffen wurde. Und all die Jahre davor? Ich war fast nie für sie da. Ich war immer bei der Arbeit, von frühmorgens bis spätabends.»

«Du hast nach einer Heilung für EB gesucht.»

«Letzte Woche hat mich der Verwaltungsrat informiert, dass ich in meiner Freizeit die Labors nicht mehr für meine eigenen Forschungen nutzen darf.»

«Scheisse», platzte es aus Rebecca heraus.

«Die Wissenschaft kann Natalie nicht helfen, Rebecca. Die Zeit läuft mir davon. Es wird keine Heilung geben, bevor …»

«Im Leben gibt es keine Garantien. Ich habe als Ärztin ohne Grenzen mehr Zeit mit Toten als mit Lebenden verbracht. Natalie hat kein einfaches Leben, aber sie hat dich. Du musst das Leben von der positiven Seite her betrachten.»

Rebecca war die gute Seele in seinem Leben. Sie waren zu Studienzeit einmal ganz kurz ein Paar gewesen. Bis seine Ex sie auseinandergebracht hatte. Es war sein grösster Fehler gewesen, Charlotte zu heiraten, doch ohne diesen Fehler gäbe es keine

Natalie. «Rebecca, ich schlage mich seit einiger Zeit mit dem Gedanken herum, ein eigenes Labor zu eröffnen. Steig bei mir ein. Lass uns das zusammen tun.»

Sie zog überrascht die Augenbrauen hoch. «Harri, ich habe eine Arztpraxis. Wie soll das denn gehen?»

«Wir finden einen Weg.»

«Ich weiss nicht. Ich glaube, das schaffe ich nicht, neben der Praxis auch Teilhaberin eines Labors zu sein.»

«Du hast immer alles geschafft, was du dir vorgenommen hast, Rebecca.»

«Nicht alles. Dich habe ich damals verloren.»

***

Lionel sass in einem Café in der Metalli. Er mochte es hier. Zumindest gab es Anzeichen von Leben. Die Schweiz war schrecklich öde, langweilig und still. Er hatte sein halbes Leben in Kinshasa und Paris verbracht. In der Schweiz war es wie auf Godefroids Anwesen in Nord-Kivu: grün und ruhig. Er mochte den Kivu nicht. Er brauchte eine Grossstadt. Und Zug war kaum mehr als ein Provinznest, hübsch eingebettet zwischen See und Bergen.

Er durchforschte die Dateien auf dem Laptop vor sich. Bei dieser Mission lief absolut nichts nach Plan. Godefroid hatte sich von Emeline einwickeln lassen. Diese Hexe hatte Unglück gebracht. Nur Ärger hatten sie und ein Vermögen, das unauffindbar war. Er griff in seine Hosentasche und holte den kleinen, kantigen Stein hervor. Das war nur einer. Besass Natalie Krieger den Rest der Diamanten? Er vergrösserte ein Foto auf dem Bildschirm und starrte es lange an, dann wechselte er zu ihrem Mailprogramm. Lionel scrollte durch die Kontakte und Mails. Immer wieder tauchte der Name von Rebecca Wild auf. Sonst hatte Natalie kaum Freunde. Nicht hier im öffentlichen Netz zumindest. Lionel wusste, dass sich Natalie in dunkle Abgründe begab. Kipckapeka sprach sich im Kongo herum. Frauen, die Kontakt mit der Organisation hatten, verschwanden spurlos, liessen ihre Männer einfach zurück.

Er musste Natalie zum Sprechen bringen. Trotz ihrer Krankheit war sie stark, das fühlte er instinktiv. Er wechselte wieder zu dem Foto und hatte eine Idee.

***

«Alter, du kannst mich nicht erpressen.»

«Kann ich wohl», sagte Tom, grinste lässig, hockte sich auf die Kante des Küchentisches und verschränkte demonstrativ die Arme. «Wenn ich bei dir bleiben und deinen Wahnsinn unterstützen soll, musst du dich an meine Regeln halten, ganz einfach.»

«Bei mir gelten nicht einmal die körperlichen Grundgesetze», sagte Natalie und rutschte auf dem Stuhl umher. Alexandra hatte Harris bequemen Bürosessel in die Küche gefahren und mit einem Dutzend Kissen ausgepolstert. Eigentlich hatte Rebecca ihr drei Tage Bettruhe verordnet, aber Natalie wollte sich nicht krank fühlen. Nicht heute. Nicht, nachdem sie Samstagnacht Tom die Wahrheit erzählt hatte, na ja, einen grossen Teil der Wahrheit. Selbst Paps und die Angestellten wussten nicht, dass sie Emeline zum Gebären in ihr Geheimzimmer geschmuggelt hatte.

«Natalie …»

War es das erste Mal, dass er sie beim Namen nannte? Sie schaute zu ihm hoch. «Ist ja gut. Keine Lügen. Deinen Anweisungen folgen, keine Alleingänge und immer brav lächeln. Ich hab's kapiert.»

«Na also», sagte Tom zufrieden.

Alexandra kam kurz in die Küche und meldete sich ab. Sie wollte drüben im Pförtnerhaus für Ordnung sorgen. Musa war vor einer halben Stunde mit Jonas in die Stadt gefahren, um Einkäufe zu erledigen. Harri war bei der Arbeit. Natalie hatte Tom für sich alleine. Das war gut.

«Erzähl von vorne die Geschichte von Emeline», sagte Tom, «ohne ein Detail auszulassen.»

Natalie drehte das volle Glas Milch vor ihr auf dem Tisch zwischen ihren Händen. «Sie hat mich über Kipekapeka kontaktiert, über einen Freund in Belgien. Wir haben per Skype telefoniert. Emeline sprach Französisch. Sie klang verzweifelt. Das war vor einem Monat. Sie kam aus der Demokratischen Republik Kongo nach Belgien, hat sie mir erzählt, und wollte weiter in die Schweiz reisen, wegen des Babys. Der Vater lebe hier. Ich habe ihr versprochen, wenn sie zu mir kommt, könne ich ihr helfen. Ich gab ihr meine Adresse, danach habe ich nichts mehr von ihr gehört. Bis Freitagabend vor einer Woche. Sie rief mich aus Zug an. Sie sagte, sie habe Schmerzen, die Wehen hätten eingesetzt. Ich riet ihr, ins Spital zu gehen, aber sie weigerte sich und legte auf. Eine halbe Stunde später fuhr ein Taxi vor. Es war Emeline.»

«Das hat niemand hier im Haus mitbekommen?», fragte Tom skeptisch.

Natalie musste vorsichtig sein, was sie sagte. «Nein. Paps war mit Geschäftsleuten essen, Musa und Jonas hatten ihren freien Abend, und Alexandra war oben auf ihrem Zimmer. Ich habe Emeline unbemerkt ins Geheimzimmer geschleust, wo sie ihr Kind gebar.»

«Du hast es ganz alleine auf die Welt gebracht?» Tom legte seine Stirn in Falten. «Dir hat niemand geholfen?»

«Nein.»

Er zog eine Augenbraue hoch.

«Emeline hat das fast alleine hingekriegt. In Afrika gebären die meisten Frauen alleine.»

«Wir sind nicht in Afrika. Es hätte Komplikationen geben können.»

«Ich musste Emeline versprechen, niemandem zu sagen, wo sie war, okay? Ich musste es schwören.»

«Und du hast nach der Geburt den Raum geputzt und die blutigen Tücher entsorgt? Alleine?» Er schaute auf ihre einbandagierten Hände.

Sie versteckte sie unter dem Tisch und starrte Tom herausfordernd an. «Ich bin kein Krüppel, und das bisschen Hausarbeit kriege ich auf die Reihe.»

Er nickte wenig überzeugt.

Natalie fuhr rasch fort mit ihrer Erzählung, bevor er weitere unbequeme Fragen stellen konnte. «Dem Baby ging es gut. Es war so süss. Ein Mädchen. Mir war gleich klar, dass sein Vater ein Weisser sein musste. Ich musste nur eins und eins zusammenzählen.»

«Vincent Raschak.»

«Genau. Er fliegt wegen des Coltans regelmässig für GeoFoss in den Kongo. Ich habe Emeline darauf angesprochen. Sie hat geweint und gefleht, dass ich es niemandem erzähle. Sie hatte voll krass Schiss.»

«Vor Vincent?»

«Vincent ist ein Arsch, aber gewalttätig? Er hätte Emeline und das Kind höchstens verstossen, mehr nicht. Nein, sie muss vor dem Schwarzen auf der Flucht gewesen sein. Ich bin sicher, er ist ihr vom Kongo hierher gefolgt.»

«Du sprichst von dem Typen, der dir im Papiliorama aufgelauert hat?» Tom stand auf und starrte aus dem Fenster. «Der Rohdiamant, den dir Emeline geschickt hat …»

«Der Gedanke kam mir auch», sagte Natalie.

«Vincent hat mir auf seiner Party erzählt, dass er Emeline aus einem Hotel in Bukavu kannte. Weshalb hat er mir das erzählt?»

«Um von sich abzulenken.»

«Möglich. Hast du eine Ahnung, wie Emeline nach Europa kam? Eine mehr oder weniger mittellose Kongolesin erhält ohne Unterstützung nicht einfach so ein Schengenvisum.»

Natalie kratzte sich vorsichtig die Stirn. Eine Blase unter ihrem Kopftuch juckte schrecklich. «Der Kongo ist unglaublich reich an Bodenschätzen», sagte sie. «Da wird nicht nur Coltan abgebaut. Es gibt auch Diamantminen.»

«Emeline hat die Diamanten geschmuggelt und sich somit die Reise finanziert. Sie hatte nicht vor Vincent Angst, sie war auf der Flucht vor den Diamantenhändlern. Der Typ, der letzte Nacht bei dir eingebrochen ist …»

«… hat nach den Diamanten gesucht. Heilige Scheisse! Warum bringt sie sich und ihr Baby in Gefahr?»

Tom kniete sich neben Natalie auf den Boden. «Und dich. Deshalb wollte sie ihre Entbindung bei dir geheim halten.»

«Emeline hat die Steine niemals ausgeliefert», sagte Natalie. «Wieso? Wieso schmuggelt sie Steine und liefert sie nicht aus? Danach wäre sie in Sicherheit gewesen, denke ich.»

«Wer weiss, vielleicht hat sie die Rohdiamanten verloren, oder sie wurden ihr gestohlen. Die Steine waren weg, die hochschwangere Emeline wurde von Kriminellen gejagt, und ihr Liebhaber verstiess sie und das Kind. Irgendwie kann ich verstehen, dass Emeline den Freitod gewählt hat.»

«Geht's noch? Emeline war Mutter, sie hat Imani geliebt, das habe ich gleich gespürt. Für ihre Tochter wäre sie in die Hölle hinabgestiegen.»

Tom zog Natalies Hand von der Stirn weg und richtete ihr Tuch. «Eine Nacht nach der Geburt ist Emeline mit dem Baby von hier verschwunden, sagst du?»

«Ja.»

«Niemand wusste, dass sie hier war?»

«Nein.»

«Sie hat nie erwähnt, wo sie hinwill?»

«Nein. Ich dachte, dass sie Imani zu Vincent bringt, doch in dessen Kinderzimmer lag nur ein Baby, ein weisses Baby.»

«Hat Emeline etwas mitgenommen, als sie geflohen ist?»

«Emeline ist keine Diebin», sagte Natalie. «Ich habe ihr Geld gegeben, ein paar hundert Franken für den Notfall. Und sie hat ein Paar von Paps' Laufschuhen mitgenommen. Sie kam nur mit ausgetragenen Sandaletten her.»

«Als du bemerkt hast, dass Emeline mit Imani fortgegangen ist, hast du das Küchenfenster eingeschlagen?»

Natalie rutschte auf dem Stuhl hin und her. Ihre Hüfte schmerzte. «Ich wusste nicht, was tun. Ich brauchte jemand, der mir hilft, Emeline und Imani wiederzufinden. Einen Aussenstehenden. Wenn ich in Gefahr war, war es einfach, Paps davon zu überzeugen, dass ich einen Bodyguard brauche. Es eilte. Deine Vermittlungsagentur hat gleich mehrere Kandidaten vorgeschlagen. Ich habe euch alle überprüft und mich für dich entschieden.»

«Das verstehe ich nicht. Weshalb wolltest du nach Emeline suchen? Sie hat sich selber dazu entschlossen, zu gehen.»

«Ich hatte eine böse Vorahnung, dass Emeline und Imani in grosser Gefahr waren. Emeline hat sich auf echt üble Typen eingelassen, um in die Schweiz zu kommen, das war klar. Sie steckte da ganz tief mit drin. Leider hat auch sie mir nicht vertraut. Ich musste den beiden helfen, egal, ob Emeline meine Hilfe wollte. Mit meiner Vermutung hatte ich leider recht. Emeline war in Todesgefahr und starb, bevor ich dich einweihen konnte. Danach habe ich beschlossen, das Geheimnis für mich zu behalten. Ich kannte dich ja kaum.»

Tom stand auf. «Du wolltest nie einen Bodyguard. Du wolltest einen privaten Schnüffler und harten Kerl für heikle Situationen. Du brauchtest einen Körper für Aufgaben, die deiner nicht meistern kann.»

«Was sollte ich denn tun, sag's mir? Ich bin ein Schmetterlingskind und zu schwach, um mich hinauszuwagen, um ein Baby zu suchen.»

«Du dachtest, Tom ist ein netter Kerl, der hat schon früher einmal für eine Sache gekämpft, die ihm wichtig war, den könntest du schon für dich gewinnen. Und der würde auch Gesetze brechen, wenn es deiner Sache diente?»

«Genau! So ein klitzekleines Gesetzchen gäbe es heute Abend zu brechen. Schau mal in die Akte da.» Natalie zeigte auf einen Stapel Papiere, den sie mitgebracht hatte.

Tom setzte sich auf einen Stuhl am Tisch und schlug das Dossier auf. Er stiess einen leisen Pfiff aus. «Du bist gründlich. Das alles hast du über GeoFoss herausgefunden?»

«Das sind die Personalakten – mehr oder weniger komplett.»

Tom wollte etwas sagen, aber Natalie hob die Hand.

«Frag nicht.»

Er schwieg.

«Imani zu finden hat oberste Priorität», fuhr Natalie fort. «Ich habe in den letzten Tagen einige Nachforschungen angestellt. Ich will wissen, wer die Diamanten hat, für wen sie geschmuggelt wurden und wie Vincent da mit drinsteckt. Sorgen macht mir, dass der Schwarze den Blutdiamanten mitgenommen hat. Der lag in einer Box auf dem PC. So blöd konnte nur ich sein. Jetzt weiss er, dass ich über die Diamanten Bescheid weiss.»

«Du konntest nicht wissen, dass die Schmuggler hinter dir her sind. Wie kamen die überhaupt auf dich?»

«Wohl wegen Kipekapeka. Vielleicht hat Emeline Vincent davon erzählt.»

«Das wäre ein Beweis, dass er mit den Kriminellen in Verbindung steht. Befinden sich heikle Dateien auf dem PC, den der Einbrecher hat mitgehen lassen?»

«Nur Fotos. Leider auch Fotos von der Geburt, von Emeline mit ihrem Baby.»

«Ist dein PC passwortgeschützt?»

«Ist er nur ein halber Profi, kriegt er den geknackt.»

«Du machst keinen Schritt mehr, ohne dass ich informiert bin, verstanden?»

Sein besorgter Blick gefiel Natalie. «Die einzige Spur, die wir haben, ist Vincent und GeoFoss.»

«Was ist mit der Polizei? Diese Sara Jung schien kompetent.»

«Diese Kratzbürste?» Natalie würgte theatralisch. «Die ist voll der Jägertyp und sicher kein Menschenfreund. Finger weg von ihr.»

Tom lachte laut heraus. «Na, na, nicht gleich eifersüchtig werden.»

Natalie konnte nicht verhindern, dass Blut in ihre Wangen schoss. Sie fühlte die Hitze und schaute weg.

«Du hättest die Polizei von Anfang an einweihen sollen», sagte Tom.

«Und Emeline und ihre Tochter den Behörden übergeben? Die hätten sie früher oder später in den Kongo zurückgeschickt. Wenn Emeline tatsächlich Diamanten schmuggelte und die Steine nicht ausgeliefert hat, dann wäre sie tot, kaum würde sie wieder einen Fuss auf kongolesischen Boden setzen. Wie bitte schön kann da die Polizei helfen?»

«Emeline hätte Asyl beantragen können.»

«Eine Diamantenkurierin? Die bekommt erst Knast und danach Ausschaffung. Man hätte ihr das Kind weggenommen. Tolle Aussichten.»

«Du magst die Polizei nicht, was?»

Natalie zeigte mit dem Zeigefinger auf ihn. «Hast du denn gute Erfahrungen mit den Bullen gemacht?»

«Nein. Aber diese Sara Jung war ganz okay.»

«Ich dachte, du hast genug von Frauen, die dir das Leben schwer machen.»

«Heute macht mir nur eine Frau das Leben schwer, und die sitzt mir gegenüber.»

Natalie starrte Tom an. In diesem Moment kam er ihr wie ein grosser Junge vor. Der Blick war zu intensiv. Sie sprach rasch weiter, damit es nicht peinlich wurde. «Wir müssen über Vincent und GeoFoss an Informationen kommen. Du musst da rein, Tom. Wir müssen ihn nervös machen, damit er einen Fehler begeht.»

«Ein Einbruch? Ja klar. Wonach suchst du überhaupt?»

«Nicht suchen. Du sollst etwas in Vincents Büro bringen.»

«Wie soll das gehen? Und was soll ich bringen?»

«Die Puppe.» Natalie schauderte, als sie an das hässliche Ding dachte. «Wir drehen den Spiess um und präparieren die Puppe, legen ihr ein Baby in den Bauch, hängen ihr eine Diamantkette um und lassen sie von seiner Tischkante baumeln. Das wird ihm den Schreck seines Lebens einjagen. Gleich morgen liefere ich der Polizei einen Hinweis, damit sie in seinem Büro aufkreuzen. Wetten, der plaudert gleich alles aus oder ist zumindest nervös genug, dass die Jung misstrauisch wird.»

Tom atmete ein paarmal tief durch. «Die Idee ist scheisse. Wir wissen nicht, ob die Puppe Vincent genug einschüchtert. Wir wissen nicht einmal mit Sicherheit, ob die Puppe von ihm ist.»

«Er wird vermuten, dass die Kongolesen dahinterstecken. Er wird Schiss bekommen, und wenn ihn die Polizei mit Fragen bombardiert, wird er einknicken.»

«Du vergisst die Tatsache, dass ich mich mit dem Einbruch strafbar mache, wenn ich überhaupt bis in sein Büro gelange.»

«Dieses Problem habe ich bereits gelöst», sagte Natalie stolz und lehnte sich verschwörerisch vor. «Leonie Sprunger ist die Privatsekretärin von Vincent, und sie sucht verzweifelt nach der grossen Liebe. Ich habe über ein Online-Portal heute Morgen mit ihr in deinem Namen Kontakt aufgenommen.»

«Was hast du?»

«Sie mag deine Augen. Ihr habt um acht Uhr ein Date in der ‹Skylounge›.»

«Kommt nicht in Frage. Ich geh nicht hin. Ausserdem muss ich mich zwischendurch um meinen Paps kümmern.»

«Ich engagiere eine Krankenschwester, die bei ihm bleibt», sagte Natalie.

«Du kannst nicht alles mit Geld lösen und fremde Menschen engagieren, wie es dir passt.»

Natalie zog einen Schmollmund. «Das Baby braucht uns. Wir müssen es finden. Aber gut, du kannst gehen. Um sieben bist du zurück, wir putzen dich fein raus, und um acht triffst du Leonie in der Skyloungebar. Ihr kommt euch näher. Bring sie dazu, mit dir in ihr Büro zu gehen. Leonie wohnt nämlich nach wie vor bei ihren streng katholischen Eltern.»

«Ich geh nicht mit einer Fremden auf ein Techtelmechtel in ein Büro. Ich bin Bodyguard, schon vergessen, nicht ein Callboy.»

«Sie mag Chihuahuas, weisse Toblerone, schaut ‹The Big Bang Theory›, trägt gerne Unterwäsche von Victoria's Secret, fliegt einmal im Jahr nach Ibiza, benutzt Chanel N°5, spielt Tennis und geht schwimmen. Sie singt im Kirchenchor, liebt Märchen und Poesie. Sie hasst Tierquäler, ist Nichtraucherin, isst vegetarisch, spendet für SOS-Kinderdörfer und leidet an Migräneanfällen. Sie mag ihren gut bezahlten Job, hat aber durchaus moralische Bedenken, ob sie für die richtige Firma arbeitet. Leonie ist die perfekte Frau für unseren Plan.»

«Für deinen Plan. Du wirst mir unheimlich. Gibt es ein Detail, welches du nicht über die Frau kennst?»

«Nein.»

NEUN

Leonie liess sich von Tom zu einem weiteren Glas Champagner einladen. Ihm war es recht. Natalie würde die Spesen übernehmen. Er ging an die Bar und bestellte zwei Gläser Champagner. Es war kurz nach neun. Es gab nur wenige Gäste in der «Skylounge». Während er auf die Getränke wartete, schaute er aus der Fensterfront im achtzehnten Stock hinunter auf den Zugersee. In der Ferne sah er Walchwil. Er hatte Musa und Jonas aufgetragen, nicht von Natalies Seite zu weichen. Ihr Vater war zum Glück nicht von der Arbeit zurückgekommen, als er erneut in einem von seinen Anzügen die Villa verliess. Leonie stehe auf teuer gekleidete Männer, behauptete Natalie. In dem Chat hatte sie ihr Tom als gut verdienenden Banker angepriesen. Ihm gefiel das Spiel nicht. Weshalb liess er sich schon wieder von einer Frau herumkommandieren? Natalie war anders, nicht wie seine egoistische Ex. Tom musste zugeben, dass er sie mochte.

Leonie hingegen mochte er nicht.

Er schaute zu ihr hinüber. Sie sass auf einer der Couches und winkte ihm euphorisch zu. Er lächelte zurück. Hoffentlich sah sie nicht, wie gequält es war. Leonie war so gewöhnlich, so durchschaubar, so langweilig. Sie jammerte über ihre Allergie auf Bananen und den Nachbarn, der seinen Hund nicht oft genug Gassi führte.

Er zahlte den Champagner und ging damit zurück zu Leonie. Tom war kein Flirtmeister, es war nicht sein Ding, eine Frau für einen Abend abzuschleppen, aber er musste in Vincents Büro.

«Champagner für eine bezaubernde Dame», sagte er und setzte sich neben Leonie auf die Couch, näher diesmal.

Sie strahlte. «Einen Mann wie dich darf es gar nicht geben. Schon als wir gechattet haben, dachte ich, der kann nicht echt sein. Traumprinzen gibt es nur in Märchen.»

«Schreiben wir heute Nacht unser eigenes Märchen.» Scheisse auch, ich spreche wie in einem Drei-Groschen-Roman. Ich brauche Lohnerhöhung, dringend.

Sie unterhielten sich eine weitere Stunde und tranken noch zwei Gläser Champagner, ehe sich Tom an die wirklich heiklen Themen wagte. «Du arbeitest als Sekretärin? Wo denn?»

«Schon mal von GeoFoss gehört?»

«GeoFoss? Ja klar. Vor ein paar Monaten war ein Bericht im Fernsehen. Die handeln mit Rohstoffen, nicht? Tropenholz aus dem Amazonas, Coltan aus Kanada. Sie besitzen Kupferminen in Chile und Diamantminen im Kongo, korrekt?»

Leonie lachte und strich sich ihre schulterlangen Haare hinters Ohr. Sie trug ein rosafarbenes, figurbetontes Kleid. Sie war ganz hübsch, hatte Pausbacken mit tiefen Grübchen, eine rundliche Nase und grosse Kulleraugen. «Tom, du bringst da was durcheinander. Aus dem Kongo importieren wir das Coltan. Die Diamanten schürfen wir in Südafrika.»

«Aha, mein Fehler.» Er hob entschuldigend die Hände. Sie hatte angebissen. «Hast du nicht Probleme damit?»

«Womit?»

«Na, GeoFoss und all die anderen Firmen, die mit Rohstoffen handeln, rauben unseren Planeten skrupellos aus.»

«Hast du ein Handy?», fragte sie. «Trägst du eine Golduhr? Schenkst du einer Frau einen Diamantring zur Verlobung? Die Schuldigen sind nicht die Firmen, sondern die Endverbraucher. Wo Nachfrage ist, wird geliefert.»

«Du hast recht.»

«Nein, du hast recht. Ich würde auch lieber für eine Firma arbeiten, die sich mehr für Menschen und Umweltschutz engagiert.»

«Warum tust du's nicht?»

«Weil Vincent gut zahlt und ein toller Chef ist.»

«Ist das so?» Tom rückte näher an Leonie heran. «Und was ist mit dir? Du betreibst hier skrupellosen Raubbau am männlichen Geschlecht.»

Sie kicherte. Natalie wäre bestimmt eine schlagfertige Antwort eingefallen, dachte Tom und nahm Leonies Hand in die seine. Was tat er hier eigentlich?

Sie entdeckte sein Tattoo am Unterarm, das Natalie ihm aufgedruckt hatte. «Bella», stand da in lächerlicher Schnörkelschrift geschrieben.

«Wer ist Bella?», fragte Leonie skeptisch.

Toms Blick wurde traurig – so gut er es eben hinbekam. «War», sagte er leise. «Bella ist tot.»

«Oh.»

«Sie war meine Hündin. Ein Golden Retriever.» Natalie hatte darauf bestanden, dass er einen Mops besass. Sie erklärte, zwischen Liebhabern von Chihuahuas und Möpsen müsse es funken. Tom weigerte sich. Einen Mops? Niemals würde er sich einen Mops zulegen. «Sie war zwölf Jahre an meiner Seite. Eine gute Hündin. Letztes Jahr musste ich sie einschläfern lassen. War ein schwerer Schritt.» Er seufzte, mehr aus Erleichterung, weil die Lüge raus war.

«Oh, Tom, das ist ja schrecklich.» Leonie überrumpelte ihn mit einem stürmischen Kuss. Sie schmeckte nach Erdbeere. Als sie ihn endlich freigab, rückte er ein Stück von ihr weg. Seine Beine wollten augenblicklich die Flucht ergreifen. Das war peinlich. Er machte sich hier für ein idealistisches Mädchen zur Prostituierten. «Können wir nicht wohin gehen, wo es ruhiger ist?», fragte er.

«Zu dir?»

«Geht leider nicht, ein Kumpel aus Deutschland ist für eine Woche zu Besuch, zusammen mit seiner Schwester. Gehen wir zu dir?»

«Oh nein. Meine … Es geht nicht.»

«Wenn das so ist, müssen wir uns hier wohl verabschieden», sagte Tom und rückte näher auf. «Das ist traurig. Dabei haben wir uns gerade erst gefunden.» Er würde Leonie das Herz brechen. Es müsse sein, würde Natalie beherzt antworten, es gehe um das Leben eines Babys.

«Nein, Tom, ich habe eine Idee. Gehen wir in mein Büro, das ist gleich um die Ecke.»

«Das geht?»

«Klar. Es kommt manchmal vor, dass Vincent mich abends braucht.»

«Gibt es keine Security, die nachfragt?»

«Die kennen mich. Ich habe einmal eine Freundin mit hochgenommen. War problemlos. Bei uns lagern die Rohstoffe ja nicht. Es ist nur ein Büro.»

«Worauf warten wir?» Tom packte ihre Hand, nahm seine Sporttasche vom Boden und stand auf.

«Was schleppst du eigentlich mit dir rum?»

«Trainingskleider», sagte Tom. «Ich dachte, falls das heute Nacht mit uns nichts wird, schwitze ich im Fitnessstudio meinen Frust raus.»

***

Vincent starrte auf das Display seines Handys. Die Nummer hatte er eingetippt, er musste nur auf das grüne Symbol für Anruf drücken. Verflucht. Der schwarze Teufel wurde aufsässiger. War es denn seine Schuld, dass Emeline den Deal verhauen hatte? Frauen! Ständig machten sie Ärger. Emeline jubelte ihm ein Kind unter, Amanda verschlang ein Vermögen, und Natalie steckte ihre Nase in Angelegenheiten, die sie nichts angingen.

Er starrte auf das Ledersofa. Heute Nacht würde er wieder in seinem Büro schlafen. Amandas Hasstiraden und das Babygeschrei waren nicht auszuhalten.

Erneut blickte Vincent aufs Display. Lionel hatte ihm aufgetragen, diese Frau anzurufen. Keine Ahnung, was sie mit der Sache zu tun hatte. Es war zehn Uhr dreiundvierzig. In zwei Minuten musste er die Verbindung herstellen. Es war Vincent neu, dass Afrikaner auf Pünktlichkeit achteten, bitte schön, wenn das Kakoko milde stimmte, tätigte er den Anruf. Worüber er mit der Frau sprach, war egal, hatte Lionel erklärt, sie musste nur abgelenkt sein, weshalb, das wollte Vincent lieber nicht wissen.

Zehn Uhr fünfundvierzig. Er drückte auf Verbindung. Das Rufzeichen ertönte dreimal.

«Hallo?»

***

Konnte Leonie das Kichern nicht einfach unterlassen? Immerzu kicherte sie, selbst in der engen Liftkabine. Sie fuhren bis fast ganz nach oben. Tom schwitzte und unterdrückte die keimende Panik. Er bekam keine Luft, und der Lift schien nach oben zu eiern.

Die Büros von GeoFoss waren in einem modernen Hochhaus untergebracht. Der Nachtwächter am Eingang hatte nicht einmal nach Toms Ausweis gefragt, als Leonie erklärte, dass Vincent sie angerufen hatte, um ein Dossier zu holen.

«Tommy», säuselte sie und schmiegte sich wie eine schnurrende Katze an ihn, «du hast eine stahlharte Brust. Gehst du oft ins Fitnesscenter?»

«Fünfmal die Woche.» Tom starrte auf die Leuchtanzeige der Stockwerke. Bitte lass diesen Alptraum schnell vorbei sein, dachte er.

«Wow. Ich spiele Tennis. Und ich schwimme.»

«Toll.»

Dreiundzwanzigste Etage. Sie traten aus der Liftkabine. Sensoren reagierten auf ihre Anwesenheit und liessen die Neonlampen im Korridor aufflackern.

Tom musste einen Moment stehen bleiben. Er wischte sich den kalten Schweiss von der Stirn. Langsam kam der wackelnde Boden wieder ins Lot.

«Ganz hinten ist Vincents Büro und meines gleich davor.» Sie schlang euphorisch ihren Arm um seinen Nacken. «Komm, ich will diese Kleider loswerden.» Sie zog ihn am Arm hinter sich her und stöckelte auf ihren hohen Schuhen voraus.

***

Es war ein guter Schachzug von ihm gewesen, Vincent den Telefonanruf aufzuzwingen. Die Polizei würde Nachforschungen anstellen und ihn in die Mangel nehmen, wenn sie die Anrufe zurückverfolgte. Das lenkte von ihm ab. Er musste unentdeckt bleiben. Beim Einbruch in der Villa der Kriegers war einiges schiefgelaufen, aber er hatte gefunden, wonach er gesucht hatte. Instinktiv griff er nach der Schmuckdose in seiner Jackentasche. Da lag der Blutdiamant drin.

Lionel stieg aus seinem Mietwagen, einem grauen Kombi, und ging zum Kofferraum. Das ruhige Quartier lag im Dunkeln. Die Leuchtstoffröhre der Strassenlaterne ein paar Meter weiter vorne hatte er bereits am frühen Abend mit einer Steinschleuder zerschlagen. Im Kongo lernten die Kinder mit Steinschleudern auf die Jagd zu gehen, bevor sie laufen konnten.

Er öffnete den Kofferraum, schob die beiden Decken zur Seite und griff nach der Sporttasche, die darunterlag. Daneben war der Laptop von dieser Natalie, auch den brauchte er. Sein Plan war gut. Es wurde Zeit, dass Lionel die Lady endlich persönlich kennenlernte. Zusammen würden sie Natalie weichkriegen.

Er schaute auf die Uhr. Zehn Uhr fünfundvierzig.

***

«Hast du denn – du weisst schon, was – dabei?»

«Hä?» Tom starrte Leonie an. Sie kicherte. Der Korridor schien endlos. Er war mit den Gedanken bei der Puppe. Wie konnte er sie unbemerkt an Vincents Tisch hängen und verschwinden, ohne dass Leonie misstrauisch wurde? Einen weiteren Erdbeerkuss von ihr würde er sich nicht antun.

«Na, Kondome. Hast du welche dabei?»

Nein, hatte er natürlich nicht, brauchte er ja auch nicht. «Klar.»

«Supi! Komm, gehen wir in Vincents Büro. Dort steht ein bequemes Sofa.»

Problem eins gelöst, dachte Tom. Leonie würde ihn direkt in Vincents Büro führen. Er musste sie nur dazu bringen, sich die Nase zu pudern, bevor sie Ernst machte. So könnte es klappen. Unter seinen Sportsachen in der Tasche lag die Puppe, die Natalie heute Nachmittag präpariert hatte. Natalie war zuckersüss und knallhart. Sie zur Feindin zu haben war gefährlich.

Leonie verstand sein Lächeln falsch. «Es ist unglaublich, nicht, dass wir uns begegnet sind.» Ein dicker Schmatzer landete auf seiner Wange. «Da ist das Büro.» Leonie zog ihren Badge und öffnete die Tür.

Sie betraten das Empfangsbüro von Vincents Reich.

«Das ist mein Arbeitsplatz», schwärmte Leonie, drehte sich im Kreis, kicherte und warf sich Tom an den Hals. Er stolperte fast rückwärts aus der Tür, so stürmisch fiel sie über ihn her. Nur mit einem geschickten Ausweichmanöver entging er einer weiteren Ladung Erdbeergeschmack.

«Stimmt etwas nicht?», fragte sie.

Tom lächelte lieb, ja, das konnte er, lieb lächeln. «Nein. Es … es geht nur ziemlich schnell. Seit der Scheidung von meiner Ex –»

«Oh, du hast schon lange nicht mehr …? Wie süss!»

Das war lächerlich. «Ja, es ist schon zu lange her.»

«Du musst nicht nervös sein.» Sie nahm seine Hand. «Ich werde behutsam mit dir umgehen, versprochen.»

Sie zog ihn hinter sich her zur nächsten Tür. Das vergoldete Namensschild glänzte: Vincent Raschak.

Hier brauchte Leonie keinen Badge. Sie drückte die Türklinke hinunter, drehte sich zu Tom um und stiess die Tür mit ihrem Hintern auf. «Wir werden eine tolle Nacht haben, versprochen, mein Süsser.» Sie zog ihn rückwärts mit sich, seine Wangen gefangen zwischen ihren Händen. Ihm blieb nichts anderes übrig, als sie anzustarren, während ihre Lippen bedrohlich näher kamen. Verdammt, Natalie, dachte er, du schuldest mir echt was für dieses Schmierentheater hier.

In Vincents Büro war es dunkel, aber Leonie fand den Weg

zum Sofa auch ohne Licht. Sie drückte Tom nieder und setzte sich gleich rittlings auf ihn. Hatte sie Angst, dass er fliehen würde, wenn sie ihn nicht mit vollem Körpereinsatz niederdrückte? Tom musste das beenden, sofort. Das ging so nicht. Er wollte Leonie zur Seite schieben, doch sie packte seine Handgelenke. «Zieh mich aus», befahl sie.

«Leonie!»

Wie von der Tarantel gestochen, sprangen Tom und Leonie auf, als gleissendes Licht aufflackerte. Am Arbeitstisch sass Vincent Raschak.

«V-Vincent», stotterte Leonie, richtete sofort Kleid und Haare und senkte überfordert den Kopf.

Vincent starrte Tom an.

«Was tust du hier?», fragte er. «Was tust du hier mit ihm?»

Sie brachte keinen vernünftigen Satz hervor, deshalb wandte sich Vincent an Tom. «Hat Sie Natalie geschickt? Was suchen Sie in meinem Büro?»

«Natalie?», fragte Leonie verwirrt. «Nein, Vincent. Tom und ich hatten ein Date. Wir wussten nicht, wohin, also …»

«Die haben dich reingelegt.» In rauem Ton klärte er Leonie auf.

Sie starrte Tom ungläubig an. «Du hast mich benutzt, um in Vincents Büro zu gelangen?»

Als sie vor ihn trat, sah er Tränen in ihren Augen. «Sorry.»

«Du elendes Schwein!» Die Ohrfeige klatschte hart gegen seine Wange, gefolgt von einer zweiten und dritten.

Tom liess es über sich ergehen, er hatte es verdient, und Vincent machte keine Anstalt, einzugreifen.

Leonie begann zu weinen und stürmte aus dem Büro.

Vincent ging ans Telefon und informierte den Sicherheitsdienst. «Sie sind auf dem Weg», sagte er, nachdem er aufgelegt hatte. «Sie kommen hier nicht weg, Tom. Wir zwei haben einiges zu besprechen, und das wird nicht schön. Nicht schön. Besser, Sie erzählen mir gleich von Ihren Plänen.»

Tom schwieg. Natalie schuldete ihm definitiv eine saftige Lohnerhöhung. Zwei bullige Typen stürmten ins Büro. Private

Sicherheitsleute. Drei gegen einen, das ging für ihn nicht gut aus.

«Was ist in der Tasche?», fragte Vincent.

«Sportsachen.»

Vincent nickte einem der Männer zu. Es dauerte nur ein paar Sekunden, bis er die Puppe gefunden hatte. Vincents Atem ging heftig, als er sie in die Hand nahm. Natalie hatte ihr einen Golfball in den Bauch genäht. Um den Hals trug die Puppe eine Kette mit einem Diamanten – gut, der war nicht echt, sah aber so aus. Vincent knallte die Puppe auf den Tisch. «Was will der kranke Freak von mir, hm?» Er gab einem der Männer ein Zeichen, und ohne Vorwarnung schlug eine steinharte Faust gegen Toms Kinn. Sein Kopf wurde von der Wucht zur Seite geschleudert. Er wusste, Gegenwehr brachte in dieser Situation nichts. Das musste er durchstehen. Superhelden gab es nur im Kino – und auf Natalies Zimmer. Eine weitere Faust bohrte sich in seinen Magen. Tom schnappte nach Luft und krümmte sich vor Schmerzen, aber kein Wort kam über seine Lippen.

***

Natalie gab Gas. Sie war fast da. Sie hätte vor Schmerzen schreien können. Die zwei vollen Spritzen mit Schmerzmittelsirup, die sie sich sondiert hatte, bevor sie losgefahren war, wirkten nicht schnell genug.

Es war fast Mitternacht. Sie hatte sich aus der Villa geschlichen, denn das hier musste sie alleine erledigen. Sie lenkte ihren, speziell für ihr Handicap umfunktionierten, Honda Jazz auf der Gubelstrasse unter der Bahnunterführung durch bis zum Kreisel und bog rechts in die Dammstrasse ein. Hier irgendwo auf dem Parkplatz musste er liegen.

Natalie versuchte erneut, Rebecca zu erreichen. Sie ging nicht ans Telefon. Wo war ihre Freundin, wenn sie sie brauchte? So tief konnte kein Mensch schlafen. Sie hatte bestimmt zehnmal versucht, Rebecca anzurufen. Erfolglos.

Natalie steuerte ihren Wagen auf den Parkplatz, drehte langsam eine Runde und hielt Ausschau nach Tom. Keine Spur von ihm. Es war zu dunkel, um viel sehen zu können. Sie parkierte und stieg aus. «Tom!»

Sie bekam keine Antwort. Was jetzt? Ihr war nie der Gedanke gekommen, dass dies eine Falle sein könnte. «Ich bescheuerte Kuh», flüsterte sie vor sich hin. Hier war sie, alleine und schutzlos Vincent ausgeliefert. Arbeitete er mit dem Afrikaner zusammen, der sie im Papiliorama überfallen hatte? Natalie zitterte. Vincent hatte sie vor zwanzig Minuten von einer unterdrückten Telefonnummer angerufen. Er sagte, der Plan sei aufgeflogen und ihr Bodyguard erhalte gerade die gerechte Bestrafung. Sie könne ihn auf diesem Parkplatz vom Boden kratzen. Vincent hatte gedroht, dass ihre Aktion ein Nachspiel haben würde. Dann hatte er einfach aufgelegt.

«Tom?» Natalie nahm die Taschenlampe und den Erste-Hilfe-Koffer aus dem Wagen und ging los. Sie musste das Risiko eingehen. Wegen ihr war Tom in Gefahr.

Am Ende des Parkplatzes gab es eine kleine Baumgruppe und Gebüsch. Dort wollte sie als Erstes nachsehen. «Tom!»

Unter einem der Büsche bewegte sich etwas. Sie richtete den Strahl ihrer Taschenlampe darauf. Da lag jemand.

Sie humpelte hin. «Tom?»

«Hab ich nicht gesagt, du sollst im Haus bleiben?», sagte er heiser. Seine Stimme klang schrecklich.

Er lag im Gras, halb unter dem Busch verborgen. Sie kniete sich neben ihn.

Tom sah schlimm aus. Blut klebte an seinem Mund. Das rechte Auge war geschwollen. «Oh Scheisse, was haben die Mistkerle dir angetan?» Sie strich ihm mit der Hand eine blutige Haarsträhne aus der Stirn. «Ich rufe einen Krankenwagen.»

«Nein, nicht», sagte er und schob sich auf seinen Ellbogen hoch. «Wir Kickboxer sind hart im Nehmen, das wird schon wieder.»

«Du bist verletzt.»

«Ist nichts gebrochen. Den hässlichen Kerlen hat mein hübsches Gesicht nicht gefallen.»

Natalie wollte mit ihren zittrigen, einbandagierten Händen den Erste-Hilfe-Koffer öffnen, brachte aber den Verschluss nicht auf.

Tom legte seine Hand auf die ihre. «Lass es gut sein. Verarzten kannst du mich, wenn wir zurück sind. Ich muss mich nur irgendwie von diesem lauschigen Plätzchen erheben. Wo ist dein Wagen?»

Natalie konnte nicht antworten. Tränen schossen ihr in die Augen.

«Hey, Mädchen», versuchte Tom sie zu beruhigen, «alles ist gut. Lass uns heimfahren.»

Sie wusste, dass er sich lässig gab, um ihr Gewissen zu beruhigen. Was Vincent mit Tom gemacht hatte, war Folter.

Tom trug ihr auf, den Wagen zu holen. Als sie vorfuhr, kam er bereits gekrümmt auf sie zu. Sie wollte aussteigen und ihm helfen, aber er war schneller, zwängte sich umständlich in den Wagen und zog die Tür zu. Plötzlich lachte er, stöhnte gleich darauf und hielt sich die Rippen.

«Was ist?», fragte sie überfordert.

«Wir sind schon zwei jämmerliche Gestalten, mitten in der Nacht auf einem verlassenen Parkplatz, was?»

Natalie atmete durch. Tom schien nicht so schwer verletzt zu sein, wie sie angenommen hatte. «Du gibst für einmal definitiv die beschissenere Figur ab als ich», sagte sie und versuchte witzig zu klingen, was ihr misslang.

Toms Gesichtsausdruck wurde ernst. «Du hättest nicht alleine herkommen sollen.»

«Das war dumm von mir, schon klar.»

«Bist du okay?»

«Ich bin auf Drogen, sonst hätte ich mich nicht aus meinem gepolsterten Bett erheben können.»

Tom schaute sie irritiert an.

«Schmerzmittel. Damit geht's.»

Er nickte. «Danke, Natalie.»

«Danke? Ich schulde dir ein megamässiges Sorry.»
«Ja, das auch.»
«Die Aktion war kindisch», sagte sie.
«Zumindest wissen wir jetzt, dass Vincent nicht harmlos ist und in der Sache mit drinsteckt. Er kannte die Puppe.»

Goma – Provinzhauptstadt Nord-Kivu – November

Ich schrie, als die Faust gegen meinen Kopf prallte. Die Wucht des Schlages warf mich um. Der Bretterboden des schäbigen Büros war staubig und voller Rattenkot. Ich hustete und wimmerte. Mit gespreizten Beinen trat Onkel Godefroid Kakoko über mich.

An der Wand hinter ihm standen seine uniformierten Männer in Reih und Glied. Stolz hielten sie ihre Kalaschnikows an die Brust gedrückt. Einer war noch ein Kind, ein Junge, kaum zehn Jahre alt. Er machte mir am meisten Angst. Sein Blick war voller Wut, Schmerz und Hoffnungslosigkeit.

Ob meine Mutter wisse, dass ich hier sei, fragte Godefroid.

Nein, Onkel, sagte ich. Maman habe mich verstossen.

Sie werde einen guten Grund dazu gehabt haben, sagte er. Onkel Godefroid war ein alter, dicker Mann mit mächtigem Doppelkinn und einer Haut, schwärzer als die Nacht. Der Schweiss rann ihm aus allen Poren. Er stank, obwohl er der einzige Mann hier war, der keine Uniform trug. Ein teures Marken-T-Shirt spannte sich um seinen Bauch. Ich hatte ihn vor drei Jahren das letzte Mal gesehen. Er war einer jener Männer gewesen, die im Hotel über die Zukunft des Kongos verhandelt hatten.

Ich bekäme ein Kind, sagte ich. Der Vater sei ein Muzungu.

Onkel Godefroid spuckte mir ins Gesicht und schrie, ich sei eine Hure wie meine Mutter.

Ich wurde wütend, sehr wütend. Maman sei von einer ganzen Armee Rebellen vergewaltigt worden, verteidigte ich sie. Ich zeigte auf die Hutu-Söldner an der Wand. Von solchen Männern, schrie ich.

Seine Schwägerin sei schon immer eine Hure gewesen, sagte Godefroid, und eine Hexe. Sie habe damals meinen Vater verhext, sonst hätte er sie nie geheiratet. Onkel Godefroid schnaubte über mir wie ein Silberrücken und verpasste mir einen Fusstritt in die Rippen. Ich hätte kein Dach über dem Kopf verdient, sagte er, aber sein Bruder hätte es von ihm erwartet. Ich gehöre nun mal zur Familie, und er könne mich nicht zurück in den Park schicken und den wilden Tieren überlassen. Er packte mich von oben herab am Kinn und starrte mich an, lobte mein hübsches Gesicht. Dann gab er seinen Soldaten die Anweisung, mich bei ihnen einzuquartieren. Die Nächte seien kalt und einsam für seine Männer, sagte er mir grinsend ins Gesicht.

Ich wehrte mich wie eine Raubkatze, als sie mich packten. Ich wisse von den Diamanten, schrie ich.

Meine Worte froren die Zeit ein.

ZEHN

Sie wusste, der Gedanke war falsch, aber es fühlte sich an diesem Morgen gut an, nicht alleine im Beautysalon von Musa verbunden zu werden. Sie fühlte sich glücklich. Tom sass mit nacktem Oberkörper neben ihr auf der Liege und bekam so einige Wunden verarztet. Immer wieder schielte sie zu ihm hinüber und bewunderte heimlich seinen durchtrainierten Körper und seine makellose Haut.

Musas finsterer Blick hingegen strafte ihren Voyeurismus umgehend. Er behandelte gerade Toms geschwollenes Auge mit einer kühlenden Salbe. Die Platzwunde an der Stirn hatte er mit zwei Stichen genäht. Musa war echt sauer, was seinem Naturell widersprach. Natalie konnte es ihm nicht verübeln. Sie hatten sich gestern Nacht zurück in die Villa geschlichen. Natalie hatte Tom notdürftig zu verarzten versucht. Mit ihren eingebundenen Händen war das schwierig bis unmöglich gewesen. Ausserdem hatte das Schmerzmittel nachgelassen, sie konnte kaum noch stehen, und Tom bestand darauf, dass sie sich schlafen legte. Er brachte sie persönlich ins Bett. Als Natalie am Morgen von Musa geweckt wurde, sass Tom schlafend im Sessel in ihrem Zimmer. Musa hatte fast der Schlag getroffen. Er wollte Grossalarm schlagen, Natalie konnte ihn nur mit all ihrer Überredungskunst davon abhalten, ihren Vater zu informieren und die Polizei zu rufen. Zornig hatte Musa sie beide ins Behandlungszimmer beordert. Er wetterte, das seien zu viele Wunden für einen Pfleger. Natürlich hatte Musa die Wunden im Griff, auch wenn er schon feinfühligere Hände gehabt hatte.

Natalie musste ihn über den Vorfall von letzter Nacht einweihen, er bestand darauf.

«Du bist ein Megagoldschatz», versuchte Natalie ihn nach ihrer Beichte zu besänftigen.

Musa legte die Wundsalbe beiseite und zeigte mit dem Finger abwechselnd auf Natalie und Tom. «Ihr, alle beide, seid verlogen, unehrlich, leichtsinnig und komplett durchgedreht. Ich bin schwer enttäuscht. Ich dachte, wir sind Freunde.»

«Sind wir!», schoss es aus Natalie heraus. «Ich wollte dich nur schützen.»

«Sie hat recht», mischte sich Tom ein. «Je weniger Leute von der Sache wissen, desto besser.»

«Du hast ja keine Ahnung», antwortete Musa. Er stand auf und tigerte im Zimmer auf und ab. «Ich bin in Nigeria geboren. Meine Familie war eine der wohlhabendsten in Lagos, ich ihr einziger Sohn, der Stolz meines Vaters, der meine vier Schwestern kaum beachtete. Kannst du dir vorstellen, wie es ist, als Fünfzehnjähriger herauszufinden, dass einem Mädchen gleichgültig sind? Seit jenem Tag lebte ich in Todesangst. Als ein Cousin vier Jahre später hinter meine Neigung kam und es überall herumerzählte, hat mein Vater zu Hause mit seiner Waffe auf mich gewartet. Er hatte Tränen in den Augen, als er abdrückte. Nicht Tränen der Trauer, es waren Tränen von Wut und Tränen des Ekels.» Musa hob sein T-Shirt hoch. Die Narbe der Schusswunde an der Seite war nicht zu übersehen, auch nicht die Striemen des Ledergürtels. «Ich konnte fliehen, irgendwie. Meine Familie ist mächtig und hat grossen Einfluss. Sie jagte mich durch halb Afrika. Ich floh nach Europa und beantragte in der Schweiz Asyl. Ha! Homosexualität sei kein Grund, Asyl zu erhalten, lautete die Erklärung der Behörden, und sie wollten mich wieder ausschaffen. Zurück in Nigeria würde ich keine Woche überleben. Im Norden des Landes werden Homosexuelle gesteinigt.»

Tom schaute Natalie an. «Du hast ihm geholfen?»

Sie nickte.

«Ich habe von Kipekapeka gehört», sagte Musa. «Natalie hat mich danach im Asylzentrum aufgesucht. Ich stand kurz vor der Abschiebung. Sie hat ein Vermögen für Anwälte ausgegeben und ein Jahr lang für mein Recht gekämpft. Es half nichts. Ich wurde abgeschoben.»

Natalie sah Toms Neugier in seinen Augen. Sie musste lachen. «Na los, Musa, spann Tom nicht auf die Folter. Erzähl, was Wonder Woman gemacht hat.»

«Diese verrückte Frau hat im Darknet alle Strippen gezogen. Als mein Flieger in Lagos landete, kontaktierte mich gleich nach der Passkontrolle ein Mann, gab mir einen gefälschten kanadischen Pass und ein Ticket nach Kanada. Drei Stunden später sass ich im nächsten Flugzeug raus aus Lagos. Von Quebec nahm ich einen Weiterflug nach Frankfurt. Jonas holte mich dort am Flughafen ab. In meinem kanadischen Pass hatte ich ein Arbeitsvisum für die Schweiz. Natalie bezahlte mir die Ausbildung zum Krankenpfleger, und seit zwei Jahren arbeite ich meine Schulden bei ihr als Sklave ab.»

«Komm knuddeln», sagte Natalie und schloss Musa in die Arme. Er war wie ihr grosser Bruder. Der beste Freund, den sie sich vorstellen konnte.

Tom pfiff leise. «Wow. Ich habe dich definitiv unterschätzt, Natalie.» Er schaute Musa an. «Sind deine Fingerabdrücke nicht bei den Behörden im System, weil du einen Asylantrag gestellt hast?»

«Ja, sind sie.»

«Es ist wichtig», erklärte Natalie, «dass Musa in keine Polizeikontrolle gerät.»

«War das der Grund, mich nicht einzuweihen?»

«Du musst vorsichtig sein.»

Einen Moment herrschte Schweigen.

Tom brach es: «Wie geht's weiter?»

«Erst einmal sollte sich Rebecca deinen Hintern und das Bein ansehen», sagte Musa. «Keine Ahnung, wie du sitzen oder gehen kannst. Die Blasen gefallen mir nicht. Toms Rippen sind vermutlich angeknackst. Eine Röntgenaufnahme wäre nicht falsch.»

«Wir versuchen seit gestern, Rebecca zu erreichen», sagte Natalie. «Auch heute Morgen hat sie meine Anrufe ignoriert.» Sie schaute auf die Uhr. Es war nach neun. «Ich versuche es in der Praxis.» Sie nahm ihr Handy von der Liege. Als sie dort anrief, erklärte die Praxisassistentin, dass die Frau Doktor sich heute Morgen krankgemeldet habe.

«Das ist seltsam», sagte Musa. «Das ist nicht Rebeccas Art. Sie legt sich nicht ins Bett und vertröstet ihre Patienten, wenn es ihr nicht wirklich schlecht gehen würde.»

Natalie teilte seine Befürchtung.

Tom kletterte von der Liege und zog mit unterdrücktem Gejammer sein T-Shirt über. «Verfluchte Rippen.»

«Was hast du vor?», fragte Musa und half Tom, das T-Shirt über seinen Bauch zu ziehen.

«Ich fahre zu Rebecca und schaue nach ihr.»

«In deinem Zustand?», fragte Natalie.

«Ich habe einige Fights im Ring hinter mir. Der Kater nach einem Kampf gehört dazu. Mir geht es gut.»

«Ich komme mit», sagte sie.

«Auf keinen Fall», widersprach Musa. «Du bleibst hier und legst dich hin. Alexandra bringt dir deinen Frühstücksbeutel. Du musst zu Kräften kommen. Ich fahre mit Tom.»

Der Glücksmoment war vorbei. Natalie fühlte sich wieder schwach und verletzt, vom Leben isoliert und gefangen auf der Krankenstation.

***

Sara entsicherte ihre Pistole, zielte und feuerte fünf Schuss ab. Sie sicherte die Waffe, legte sie hin und wartete, bis die Zielscheibe vorgefahren kam. Fünf Schuss, fünfmal ins Schwarze. Auf ihre ruhige Hand konnte sie sich verlassen. Erst als sie den Gehörschutz abnahm, bemerkte sie Bolander, der hinter ihr stand.

Die Zuger Polizei hatte ihren eigenen Schiesskeller, direkt unter dem Polizeigebäude. Ausser Sara war zurzeit niemand am Trainieren. Eigentlich hätte sie Büroarbeit zu erledigen gehabt – die konnte warten.

«Ich habe soeben mit Bern telefoniert», sagte Bolander und setzte sich auf einen Stuhl an der Wand. «Die Gesichtserkennungssoftware hat in Brüssel eine Übereinstimmung gefunden. Unsere Leiche im Lorzentobel heisst Emeline Dibwa – wenn die Informationen im Pass korrekt waren –, sie stammt aus Bukavu im Ostkongo, ist zweiundzwanzig Jahre alt und arbeitete im Kongo für eine belgische Hilfsorganisation. Die Organisation nennt sich ‹Aide en Afrique›. Sie ist allerdings recht undurchsichtig. Rizzo arbeitet daran.»

Sara lud ihre Waffe mit neuer Munition. «Gut. Darauf können wir aufbauen. Wie und wann kam sie nach Europa?»

«Mit dem Flugzeug ist sie am fünften April von Kinshasa über Casablanca nach Brüssel geflogen und dort mit einem Touristenvisum eingereist.»

«Das war vor mehr als zwei Monaten. Was hat sie in der Zwischenzeit gemacht?» Sara klebte die Schusslöcher auf der Zielscheibe mit schwarzen Stickern ab und drückte auf den Knopf, damit die Zielscheibe wieder zurück an die Wand fuhr.

«Wissen wir nicht. Sie hat in einem Flughafenhotel am fünften April eingecheckt, ist jedoch ohne auszuchecken spurlos verschwunden.»

«Kopfhörer auf», sagte Sara, entsicherte ihre Waffe und feuerte erneut fünf Schüsse ab. Das Schiessen half ihr beim Nachdenken. Konnte es sein, dass Emeline von Brüssel nach Deutschland reiste und dort ihr Baby zur Welt brachte? Was wollte sie in Deutschland? Die Diamanten ausliefern? Und weshalb gab sie ihr Neugeborenes weg – wenn das Baby im Babykorb überhaupt ihres war. Sie sicherte die Waffe und lud nach.

«Kannst du mal für eine Minute deine Schiesswut zügeln und mir zuhören?», fragte Bolander.

Sara seufzte und legte Waffe und Kopfhörer ab. Sie setzte sich neben ihren Kollegen. «Ja? Und?»

«Du bist unmöglich. Würden wir uns nicht so lange kennen, ich würde kündigen.»

«Soll ich mich dafür entschuldigen, dass dir meine Führungsqualitäten missfallen?»

«Du hast keine Führungsqualitäten. Du gehst deinen Weg, und wir sollen dir wie treue Hunde hinterhertrotten.»

«Das sagst du.»

«Sara, hast du dich erkundigt, wie mein Geburtstag war? Ob ich am Abend schön gefeiert habe? Oder Rizzo. Er ist gestern Onkel geworden. Hast du ihm gratuliert?»

Nein, hatte sie nicht. «Ich war nicht informiert.»

«Quatsch. Rizzo hat seit Wochen davon gesprochen. Wenn die eigene Zwillingsschwester Zwillinge bekommt, ist das ein wichtiges Ereignis, Sara. Das ist Leben. Leben ist wichtig. Wir sind keine Maschinen.»

Sara verschränkte die Arme und verzog den Mund. Sie wollte nicht an Familie und Babys denken. «Was hast du sonst herausgefunden?»

Bolander schlug sich auf die Oberschenkel. «Bitte schön, wenn dir der Fall so wichtig ist. Dr. Berger vom IRM behauptet, dass Emeline bei der Entbindung ärztliche Hilfe hatte. Ihr wurde ein Dammschnitt gemacht und danach auch genäht.»

«Weiss ich, und weiter?»

«Da du so darauf beharrt hast, dass Natalie Krieger in den Fall involviert ist, habe ich in ihrem Umfeld recherchiert. Ihre persönliche Ärztin ist Dr. Rebecca Wild. Sie ist Allgemeinmedizinerin und hat eine Praxis in Zug. Dr. Wild hat auch einen Facharzt in Gynäkologie. Nach dem Facharztabschluss hat sie für Ärzte ohne Grenzen gearbeitet. Von 1996 bis 98 war sie im Kongo stationiert und hat dort das Flüchtlingslager der Hutu betreut.»

«Das sind einige Zufälle, nicht?», sagte Sara.

«Ich habe vorhin in der Praxis von Dr. Wild angerufen. Sie hat sich krankgemeldet.»

«Statten wir ihr gleich einen Krankenbesuch ab. Worauf warten wir?»

***

Rebecca wohnte in einem kleinen Haus am Stadtrand von Cham. Geranien schmückten den Eingang.

Auch nach dem dritten Klingeln öffnete sie nicht.

«Rebecca ist nicht da», sagte Musa.

Tom klopfte hart gegen die Tür, was seine Rippen mit einem stechenden Schmerz quittierten. Er verzog das Gesicht und biss sich auf die Zähne. Er sollte sich röntgen lassen.

Musa kletterte über ein Blumenbeet und wagte einen Blick durch ein Fenster. «Ich kann nichts erkennen.»

Tom zog sein Mobiltelefon aus der Tasche und wählte Rebeccas Handynummer. Dabei drückte er sein Ohr an die Tür. Tatsächlich. Er hörte den Klingelton im Haus. Ihr Handy war hier, aber wo war sie? Besorgt drückte Tom die Türklinke. Nicht abgeschlossen. Er stiess die Tür einen Spalt auf. «Rebecca? Ich bin es, Tom.» Keine Antwort. Schlief sie?

«Das gefällt mir nicht.» Musa trat neben ihn.

«Mir auch nicht. Gehen wir rein.»

Sie riefen mehrmals Rebeccas Namen, als sie den Korridor entlanggingen. Musa kannte sich hier aus. Er steuerte direkt auf das Wohnzimmer zu. Tom ging in die Küche. Auf dem Tisch lag ein halb leerer Teller mit Melonenstücken. Fliegen genossen das Mahl. Neben dem Teller stand ein halb volles Glas Wasser.

«Tom, komm her!», rief Musa.

Er eilte ins Wohnzimmer und schaute sich kurz um. Es schien alles in Ordnung.

«Da stehen zwei Laptops auf dem Tisch», sagte Musa. «Einer sieht aus wie Natalies, der gestohlen wurde.» Er öffnete den Laptop. «Ja, das ist Natalies Bildschirmschoner. Was hat das zu bedeuten?»

«Keine Ahnung.» Tom entdeckte eine kleine Schmuckdose neben dem Laptop. Er warf einen Blick hinein. Verdammt! Der Blutdiamant. Er klappte den Deckel der Schmuckdose wieder zu. «Schauen wir uns im Haus um. Ich übernehme den Keller, du die obere Etage. Nichts anfassen und keine Fingerabdrücke hinterlassen, verstanden?»

Als sie sich nur Minuten später im Wohnzimmer wiedertrafen, waren sie keinen Schritt weiter.

«Rebecca ist verschwunden», sagte Tom. «Ich rufe die Polizei. Musa, verschwinde du von hier.»

«Nein. Erst informieren wir Natalie.»

Toms Handy klingelte. «Nicht nötig, das ist sie. Hallo, Nat–»

«Tom! Raus aus Rebeccas Haus, sofort.»

«Was ist los?»

«Die Polizei ist auf dem Weg zu euch.» Sie brach ohne ein weiteres Wort die Verbindung ab.

«Musa, wir verschwinden.»

«Und Natalies Laptop?»

Und der Blutdiamant, fragte sich Tom. Er zögerte. «Wir lassen alles so, wie es ist. Abflug!»

Musa rannte bereits zum Wagen. Tom wischte Musas Fingerabdrücke auf dem Laptop und seine eigenen auf der Schmuckdose ab, verliess das Haus und zog die Haustür hinter sich zu. Auch hier wischte er mit seinem T-Shirt die Türklinke sauber. Nichts wie weg. Tom keuchte humpelnd zum Wagen. Kaum sass er drinnen, fuhr Musa los. Keine hundert Meter waren sie auf der Quartierstrasse gekommen, als Tom vor sich eine dunkle Limousine auf sie zufahren sah. «Es ist Dreissiger-Zone, fahr langsam», wies er Musa an und versank in seinem Sitz. «Schau unauffällig zu dem Wagen. Wer sitzt am Steuer?»

«Eine Frau. Dunkler Pagenschnitt, weisse Bluse. Neben ihr ein Mann. Beide um die vierzig.»

«Sara Jung», sagte Tom.

***

Natalie zitterte am ganzen Körper. Sie lag im Bett, das Handy auf der Bettdecke. Unter Stress waren ihre Schmerzen kaum zu ertragen. Sie hätte laut aufschreien können. Die körperlichen Schmerzen waren fast schon eine Wohltat im Vergleich zu den seelischen, die sie durchlitt.

Zwei Anrufe innerhalb von fünf Minuten hatten sie ins Chaos katapultiert. Rebecca war in Gefahr! Eine Gefangene! Der schwarze Mistkerl hatte sie entführt. Noch immer hörte Natalie die Kälte und Gleichgültigkeit in seiner Stimme. Er sprach Französisch mit ihr und stellte sich als Lionel vor. Sie verstand, dass er Rebecca in seiner Gewalt hatte und sie töten würde, wenn Natalie ihm die Diamanten nicht auslieferte. Wenigstens hatte sie bis Freitag Zeit schinden können, da sie behauptete, die Steine vorher nicht besorgen zu können.

Kaum hatte er aufgelegt, klingelte ihr Handy wieder. In der Annahme, dass er es erneut war, antwortete sie zu hastig. Es war auch diesmal eine unterdrückte Nummer.

Dummerweise war es diese Polizistin Sara Jung. Klar reagierte sie misstrauisch auf Natalies nervöse Stimme. Sie sei auf der Suche nach Dr. Rebecca Wild, erklärte Sara. Ob Natalie wisse, wo sie sich aufhalte. Geistesgegenwärtig hatte Natalie geantwortet, dass sie erst nächste Woche wieder einen Termin mit ihrer Ärztin habe. Das Zittern in ihrer Stimme konnte Jung unmöglich überhört haben. Sie klärte mit voller Absicht Natalie darüber auf, dass sie gleich mit ihrem Kollegen zu Dr. Wild nach Hause fahre. Es bestehe der Verdacht, dass die Ärztin etwas mit dem verschwundenen Baby zu tun habe. Natalie wollte sich auf ein Streitgespräch einlassen, um Rebecca zu verteidigen, als sie realisierte, dass Tom und Musa vor Ort waren und in Schwierigkeiten geraten würden, sollte die Polizei sie dort antreffen. Deshalb hatte sie sich kurz gefasst und Sara abgewimmelt. Gleich darauf hatte sie Tom gewarnt. Ein Fehler. Sollte die Polizei ihre Anrufe zurückverfolgen, würde sie wissen, dass Natalie Tom alarmiert hatte. Verdammte Scheisse auch! Das war Chaos pur.

***

Vincent arbeitete an diesem Morgen zu Hause. Er hatte Leonie aufgetragen, das Putzinstitut zu kontaktieren, um sein Büro gründlich zu reinigen. Der verfluchte Bodyguard der Kriegers hatte das Sofa vollgeblutet. Wenigstens hatte Leonie keine Fragen gestellt.

Vincent sass in seinem Arbeitszimmer, das gegenüber dem Kinderzimmer lag. Er hörte das Baby weinen. Der Krach raubte ihm den letzten Nerv. Nichts lief nach Plan. Seit er Amanda die Ohrfeige verpasst hatte, sprach sie nicht mehr mit ihm. Dann waren da die Käufer der Diamanten, die Druck machten. Konnte er nicht in den nächsten Tagen liefern, würden sie abspringen. Vincent hatte auch mit Kakoko gesprochen. Der legte nach und prahlte mit Morddrohungen, sollte Vincent das Problem nicht in den Griff kriegen. Ein Problem, an dem er unschuldig war. Wessen Idee war es gewesen, Emeline als Kurier einzusetzen? Kakoko sah das natürlich anders.

Dabei hätte vor bald zwei Monaten alles erledigt sein sollen. Vincent griff nach dem Papier vor sich auf dem Tisch. Konkursandrohung. Er konnte ohne die Diamanten die Spielschulden nicht zurückzahlen. Er zog die Schublade seines Sekretärs auf. Ganz hinten lag eine kleine Metalldose. Er öffnete sie, schüttete weisses Pulver auf den Tisch, schob es mit einer Visitenkarte in eine Linie, rollte eine Zwanzigernote ein und zog sich das Kokain in die Nase. Er musste wach bleiben. Er brauchte einen klaren Kopf, und diese elenden Kopfschmerzen waren mörderisch. Er legte den Kopf zurück und wartete auf den erlösenden Kick. Es gab nur eine Person, die wissen konnte, wo die Diamanten waren. Vincent würde das selber in die Hand nehmen.

Das Baby im Zimmer gegenüber schrie immer lauter. «Amanda, verdammt, bring den Balg endlich zum Schweigen!», rief er. Die Kopfschmerzen waren unerträglich.

***

Sara starrte auf den Rücken der Haushälterin, die sie und Bolander nach oben führte. Natalie ginge es heute schlecht, erklärte sie, nachdem sie sie fünfzehn Minuten im Salon hatte warten lassen.

Krank sein konnte Natalie später, dachte Sara. Sie hatte Fragen. Wichtige Fragen. Die konnten nicht warten.

Die Haushälterin führte sie oben den Korridor entlang bis zur hintersten Tür, klopfte kurz an, öffnete und liess Sara und Bolander eintreten.

Sara schaute sich überrascht um. «Hoppla, dass Ihr Bodyguard bei Ihnen wacht, damit hätte ich gerechnet, Frau Krieger, dass Sie Batman, Superman, Iron Man und Wonder Woman zur Unterstützung dabeihaben, darauf war ich nicht vorbereitet. Wer sind die schwarzen Zwerge?»

Da sie keine Antwort bekam, ging sie auf das Bett zu, in dem Natalie lag. Ein bleiches Häufchen Elend. «Guten Tag. Wir müssen Ihnen einige Fragen stellen. Es geht um Ihre Ärztin Dr. Rebecca Wild.»

«Haben Sie sie gefunden?», fragte Tom.

Sara drehte sich zu ihm um. Er sass in dem Sessel an der Seite. «Wie sehen Sie denn aus? Ein Unfall?»

«Training», sagte Tom. «Mein Sparringpartner war für einmal stärker. Einem Kickboxer kann das passieren. Ich bin nicht mehr der Jüngste, das vergesse ich immer mal wieder.»

«So, so.» Sara verschränkte die Arme. Es war kühl im Zimmer. Die Klimaanlage lief.

«Ich bringe Ihnen eine Jacke», sagte Alexandra. «Natalie fühlt sich in einem kühlen Raum wohler.»

«Mein Immunsystem arbeitet auf Hochtouren. Mir ist immer heiss», erklärte Natalie. «Was ist mit Rebecca? Seit gestern versuche ich, sie zu erreichen. In der Praxis hat man mir gesagt, dass sie krank ist.»

Bolander übernahm. «Wir gehen in dem Fall um Emeline allen Spuren nach. Da Dr. Wild früher als Ärztin im Kongo arbeitete und ausgebildete Fachärztin in Gynäkologie ist, dachten wir …»

«Gynäkologie?», fragte Tom. «Ich dachte, sie sei Allgemeinmedizinerin.»

«Ja», sagte Sara, «sie arbeitet heute wieder als Allgemeinmedizinerin.» Sie bemerkte den Blick, den Tom mit Natalie wechselte. Was wollten sie einander sagen?

Bolander fuhr fort: «Item, wir dachten, Dr. Wild könne uns in dem Fall behilflich sein. Wir sind zu ihr gefahren. Sie war nicht zu Hause. Da ihre Tür offen stand, sind wir rein, um uns zu vergewissern, dass es ihr gut geht. Auf ihrem Tisch im Wohnzimmer haben wir –»

«Wir haben Ihren Laptop gefunden», übernahm Sara. «Und einen Diamanten. An dem Rohdiamanten haftet Blut.»

«Einen Blutdiamanten?», fragte Natalie überrascht.

Komm schon, lüg mich nicht an, dachte Sara, du weisst davon. «Hat Emeline im Chat nie Diamanten erwähnt? Wir vermuten, dass sie die Steine nach Europa geschmuggelt hat. Bei der Autopsie fanden wir einen in ihrem Bauch. Sie hat ihn kurz vor ihrem Tod geschluckt. Wahrscheinlich war der für uns als Hinweis gedacht.»

«Was hat das mit Dr. Wild zu tun?», fragte Tom. «Weshalb hat man bei ihr Natalies Laptop und den Diamanten gefunden?»

«Gute Frage», antwortete Sara. «Es gibt nur zwei Antworten. Entweder steckt Dr. Wild mit den Schmugglern unter einer Decke, oder sie ist ein Opfer und wurde entführt.»

«Wir tendieren zum Ersteren», sagte Bolander. «Dr. Wild hat Beziehungen in den Kongo, sie hat vor Kurzem eine Praxis eröffnet, was finanziell kostspielig ist, und sie ist Gynäkologin. Sie hat vermutlich Emelines Baby entbunden.»

«Emeline kann ohne Hilfe entbunden haben», sagte Tom.

Sara stellte sich neben Wonder Woman. «Eher nicht. Ich habe nie von einer Frau gehört, die sich während der Geburt selber einen Dammschnitt macht und ihn danach professionell zunäht.» Sie klopfte der lebensgrossen Heldin aus Plastik auf die Schulter. «Emeline war keine von dieser Sorte hier. Sie war ein verzweifeltes Opfer, und ich werde die Verbrecher jagen, die sie in den Tod getrieben haben.»

Es war kalt und still im Zimmer.

Natalie begann zu weinen.

Tom erhob sich umständlich, setzte sich zu Natalie auf die Bettkante und strich ihr über den Kopf. «Es reicht», sagte er. «Natalie hat grosse Schmerzen und muss sich ausruhen.»

Sara hob defensiv die Hände. «In Ordnung. Da wäre noch eine Sache. Für einmal habe ich gute Neuigkeiten. Es ist möglich, dass wir Emelines Baby gefunden haben.»

Natalies Kopf schnellte herum. Die Tränen waren versiegt.

Sie ist eine gute Schauspielerin, dachte Sara. «Letzte Woche wurde ein schwarzes Baby anonym in den Babykorb der St. Hedwig-Klinik in Mannheim gelegt. Wir müssen die DNA-Analyse abwarten.»

«In Mannheim?», fragte Natalie ungläubig.

Tu nicht so scheinheilig, dachte Sara. Sie erkannte, dass Natalie einen guten Draht zu ihrem neuen Bodyguard zu haben schien. Das konnte Sara ausnutzen. «Ruhen Sie sich aus. Bolander, wir gehen.» An der Tür drehte sich Sara um. «Ach, Herr Engels, haben Sie für heute Nachmittag schon Pläne?»

«Warum?»

«Wenn nicht, begleiten Sie mich auf ein ungezwungenes Gespräch. Wir können es draussen führen bei diesem schönen Wetter. Frau Krieger schläft sich so richtig aus, und sie hat ja genügend Personal, das auf sie die paar Stunden aufpassen kann, nicht wahr? Sie leihen mir sicher gerne Ihren Bodyguard für diesen Nachmittag?»

«Träumen Sie weiter», antwortete Natalie schroff.

***

Tom war nicht begeistert, Natalie alleine zu lassen. Sie war in keiner guten Verfassung. Ihr Lügengerüst wackelte. Er hätte ihr böse sein müssen, aber er war es nicht. Sie hatte sich mit dem Fall Emeline übernommen, ihr wuchs alles über den Kopf.

Tom ging mit der Kripochefin mit, sich weigern brachte wenig. Ihr Kollege Bolander setzte sie beide am See ab. Der scheinbar ungezwungene Spaziergang dem See entlang war ein kluger Schachzug von Sara Jung. Er musterte sie heimlich. Sie war wohl ein paar Jahre älter als er. Sie war nicht sehr gross, aber sportlich gebaut. Ihre fast schwarzen kinnlangen Haare verliehen ihr Strenge. Er hatte sie nie anders als in dunkler Hose und weisser Bluse gesehen. Sie trug keinen Schmuck, kein Make-up, kein Parfum. Eine rationelle Frau, auf das Wesentliche fokussiert, zielstrebig und knallhart. Tom konnte sich ausmalen, dass es eine Herausforderung war, als Frau die Kriminalpolizei zu leiten, aber auch, dass es die Kollegen mit ihrer herrischen Art nicht einfach hatten.

«Erzählen Sie mir von der Schlägerei», begann sie das Gespräch. «Kommen Sie mir nicht wieder mit der Ausrede von einem Sparringkampf. Ihr Auge ist heute bunter, als Models Lidschatten auftragen können, und das Lachen verkneifen Sie sich nicht nur, weil es nichts zu lachen gibt. Also, wer war so verdammt wütend auf Sie?»

«Wollen wir uns nicht erst einmal ein bisschen kennenlernen? Ich dachte, deshalb gehen Sie mit mir am See spazieren. Lassen wir die Höflichkeitsfloskeln weg. Ich bin Tom.»

«Wollen Sie mich mit Ihrem Charme um den Finger wickeln? Sich auf freundschaftlicher Ebene zu begegnen macht die Sache nicht einfacher. Lassen wir die Gefühle aus dem Spiel und bleiben professionell, Herr Engels.»

Tom blieb stehen und starrte auf den See hinaus. Ein Sprung ins kühle Nass wäre eine Wohltat. Bei jedem Schritt jagte es ihm einen Stich in die Brust. Diese verdammten Rippen mussten angeknackst sein. Er schaute Sara an. «Weshalb sträuben Sie sich, Ihre menschliche Seite zu zeigen? Natalie will anderen helfen und ihrem Leben einen Sinn geben. Auch wenn sie sich dabei in einer Grauzone bewegt, das ist kein Grund, sie so hart ranzunehmen.»

«Natalie glaubt nicht, dass das Baby in Mannheim unser Baby ist. Glaubt sie es nicht, oder weiss sie es, Herr Engels?»

«Keine Ahnung. Natalie will das Baby genauso finden wie Sie.»

«Warum?»

«Das ist offensichtlich. Es geht um ein Menschenleben.»

Sara blieb stur. «Oder geht es um mehr?»

Tom verstand ihre Andeutung nicht, liess es aber dabei. Er wollte nicht hinter ihrem Rücken über Natalie tratschen. Um vom Thema abzulenken, erzählte er von sich: «Ich war nie ein Kämpfertyp, wissen Sie, jedenfalls nicht während der Schulzeit. Ich war gut in Leichtathletik. Ich interessierte mich für Physik, Mathematik und Politik und mochte schnelle Wagen. Sonntags besuchte ich mit meiner Familie brav den Gottesdienst. Ich hatte einen kleinen Bruder. Eric. Er war so anders als ich, ein Draufgänger mit einer Klappe, dreimal so laut wie meine. Er liebte Konfrontationen, ich ging ihnen aus dem Weg. Ich war der ruhige, der brave Sohn.»

«Warum erzählen Sie mir das?»

«Um Ihnen zu erklären, was Menschlichkeit bedeutet, und um Ihnen zu zeigen, wie Schicksale Menschen verändern.»

«Sie denken, mich hat das Leben nicht geprüft?», fragte sie.

«Doch, hat es, aber Sie haben es nie verarbeitet, nicht so wie ich.» Tom wusste, dass er ins Schwarze getroffen hatte. Ihre Gesichtszüge blieben starr, es waren ihre Augen, die sie verrieten. Er sah Angst darin und Schmerz. «Ich hatte ein Wirtschaftsstudium begonnen, Eric machte eine Lehre als Automechaniker. Es war Samstagnacht, als er mich anrief. Er steckte wieder einmal in Schwierigkeiten. Ich fuhr mit dem Wagen meiner Eltern hin. Ich kam dazu, als zwei Typen auf Eric einprügelten. Klar wollte ich sofort helfen, hatte aber keine Erfahrung mit Schlägereien. Ich war wie gelähmt, unfähig meinen Bruder zu verteidigen. Obwohl die beiden anderen jünger waren, schlugen sie mich zu Boden. Ich liess es geschehen. Als ich wieder zu mir kam, waren sie weg. Ich fand Eric neben dem Trottoir am Boden liegen. Tot. Er war mit dem Kopf auf einen Randstein aufgeschlagen. Hirnblutung.»

«Tut mir leid», sagte Sara. «Es war nicht Ihre Schuld.»

«Nein. War es nicht. Hätte ich gelernt zu kämpfen, hätte ich die beiden in die Flucht schlagen können. Eric würde noch leben. Verstehen Sie? Nach seiner Beerdigung meldete ich mich in einem Boxclub an und trainierte wie ein Besessener. Ich entdeckte eine dunkle Seite in mir, die ich bisher nicht gekannt hatte, getrieben von Wut. Ich brach das Studium ab, suchte Gelegenheitsjobs und nahm an Kickboxmeisterschaften teil. Man gab mir den Spitznamen ‹The Dark Flash›. Während eines Kampfes war ich unbarmherzig, eiskalt und blitzschnell. Schicksale verändern Menschen. Die einen machen etwas Gutes daraus …» Tom liess den Kopf sinken und starrte auf seine

Füsse. «Natalie macht etwas Gutes aus ihrem Schicksal. Wäre sie gesund, wäre sie heute vermutlich ein verwöhntes Töchterchen, das auf Partys rumhängt und in Designerläden Papas Geld ausgibt.»

«Das können Sie nicht wissen», sagte Sara. «Nicht alle, die Geld haben, werden zu Snobs. Meine Familie war auch reich.»

Tom hob überrascht eine Augenbraue. Das kam unerwartet. Eher hätte er vermutet, dass Sara Jung sich aus der Arbeiterklasse hochgearbeitet hatte.

«Nein!» Sie hob die Hände. «Ich werde Ihnen meine Geschichte nicht erzählen.» Sie ging weiter. «Hören Sie, Herr Engels, keine Ahnung, was Sie mir vorenthalten, aber wir wissen beide, dass Natalie Krieger und Dr. Wild mehr wissen als die Polizei. Ich bin mir nur nicht sicher, ob die beiden mit- oder gegeneinander arbeiten.»

«Was wissen Sie über GeoFoss?»

«Eine Rohstoffhandelsfirma. Was haben die mit der Sache zu tun?»

«Vielleicht nichts, ausser dass sie ihre Minen im Kongo haben und die Raschaks einen Wohltätigkeitsabend veranstalteten und dabei die Kriegers einluden. Hören Sie sich da mal um. Oberste Priorität sollte Dr. Wild haben. Finden Sie sie.»

«Die Fahndung nach ihr läuft. Ich vermute, sie hat uns kommen hören, als wir heute Morgen zu ihr gefahren sind, und ist geflohen. Die Kriminaltechniker und der Staatsanwalt durchsuchen ihr Haus. Es gibt eine Sache, die mich zudem stutzig macht.» Sie drehte sich zu Tom um. «Die Türklinke wurde abgewischt. Darauf finden sich keine Fingerabdrücke. Auch der Laptop wurde sauber gewischt. Das ist seltsam, sehr seltsam.»

«Vielleicht wurde doch eingebrochen und Dr. Wild entführt?» Tom hoffte, dass Sara seinem Vorschlag nachgehen würde. Tat er das Richtige, ihr den Anruf zu verschweigen, den Natalie von diesem Lionel erhalten hatte? Sara war rüpelhaft, aber ein ehrlicher Mensch mit den richtigen Absichten, und sie verdiente die Wahrheit. Er holte Luft, um ihr alles zu beichten, als sie unerwartet ihre Hand auf seinen Arm legte.

«Ich will, dass Sie etwas für mich erledigen.»

Toms innere Alarmglocken schrillten.

«Spionieren Sie Natalie Krieger aus, durchsuchen Sie ihre Zimmer, ihr Handy, ihren Computer, ihr Tagebuch, was auch immer. Liefern Sie mir Fakten.»

«Ich soll verdeckt ermitteln? Als Spion?»

«Der Job ist wie für Sie gemacht.»

«Das ist nicht Ihr Ernst. Ich bin kein Bulle.»

«Es muss ja niemand erfahren. Denken Sie daran, es geht um das Leben eines Babys.»

Sara hatte soeben ihren Bonus bei ihm verspielt.

***

Natalie wollte sich in den Schlaf weinen, nicht einmal das gelang ihr. Sie lag in ihrem Zimmer und starrte auf die digitale Wanduhr. Es war erst kurz nach zehn und noch hell draussen. Paps hatte ihr vorerst das Schlafen im Papiliorama verboten.

Ihr Handy lag stumm neben ihrem Kopfkissen. Tom hatte sich seit dem Nachmittag nicht mehr bei ihr gemeldet. War er wütend? Er musste es sein. Sie hatte ihn belogen, schon wieder. Sie hätte ihm gleich von Rebecca erzählen sollen, aber sie hatte Emeline versprochen, was auch geschehe, sie werde niemandem von der Entbindung erzählen. Natalie hatte Rebecca da nicht mit reinziehen wollen. Jetzt war Rebecca in grosser Gefahr, und die Polizei nahm das nicht ernst. Wenn Natalie die Polizei einweihte und dieser Lionel es erfuhr, würde er Rebecca töten, das zumindest hatte der Entführer am Telefon behauptet.

Natalie schluchzte. Sie konnte nicht fliegen, nicht heute Nacht. Das Schmetterlingskind war mit gebrochenen Flügeln ans Bett gefesselt. Das war ungerecht! So verdammt unfair! Sie war ein hässliches, verkrüppeltes Wesen, mit ihrem geschorenen Kopf, den Blasen, Wunden und Narben auf ihrem ganzen Körper und den verwachsenen Händen und Füssen. Jeder Mann musste sich vor ihr ekeln. Klar verbrachte Tom den Tag lieber mit einer Sara Jung. Die war stark und gesund. Natalie schlug mit ihren einbandagierten Händen auf die Bettdecke ein. Weshalb musste sie dieses Schicksal ertragen? Wofür wollte Gott sie bestrafen? Kam nicht jedes Baby unschuldig auf die Welt? Tränen rannen über ihre Wangen. «Scheisse, Scheisse, verdammte Scheisse!»

«Hey, hey, alles okay?»

Natalies Kopf schnellte herum. Tom stand unter dem Türrahmen. «Ich bin so ein Creep», schluchzte sie.

Er kam rasch zu ihr und setzte sich aufs Bett. «Beruhige dich. Du verletzt dich, wenn du weiter auf das Bett einschlägst. Was ist los?»

«Ich bin ein Monster.» Natalie konnte die Tränen nicht kontrollieren.

Tom lächelte und strich ihr über den Kopf. «Nur ein ganz kleines.»

Tröstete er so auch seine Töchter, fragte sich Natalie. «Sorry», sagte sie leise und wischte sich die Tränen weg. Ihre Augen brannten bereits, weil sie ständig daran rieb. Morgen würde sie mit verklebten Augen aufwachen. Selber schuld.

«Alexandra sagte, dass du schläfst. Wenn ich gewusst hätte, dass es dir so schlecht geht, wäre ich früher hochgekommen.»

Natalie versuchte sich aufzusetzen. Er half ihr und legte ein weiteres Kissen hinter ihren Rücken.

«Wie war dein Tag?», fragte sie.

«Du meinst, mein Tag mit Sara Jung? Sie hat mich ausgefragt. Die ist ganz schön gerissen.»

«Hast du ihr von Rebeccas Entführung erzählt?»

«Die Polizei glaubt, dass Rebecca in der Sache mit drinsteckt und nicht entführt wurde. Wäre das möglich?»

«Geht's noch? Rebecca arbeitet niemals für die Rebellen.»

«Bist du dir ganz sicher? Weshalb wollten Rebecca und Emeline nicht, dass du mit jemandem über die Entbindung sprichst?»

Was sollte Natalie dazu sagen? War es tatsächlich möglich, dass …? Nein, sie hatte persönlich Rebecca um Hilfe gebeten, als Emeline in den Wehen lag, nicht umgekehrt. «Bevor das

Baby kam, haben sich Rebecca und Emeline unterhalten. In Kiswahili. Ich dachte, es wäre nur Small Talk.»

«Willst du der Polizei wirklich nicht von dem Anruf von diesem Lionel erzählen?»

«Nein. Wenn er Rebecca gefangen hält, wird er sie töten, wenn ich plaudere. Das Risiko gehe ich nicht ein.»

«Das ist deine Entscheidung.» Tom strich sich das zerzauste Haar aus der Stirn. «Ich habe ein kleines Anliegen. Karo hat mich vorhin angerufen. Sie will mir morgen die Mädchen überlassen. Sie will zum Coiffeur. In dem Fall bin ich als Babysitter natürlich gut genug. Wenn ich Lucy und Alicia nicht nehme, wird sie das gleich wieder gegen mich verwenden. Ich sehe die beiden so selten, da –»

«Klar nimmst du deine Töchter morgen zu dir», sagte Natalie. «Bring sie her! Sie können im Pool planschen. Alexandra fährt total auf Kinder ab. Und wir anderen chillen 'ne Runde im Schatten und lecken unsere Wunden.»

«Das wäre für dich okay?», fragte Tom.

«Ich mag Kinder auch.» Der Satz schmerzte.

«Danke», sagte er leise. «Heute Nacht werde ich im Zimmer nebenan schlafen. Meine Tante übernachtet bei Paps und passt auf ihn auf. Du bist also in Sicherheit, okay? Jetzt entspann dich und schlaf dich mal richtig aus.»

«Deal.»

«Gut. Ich müsste eine wichtige Mail an meinen Anwalt schreiben. Darf ich deinen Computer im Arbeitszimmer benutzen? Auf meinem Handy ist das eine Qual, und mein Laptop liegt zu Hause.»

«Klar, kein Problem.» Sie gab ihm das Passwort.

«Danke. Und jetzt schlaf schön.» Er drückte ihr einen flüchtigen Kuss auf die Stirn und ging, liess sie mit ihren Helden und afrikanischen Figuren in dem leeren Zimmer zurück.

Wie sie ihr Schicksal hasste.

Goma – November

Mein Schicksal meinte es für einmal gut mit mir, dachte ich. Ich durfte duschen, und eine von Onkel Godefroids Frauen lieh mir frische Kleidung. Der Abend hatte Kühlung gebracht. Ich sass auf der Veranda der Villa, die auf einem kleinen Hügel nördlich von Goma, am Fusse des Virunga-Nationalparks, thronte. In der Ferne sah ich den majestätischen Nyiragongo-Vulkan.

Ich würde sein Angebot an den Muzungu kennen, sagte ich zu Onkel Godefroid, der neben mir sass und an seinem englischen Tee nippte. Ich wisse von den Problemen des Muzungus und auch von den seinen. Ich könne ihre Probleme lösen, behauptete ich, jedoch wolle ich eine Gegenleistung.

Onkel Godefroid starrte in die Ferne. Ich sei nur ein Weibsbild und verstehe nichts von geschäftlichen Angelegenheiten, sagte er. Eine halbe Stunde lang sprach ich über den Kongo, die Konflikte, die ausländischen Firmen, die unser Land ausbeuteten, und über den Abbau und Handel von Rohstoffen. Es war einer jener wenigen glücklichen Momente in meinem Leben. Ich begegnete einem mächtigen Mann auf Augenhöhe und überzeugte ihn von meinem Vorhaben.

Meine Freude währte kurz. Als Frau war ich weniger wert als ein Werkzeug, das Männer benutzten, wenn sie es brauchten, und sonst wegsperrten.

Onkel Godefroid lachte. Ob ich tatsächlich mit der Ware nach Europa reisen und sie für den Weiterverkauf dem Muzungu überbringen wolle, fragte er.

Es sei ein gutes Geschäft, behauptete ich. Durch den Verkauf in Europa werde er reicher, der Muzungu wäre seine Schulden los, und mein Baby bekäme einen Vater.

Die Reise sei lang und gefährlich, erklärte Onkel Godefroid, und sollten die Zollbehörden mich mit der Schmuggelware erwischen, würde ich für den Rest meines Lebens im Gefängnis enden – oder schlimmer.

Ich blieb stur, wollte das Risiko auf mich nehmen. Was hatte ich zu verlieren?

Onkel Godefroid überlegte lange. Dann richtete er den wulstigen Zeigefinger auf mich wie den Lauf einer Waffe. Würde ich nicht liefern, liesse er mich jagen und töten, und mein Tod werde langsam und qualvoll sein, versprach er.

Wie dumm war ich, ihm zu versichern, dass ich nicht versagen würde. Ich war ein naives, schwangeres, verliebtes Mädchen, das sich mit dem Teufel einliess. An jenem Abend wusste ich nichts von seiner Grausamkeit. Er war mein Onkel, auch wenn ich ihn kaum kannte – doch in jener Nacht sollte sich das ändern.

Er stand auf, rülpste und zog seine Hose hoch. Er sagte mir, ich müsse mich gedulden, es würde einige Wochen dauern, bis er mir den Pass, einen gefälschten Lebenslauf und das Schengenvisum besorgen könne. Einige Wochen, dachte ich, einige Wochen würde ich warten können.

Er müsse geschäftliche Dinge erledigen, sagte Onkel Godefroid. Ich solle auf sein Zimmer gehen, mich ausziehen und in sein Bett legen. Wenn er das Geschäftliche erledigt habe, werde er zu mir kommen.

Aus den Wochen wurden beinahe fünf Monate.

ELF

Seit Wochen hatte Tom nicht mehr so viel Spass mit seinen Töchtern gehabt wie heute Nachmittag. Er vergass beinahe die schmerzenden Rippen und das geschwollene Auge.

Die zwölfjährige Lucy schwamm im Pool, und ihre zwei Jahre jüngere Schwester Alicia spielte mit Alexandra Verstecken im Garten. Es war ein wunderschöner Sommertag. Tom und Musa sassen in Badehosen am Beckenrand, und Jonas lag neben Natalie im Schatten auf einem Liegestuhl. Er versuchte unermüdlich, sie in ein Gespräch zu verwickeln. Mehr als eine kurze Antwort bekam er nicht. Tom beäugte die beiden schon lange. Er machte sich Sorgen um Natalie.

Ein nasser Ball spritzte gegen seine Brust und lenkte seine Aufmerksamkeit auf den Pool. «Papi! Papi! Wirf den Ball her!» Lucy winkte vergnügt. Eine Strähne ihres dunklen Haares klebte an ihrer Wange.

Tom warf den Ball und hechtete ins Wasser. Lucy kletterte auf seine Schultern, er tauchte mit ihr unter, stiess sich am Beckenboden ab und schnellte hoch. Lucy flog in hohem Bogen in die Luft, und Tom unterdrückte ein Stöhnen. Musa erkannte sein Leiden und löste ihn bei dem Spiel mit Lucy ab. Tom kletterte dankbar aus dem Pool und hielt sich die Seite. Er schaute nach Alicia, die Alexandra einen Tanzschritt beibrachte. Ballett war ihre Leidenschaft. Sie war zierlich, mit fast goldfarbenen Locken. Sein kleiner Engel.

Tom sah, wie Natalie die Tanzstunde mit einem wehmütigen Blick verfolgte. Er schnappte sich ein Badetuch, trocknete sich ab und setzte sich neben sie ins Gras. Den missgünstigen Blick von Jonas ignorierte er. «Der Nachmittag am Pool war eine tolle Idee, Natalie. Danke.»

«Ja, coole Poolparty.»

Tom hörte die Ironie in ihrer Stimme. Ihre Haut ertrug die pralle Sonne nicht, und im Pool konnte sie sich mit all den offenen Wunden zu leicht eine Infektion holen. Natalie lag, in bunte afrikanische Kleidung gehüllt und mit einem Tuch auf dem Kopf, im Schatten. Ihre Verbände waren nicht zu übersehen.

«Tja», seufzte sie, «Mumien haben leider an einer Poolparty nichts verloren.» Sie wandte sich Jonas zu. «Würdest du mir ein Glas Milch holen?»

Er zögerte kurz und ging dann in die Küche.

«Du hast tolle Kids», sagte sie zu Tom. «Versprich mir, dass du um sie kämpfen wirst.»

«Versprochen.»

«Wann musst du sie zurückbringen?»

«Karo meinte, um sechs Uhr. Überhaupt war sie seltsam. Wir haben am Morgen telefoniert, da war sie erstaunlich nett. Als ich um eins die Mädchen bei ihr abgeholt habe, war sie weg. Lucy sagte, sie wäre bei der Nachbarin, und sie dürfen mit mir kommen.»

«Nimmt sie endlich Vernunft an?»

«Karo? Die will nur Geld und mir mein Leben schwer machen.»

«Wie habt ihr euch kennengelernt?»

«Ich war zwanzig, mitten im Wirtschaftsstudium, und sie hatte gerade ihre Lehre als Zahnarzthelferin abgeschlossen. Ein halbes Jahr später war sie schwanger. Karo drängte mich zur Heirat. Sie stammt aus einer konservativen Familie, ein Baby ohne Trauschein war eine Katastrophe. Also heirateten wir. Ich brach mein Studium ab und nahm eine Stelle auf dem Bau an. Irgendwie musste ich meine Familie ja ernähren. Parallel dazu begann ich meine Karriere als Kickboxer.» Tom verschwieg Natalie den Tod von Eric. Er wollte sie nicht mit seiner traurigen Vergangenheit belasten. Manchmal wusste er selber nicht, ob er damals das Studium wegen Eric oder Karo aufgegeben hatte. Zu viel war in nur wenigen Monaten passiert und hatte ihn auf eine andere Umlaufbahn seines Lebens katapultiert. In eine dunkle Umlaufbahn, aus der er nur langsam zurückfand.

«Ihr habt vor ...», sie rechnete nach, «vor achtzehn Jahren geheiratet? Aber dann ...» Natalie schaute zu Lucy hinüber, die mit Musa Ball spielte.

«Karo hat das Kind im sechsten Monat verloren. Ein Autounfall. Sie fuhr auf nasser Strasse gegen einen Baum.»

«Tut mir leid.»

«Schon gut. Es ist lange her. Wir hatten eine schwierige Zeit, eine Zeit, über die ich nicht gerne spreche. Fünf Jahre nach dem Unfall war ich kurz davor, sie zu verlassen. Ihre erneute Schwangerschaft hielt mich davon ab.»

Alicia rannte um den Pool herum und wollte den Ball fangen, den Lucy ihr zuwarf. Lucy spielte Tennis, sie hatte einen starken Wurf. Der Ball flog wie ein Geschoss auf Alicia zu, entglitt ihren Händen und kam direkt auf Tom und Natalie zu. Tom konnte nicht schnell genug reagieren. Der Ball prallte gegen Natalies Schulter.

***

Alexandra ging ins Pförtnerhaus, um Musas Notfalltasche zu holen. Was musste an diesem tollen Nachmittag auch so was Dummes passieren. Es war lange her, seit sie sich amüsiert hatte. Seit zwei Jahren hatte sie keinen Bikini mehr getragen. Ein befreiendes Gefühl, wieder einmal die Sonne auf der Haut zu spüren.

Sie betrat Musas Zimmer und fand seine Tasche neben dem Schrank. Er hatte immer eine gepackt, falls Natalie unangekündigt irgendwohin wollte. Wie heute. Natalie spielte den Schlag mit dem Ball herunter und wollte partout nicht mit Musa auf ihr Behandlungszimmer. Dann kam das Behandlungszimmer eben zu ihr. War auch ein zu schöner Tag, um die kleine Poolparty abzubrechen.

Alexandra schnappte sich die Tasche und verliess das Pförtnerhaus.

Sie wollte über den Vorplatz ums Haus herum zurück zum Swimmingpool gehen, als jemand von hinten ihren Namen rief.

Ihr Herzschlag setzte aus. Sie liess die Tasche fallen, wirbelte herum und schrie um ihr Leben.

***

Sara hätte sich diesen sonnigen Nachmittag anders vorstellen können, als sich in ihrem Büro in die düsteren Fakten des Kongos einzulesen. Sie war erschüttert, wie wenig sie über dieses Land wusste.

1885 bis 1908 regiert der belgische König Leopold II. den Kongo mit unvorstellbarer Grausamkeit, plündert die Bodenschätze des Landes und misshandelt die Einwohner. Man schätzt, dass unter Leopold II. rund zehn Millionen Menschen ihr Leben liessen, etwa die Hälfte der damaligen Bevölkerung. Die Kongogräuel gehen in die Geschichte ein als eines der grössten Verbrechen moderner Kolonialgeschichte.

Der Kongo ist reich an Bodenschätzen wie kein anderes Land. Amerikas Atombomben im Zweiten Weltkrieg zündeten dank kongolesischem Uran; Gold und Diamanten werden abgebaut – bis heute.

1960 zieht sich Belgien aus dem Land zurück, und Patrice Lumumba wird Ministerpräsident. Fünf Jahre später putscht sich der Armeestabschef Mobutu an die Macht und regiert drei Jahrzehnte als Diktator. Er gibt dem Kongo den neuen Namen Zaire. Unter dem Bürgerkrieg zwischen den Tutsi und Hutu in Ruanda, der im Völkermord an den Tutsi gipfelt, leidet auch Zaire. Einige der Flüchtlinge aus Ruanda waren an den Massenmorden beteiligt und morden in Zaire weiter.

1997 geht der schwer kranke Mobutu nach Marokko ins Exil, Laurent-Désiré Kabila kommt an die Macht und ändert den Landesnamen von Zaire in Demokratische Republik Kongo. Die drei Kongokriege von 1996 bis 2009 stürzen das Land weiter ins Elend, sie sind finanziert durch den Abbau des neu entdeckten Erzes: Coltan. Das daraus gewonnene Tantalit wird für Microchips und Batterien benötigt. Der Abbau des Rohstoffes zerstört den Lebensraum der Einheimischen und bringt sklavenähnliche Arbeitsbedingungen und Kinderarbeit mit sich. 2001 stirbt Kabila nach einem Attentat. Sein Sohn Joseph herrscht seither über das zweitgrösste Land Afrikas, das beinahe so gross ist wie ganz Europa und knapp achtzig Millionen Einwohner zählt. Das Land versinkt weiter im Chaos: Da herrscht der junge Kabila, der Milliarden auf seinem Konto hat, nicht bereit ist, seine Macht abzugeben und die Bevölkerung gleichzeitig verarmen lässt; es gibt bis heute Rebellenorganisationen, die ganze Gebiete kontrollieren; Söldner aus Ruanda und anderen angrenzenden Ländern, die sich auch ein Stück vom Rohstoffkuchen abschneiden wollen, sowie Stämme und Urvölker, die ihr Land verteidigen, und nicht zuletzt die Firmen der Industriestaaten, die mit dem Abbau der Bodenschätze Korruption und Ausbeutung weiterhin unterstützen. Unter all den Machtkämpfen der Männer leiden die Frauen und Kinder am meisten. Gemäss Schätzungen der UNO werden bis heute allein im Ostkongo jährlich fünfzehntausend Frauen aufs Schlimmste vergewaltigt. Für Kinderspielzeug gibt es kein Geld, für eine Kalaschnikow in Kinderhänden aber schon.

«Phu!» Sara schob die Unterlagen beiseite. Mehr Fakten über den Kongo ertrug sie nicht. Sie versuchte sich in Emeline hineinzuversetzen. Die junge Frau wurde schwanger und vermutlich von ihrer Familie verstossen. Die Hälfte der Bevölkerung im Kongo war katholisch. Was hatte eine schwangere, unverheiratete Frau zu verlieren? Nichts. Bekommt sie die Chance, durch Diamantenschmuggel nach Europa zu reisen, um ihr Kind dort zu gebären, wird sie zusagen. Sara verfiel ins Grübeln. Wenn eine Frau das Risiko und die Gefahr auf sich nahm, Diamanten nach Europa zu schmuggeln, weshalb gab sie dann ihr Baby weg und stürzte sich in den Tod? Sara bezweifelte, dass Emeline freiwillig gesprungen war. Nahm ihr jemand nach der Geburt das Baby weg? Wurde Emeline gejagt? Wo blieben die Diamanten? Hätte Emeline die Diamanten ausgeliefert, hätten die Händler sie in Ruhe gelassen. Oder nicht? Wusste sie zu viel? Oder war das Baby auch Schmuggelware? Nahm man es ihr nach der Geburt ab, um es zu verkaufen?

Menschenhandel war ebenfalls lukrativ. Hielt man Emeline bis zur Geburt versteckt?

Sara war der Spur der Hilfsorganisation in Brüssel nachgegangen, für die Emeline angeblich arbeitete. Wie vermutet, war das eine Scheinfirma und nicht zurückzuverfolgen. Weshalb Kipekapeka? Wie kam Natalie Krieger ins Spiel? Durch Dr. Rebecca Wild? Diese war weiterhin unauffindbar. War sie geflohen, oder wurde sie entführt? Ein Rätsel gab Sara auch Natalies Laptop auf, den die Polizei in Dr. Wilds Haus sichergestellt hatte. Es war nichts darauf, das mit dem Fall zu tun haben könnte. Der Laptop war erstaunlich leer. Zu leer? Gut möglich, dass Dr. Wild Daten gelöscht hatte. Die Techniker suchten nach gelöschten Dateien, bisher hatten sie nichts gefunden. Dann der Hinweis von Tom Engels über GeoFoss. Sara hatte sich über die Firma informiert, alles schien in Ordnung. Auch bei Nachforschungen über die Familie Raschak konnte sie nichts Aussergewöhnliches finden. Sollte sie da noch tiefer graben, oder war es schlicht Zufall, dass GeoFoss Minen im Kongo besass? Das taten ja eigentlich alle Rohstoffhandelsfirmen. «Das sind zu viele offene Fragen», sprach Sara laut vor sich hin.

«Es kommt eine weitere dazu.»

Sara drehte sich um. Rizzo stand unter dem Türrahmen. Er wedelte mit einem Papier in der Hand. «Nachricht aus Mannheim. Die Mutter des ausgesetzten Babys hat sich in der St. Hedwig-Klinik gemeldet. Laut der deutschen Polizei bestehen keine Zweifel, dass sie die Mutter ist.»

«Also von vorn», sagte Sara. «Unser Baby hat wieder oberste Priorität. Wir müssen es finden.»

«Wie willst du das anstellen?», fragte Rizzo und setzte sich auf den freien Stuhl neben Sara.

«Die einzige Verbindung, die wir haben, ist Natalie Krieger. Ich lasse gleich meinen Charme bei Lind spielen. Wir brauchen unsere Spezialermittler. Die Fahnder sollen Natalie observieren.»

***

Tom und Jonas waren gleichzeitig bei Alexandra, die mitten auf dem Vorplatz stand und den Mann anschrie, der ihr ruhig gegenüberstand. Wie zum Teufel kam er hier rein, fragte sich Tom. Er kannte ihn nicht. Der Kerl war gross, hager und trug einen schlecht sitzenden Anzug und eine schiefe Metallbrille im Gesicht. In der Hand hielt er einen Strauss roter Rosen. Jonas ging sofort auf Konfrontationskurs und schubste den Mann harsch von Alexandra weg. Tom sah, dass sie am ganzen Körper zitterte, und nahm sie in die Arme. «Alles okay, wir sind hier. Wer ist das?»

«Das», sagte Jonas und verpasste dem Mann bei jedem Wort einen Schlag gegen die Brust, «ist – Alexandras – prügelnder – Ex – Ehemann.»

Tom fühlte, wie Alexandra in seinen Armen das Bewusstsein verlor. Sie sackte zusammen, verdrehte die Augen und verfiel in einen krampfartigen Schockzustand. Er legte sie in Seitenlage auf den Boden und starrte den Mann an, der solch eine heftige Reaktion bei ihr ausgelöst hatte. Dieser Mann sollte ein Schläger sein? Der nächste Windhauch schien ihn von den Füssen zu fegen.

«Du hast ein Verbot, dich ihr zu nähern», schrie ihn Jonas an. «Was suchst du hier?»

«Ich vermisse sie», sagte der Mann und begann zu weinen.

«Jonas», rief Tom, «Alexandra krampft.»

«Ja, so reagiert sie auf den Scheisskerl. Pass auf, dass sie sich nicht auf die Zunge beisst.»

Tom atmete erleichtert auf, als Musa herbeigerannt kam. Weniger gefiel ihm, dass Natalie ihm folgte.

Musa kniete sich sofort neben Alexandra. «Ich kümmere mich um sie, hilf du Jonas.»

Für einmal war Natalie schneller. Sie steuerte direkt auf den Mann zu und hob die Arme. «Hätte ich Hände», drohte sie ihm, «ich würde dich spitalreif prügeln, du elender Mistkerl.»

Tom trat neben sie und legte seine Hand auf ihre Schulter. Musste er hier eine Furie bändigen?

Zorn flackerte in Natalies Augen. «Meine Hände sind

unbrauchbar, aber ich habe einen Bodyguard, der ist Kickboxchampion.» Sie warf den Kopf herum und starrte Tom an. «Mach ihn fertig.»

«Natalie!» Hatte Tom sich verhört?

«Das ist ein Befehl. Vincent kennt auch keine Skrupel, um dich von seinen Leuten grün und blau schlagen zu lassen. Ich will, dass du den Kerl quälst, bis er nach Mami schreit.»

«Natalie, es reicht!» Tom packte den Mann am Kragen. «Wie sind Sie hier reingekommen?»

Der Kerl wurde totenbleich und stammelte, er habe draussen lange gewartet. Als ein Wagen durch das Tor fuhr, sei er rasch hinterher und habe sich danach hinter den Büschen versteckt gehalten. «I-Ich wollte nur meine Alexandra sehen. Es geht ihr nicht gut. Alexandra, Schatz!» Er zeigte mit dem Blumenstrauss auf seine Ex-Frau, die noch immer bewusstlos am Boden krampfte.

Harsch zerrte Tom ihn hinter sich her zum Tor. «Sie verschwinden hier. Sofort. So wie ich die Situation einschätze, bleiben Sie besser verschwunden. Das nächste Mal höre ich auf Natalies Anordnung. Wenn Sie sich noch einmal Alexandra nähern, bekommen Sie es mit mir zu tun, verstanden?»

Der Mann nickte heftig, als Tom ihn durch die Tür im Einfahrtstor auf die Strasse bugsierte. «Bleiben Sie weg von diesem Anwesen.» Er liess die Tür laut zuknallen.

Bei der Einfahrt standen alle besorgt um Alexandra herum. «Sie hat einen Schock», erklärte Musa. «Das geht gleich vorbei.»

Tom blickte auf und sah, wie seine Töchter an der Hausecke standen und die Szene beobachteten. Er gab Lucy ein Zeichen, mit Alicia zurück zum Pool zu gehen.

Alexandra atmete ruhiger. Musa hob sie hoch. «Ich bring sie auf ihr Zimmer. Jonas, hilfst du mir?»

Tom blieb mit Natalie auf dem Vorplatz zurück. «Was sollte das eben?», fragte er.

«Das war Alexandras Ex-Ehemann. Der Kerl hat sie über Jahre hinweg gequält, der –»

«Nicht das», fuhr Tom ihr ins Wort. «Ich spreche von deiner Reaktion. Von deinem *Befehl.*»

«Ich war wütend.» Sie hob die Hände. «Mit diesen einbandagierten Dingern kann ich nichts tun. Ich hasse es, wenn ich so hilflos –»

«Natalie», Tom sprach leise, jedes Wort betont, «tu das nie wieder.» Er liess sie stehen und ging zurück zu seinen Töchtern. Das hätten sie nicht sehen dürfen. Wenn sie ihrer Mutter von dem Vorfall erzählten, war er geliefert. Ihr Anwalt würde behaupten, sein Umfeld wäre für Kinder gefährlich. Verdammter Mist.

Zwei Stunden später hatten sich alle beruhigt. Jonas hielt bei Alexandra Wache, die tief und fest in ihrem Bett schlief. Musa hatte ihr eine Schlaftablette gegeben, nachdem sie wieder zu sich gekommen war und eine halbe Stunde laut geweint hatte. Danach hatte er sich endlich um Natalies frische Wunde an der Schulter kümmern können. Lucy und Alicia sassen am Pooltisch und assen Spaghetti, die Tom gekocht hatte.

Jemand klingelte beim Einfahrtstor. Musa stand auf. «Ich geh schon. Das wird der Kurier sein. Ich erwarte eine Lieferung der Apotheke.»

Kaum war Musa weg, starrte Natalie wieder zu Tom hinüber. Sie hatte schon zweimal versucht, mit ihm über den Vorfall zu sprechen, er hatte sie abgewiesen. Zu rüde? Nein. Auch für Natalie galten Regeln, und mit ihrer Krankheit konnte sie sich bei anderen einen Bonus erkaufen, nicht bei ihm.

Tom blickte auf die Uhr. Es war halb sechs. In einer halben Stunde mussten die Mädchen zurück sein, sonst würde Karo die Kavallerie rufen. «Mädels, gebt Gas, wir müssen los.»

«Tom Engels?»

Er drehte sich um, als er seinen Namen hörte. Neben Musa standen zwei uniformierte Polizisten und eine Frau. «Ja?»

«Sind das Ihre Töchter Lucy und Alicia?», fragte einer der Beamten.

«Ja. Was ist los?»

Tom starrte verwundert der Frau nach, die sofort zu den Mädchen ging.

«Das ist Frau Schneebeli von der KESB – der Kindes- und Erwachsenenschutzbehörde», erklärte der Beamte. «Ihre Frau hat uns gerufen. Sie beschuldigt Sie, die Mädchen entführt zu haben. Sie haben sie zu früh abgeholt und aus der Wohnung geschmuggelt, und es sei abgemacht gewesen, sie um fünf Uhr zurückzubringen. Sie haben gegen das gerichtlich angeordnete Besuchsrecht verstossen. Das wird Konsequenzen haben.»

«Papi!», rief Alicia verängstigt.

Tom sah, wie diese Frau Schneebeli Alicia bei der Hand nahm. «Was? Das ist doch – nein, hey, lassen Sie Alicia los, sofort!»

Tom wollte zu seinen Mädchen rennen, aber diesmal war es Natalie, die ihn am Arm packte und zurückhielt. «Tom, bleib ruhig.»

Er starrte sie überfordert an.

«Meine Herren», sagte sie zu den Beamten. «Ich kann versichern, dass Herr Engels mit seiner Frau abgemacht hatte, die Mädchen um ein Uhr bei ihr abzuholen und um sechs Uhr wieder zurückzubringen. Ich habe das Gespräch am Telefon persönlich mitgehört, da Herr Engels es auf Lautsprecher gestellt hatte.» Sie trat vor Frau Schneebeli und lächelte, hob dabei absichtlich die Hände vor ihre Brust. «Bringen Sie die Kinder zur Mutter zurück und richten Sie ihr aus, dass mein Anwalt Herrn Engels ab sofort vertreten wird und dass diese Lüge und Anschuldigung gegen ihn Konsequenzen haben wird.»

Frau Schneebeli fühlte sich sichtlich unwohl in ihrer Haut.

Natalie wandte sich an die beiden Sicherheitspolizisten. «Meine Herren, wir werden umgehend Sara Jung von der Kriminalpolizei über diesen Einsatz informieren. Tom Engels arbeitet in einem Fall mit ihr zusammen.» Sie wandte sich erneut an Frau Schneebeli. «Wenn Ihnen das Kindeswohl am Herzen liegt – was ich schwer hoffe –, dürfen sich die Mädchen bestimmt bei ihrem Papi verabschieden, nicht?»

«Ja, sicher», stotterte Frau Schneebeli, von Natalies klarer Ansage überrumpelt.

Lucy und Alicia rannten zu Tom und klammerten sich an ihn. Er ging in die Knie. «Hey, meine Süssen, es ist alles gut. Die bringen euch zurück zu Mami. Ist doch cool, einmal in einem Polizeiauto mitzufahren, hab ich recht?»

Die Mädchen nickten.

Er nahm sie fest in die Arme und drückte ihnen einen Kuss auf die Wange. Wer weiss, wann er sie das nächste Mal würde sehen dürfen. «Abmarsch. Und denkt dran, ich hab euch megalieb.»

«Wir dich auch», sagte Lucy traurig, nahm ihre Schwester an der Hand und ging provokativ an Frau Schneebeli vorbei. «Fassen Sie uns nicht an, oder wir erstatten Anzeige», sagte sie mit erhobenem Kopf.

Das ist mein Mädchen, dachte Tom. Er schaute ihnen lange hinterher, auch als sie längst weg waren.

Natalie trat neben ihn.

«Im Lügen bist du echt Weltmeisterin», sagte er.

«Ich hab dir den Arsch gerettet», sagte sie. «Wärst du auf Frau Schneebeli losgegangen, würdest du jetzt in Handschellen im Streifenwagen sitzen.»

«Ja.» Er schaute Natalie an. «Ich muss wohl Danke sagen. Aber auf deinen Anwalt verzichte ich. Ich regele das selber.»

«Oh, der Herr ist zu stolz, meine Hilfe anzunehmen. Ich dachte, wir seien Freunde.»

«Ich bin bloss dein Bodyguard, Boss.»

Ihre Augen funkelten ihn wütend an. «Was ist mit Sara Jung?»

«Was ist mit ihr? Sag's mir.»

«Ach komm, denkst du, ich habe dieses Weib nicht durchschaut? Sie geht mit dir am See spazieren. Wie romantisch. Sie schleimt sich bei dir ein, um an mich ranzukommen. Ja, ich bin jung, naiv und unerfahren, aber ich bin nicht blöd. Praktisch für sie, einen eigenen Spitzel in meinem Haus zu haben. Seht ihr mich echt so, als ein baby- und diamantenraubendes

Monster, das auch gleich die Schuld an allen Konflikten dieser Erde trägt?»

«Natalie –»

«Fuck! Gib es einfach zu. Was hast du auf meinem PC gefunden?»

Tom drehte sich zu Natalie um und legte seine Hände auf ihre Schultern. Sie zuckte vor Schmerzen leicht zusammen. Tom hatte vergessen, dass der Ball sie heute an der Stelle getroffen hatte. Er löste den Druck. «Wir müssen reden. Lass uns gehen.»

«Wohin?»

Tom nahm sie behutsam bei der verbundenen Hand. «Raus hier.»

***

Das ruhige Wasser warf sanfte Kreise, als der Stein über die Oberfläche hüpfte. Tom las einen weiteren vom Boden auf und liess ihn dem anderen hinterherspringen.

Natalie sass in Kissen gebettet, die Tom mitgebracht hatte, im Gras unter einem der alten Bäume und genoss den warmen Sommerabend. Die Ruhe tat ihr gut. Sie mussten sich beruhigen, beide.

Sie war schweigend neben Tom in dessen altem Peugeot gesessen. Er hatte kurz vor Ladenschluss im Supermarkt einige Lebensmittel eingekauft. Dann war er mit ihr nach Cham gefahren. Natalie war seit Jahren nicht mehr im Villette-Park gewesen.

Sie drehte die Flasche Wasser in ihrer Hand und legte sie weg, als Tom vom Ufer zurückkam. Er lächelte, ganz schwach nur. War seine Wut verebbt?

«Ich bin gerne hier», sagte er und setzte sich neben sie. «Ich mag den See. Ich mag das Gefühl von Weite und offenem Raum. An freien Tagen gehe ich oft in die Berge. Dort oben ist die Luft herrlich frisch und unverbraucht. Und es ist ruhig.»

Eine Bergtour würde mir auch gefallen, dachte Natalie, doch

ihre geschundenen Füsse trugen sie keine halbe Stunde durch die Zuger Altstadt. «Du hast erwähnt, dass du enge Räume hasst. Hat das einen Grund?»

Tom nickte. «Ich bin als Kind in ein Erdloch gefallen. Nein, eigentlich war es eine kleine Höhle. Ich war mit meiner Familie an einem Sonntagnachmittag an der Lorze zum Bräteln. Mein Bruder und ich tobten im Wald herum, ganz in der Nähe der Höllgrotten. Wir spielten Verstecken. Ich wagte mich zu weit den Hang hoch. Da war dieses enge, gut versteckte Loch im Boden. Es kam mir vor wie ein Schlund zur Hölle. Ich hatte es übersehen und stürzte hinein. Ich war erst acht und musste eine ganze Nacht mit gebrochenem Fuss und unzähligen Schürfwunden in dem Loch ausharren, bis man mich fand. Es war kalt, eng und dunkel. In der Nacht begann es zu regnen. Kannst du dir vorstellen, wie laut es nachts im Wald ist. Es fühlte sich an, als erwachen Monster aus einem Tagschlaf. Ich hatte panische Angst, von wilden Tieren aufgefressen zu werden. Das Gefühl, eingesperrt zu sein, war schrecklich, das bin ich bis heute nicht losgeworden.»

«Dann war auch die U-Haft für dich ein Horrortrip?», fragte Natalie.

«Ja, war es. – Hunger?» Er kramte eine Banane aus der Einkaufstasche.

«Ich krieg nichts runter.»

Er drängte nicht weiter, schälte die Banane und biss hinein. Sie betrachtete sein Profil. Kaum zu glauben, dass Tom achtunddreissig war. Er sah aus wie ein Junge mit seinen leicht zerzausten Haaren. Sein Auge war noch leicht blau unterlegt, aber die Schwellung war weg. «Ich kann mich dich nicht als Kickboxer vorstellen», sagte sie. «Das passt nicht zu dir.»

«Da hast du recht.»

Sie schaute ihn fragend an, und er erzählte ihr nach einigem Zögern die Geschichte von seinem Bruder.

«Das ist ja schrecklich. Tut mir so leid. Du hast also nur mit Kickboxen angefangen, weil …»

«… weil ich nie mehr erleben wollte, wie jemand in meiner

Nähe angegriffen wird und ich hilflos dabei zusehen muss. Zum Erstaunen meines Trainers hatte ich Talent. Ich bin nicht der muskulöse Schlägertyp. Ich war schnell, wendig und intelligent. Ich bekam den Spitznamen ‹The Dark Flash›.»

«Wie die dunkle Version des Comic-Helden?»

Tom lachte herzhaft, fasste sich aber sofort an die Rippen. «Ja, war ja klar, dass du The Flash kennst. Meine Taktik bei Kämpfen war es, den Gegner mit Schlägen ins Leere auszupowern, bis er müde wurde. Dann griff ich an. Unerbittlich und gnadenlos.» Er boxte ein paar Schläge in die Luft, liess die Arme jedoch rasch sinken, als die Schmerzen zu gross wurden. «Dann kam Lucy zur Welt, und ich zog mich vom Profisport zurück.»

«Was geschah damals genau, dass du in U-Haft kamst?»

Tom schüttelte den Kopf. «Das hast du sicher recherchiert.»

«Was ich herausgefunden habe, passt so nicht zu dir. Ich will deine Fassung hören.»

«Nein, ich habe dir schon genug über mich erzählt. Du bist dran. Ich habe auch Fragen.»

Natalie nickte. Das war nur fair.

«Beginnen wir mit deiner Lügerei. Ist das ein chronisches Leiden von dir?»

«Alter, das ist voll fies, gleich auf mich einzuprügeln! Ich bewege mich in gefährlichen Kreisen. Ich muss mich schützen. Ich belüge einzig Menschen, die mir fremd sind, denen ich nicht vertraue.»

«Aha. Und jetzt, da wir uns kennen, bist du ehrlich zu mir? Keine Geheimnisse mehr?»

«Nein.»

Er kam näher und schaute ihr ganz tief in die Augen. Natalie spürte ein Kribbeln im Bauch und war enttäuscht, als Tom wieder auf Distanz ging.

«Ich werde dir glauben. Belüg mich nie wieder, verstanden?»

Seine Worte machten sie wütend. Er behandelte sie wie ein kleines Kind. «Warum? Du hast selber gesagt, du bist bloss mein Bodyguard. Es kann dir egal sein, ob ich lüge.»

Tom kam wieder näher, nahm ihr Kinn zwischen seine Finger. Es war eine ganz sanfte Berührung. «Du benimmst dich das erste Mal kindisch. Klar sind wir Freunde, oder denkst du, ich würde mich für einen anderen Arbeitgeber zum Callboy machen, meine Töchter zur Arbeit mitbringen und zu einem Picknick am See einladen?»

«Ich hoffe nicht», sagte Natalie heiser.

Tom liess sie los und kramte eine Cola aus der Einkaufstasche. «Siehst du, wir müssen Freunde sein, anders lässt sich mein unprofessionelles Verhalten nicht erklären.»

Freunde. Das klang gut. Das Wort hatte nur ein klitzekleines e zu viel, aber damit konnte sie vorerst leben.

«Erzähl von dir», sagte Tom.

«Was soll ich von mir erzählen? Ich kam kaum je aus Zug raus, jedenfalls nicht körperlich. Und du weisst Bescheid über Kipekapeka.»

«Was ist mit Freunden, mit Freundinnen?»

«Wer will sich schon von meinem Anblick runterziehen lassen? Im Netz habe ich Hunderte von virtuellen Freunden, doch keine aus Fleisch und Blut.»

«Das müssen wir ändern», sagte Tom. «Weshalb das Heldentum? Weshalb willst du anderen helfen und setzt dabei dein Leben aufs Spiel?»

«Weil Helden episch sind, sich für das Gute aufopfern und nach ihrem Tod niemals vergessen gehen. Ich werde kaum ein hohes Alter erreichen. Damit habe ich mich abgefunden, obwohl es unfair ist. Doch ich will nicht gehen, ohne der Menschheit in Erinnerung zu bleiben. Ich will nicht von diesem Planeten verschwinden, als hätte ich niemals existiert.»

«Diese Angst kennen wir alle.»

«Ich kann sie nicht verdrängen. Jedes Mal wenn ich in den Spiegel sehe, ist sie da. Ich sehe meine Krankheit, die mich zerstört.»

Tom legte den Kopf schief. «Deine Krankheit hat dich zu dem wundervollen Menschen gemacht, der du heute bist.»

«Wow. Ein Kompliment. Netter Versuch, mich aufzumuntern.»

«Was hat es mit Afrika auf sich?», wechselte er das Thema. «Die afrikanische Kleidung, diese komischen Masken in deinem Zimmer, Emeline …»

«Afrika liebe ich, seit ich ein Kind war. Sonne ist für meine Haut Gift. Die Schwarzen, die haben eine so schöne und starke Haut, um die ich sie beneide. Und ich mag ihre Musik. Obwohl sie wenig besitzen, singen und tanzen sie und feiern mit ihren Familien die buntesten Feste. Schau uns Europäer an, wir plagen uns mit Wohlstandsproblemen herum, tragen graue Kleidung, und das Lachen haben wir verlernt. Dabei leben wir hier im Paradies. Ist das nicht krass?»

Tom grinste.

«Blödmann, du weisst, was ich sagen will.»

Er wurde ernst. «Dass Karo mir die Kids wegnehmen will, ist kein Wohlstandsproblem.»

«Das wird nicht geschehen. Wenn du Hilfe brauchst, ich bin da.»

«Was ist mit dem Baby?», fragte Tom.

«Mit Imani?»

«Ich habe die Fotos auf deinem Computer gesehen. Die Fotos mit dir, Emeline, Rebecca und dem Baby.»

Natalie schloss die Augen. Tom hätte diese Fotos nicht sehen dürfen. «Also hat dich die Kommissarin doch dazu angestiftet, bei mir rumzuschnüffeln?»

«Ja.»

«Und du hast es getan?»

«Nein.»

«Aber die Fotos …»

Tom lehnte sich an den Baumstamm zurück und öffnete die Coladose. «Die Datei war offen, als ich mich gestern in deinen PC eingeloggt habe. Das war dein Fehler.»

Natalie langte sich an den Kopf. Sie sollte ihre Daten besser schützen.

«Ich habe ein Bild gesehen, wie du das Baby in den Armen hältst.»

Natalie seufzte. «Es war so süss. So winzig. So unschuldig.

Weisst du, Tom, das war das erste Mal, dass ich ein Baby in den Armen hielt. Es war der Hammer.» Als sie es Emeline zurückgegeben hatte, zerriss es ihr fast das Herz. Sie drehte sich von Tom weg. Sie hasste es, wenn er sie in einem schwachen Moment anschaute. «Diese Welt gönnt mir nichts: keinen gesunden Körper, keinen Mann, keine Familie, kein Baby, nur ein beschissenes Leben in einer Hülle, die selbst der Flügelschlag eines Vogels beschädigen kann.»

«Mädchen, sei nicht töricht. Du bist stärker als die meisten Frauen, die ich kenne. Du hast Alexandras Ex angegriffen.»

Natalie schoss herum und hielt ihre einbandagierten Hände in die Höhe. «Falsch! Ich wollte ihn angreifen. Die sind nutzlos. Hätte ich ihn geschlagen, hätte ich mich verletzt, nicht ihn. Sollte ich noch ein paar weitere Jahre leben, so wird die Krankheit mich immer weiter entstellen. Ich werde nie ein eigenes Baby haben. Nie wird ein Mann mir einen Ring an den Finger stecken, wie auch? Meine Finger sind mit den Handflächen verwachsen. Mensch! Ich bin dreiundzwanzig, und ich wurde noch nie geküsst.»

«Komm her.»

Tom nahm sie einfach nur in seine starken Arme und hielt sie lange fest.

ZWÖLF

Harri sass niedergeschlagen am Küchentisch. Diese Polizistin hatte heute Morgen auch ihn im Büro aufgesucht. Natalie zu verhören reichte ihr nicht. Das war es aber nicht, was ihn wütend machte. Die Polizei verdächtigte Rebecca. Das war absurd. Sie würde nie ein Baby entführen und mit einer afrikanischen Schmugglerbande unter einer Decke stecken. Er kannte Rebecca zu gut. Sie waren Seelenverwandte, deren Schicksal ihnen kein Glück gönnte. Er wusste, dass Rebecca gerne Kinder gehabt hätte. Sie fand nie den richtigen Mann. War es seine Schuld, da er sie damals aufgab und Charlotte heiratete?

Er starrte auf sein Bier vor sich. Es war nach zehn an diesem Abend. Musa leistete ihm Gesellschaft, sass am Tisch und spielte mit seinem Smartphone. Harri machte sich Sorgen, richtige Sorgen, nicht nur um Natalie, auch um Rebecca. Die Polizei fahndete nach einer Täterin, statt dass sie nach einem Opfer suchte. Er hatte heute den ganzen Tag über im Büro versucht, etwas herauszufinden. Er hatte sogar ein Privatdetektivbüro kontaktiert wie auch seinen Anwalt, der ihm erklärte, dass es zu wenige Indizien für eine Entführung gab. Er telefonierte danach mit Natalie, die stur, wie sie war, sagte, sie kümmere sich um alles. Typisch. Natalie zog sich lieber zurück und machte ihr eigenes Ding, als dass sie sich ihm öffnete. Tom schien besser an sie ranzukommen, wusste der Teufel, weshalb. Tom war nicht der typische Angestellte, der den Anweisungen seines Arbeitgebers gehorchte.

«Meine Schwester hat sich verlobt», sagte Musa.

Harri blickte auf. Wie viele Schwestern hatte Musa noch gleich?

«Ich weiss es durch eine Bekannte. Meine Familie würde mir das niemals mitteilen.» Musa seufzte. «Meine kleine Nana wird nächsten Monat in Kaduna heiraten.»

«Wie schön», sagte Harri, etwas Dümmeres fiel ihm nicht ein.

«Sie war mein Liebling. Doch wenn ich zu ihrer Hochzeit fliege, werden sie mich steinigen, bevor ich ihr Glück wünschen kann. Im Norden Nigerias ist lebenslange Gefängnisstrafe für Homosexualität nicht genug.»

Was sollte Harri darauf antworten? Er kannte Musas Leidensgeschichte auswendig. Er mochte den Jungen. Ein feiner Kerl. In den Jahren, die er bei ihnen lebte, war er wie ein Sohn geworden, den er nie hatte. Harri begriff nicht, wie Eltern ihre eigenen Kinder wegen der sexuellen Ausrichtung verstossen konnten.

Jonas kam in die Küche. Er sah müde aus. «Ich bin kurz eingenickt. Alexandra schläft tief und fest.»

«Helfen die Schlaftabletten?», fragte Musa.

«Scheint so.»

«Nimm dir ein Bier aus dem Kühlschrank und setz dich zu Musa und mir.»

Jonas holte sich eine Flasche und setzte sich an den Tisch. «Ich dachte wirklich, ihr Ex hätte es kapiert. Weshalb taucht er plötzlich hier auf?»

«Keine Ahnung», sagte Musa. «Das wirft Alexandra zurück. Wir hatten sie fast so weit, dass sie endlich wieder einmal das Grundstück verlässt.»

«Seit über zwei Jahren lebt sie hier freiwillig eingesperrt», sagte Jonas. «Das wird die nächsten Monate so bleiben. – Wo ist eigentlich Natalie? Schläft sie?»

«Sie ist ausgegangen», sagte Musa.

«Was?»

«Mit Tom», erklärte Harri. «Gleich nachdem die Polizei heute hier war.»

«Wo sind sie hin?»

«An den See», sagte Musa. «Tom sagte mir, sie müssten in Ruhe über einiges reden.»

«Reden?» Jonas stand auf und langte sich an den Kopf. «Du vertraust Tom deine Tochter an?»

Harri stutzte. «Natalie ist erwachsen. Ich kann sie nicht einsperren. Weshalb regst du dich darüber auf?»
«Ich geh sie suchen.»

***

Vincent schaute auf die Uhr. Halb elf. Die Abenddämmerung war angebrochen. Er hatte oberhalb der Villa parkiert und behielt das Anwesen mit einem Feldstecher im Auge. Zu der schwarzen Hose trug er ein schwarzes Shirt, Lederhandschuhe und eine dunkle Mütze. Er kam sich vor wie in einem Agentenfilm. Mit zittriger Hand holte er eine kleine Metalldose und eine Flasche Whisky aus dem Handschuhfach des Wagens. Ein kleiner Muntermacher war nötig. Tief zog er sich das Kokain in die Lungen und wischte sich das restliche weisse Pulver von der Nase. Der zwölfjährige Macallan brannte seine Kehle hinunter, als er einige kräftige Züge direkt aus der Flasche trank. Sein Leben war beschissen. Amanda hatte ihn heute Mittag, flankiert von der Nanny und dem Hausmädchen, aus dem Haus gejagt, nachdem er sich mit ihr über das Babygeschrei gestritten hatte. Sie drohte mit Scheidung. Es war nicht ihre erste Drohung, aber die erste, die ernst gemeint war. Das Problem war Amandas Anwalt. Sobald er Einblick in die Bücher wollte, wurde es für Vincent ungemütlich. Bisher hatte sich Amanda nie um Geld gekümmert. Sie war mit reichlich davon aufgewachsen, rote Zahlen waren ihr fremd.

Vincent brauchte die verfluchten Diamanten. Dieser Lionel hatte nichts mehr von sich hören lassen. Auf die Afrikaner war kein Verlass. Elendes Gesindel. Weshalb mussten all die Bodenschätze der Erde auf deren Kontinent liegen?

Vincent wartete eine weitere halbe Stunde, bis es dunkel im Haus wurde. In seinen Jugendjahren hatte er mit seinen Kumpels das eine oder andere Ding gedreht. Das war seine wilde Zeit gewesen, bevor er sich für ein Studium entschlossen hatte und ehrlicher Arbeit nachging. Zwanzig Jahre waren seither vergangen, und er sass wieder in der gleichen Scheisse. Auf dem

Beifahrersitz lagen der Akkubohrer, ein dicker Metalldraht und die Taschenlampe bereit. Die Waffe trug er bereits im Hosenbund – für alle Fälle. Er stieg aus und schlich im Dunkeln auf das Grundstück zu. Es war schlecht gesichert. Kameras gab es einzig beim Einfahrtstor und vor der Haustür. Er kletterte über den Maschendrahtzaun, der das Anwesen seitlich einzäunte und keine zwei Meter hoch war. Im Schutz der Büsche pirschte er sich zu einem Fenster seitlich am Nordflügel vor. Es war leicht, mit dem Bohrer ein Loch in den Fensterrahmen zu bohren. Er schob den dicken Draht hindurch und bog ihn zurecht. Es dauerte eine Weile, bis er den Dreh raus hatte und mit dem Draht im Innern die Fensterverriegelung zur Seite drehen konnte. Das Fenster war auf. Er kletterte hinein und befand sich in einem Büro. Das musste Natalies Arbeitszimmer sein. Ein Poster vom EVZ hing an der Wand. Er startete den Personal Computer, aber der war passwortgeschützt. Er wühlte sich durch Natalies Unterlagen auf dem Arbeitstisch und zog Schubladen auf. Nichts Brauchbares. Er wusste ja nicht einmal, wonach er wirklich suchte. Sollte Natalie die Diamanten haben, würde sie diese kaum offen in einer Schublade herumliegen lassen. Vincent versuchte die Tür zu öffnen, vor der mit rotem Klebeband eine Linie am Boden gezogen war. Abgeschlossen. Die bekam er nicht auf, die war massiv und mit einem Sicherheitsschloss versehen. Verdammt.

Er nahm sich das Bücherregal vor. Auch hier gab es keinen Hinweis, der ihm weiterhalf. Er griff nach einem Buch, das ihm ins Auge stach: «Leben und Überleben im Kongo» von Carlos Schuler. Er blätterte durch die Seiten und wollte es bereits wieder zurückstellen, als etwas zu Boden fiel. Es war ein Foto. Vincent hob es auf und starrte ungläubig darauf. Er kannte den fensterlosen Raum nicht, in dem es aufgenommen worden war, aber er kannte die Tür, die im Hintergrund zu sehen war. Er blickte auf und starrte auf die verschlossene Tür. Holzstruktur, Farbe und Türgriff liessen keine Zweifel aufkommen. Es war die gleiche Tür. Interessanter waren die beiden Frauen und das Baby auf dem Foto. Emeline strahlte müde und schaute auf ihr mit Käseschmiere überzogenes Neugeborenes, das Natalie in den Armen hielt. «Diese hinterhältige Göre.»

Vincent hörte Schritte über sich. Er stellte das Buch zurück und steckte das Foto ein. Die Toilettenspülung rauschte. Er knipste das Licht seiner Taschenlampe aus, verliess Natalies Arbeitszimmer und stieg die Treppe hoch. Seine Wollmütze zog er bis über das Kinn. Er hatte für die Augen Löcher hineingeschnitten. Er fühlte, wie sein Kopf sich drehte. Kokain, Alkohol und Adrenalin ergaben eine gefährliche Mischung. Das war alles Natalies Schuld, dachte er wütend und betrat die obere Etage.

Sie stand direkt vor ihm.

***

Natalie strahlte ihn an. Sie sassen sich auf der Wiese gegenüber und redeten, bis die Dämmerung angebrochen war und sie sich jetzt bei Mondschein unterhielten. Natalie hätte für ihren Einsatz einen Friedensnobelpreis verdient, dachte Tom. Sie hatte ihm von einigen Fällen erzählt, bei denen Kipekapeka helfen konnte.

«Tom? Was starrst du mich an? Ich habe dich was gefragt.»

«Hm?», antwortete er und fühlte sich ertappt. «Sorry, ich hab dich grad im Stillen bewundert.»

Ihr Lächeln wurde breiter. «Dann sei dir verziehen.»

Ein Ende ihres afrikanischen Tuches auf dem Kopf hatte sich gelöst. Tom rutschte näher an Natalie heran, griff danach und versuchte, es wieder zurückzustecken.

«Stört dich meine Fast-Glatze nicht?»

«Du kannst alles tragen und siehst gut darin aus.»

«Laber keinen Schrott.»

«Tue ich nicht.» Tom hörte eine Stimme hinter sich und drehte den Kopf.

«Hey! Ich suche euch seit über einer Stunde!»

«Jonas?», rief Natalie überrascht.

«Ihr geht nicht ans Telefon. Was denkt ihr euch dabei?»

Tom ahnte, was Jonas' Problem war, und hob defensiv die Hände. «Easy, Mann. Natalie geht es gut.»

«Harri will, dass ich dich nach Hause bringe.»

«Chill mal! Paps kann mir keine Vorschriften machen. Ich bin erwachsen.»

Tom sah, wie Natalies Augen lebhaft funkelten. Sie begriff nicht, worum es hier wirklich ging.

«Harri misstraut deinem neuen Kerl da.» Jonas zeigte auf Tom.

«Bullshit! Ich war noch nie sicherer. Ich komme klar, Jonas, sag das Paps. Ich komme heim, wann es mir passt.» Sie stand langsam auf und richtete sich zur vollen Grösse auf. Sie überragte Jonas um ein paar Zentimeter. Natalie war eine eindrückliche Erscheinung, wütend, wie sie war, in ihren bunten afrikanischen Kleidern. Ein paar Kilo mehr auf den Rippen, und sie wäre eine wahre Schönheit, dachte Tom. Sie würde Wonder Woman in nichts nachstehen.

«Natalie, tu einfach, was ich sage.»

«Was du sagst, oder was Paps sagt?»

Tom stand auf. Er musste das beenden. Noch einen Streit ertrug er heute nicht. «Natalie, easy, okay? Wir –»

«Nein.» Sie griff nach ihrer Tasche und holte ihr Handy hervor, was einige Zeit in Anspruch nahm. Mit ihren verbundenen Händen war das ein Kunststück. «Ich rufe Paps an», sie starrte Jonas direkt in die Augen, «und sage ihm, dass ich heute Nacht bei Tom übernachten werde.»

Ach du Scheisse, dachte Tom. Der Satz schlug wie eine Bombe ein.

Jonas' Kinnlade fiel herunter. Als er sich wieder gefasst hatte, sah er Tom an. «Du hast geschworen, dass du ein Profi bist. Zum Teufel! Du machst dich an eine unschuldige junge Frau ran. Vermögend ist sie auch, wie praktisch, wenn man in einer teuren Scheidung steckt und pleite ist.»

Weder Tom noch Jonas waren auf die Ohrfeige vorbereitet, die Natalie Jonas verpasste. «Aua! Mist!», schrie sie auf, hielt sich die Hand und tänzelte vor Schmerzen im Kreis. Ihr Handy, das dabei zu Boden gefallen war, klingelte just in diesem Moment. Sie ignorierte es.

Tom ging zu ihr. «Zeig her. Ist es schlimm? Weshalb tust du dir das an?»

Sie schaute zu Jonas hinüber. «Ich dachte, wir wären Freunde. Du hast grad alles zerstört.»

«Natalie, ich ...»

Jonas tat Tom beinahe leid. Er liebte eine Frau, welche er nicht haben konnte, und sie drohte mit einem Mann mitzugehen, den sie erst eine gute Woche kannte und der um einiges älter war.

Jonas' Handy klingelte. Er zog es reflexartig aus der Hosentasche und ging ran. «Musa, ich – was?» Es entstand eine lange Pause. Jonas langte sich an den Kopf, seine Stimme ein Flüstern, als er antwortete: «Wir kommen sofort.» Er blickte auf. «Alexandra wird gerade ins Spital gefahren.»

***

Natalie hätte schreien können. Es war ihre Schuld. Sie hatte Alexandra in dieser Nacht alleine gelassen. Ihr verfluchter Ex-Mann war ein Teufel. Sie hätten annehmen müssen, dass er nicht so schnell aufgab. Natalie kannte seinen Lebenslauf auswendig. Alexandra war oft wegen ihm im Spital gewesen, aber diesmal war es schlimmer.

Sie marschierte den Spitalkorridor auf und ab. Ihre Füsse mussten mittlerweile aufgeplatzt sein.

«Leg eine Pause ein.» Tom trat neben sie.

Er war hartnäckig. Sie ignorierte ihn. Wegen ihm hatte sie Alexandra im Stich gelassen. Was hatte sie sich dabei gedacht? Tom arbeitete für sie. Er hatte anderes im Kopf, als mit ihr zu flirten. Er brauchte das Geld und den Job für die Scheidung, deshalb war er bei ihr. Es konnte keinen anderen Grund geben. Sie drehte sich abrupt zu Tom um, der direkt hinter ihr stand. «Lass mich einfach in Ruhe! Ich brauche dein Mitleid nicht.» Ihre Stimme fühlte sich rau an und brannte. Sie zeigte zu den Türflügeln, hinter denen der Operationssaal lag. «Das ist unsere Schuld, Tom. Wir haben sie alleine gelassen.» Die Ärzte operierten bereits seit einer Stunde an Alexandra. Details erfuhr Natalie keine, sie war keine Angehörige. Alexandra hatte niemanden sonst. Die einzige Person, mit der die Ärzte sprechen durften, war der Scheisskerl, der sie hierhergebracht hatte.

Tom griff nach Natalies Hand. Sie zuckte vor Schmerzen zusammen. «Du kannst nicht die ganze Welt vor dem Bösen retten.» Er war definitiv wütend. «Du bist nicht Wonder Woman, und es ist nicht unsere Schuld. Es ist die Schuld des Typen, der ihr das angetan hat.» Er atmete heftig. «Ich hol einen Arzt, der sich deine Hand ansieht. Das gefällt mir nicht.»

«Musa kann das erledigen. Er kennt sich mit EB besser aus als die Ärzte hier.»

«Du brauchst trotzdem einen Arzt. Du hast Schmerzen, Natalie.» Tom liess sie stehen und ging.

Natalie schielte zu ihrem Vater hinüber, der auf einem der Stühle hockte und das Gespräch mitgehört hatte. Jonas und Musa sassen in einiger Entfernung neben einem Getränkeautomaten. Sonst war es totenstill um Mitternacht im Zuger Kantonsspital.

Harri klopfte mit der Hand auf den freien Platz neben sich. Widerwillig gehorchte Natalie.

«Ich gebe es ungern zu», sagte er, «diesmal gebe ich Tom recht. Wir haben getan, was wir konnten, um Alexandra in den letzten beiden Jahren zu beschützen. Dass ihr Ex-Mann jetzt durchdreht, konnten wir nicht ahnen.»

Natalie kämpfte gegen die Tränen an. «Sie hatte solche Angst vor ihm, Paps. Ich habe ihr ein Versprechen gegeben ...»

«... und dein Bestes getan, um es zu halten.»

«Ich enttäusche alle um mich herum.»

«Unsinn. Ich bin so unglaublich stolz auf deinen Mut, deinen Kampfgeist und dein riesengrosses Herz.»

«Das ist alles nichts wert! Sieh mich an. Seit ich auf der Welt bin, bin ich deine grösste Bürde. Wegen mir hast du Mama verloren, wegen mir arbeitest du dich zu Tode, wegen mir –»

«Genug!», herrschte er sie an. «Was ist in den letzten Tagen mit dir los? Nie habe ich dich gleichzeitig so kampfwütig und jammernd erlebt.»

Natalie schwieg. Er hatte recht. Sie war durcheinander. Es war zu viel passiert, sie bekam zu wenig Schlaf, und ihre Hormone spielten verrückt.

Sie hörte Schritte im Flur. Als sie aufblickte, drehte sich ihr der Magen um. Sara Jung schleppte den Teufel persönlich mit sich hierher.

Natalie schoss von ihrem Stuhl auf. Sie sah, dass Jonas und Musa ebenfalls aufgesprungen waren.

Jonas kam Natalie zuvor und rannte auf den Mann los, packte ihn am Kragen und drängte ihn an die Wand zurück. «Du elender Hund, ich bring dich um!»

«Hey! Hey!», ging Sara dazwischen.

Natalie war froh, dass Tom zurückkam. Er griff sofort ein und zog Jonas von dem Mann weg, der zitternd an der Wand stehen blieb.

«Was ist hier los?», fragte Sara. Sie drückte die flache Brust raus, bis sich ihre weisse Bluse darüberspannte.

Natalie ging zu ihr, mit Harri an ihrer Seite. «Warum trägt er keine Handschellen? Das war ein Mordversuch!»

Natalie sah, dass Tom alle Mühe hatte, Jonas in Schach zu halten.

«Weil er nicht der Täter sein kann», erklärte Sara.

Natalie glaubte, sich verhört zu haben.

«Herr Bierbaum nahm heute Abend an einem monatlichen Treffen ehemaliger Gewalttäter teil», erklärte Sara trocken. «Dort haben wir ihn aufgespürt. Er hat elf Zeugen, die seine Anwesenheit lückenlos bezeugen.»

«Wo ist Alexandra?», fragte Bierbaum. «Wie geht es ihr?»

«Als ob dich Arsch das kümmert», fauchte ihn Natalie an. Tom tauschte einen warnenden Blick mit ihr. Eine weitere Ohrfeige verkraftete ihre Hand heute Abend nicht.

Jonas beruhigte sich, und Tom liess ihn los.

«Staatsanwalt Lind ist mit unserem Team von der Kriminaltechnik zu Ihrem Haus gefahren», gab Sara Auskunft. «Der Täter ist durch ein unteres Fenster eingestiegen. Er hat die Fensterumrandung angebohrt und mit einem Draht die Verriegelung geöffnet. Ein bekanntes Vorgehen professioneller Einbrecher. Seltsam ist, dass der Einbrecher auf den ersten Blick nichts gestohlen hat. Er hat sich in den unteren Büroräumen umgesehen und ist danach hoch, wo es im Korridor zu einem Kampf mit Frau Bierbaum gekommen sein muss.»

Natalie spürte alle Augen auf sich gerichtet. Harri nahm sie in die Arme.

Sara atmete tief durch. «Ich habe Fragen zu dem ominösen Zimmer, auf das wir gestossen sind.»

Heilige Hühnerkacke, dachte Natalie. Sie war am Arsch.

Sara machte mit einem Kopfnicken den anderen klar, dass sie sich zurückziehen sollten. Harri blieb.

«Hören Sie», begann Sara, «keine Ahnung, mit welchen Mächten Sie sich angelegt haben, offensichtlich ist man hinter Ihnen her. Ich kenne wohl kaum einen Drittel der Wahrheit, die Sie kennen, aber ich habe die ganze Nacht Zeit, Frau Krieger. Erst wenn Sie mich überzeugt haben, dass Sie mit der ganzen Wahrheit rausgerückt sind, werden wir Sie von hier wegbringen. Sie bekommen Polizeischutz und verstecken sich, verhalten sich mucksmäuschenstill, bis ich den Fall aufgeklärt habe. Haben wir uns verstanden?»

«Sie wollen mich abschieben?»

«Wir bringen Sie in Sicherheit.»

«Ich verkriech mich nicht wie ein Feigling!»

«In Ihrem Haus sind Sie nicht mehr sicher.»

«Ich habe einen Bodyguard.»

Sara verschränkte die Arme vor der Brust. «Schutzhaft geht natürlich auch.»

Harri nahm sie in die Arme. «Sei für einmal vernünftig, Natalie. Tu es für mich. Bitte.»

Natalie sah ein, dass sie keine Wahl hatte. «Gut, wenn es sein muss. Aber ich nehme Musa mit. Und Tom.»

«Sie dürfen Ihren Pfleger mitnehmen. Herrn Engels brauche ich.»

Kinshasa – April

Die Fahrt von Nord-Kivu in die Hauptstadt Kinshasa war lang, anstrengend und gefährlich. Immer wieder gab es Strassenkontrollen, doch dank Onkel Godefroids landesweitem Einfluss und seinem Geld durften wir jeweils rasch weiterfahren. Er selber blieb in Goma zurück, überliess mich zwei von seinen besten Offizieren. Fünf Tage waren wir unterwegs. In den Nächten teilten wir uns ein Hotelzimmer, und die Männer bedienten sich an meinem Körper, von meinem dicken Bauch nicht im Geringsten irritiert.

Ich hatte in den Wochen grausamer Knechtschaft auf Onkel Godefroids Anwesen Gewicht verloren. Ich machte mir auch Sorgen um dich. Mein Bauch war nicht sehr gross, mit weiter Kleidung war er kaum zu erkennen. Ging es dir gut?

Kinshasa war unglaublich gross, laut, hektisch – und modern. Ich bestaunte die eleganten Geschäfte und schmucken Villen, als wir in einem noblen Vorort unseren Mittelsmann aufsuchten, der die Diamanten für uns bereithielt.

Die kleinen Kugeln zu schlucken, in denen die Diamanten lagen, war eine Tortur und gefährlich, das wusste ich. Rohdiamanten hatten scharfe Kanten. Würde eine Kugel platzen, bedeutete das Lebensgefahr für uns beide. Waren wir nicht seit Monaten in Lebensgefahr?

Ich schluckte die Kugeln, und wir fuhren zum Flughafen. Immer wieder gingen die Männer mit mir meinen neuen Lebenslauf durch: Ich arbeitete für eine belgische Hilfsorganisation und besuchte das Hauptquartier in Brüssel, um Spendengelder aufzutreiben.

Am Check-in reichte mir der Mittelsmann meinen neuen Pass mit dem Schengenvisum auf der ersten Seite eingeklebt. Ich war glücklich, hatte Angst und war nervös zugleich. Wir machten uns Sorgen wegen meiner Schwangerschaft, aber das Flughafenpersonal übersah dank meiner afrikanischen Klei-

dung meinen Bauch. Ohne Probleme kam ich in den Flieger, der mich erst nach Casablanca brachte. Von dort reiste ich weiter nach Brüssel.

Als ich Fuss auf europäischen Boden setzte, warst du bald seit acht Monaten in meinem Bauch. Endlich würde ich meinen Muzungu wiedersehen und du deinen Vater kennenlernen. Ich war so aufgeregt, dass mir die Einreise in Brüssel leichtfiel. Die Diamanten waren vergessen, obwohl du von ihnen umgeben warst. Die Beamten am Flughafen sahen mein Strahlen in den Augen und freuten sich mit mir, als ich stolz erzählte, in Brüssel endlich meinen Verlobten wiederzusehen.

DREIZEHN

Tom schaute dem Mercedes nach, den Jonas am frühen Morgen auf die Strasse hinausfuhr. Ein Streifenwagen folgte ihm. «Ist das eine gute Lösung?», fragte Tom und drehte sich zu Sara um.

«Die Kriegers haben sie vorgeschlagen. Meine Option für eine Unterkunft hat ihnen nicht zugesagt. Hauptsache, Frau Krieger ist hier nicht mehr in Gefahr.»

Ja klar, dachte Tom, ihr war das recht. Natalie war weg, und sie konnte sich in der Villa austoben. Der Kriminaltechnische Dienst hatte zusammengepackt, sonst war niemand mehr hier. Musa war mit Natalie gefahren und würde bei ihr bleiben. Harri ebenfalls. Er wollte sich danach aber gleich von Jonas in sein Labor fahren lassen. Jonas wollte zurück zu Alexandra. Sie lag nach wie vor auf der Intensivstation, die Prognose liess jedoch hoffen. Nebst gebrochenem Fuss und Schlüsselbein hatte sie einen Leberriss und eine starke Gehirnerschütterung davongetragen.

«Wissen Sie, wie man hier Kaffee macht?», fragte Sara. «Es ist sechs Uhr morgens, und wir haben eine Freinacht hinter uns.»

Tom schaute dem Einfahrtstor zu, wie es sich automatisch schloss. Er ging wortlos zurück ins Haus. Sara folgte ihm. In der Küche stellte er eine Tasse unter den Kaffeeautomaten. «Können Sie rekonstruieren, was passiert ist?», fragte er und liess einen dreifachen Espresso in die Tasse träufeln. Er fühlte sich ausgepowert. Die letzten Stunden waren eine Achterbahnfahrt der Gefühle gewesen.

«Frau Bierbaum ist nicht ansprechbar. So wie der KTD die Kampfspuren ausgewertet hat, hat der Einbrecher sie oben im Flur angegriffen, dort ging eine Vase zu Bruch. Sie muss bei dem Kampf die Treppe hinuntergefallen sein. Ob das ein Unfall war oder Mordversuch, wissen wir nicht. Herr Krieger hat den Lärm gehört, Frau Bierbaum unten an der Treppe bewusstlos vorgefunden und gleich den Notruf gewählt. Der Angreifer war bereits weg.»

Tom stellte Sara den starken Kaffee hin und machte sich auch einen. «Sie vermuten, der Kerl war wegen Kipekapeka eingebrochen. Wegen Natalie?»

«Scheint so. Kipekapeka muss der Schlüssel zu den Diamanten sein. Und zu dem Baby. Frau Krieger hat mir heute Nacht Details über ihre Organisation erzählt.»

«Und?», fragte Tom vorsichtig. Er war bei dem Gespräch nicht dabei gewesen und wusste nicht, was Natalie ausgeplaudert hatte. Es ärgerte ihn, dass er, seit sie ins Spital gefahren waren, nicht mehr unter vier Augen mit ihr hatte sprechen können. Er hatte es versucht, aber sie war ihm aus dem Weg gegangen. Weshalb?

«Und? Sagen Sie es mir, Herr Engels.»

Er setzte sich zu Sara an den Tisch. «Ich weiss nichts, das Ihnen weiterhelfen könnte.»

«Sie kennen Natalies Geheimzimmer?»

«Ja.»

«Ich verstehe, dass Ihnen Loyalität wichtig ist.» Sara lehnte sich zu ihm vor. «Hören Sie, hier geht es um Menschenleben, Tom», sprach sie ihn zum ersten Mal mit Vornamen an, «kleine Spielchen liegen nicht drin. Ich brauche die Wahrheit, die ganze Wahrheit, nur so kann ich helfen.»

«Du kennst die Wahrheit», sagte er trocken.

«Quatsch! Gestern Abend hat mir ein Kollege berichtet, dass er am Nachmittag die Villa der Kriegers wegen deiner Töchter aufsuchen musste. Du sollst sie laut der Mutter entführt haben. Deine Ex macht Stress, das kann ungemütlich werden. Ich kann dir helfen, doch ich brauche eine Gegenleistung.»

Dieses verfluchte Biest, dachte er und stand auf. Blut jagte durch seinen Körper. «Erst stiftest du mich zur Spionage in Natalies Leben an …»

«… was du abgelehnt hast. Vielleicht wäre Alexandra heute Morgen gesund und munter, hättest du uns geholfen.»

Tom stützte sich mit seinen Fäusten auf der Tischplatte direkt vor Sara ab. «Willst du mich erpressen? Wir leben hier nicht im Kongo!»

«Nein, tun wir nicht.»

«Du führst dich aber so auf», sagte Tom lauter als beabsichtigt. «Für dich ist jedes Mittel recht, solange du den Fall schnell und erfolgreich lösen kannst. Denkst du wirklich, danach mögen dich deine Kollegen lieber?»

«Du magst sie, was? Deshalb fällt es dir schwer, die Sache nüchtern zu betrachten.» Sara griff in ihre Hosentasche und holte eine kleine Plastiktüte hervor. Darin lag ein Nuggi. «Den haben wir gefunden. In Natalies Geheimzimmer. Er lag hinter dem Sessel. Weshalb sollte da ein Nuggi liegen, wenn es nie ein Baby gab?»

***

Natalie sass im Schatten auf der kleinen Terrasse. Sie unterdrückte ein Gähnen. Sie musste schlafen nach dieser Nacht. Dringend. Es war bereits zehn Uhr. Neben ihr auf dem Tisch hatte Musa Material für eine mehrstündige Operation aufgebaut. «Mensch, wir sind seit über drei Stunden an der Wundbehandlung», beklagte sich Natalie. Der Beutel mit dem Frühstück, der neben ihr aufgehängt war, war fast leer. Sie kontrollierte den Sitz des Schlauches an ihrem Bauch. «Ich will ins Bett. Wann sind wir endlich durch? Ich sehe schon aus wie eine halbe Mumie.»

«Du hast dich gestern Abend einfach mit Tom davongeschlichen. Deine Wunden hätten versorgt werden müssen. Dann die Ohrfeige, die du Jonas verpasst hast. Und deine Hüfte sieht schlimm aus. Über das Bein will ich gar nicht reden.»

«Ich wollte mich auch einmal normal und lebendig fühlen. Fuck! Was hat's gebracht? Alexandra wäre wegen mir fast gestorben.»

«Du könntest tot sein, hätte Tom dich nicht weggebracht.»

Natalie starrte Musa überrascht an. Der Gedanke war ihr nicht gekommen. Einen Sturz die Treppe hinunter hätte sie niemals überlebt. Sie seufzte und blickte auf den Zugersee hinab. Ein Freund von Paps besass auf dem Zugerberg dieses kleine

Chalet, ein einfaches, gemütliches Ferienhaus abseits im Grünen.

Unten an der Zufahrtsstrasse stand ein dunkler Audi. Polizeischutz, den Natalie aufgebrummt bekommen hatte. Auffälliger konnten die Bullen nicht parkieren. Sie überlegte, ob sie Musa hinschicken sollte, damit er sie zum Lunch einlud. Bei der Hitze würde es am Mittag im Wagen unerträglich heiss werden. «Autsch!», rief sie aus, als Musa einen festgeklebten Verband an ihrem Fuss löste.

«Du hättest Rebeccas Bettruheverordnung ernster nehmen sollen. Wie kannst du mit diesem Fuss überhaupt noch gehen?»

«Tut nur ein bisschen weh», log sie.

«Und? War's schön?»

«Was?»

«Na, dein Tête-à-Tête mit Tom.»

«Tratschweib!» Sie fühlte Blut in ihren Kopf schiessen. «Ja, es war schön, auch wenn wir uns zu Beginn gestritten haben. Tom ist ein guter Zuhörer, und er behandelt mich nicht wie eine jämmerliche Kreatur.»

«Die du definitiv bist», stichelte Musa, dann wurde sein Gesichtsausdruck ernst. «Sei einfach vorsichtig. Ich will nicht, dass er dir wehtut.»

Sie biss sich kurz auf die Lippen und lächelte. «Ach komm schon, Musa, du bist eifersüchtig. Du findest ihn auch voll sexy.»

Er hielt abrupt in seiner Bewegung inne. «Natalie, dass *ich* ihn sexy finde, ist okay, aber das *auch* in deinem Satz macht mir Sorgen. Tom ist um einiges älter als du. Er hat Kinder, eine eigene Familie. Wenn er uns verlässt – das wird er früher oder später –, liegt es wieder an mir, deine wund geweinten Augen und das gebrochene Herz zu behandeln.»

Musa hatte recht, sie machte sich Illusionen.

Er griff liebevoll nach ihrer Hand. «Du hast ja mich. Und Jonas. Und Alexandra. Wir werden immer für dich da sein. Du hast uns gerettet, vergiss das nie. Du bist unsere Heldin, und wir werden dir helfen, den Richtigen zu finden, versprochen.»

Natalie war gerührt und kämpfte gegen die Tränen an. «Emeline und dem Baby konnte ich nicht helfen.»

«Hey, ich bin sicher, wir werden es finden. Dem Baby geht es gut, bestimmt.»

«Ja und dann? Es hat keine Familie. Seine Mutter ist tot.»

Musa stand auf, drehte sich um und schaute lange auf den See hinunter. «Manchmal ist eine Ersatzfamilie besser als die eigene.»

Die Narben auf dem Rücken verbarg Musa unter seinem weissen T-Shirt. Narben von einer Peitsche. Von einer Peitsche, die seine Eltern abwechselnd geschwungen hatten, bei dem Versuch, ihm seine sexuelle Neigung aus dem Leib zu peitschen. Musa war damals keine zwanzig Jahre alt gewesen.

***

Lionel liess ihn auf dem Bogenviadukt warten. Vincent spürte den Schweiss unter seinen Achselhöhlen. Das Hemd war ruiniert. Er auch, sollte er dieses Treffen überleben. Die Ereignisse zogen ihn wie in einer Spirale in die Tiefe. Er hatte keine Ahnung, wie er aus diesem Strudel wieder auftauchen sollte. Amanda und das Baby waren das kleinste Problem. Seine Geldsorgen bekam er nur mit den Diamanten in den Griff, und die waren unauffindbar. Hinzu kam das Fiasko gestern Nacht. Er konnte ja unmöglich wissen, dass Natalie mit ihrem Bodyguard weggefahren war. Als die Bedienstete ihn oben im Korridor entdeckte, war sie schreiend und in Panik losgerannt, laut genug, um ganz Zug zu wecken. Er hatte sie am Arm zu fassen gekriegt. Sie wehrte sich wie eine Furie, schmetterte die Vase zu Boden, riss sich los und stürzte blindlings die Treppe hinunter. Er konnte sich ihre Reaktion nicht erklären. Er hatte ja nicht einmal seine Waffe auf sie gerichtet. Das spielte keine Rolle mehr. Wichtig war, dass er selber die nächsten Stunden überlebte.

Er starrte durch die über zwei Meter hohe Gitterabsperrung der Lorzentobelbrücke in die Tiefe. So leicht liess es sich nicht von dieser Brücke springen. Man würde über die Absperrung klettern müssen. Und es schien unmöglich, dass jemand mit Gewalt ein Opfer hinunterwerfen konnte. Wie kam es zu Emelines Sturz? Hatte sie zuvor auch hier gestanden und auf Lionel gewartet?

«Sie sprang freiwillig», sagte hinter Vincent eine Stimme auf Französisch. Lionel trat aus der bewaldeten Strasse auf den Viadukt. «Ich wollte die schwarze Hure lebend, aber sie war schnell, verdammt schnell. Die hatte Beine wie eine Sprintläuferin.»

«Weshalb ist sie gesprungen?», fragte Vincent.

«Sie war schlau. Ihre Angst vor mir war grösser als die vor dem Tod. Wer sich mit Godefroid anlegt, wird qualvoll sterben. Sie wusste das. Und du?»

Vincent drehte sich der Magen um. Nur mit Mühe konnte er den Würgreflex unterdrücken. Stand ihm Schlimmeres als der Tod bevor? Daran hatte er bisher nie gedacht. Lionel kam näher. Er trug Jeans und ein Sweatshirt. Seine schwarze Glatze glänzte im Licht der Morgensonne. Seine Augen waren stechend weiss mit tiefschwarzen Pupillen. Gnade war diesem Mann ein Fremdwort. Er blieb direkt vor Vincent stehen. Lionel war einen halben Kopf grösser.

«Gestern Nacht wurde in die Villa der Kriegers eingebrochen», sagte er. «Eine Angestellte soll schwer verletzt im Spital liegen. Das mag mir ja egal sein. Nicht egal ist, dass Natalie verschwunden ist. Ich kann sie nicht erreichen. Ihr Handy ist ausgeschaltet.»

«Ich –»

Ohne Vorwarnung sprang Lionel wie ein wilder Löwe auf Vincent zu, packte ihn am Hals und schmetterte ihn gegen das Gitter. «Wie soll ich Godefroid zufriedenstellen, wenn du mir in meine Arbeit pfuschst?»

Vincent schnappte hilflos nach Luft, Lionels riesige Hände umfassten seine ganze Kehle.

«Hör gut zu. Es gibt nur einen Grund, weshalb du heute nicht von dieser Brücke fliegst. Du hast in der Schweiz die besseren Kontakte, und du kennst die Kriegers. Ich gebe dir drei Stunden Zeit, herauszufinden, wo sie Natalie hingebracht haben. Liefere mir die Information und dann gehst du heim zu deiner Frau, und dort bleibst du, sprichst mit niemandem, bis ich die Diamanten habe. Lieferst du die Information nicht, wirst du den Nachmittag nicht erleben. Hast du mich verstanden? Man treibt keine Spielchen mit Godefroid Kakoko.»

Vincent röchelte. Seine Augen schienen zu explodieren, die Welt drehte sich. Plötzlich wurde er losgelassen und fiel hart auf seine Knie. Er zog Luft in seine Lungen, bis es schmerzte. Auf allen vieren kauerte er auf dem staubigen Beton, den Schatten Lionels über sich. Der Schock sass so tief, dass Vincent zu schluchzen begann. Schleim tropfte ihm aus dem Mund.

Lionel spuckte neben ihm zu Boden. «Was seid ihr Weissen für jämmerliche Gestalten. Bei uns im Kongo besitzen Zehnjährige mehr Mut und Kampfgeist.»

***

Tom fühlte sich leer. Obwohl er Sara gegenüber an ihrem Arbeitstisch sass, fühlte sich ihr Büro an wie ein Verhörzimmer. Sie behandelte ihn freundlich, fast so, als ob er ein Kollege wäre. Tom wusste, dass das eine Falle war. Sie war mit ihm jedes Detail durchgegangen, hatte ihm Informationen über Emeline geliefert und ihm von dem Diamanten in ihrem Bauch erzählt. Weshalb?

Tom schwieg. Hätte Natalie ihr erzählt, dass das Baby im Geheimzimmer zur Welt gekommen war, hätte Sara es erwähnt. Weshalb hielt Natalie diese Wahrheit zurück? Es musste einen Grund geben. War der Grund wirklich Dr. Rebecca Wild, wie sie behauptete? Sie war die Joker-Karte in dem Spiel. Er konnte ihre Rolle darin nicht zuordnen. «Ich denke, du setzt die Prioritäten falsch», sagte Tom und sah, wie Sara erstaunt die Augenbrauen hob. «Du suchst nach den Diamanten, nach dem Baby, nach Emelines Verbindungen in Europa, nach Natalies Geheimnissen. Vergiss das alles. Was ist mit Dr. Wild?»

«Die ist zur Fahndung ausgeschrieben.»

«Eben. Du solltest mehr tun, um sie zu finden. Ist sie ein Opfer, schwebt sie in akuter Lebensgefahr. Ist sie an der Sache beteiligt, so ist sie der Schlüssel zu allem.»

Sara lehnte sich in ihrem Sessel zurück, verschränkte die Arme und zog den Mund schief. «Wie denkst du über sie?»

«Über Dr. Wild? Ich kenne sie kaum, aber ich mag sie. Ich kann mir nicht vorstellen, dass sie zu den Bösen gehört. Wenn man für Ärzte ohne Grenzen arbeitet, tut man das aus Überzeugung, um den Menschen zu helfen.»

Sara nickte. Sie griff zum Telefon. Drei Minuten später stand der Kollege im Büro, der damals dabei gewesen war, als sie zum ersten Mal mit Natalie gesprochen hatten. Sara legte gleich los: «Rizzo, du bist an Dr. Wild dran. Etwas Neues?»

«Ähm … nein. Du wolltest, dass ich erst Emelines Einreise in die Schweiz zurückverfolge.»

«Ja, das auch. Aber wir brauchen Dr. Wild. Zwei Aufgaben auf einmal dürften zu erledigen sein.»

Tom wollte Rizzo bereits verteidigen, hielt sich jedoch zurück. Das war nicht seine Angelegenheit.

Rizzo brabbelte einige italienische Worte vor sich her, die nur Übles bedeuten konnten, und verliess das Büro. Sara schien zufrieden. Tom schüttelte den Kopf und schaute auf die Uhr.

«Was?», fragte sie irritiert.

«An deiner Sozialkompetenz musst du arbeiten. Und an deiner Nächstenliebe. Es ist schon nach zwölf. Ich habe Hunger. Lass uns gehen. Wir können beim Mittagessen weiterplaudern. Vorher muss ich allerdings etwas erledigen.»

Paps nahm Sara gleich in Beschlag. Sie sass neben ihm auf dem Sofa, ihre Hand lag zwischen Paps' Händen wie der saftige Schinken in einem Sandwich. So schnell würde er sie nicht mehr loslassen.

Tom stand in der Küche und grinste breit. Das war genau die Lektion in Sozialkompetenz und Nächstenliebe, die Sara brauchte. Er schnitt Gemüse für die Ratatouille und hörte dem Gespräch im Wohnzimmer zu.

«Ich war Gleisbauer, wissen Sie. Das war eine gute Arbeit. Keiner meiner Söhne wollte mir nacheifern. Tom ist Maurer. Das ist auch gut.»

Mensch, Paps, dachte Tom traurig.

«Unter uns», erzählte Paps verschwörerisch, «ich glaube, der Baufirma, für die er arbeitet, geht es schlecht. Tom ist tagsüber oft zu Hause. Er kocht für mich, wenn meine Frau weg ist.»

«Ist Ihre Frau nicht verstorben?», fragte Sara.

Na toll, dachte Tom, Sara war echt ein unsensibler Trampel. Offensichtlich bemerkte auch sie ihren Fehltritt und schaute mit zusammengepressten Lippen zu Tom hinüber, der das geschnittene Gemüse in die Pfanne gab.

Paps schien die Bemerkung zu überhören. «Rösli kommt morgen wieder zurück», sagte er und schaute Tom an. «Oder erst in zwei Tagen?»

«Bald, Paps, bald», sagte Tom.

«Er ist ein guter Junge. Und wer sind Sie noch gleich? Seine Verlobte? Tom hat mir nicht erzählt, dass er heiraten will.»

«Oh, nein, nein! Wir sind nur Arbeits-, ähm, wir sind Kollegen, Freunde.»

«Enkel wären mir schon recht», sagte Paps. «Meine Jungs warten reichlich lange damit, eine Familie zu gründen. Eric lässt sich noch weniger blicken. Wann war er das letzte Mal hier, Tom?»

Was sollte Tom antworten?

Zu seinem Erstaunen half ihm Sara mit einer Notlüge aus: «Ich bin sicher, Sie haben alle zusammen Weihnachten gefeiert. Bei meiner Familie gibt es am Heiligen Abend immer – ähm – Truthahn. Genau.»

«Nein, meine Frau kocht an Weihnachten Schinken im Teig mit Kartoffelsalat. Tom, wo ist deine Mutter?»

«Sie musste kurz weg, Paps. Wir sind ja hier. In einer halben Stunde gibt es Mittagessen.»

«Habe ich Ihnen erzählt, dass er ein guter Junge ist? Er

wird ein guter Ehemann sein. Rösli und ich wollen viele Enkel. Sie mag Kinder, wissen Sie. Eric hat als kleiner Junge ständig Dummheiten angestellt. Tom war der brave der beiden. Aber einmal, da dachten wir, wir hätten ihn verloren. Er war – wie alt warst du noch gleich?»

«Acht, Paps.»

«Er war acht. Es war Sonntag. Wir sind im Lorzentobel spazieren gegangen, haben an der Lorze Würste gebraten, nahe der Höllgrotten. Die Jungs haben im Wald gespielt. Plötzlich war Tom verschwunden. Wir haben den ganzen Tag und die ganze Nacht gesucht. Die Polizei kam mit Hunden. Am nächsten Morgen haben wir ihn gefunden. Er war durch einen engen Felsspalt in eine Höhle gefallen. Vier Meter tief. Sein Fuss war gebrochen, und er hatte eine Gehirnerschütterung, war wohl eine Zeit lang bewusstlos, deshalb hat er nicht auf unsere Rufe reagiert. Seither schläft Tom immer mit Licht im Zimmer. Er hat Panik in engen, dunklen Räumen. Wir mussten ihn zu einem Psychiater bringen, der hat gesagt, Tom leide an Klaustrophobie. Geholfen hat die teure Therapie nicht.»

Tom fühlte Saras Blick auf ihm. Weshalb musste Paps ausgerechnet diese Erinnerung aus seinem Hirn hervorholen, das sonst fast nur aus Leere bestand?

Sara stand auf und kam in die offene Küche. «Kann ich dir helfen?»

Er stellte ihr eine Schüssel hin. «Du kannst das Salatdressing anrühren.»

Paps drehte die Lautstärke des Fernsehers wieder hoch. Eisbären in der Arktis war im Programm.

«Du kümmerst dich toll um deinen Vater.»

«So gut es eben geht. Die Spitex und unsere Nachbarin helfen aus.»

«Ich habe Eltern, mit denen ich seit über zwanzig Jahren kein Wort gewechselt habe.»

«Wie das?»

«Das ist eine private Angelegenheit. Wir haben Wichtigeres zu tun.» Sie drückte Senf und Mayonnaise in die Schüssel.

Es war Tom ganz recht, wieder über den Fall zu sprechen. Ihm war eine Idee gekommen, wie er Natalie entlasten und die Raschaks belasten konnte, sollte Natalies Vermutung stimmen, dass das Baby bei ihnen war. «Du hast in Natalies Zimmer den Nuggi gefunden.»

«Ja, und? Den DNA-Abgleich bekommen wir erst in drei bis vier Tagen. Bis dahin sind mir die Hände gebunden.»

«Nein. Hör zu, letzten Donnerstag war Amanda Raschak bei den Kriegers. Sie lud Natalie und Harri persönlich zu ihrem Wohltätigkeitsabend ein.»

«Und?» Sara streute Salz und Pfeffer in die Salatschüssel und griff nach einem Löffel.

Tom wartete einen Moment. Wie er aus Saras Reaktion schloss, hatte Natalie ihr nicht von der Puppe erzählt. «Amanda hat vor Kurzem ein Baby geboren, aber sie hat es an jenem Tag, als sie zu Besuch kam, bei der Nanny gelassen. Ist das nicht seltsam? Eine Mutter lässt ihr Neugeborenes normalerweise nicht aus den Augen.»

«Denkst du, ich hätte nicht schon lange überprüft, ob Amanda auch wirklich entbunden hat. Sie hat eine Tochter geboren, da gibt es keine Zweifel.» Sie griff nach den Flaschen mit Essig und Olivenöl, die auf der Ablage standen, und rührte das Dressing an.

«Könnte es sein, dass der Nuggi Amanda aus der Handtasche fiel?», fragte Tom.

«Worauf willst du hinaus?», fragte Sara und schob ihm die Schüssel mit dem fertigen Dressing zu.

Tom wusste, dass Amandas Baby weiss war. «Was, wenn sie zwei Babys aufzieht? Ist das perfekte Versteck für ein illegales Kind. Niemandem fällt auf, dass mehr Windeln als üblich verbraucht werden.» Er tauchte den Finger in die Salatsauce und probierte sie. «Nicht schlecht.»

Sara schwieg, holte die Teller aus dem Schrank und deckte den Tisch im Wohnzimmer. Als sie zurückkam, sagte sie: «Du denkst, der Nuggi sei ein guter Grund, einmal unangemeldet bei den Raschaks aufzutauchen?»

Tom grinste und wendete die Piccata in der Bratpfanne.

«Das erklärt nicht, weshalb wir einen Nuggi in Natalies Geheimzimmer gefunden haben.»

«Bestimmt gibt es dafür eine logische Erklärung», sagte Tom. «Frag einfach Natalie.»

Es war einer jener raren Momente, in denen Sara ehrlich lachte. «Natalie Krieger einfach fragen? Keine Chance, ich komme nicht an sie ran. In diesem Punkt bist du mir weit überlegen. Du hast Talent, mit Menschen umzugehen. Und du bist schlau. Schon einmal darüber nachgedacht, die Polizeischule zu absolvieren?»

«Ja klar, ich wäre dein Lieblingspartner.»

«Du wärst ein guter Polizist. Leute wie dich brauchen wir.»

«Du vergisst einiges. Erstens sass ich in U-Haft, was für einen angehenden Polizisten nicht geht – und zweitens bin ich zu alt für die Polizeischule.»

«Ich bin sicher, mit einem guten Wort von mir, liessen sich diese Problemchen regeln.»

Tom lachte. «Korruption, Bestechung, Erpressung, Manipulation, kleine fiese Machtspielchen … Sind das die Arbeitsmethoden einer Schweizer Kripochefin?»

***

Das Anwesen war prachtvoll. Schon die Villa der Kriegers war ein Traum gewesen, das hier war eine Klasse höher. Es war bald sechs Uhr. Sara hatte beschlossen, vor Feierabend Toms Rat zu befolgen und die Raschaks zu überraschen. Ein Dienstmädchen öffnete die Tür und führte sie in den Salon. Sie war schwarz, jung und schüchtern. «Madame wird gleich bei Ihnen sein», sagte sie mit französischem Akzent.

«Danke – ach, sagen Sie, wie ist noch gleich Ihr Name?»

«Josephine, Madame.»

«Josephine. Arbeiten Sie schon lange hier?»

«Ein Jahr, Madame.» Das Gespräch war der Bediensteten sichtlich unangenehm.

Sara versuchte sich in einem gewinnenden Lächeln. «Ein Jahr? Da sprechen Sie gut Deutsch. Woher kommen Sie denn?»

«Danke, Josephine, du kannst gehen.» Amanda Raschak betrat den Salon.

Das Dienstmädchen verliess eilig den Raum.

Sara schüttelte Amanda Raschak die Hand und stellte sich vor.

«Kriminalpolizei? Was wollen Sie? Josephine kommt aus Kamerun und hat eine Arbeitsbewilligung. Wegen ihr sind Sie kaum hier.» Amanda trug ein leichtes, sportliches Sommerkleid in Blau. Ihre blonden Haare hatte sie zu einem Pferdeschwanz hochgebunden. An den Füssen trug sie weisse Turnschuhe. «Ich wollte gerade in den Tennisclub fahren und habe wenig Zeit.»

«Haben Sie nicht erst vor wenigen Wochen entbunden? Bewundernswert, Sie treiben bereits wieder Sport?»

«Sie sind gut informiert. Weshalb sind Sie hier?»

«Wir ermitteln im Fall einer jungen Kongolesin, die von der Lorzentobelbrücke gefallen ist. Ich dachte, da Ihr Mann den Kongo gut kennt, könnten wir ihn in diesem Fall als Experten zuziehen.»

«Wenn das so ist, suchen Sie ihn morgen in seinem Büro auf, statt hier unangemeldet hereinzuplatzen.»

«Könnte es sein, dass er heute länger arbeitet und ich ihn noch dort antreffe?» Sara bemerkte, wie Amandas glänzende Lippen schmaler wurden. Sie gab sich kühl und gefasst, innerlich war sie aufgewühlt. Also war an Toms Vermutung etwas dran. Die Raschaks steckten in dem Fall irgendwie mit drin.

«Vincent ist heute Abend mit Freunden aus.»

«Wohin?»

«Keine Ahnung. Wir führen eine offene Beziehung und lassen uns unsere Freiheiten.»

Das klang Sara zu aufgesetzt. Da hing der Haussegen schief. Wegen Emeline?

«Dann störe ich Sie nicht weiter. – Ach, bevor ich es vergesse», sie griff in ihre Hosentasche, «den habe ich draussen am Boden gefunden, der gehört wohl Ihrer Tochter.»

Amanda nahm den Nuggi in die Hand und runzelte die Stirn. «Was soll das? Der gehört nicht Anna. Und der kann unmöglich draussen am Boden gelegen haben.»

«Das wissen Sie genau?»

«Ja, das ist eine billige Marke aus dem Supermarkt. Dieser Nuggi passt sich nicht dem Gaumen eines Babys an. Den würde ich Anna nie geben.»

Das war eine interessante Aussage. Wenn das nicht der Nuggi von den Raschaks war, wie kam er in das Haus der Kriegers? «Darf ich Ihre Kleine sehen?»

«Warum?»

«Ich finde Babys süss.» Ein besserer Vorwand fiel ihr nicht ein.

Amanda wurde nervös. Sie blickte wieder auf die Uhr. War es wirklich der Tennisplatz, der sie unter Zeitdruck setzte, oder Saras Wunsch, das Baby zu sehen?

«Das Kindermädchen gibt Anna gerade die Flasche. Seien Sie bitte leise. Meistens schläft Anna dabei ein.»

Sara folgte Amanda die Treppe hoch. Das war kein Haus, das war ein kleiner Palast, dachte sie, selbst das Treppengeländer schien vergoldet. Von der Decke hingen kristallene Lampen. Die mit edlen Tapeten in Rosa- und Beigetönen überzogenen Wände waren mit gerahmten Bildern dekoriert, eine Ahnengalerie. «Schön haben Sie es hier. Sind das Bilder von Ihrer Familie?»

«Ja, bis fünf Generationen zurück.»

Amanda entstammte einer angesehenen Familie. Wie Sara informiert war, kam Vincent aus einfachen Verhältnissen. Er hatte mit der Heirat eine gute Partie gemacht.

Ganz oben an der Treppe sah Sara ein Foto von einem Baby. «Das ist wohl die fünfte Generation. Ist das Anna?»

«Ja. Da war sie zwei Tage alt.»

«Hübsches Baby.» Sara fühlte ihren Puls rasen. War das eine gute Idee gewesen? Seit über zwei Jahrzehnten versuchte sie, Babys zu meiden, wo sie nur konnte. Sie ertrug ihren Anblick nicht. Noch weniger ertrug sie den glücklichen Gesichtsausdruck der Mütter, die stolz ihre Neugeborenen in den Armen wiegten.

Die Magenkrämpfe waren zurück.

Amanda führte Sara den oberen Korridor nach hinten und öffnete eine rosafarbene Tür. In kunstvoller Schrift stand «Anna» darauf. Das Kinderzimmer war an Kitsch kaum zu überbieten. Weisse Rüschengardinen mit kleinen Ponys aufgedruckt hingen am Fenster. Der cremefarbene Teppich war flauschig weich. Die Wände waren von einem Künstler mit Einhörnern, Feen und Blumen veredelt worden. Die Wiege war ein Himmelbett in Miniaturform. Über der Wickelkommode hing ein Mobile, das selbst dem grossen Kronleuchter unten in der Eingangshalle die Show stahl.

Amanda ging auf das Kindermädchen zu, das überrascht aufschaute. Sie sass in einem bequemen Sessel, hielt das Baby im Arm und gab ihm die Flasche. «Na, meine Süsse, schläfst du schon?» Amanda winkte Sara zu sich. «Das ist meine Anna», sagte sie, stolz und glücklich.

Sara warf einen kurzen Blick auf das Neugeborene. Es war weiss. Weisser konnte ein Baby kaum sein. Da konnten unmöglich Emelines Gene in dem Kind stecken. Das war auch eine blöde Idee gewesen. «Sie kümmern sich um Anna?», fragte Sara das Kindermädchen. Es war eine junge, weisse Frau mit braunen Haaren und einem scheuen Lächeln. Sie blickte unsicher zwischen Sara und Amanda hin und her.

«Lassen wir sie alleine. Anna braucht ihren Schlaf.» Amanda führte Sara aus dem Kinderzimmer, eilig den Gang zurück und die Treppe hinunter. «Ich muss wirklich los.»

Sie waren unten in der Eingangshalle, als Sara Motorenlärm hörte. «Ist Ihr Mann zurück? Das träfe sich gut.»

Josephine eilte herbei, um die Eingangstür zu öffnen.

«Vincent?», rief Amanda entsetzt aus, als er eintrat.

Auch Josephine stand entgeistert neben der offenen Tür und starrte den Hausherrn an.

Sara ging auf ihn zu. Als sie Vincents Gesicht sah, war ihr klar, was die Frauen verstörte: Vincent sah aus wie nach einem

Boxkampf. Das eine Auge blutunterlaufen, die Lippen gesprungen, die Wangenknochen blau.

«Wer sind Sie?», fragte er zornig.

Sara liess sich nicht einschüchtern. Sie zog die Schulterblätter nach hinten und stellte sich direkt vor Vincent auf. «Ich bin wohl gerade richtig gekommen, um Ihre Aussage aufzunehmen. Zuger Kriminalpolizei, Sara Jung. Wen wollen Sie anzeigen?»

Es war still in der Eingangshalle, bis Babygeschrei die Luft vibrieren liess.

Brüssel – April

Er starrte mich an, kein Lächeln im Gesicht, nur pures Entsetzen – Entsetzen über meinen Bauch. Nachträglich habe ich erfahren, dass Godefroid ihm verschwiegen hatte, wer mit den Diamanten einreisen würde. Vincent hätte den Kurier in Empfang nehmen und in einem Hotelzimmer mit ihm warten sollen, bis dieser sich der Diamanten in seinem Körper entledigt hatte. Danach hätte Vincent seinen Kontaktmann in Amsterdam aufsuchen sollen, um ihm die Diamanten zu verkaufen. Er hätte Godefroid das Geld überwiesen, seinen grosszügigen Anteil behalten, und alles wäre gut gewesen.

Nun stand ich vor Vincent. Er packte mich hart am Handgelenk, und ganze fünf Minuten schimpfte er auf mich ein. Dann gingen wir ins reservierte Hotelzimmer. Statt Küssen und einer liebevollen Umarmung gab es eine Ohrfeige. Er schickte mich mit dem Abführmittel ins Bad. Ich schüttete es den Abfluss hinunter. Wir warteten. Ich gab der Schwangerschaft die Schuld, dass ich nicht auf die Toilette konnte. Er liess sich nicht auf ein Gespräch ein, starrte unentwegt auf den Fernseher. Draussen regnete es. Mir war kalt. Als er nach stundenlangem Warten frustriert an die Hotelbar ging, packte ich meinen Koffer und floh aus dem Zimmer.

VIERZEHN

Natalie starrte auf den Koffer, der offen auf dem zweiten Bett in ihrem Zimmer lag. Es war früh, erst fünf Uhr an diesem Morgen, aber sie wollte aufstehen, nachdem sie fast den ganzen gestrigen Tag und die Nacht durchgeschlafen hatte. Sie schlurfte ins Bad und brauchte zehn Minuten, bis sie das verklebte Auge offen hatte. Musa würde ihr später die Schutzlinsen einsetzen müssen. Natalie wollte ihn schlafen lassen, ihr Körper konnte warten.

Das Chalet war einstöckig und lag am Waldrand. Es gab zwei Schlafzimmer, ein Wohnzimmer mit offener Küche und ein Bad. Schön war die grosse Terrasse. Natalie öffnete mit Mühe die gläserne Schiebetür und trat hinaus. Es war herrlich kühl. Morgennebel lag über dem Gras. Weiter unten konnte sie die Gebäude des Internats nur schemenhaft erkennen. Den Blick auf den Zugersee verbarg der Morgennebel unter sich. Die Welt schien an diesem Freitagmorgen noch friedlich zu schlafen.

Freitag. Imani wurde heute zwei Wochen alt. Ob es dem Baby gut ging? Weshalb war Emeline bloss mit ihrem Neugeborenen verschwunden? Natalie hätte alles getan, um den beiden zu helfen. Waren die Diamanten schuld? Sie musste an das Gespräch mit Lionel denken. Sein Ultimatum war abgelaufen. Wusste er bereits, dass die Polizei ihr Handy konfisziert hatte? Er konnte sie unmöglich erreichen. Bedeutete das Rebeccas Todesurteil? Natalie war hin- und hergerissen. Oder war es tatsächlich möglich, dass Rebecca mit diesem Kerl zusammenarbeitete? War sie der Kopf hinter dem ganzen Diamantenschmuggel? Wenn ja, war sie gerissener und abgebrühter, als sich Natalie einen Bösewicht vorstellen konnte. Ihr blieb nur eine Option, um der Wahrheit auf den Grund zu gehen: Sie musste Lionel erreichen. Wie konnte sie ihm eine Nachricht zukommen lassen, ohne dass die Polizei es mitbekam?

Natalie ging in die Küche, setzte sich vor Musas Laptop, der dort offen auf dem Tisch stand. Sie lud den Torbrowser herunter und loggte sich ins Darknet ein. Sie brauchte jetzt dringend die Hilfe ihrer Freunde. Gut, kannte sie die wichtigsten ONION-URL-Adressen auswendig. Sie kontaktierte Julien und hoffte, dass er bereits wach war. Er war ein Freak wie sie und kam mit wenigen Stunden Schlaf aus.

Opening IRC Chat@IP Port 7491 on 391.62.109.183
User ‹ww3gfh›
‹ww3gfh› need ur hlp aaf

Sie wollte ihn in einem geschlossenen Chatroom treffen. Der Cursor blinkte grün auf dem schwarzen Bildschirm.

Natalie wartete einige Minuten und war kurz davor, sich wieder auszuloggen, als ein leises Piepssignal eine Antwort von Julien ankündigte.

‹jb69wtf› aas? ruok?

Natalie musste lächeln. Ja. Sie war *alive and smiling*. Aber sie war nicht okay.

‹ww3gfh› adih as usual. ned2 know abt em. Need 411
‹jb69wtf› em still with u?
‹ww3gfh› no. she got killed. the baby is missin
‹jb69wtf› ygbk!!!
‹ww3gfh› need to find some1. his name is lionel. did em told u abt him? or told u abt a contact in DRK? uve anything for me?
‹jb69wtf› just 1 name. GODEFROID. from goma. hih. plz be careful. he is dangerous.
‹ww3gfh› yup. I will b careful. thx n bb4n
‹jb69wtf› nat, wait! let me hlp
‹ww3gfh› ggn

Mit einem Klick loggte sie sich aus dem Chatroom aus. Sie wollte Julien nicht tiefer als nötig in die Sache hineinziehen. Sie hatte einen Namen: Godefroid. Viele Godefroids dürfte es in Goma nicht geben. Über Google nach ihm zu suchen war keine gute Idee. Bestimmt überwachte die Polizei ihre Aktivität auch auf diesem Computer.

Der Kripochefin hatte Natalie nur die halbe Wahrheit erzählt. Sie hatte Emeline versprochen zu schweigen, auch wenn Emeline tot war, sie musste zu ihrem Versprechen stehen, das war sie ihr schuldig. Natalie überlegte fieberhaft und suchte nach einer Lösung. In der Schweiz war es bald halb sechs Uhr morgens, in Rio war es halb zwei Uhr nachts. Don Carlos musste online sein. Sie schickte ihm im Darknet eine Nachricht. Es dauerte keine drei Sekunden, bis er antwortete. Natalie bat ihn, für sie eine Mailadresse von Godefroid in Goma ausfindig zu machen. Don Carlos war ein Computerfreak. Sie war sicher, dass er das rasch hinbekam. Tatsächlich hatte sie Godefroids private Mailadresse drei Minuten später vor sich, zusammen mit der Information, dass er ein echter Warlord war und die nördlichen Gebiete des Ostkongos kontrollierte. Das war Natalies Mann. Das war die Verbindung zu Emeline und zu Lionel. Sie bedankte sich bei Don Carlos, der sie mehrmals vor Godefroid zu warnen versuchte. Es war Natalie egal. Sie musste handeln. Rebecca würde nie mit einem Warlord Geschäfte machen. Sie war definitiv in Gefahr. Godefroid von diesem Laptop eine Mail zu senden war zu riskant. Ein mittelmässiger Spezialist bei der Polizei könnte die IP-Adresse zurückverfolgen. Natalie nutzte einen weiteren Kontakt im Darknet. In Mumbai war es etwa neun Uhr morgens. Arun antwortete sofort auf ihre Anfrage. Sie trug ihm auf, Godefroid per Mail eine Nachricht für Lionel zu senden. Sie gab ihm ihre Prepaid-Handynummer an. Die Polizei war schlau, aber nicht schlau genug, sie nach einem weiteren, versteckten Telefon zu durchsuchen, bevor sie sie hierherbrachten.

***

Tom starrte auf sein Handy, das neben dem leeren Frühstücksteller auf dem Tisch lag. Er machte sich Sorgen um Natalie. Es gefiel ihm nicht, dass sie weg war. Auch wenn sie Polizeischutz hatte, es war seine Aufgabe, sie zu beschützen.

«Deine Chefin ist eine strenge Person.»

Tom schaute überrascht auf. Hatte Paps soeben gesprochen? «Du erinnerst dich an Sara?»

«Natürlich. Sie war gestern zum Mittagessen hier.»

Tom nickte traurig. Es war einer dieser wenigen klaren Momente, die Paps blieben. «Sie ist nicht meine Chefin, Paps. Ich helfe ihr bei einem Fall. Es geht um ein Baby, das verschwunden ist, und um Diamantenschmuggel.»

«Erzähl.»

Tom erzählte. Endlich hatte er jemand, der zuhörte, auch wenn er wusste, dass Paps am Mittag bereits alles wieder vergessen haben würde.

«Deine Natalie scheint eine mutige junge Frau zu sein», sagte Paps abschliessend.

«Wagemutig trifft es besser. Sie sucht ihr Glück, indem sie anderen hilft. Sie meint es gut, aber sie handelt falsch.»

«Tut sie das?»

«Sie hätte die Polizei einweihen sollen. Sara ist kein einfacher Mensch, doch sie tut das Richtige.» Wie Tom diese Gespräche mit Paps vermisst hatte. Paps wusste immer Rat. Früher jedenfalls. «Du denkst, ich sollte Sara von der Geburt in dem Geheimzimmer erzählen? Natalie wird mich dafür hassen.»

«Deine Natalie hat Geheimnisse. Das Mädchen hat gelernt, ihre Gefühle und ihre wahren Gedanken für sich zu behalten. Wenn ein Kind von der eigenen Mutter verraten und verlassen wird wegen etwas, wofür es nichts kann, denkst du, so ein Mensch wird je wieder Vertrauen zu anderen Menschen fassen können?»

«Nein, wohl kaum.»

«Deshalb musst du ihr helfen. Du musst das Richtige tun, auch wenn das Natalie anders sieht.»

«Sie wird sich erneut verraten fühlen.»

«Natalies Gefühle oder das Leben eines Babys, was ist wichtiger?»

Tom stand auf und räumte das Geschirr zusammen. «Gut, Paps, ich werde gleich heute mit Sara darüber reden. Ich brauche noch bei einem anderen Problem deine Hilfe.»

Paps griff nach der Teetasse und nickte.

«Karo. Sie will mir die Mädchen wegnehmen. Sie treibt hinter meinem Rücken fiese Spielchen. Am Mittwoch –»

«Karo und die Mädchen waren lange nicht mehr zu Besuch», sagte Paps. «Kommt am Sonntag vorbei. Rösli wird ihren berühmten Hackbraten kochen. Zum Dessert gibt es Crèmeschnitten, die lieben die Mädchen.»

Tom trug das Geschirr in die Küche. «Ja, Paps. Sicher. Wir kommen am Sonntag vorbei.»

***

Natalie starrte auf ihr Handy, das zum dritten Mal klingelte.

«Du hast ein Handy ins Chalet geschmuggelt?», fragte Musa, als er das Zimmer betrat.

«Die haben mir meines weggenommen. Das hier ist ein Prepaid. Es lautet auf einen anderen Namen.»

«Die Polizei hatte einen guten Grund, uns die Telefone wegzunehmen. Die Dinger kann man orten.»

«Schalt einen Gang runter. Das müssten dann schon Profis sein.»

«Und? Willst du nicht rangehen? Wer ruft an?»

Emelines Mörder, dachte Natalie. Niemand sonst kannte diese Nummer. «Gehst du bitte raus», sagte sie. «Ich will dich da raushalten.»

«Ganz sicher nicht! Ich –»

«Musa, raus.» Sie wusste, dass ihre Worte zu harsch waren, aber es war besser, wenn Musa so wenig wie möglich wusste. Mit wütendem Blick verliess er das Schlafzimmer. Natalie holte tief Luft und nahm den Anruf entgegen. «Hallo?»

«Bonjour, Natalie.»

Sie hatte diese kalte Stimme noch gut im Kopf. Lionel. Er sprach Französisch. «Sie haben eine seltsame Art, mit mir in Kontakt zu treten. Mein Boss war aufgebracht über die Mail aus Indien.»

«Wie hätte ich Sie sonst ausfindig machen sollen, Arschloch?»

Lionel überhörte ihre Nettigkeiten und fragte nach den Diamanten, doch Natalie bestand darauf, erst mit Rebecca zu sprechen. Die Ärztin sei nicht bei ihm, sagte Lionel. Es ginge ihr gut, und das würde so bleiben, wenn Natalie ihm die Ware pünktlich ausliefere.

«Die Ware ist hier bei mir. Wenn Sie die Klunker wollen, müssen Sie sie holen kommen.»

Es war für einen Moment still in der Leitung. «Bringen Sie die Steine zu mir.»

«Das können Sie sich abschminken. Mein Vater hat mich von zu Hause an einen sicheren Ort gebracht. Hier komme ich nicht weg. Das ist Ihre Schuld.»

«Weshalb ist das meine Schuld?»

«Sie Vollarsch sind bei uns eingebrochen. Meine Freundin liegt schwer verletzt im Spital.»

Wieder war es still in der Leitung.

«Was ist? Kommen Sie vorbei?»

«Ich hole mir die Diamanten. Wenn das eine Falle ist, werden Sie und Ihre ganze Familie mit dem Tod bestraft werden, das schwöre ich.»

«Ich gebe Ihnen die Ware, Sie sagen mir, wo Dr. Wild ist, und ich will Imani zurück. Wo haben Sie das Baby versteckt?»

«Das Baby hat Emeline kurz vor ihrem Tod weggebracht, wohin, weiss ich nicht.»

«Sie lügen.»

«Das Baby ist mir egal.»

«So, wie Ihnen Emeline egal war?»

«Wir hatten einen Deal. Emeline hat die Abmachung gebrochen. Es war ihre Entscheidung. Sie ist freiwillig gesprungen.»

«Ist das alles?» Sie zeigte auf sein Auge. «Die Blessuren hast du dir bei keinem Sparringkampf geholt, hab ich recht?»

«Das waren Vincents Männer.»

«Aha. Daher der Hinweis auf GeoFoss.»

«Das ist unwichtig. Ich spreche von Imani, so heisst das Baby, nach dem ihr sucht.»

«Du kennst es? Wo ist es?»

«Ich kenne es nicht und weiss auch nicht, wo es ist. Ich weiss einzig, wo es zur Welt kam.» Tom wollte Sara gerade davon erzählen, als sein Handy klingelte. Es war eine ihm unbekannte Nummer. Er gab Sara mit der Hand ein Zeichen, kurz zu warten. «Ja?»

«Tom, bist du alleine?»

Natalie? Er antwortete vorsichtig: «Hey, lange nichts mehr von dir gehört. Geht es dir gut?»

«Die Kratzbürste ist bei dir, richtig?»

«Ja.» Tom verstand die Geheimnistuerei nicht, spielte aber mit.

«Wo seid ihr?»

«In der Altstadt. Ich wollte mit einer Freundin zu Mittag essen.»

«Du musst herkommen. Sofort. Wie lange brauchst du auf den Zugerberg?»

In seinem Kopf schrillten die Alarmglocken. «Zwanzig Minuten.»

«Dann bist du kurz nach zwölf hier. Bitte komm nicht zu spät.»

Ihm gefiel ihr Tonfall nicht. «Ja klar, ich komme, so schnell ich kann. In welchem Spital liegt deine Schwester?»

«Im Lügen stehst du mir in nichts nach», sagte Natalie und erklärte ihm den Weg. «Parkier deinen Wagen auf der Waldstrasse hinter dem Chalet und komm zum Hintereingang. Vorne stehen die Bullen. Wenn du eine Waffe hast, bring sie mit.»

«Weswegen?»

Er hatte Natalies Stimme nie so traurig gehört. «Weil sich Helden gerne opfern, um das Richtige zu tun. Bis ich nicht mit

Sicherheit weiss, ob Rebecca Opfer oder Täterin ist, will ich die Polizei raushalten.» Sie drückte ihn weg.

Tom starrte auf das Display.

«Alles in Ordnung?», fragte Sara.

Er stotterte einige Worte und erklärte, dass die Schwester eines guten Freundes einen Motorradunfall hatte. Er wollte sofort zu ihr ins Spital.

«Ich kann dich hinfahren.»

«Ähm, nein. Mein Wagen steht zwei Strassen weiter. Ich melde mich am Nachmittag, dann setzen wir unser Gespräch fort, versprochen.» Tom rannte los.

***

Fünf vor zwölf. Es fiel Natalie schwer, die Sandwiches in die Papiertüte zu packen. Ihre Hände zitterten. Sie war nervös.

Musa füllte die Thermoskanne mit frisch gebrühtem Kaffee. Er pfiff fröhlich eine Melodie vor sich hin.

Vier Minuten.

«Hast du alles?», fragte Natalie und reichte ihm die Tüte.

«Sandwiches, die Äpfel, den Kuchen und eine Kanne Kaffee. Willst du die Bullen mästen?»

«Musa, es ist wichtig. Bleib bei ihnen. Sag, dass ich schlafe, und frage sie aus. Du musst alles in Erfahrung bringen, was die Polizei über mich weiss, kapiert? Du bleibst bei ihnen, bis der ganze Kaffee ausgetrunken ist.»

Musa grinste. «Wieso komme ich auf den Gedanken, dass du mich loswerden willst? Hast du eine heimliche Verabredung mit einem Verehrer?»

«Nicht loswerden … du musst das für mich erledigen», log Natalie.

Drei Minuten.

Sie schob ihn sachte durch die Verandatür nach draussen. «Zisch ab, sonst wird der Kaffee kalt.»

Erleichtert atmete sie auf, als sie hinter Musa die Tür schloss. Er war in Sicherheit.

Rasch ging sie ins Zimmer. Ihr Handy lag auf dem Bett. Sie stellte es auf Flugmodus um – einen Anruf konnte sie nicht gebrauchen –, öffnete die App mit der Diktiergerätfunktion, drückte auf Aufnahme und steckte das Handy unter ihren BH. Sie trug ein bauschiges, hochgeschlossenes Sommerkleid. Unter all dem Stoff konnte Lionel das Handy unmöglich erkennen, aber die Polizei würde es finden, sollte sie das Treffen nicht überleben.

Natalie ging zu ihrem Koffer und öffnete ein Seitenfach. Sie holte den Samtbeutel hervor und schüttelte den Inhalt. Die Steine klimperten gegeneinander. Sie versteckte den Beutel unter dem Kopfkissen ihres Bettes.

Eine Minute.

Natalie verliess das Zimmer, ging zum Hinterausgang des Chalets, drehte den Schlüssel im Schloss und wartete.

Punkt zwölf.

***

Punkt zwölf. Tom hatte jegliche Fahrverbotsschilder ignoriert und sass in seinem Wagen auf dem Zugerberg vor einer Kreuzung. Rechts lagen die Gebäude des Internats und die Bergstation der Zugerbergbahn. Er war lange nicht mehr hier oben gewesen. Er bog links ab. Ein Traktor blockierte weiter vorne die Strasse, die zu eng war zum Überholen. Nervös hämmerte Tom auf das Lenkrad ein und fuhr im Schritttempo hinter dem Traktor her.

Endlich sah er das Chalet vor sich. Er sah auch den Wagen unterhalb auf der Zufahrtstrasse, in welchem die Fahnder sitzen mussten. Damit er unentdeckt blieb, musste er von der Waldseite her zum Hintereingang des Hauses fahren.

Sofort verdunkelten die Bäume den Tag, als er links auf die Kiesstrasse abbog. Nach etwa einhundert Metern sah er durch die Bäume zu seiner Linken die Umrisse des Chalets auf dem Feld unter sich.

Was ihn jedoch in Alarmbereitschaft versetzte, war der

dunkle Passat, der ebenfalls an der Seite der Waldstrasse parkiert stand.

***

Natalie wich zurück. Instinktiv.

Die Tür wurde nach innen aufgestossen.

Was habe ich mir nur dabei gedacht, ging es ihr durch den Kopf. Die Furcht lähmte sie, jetzt, da er erneut vor ihr stand. Sie fühlte ihre Wange glühen, dort, wo er sie im Papiliorama geschlagen hatte und sich eine Blase gebildet hatte.

Seine Haut war pechschwarz. Das Weiss der grossen Augen schien zu glühen, als er sie mit seinem Blick fixierte. Lionel war gut einen Kopf grösser als Natalie und besass die dreifache Masse. Er trug eine dunkle Hose und trotz der Hitze draussen ein graues Sweatshirt mit Kapuze.

«Du bist alleine?», fragte er auf Französisch.

«Oui», antwortete Natalie.

«*Bien.* Wo sind die Diamanten?»

«Erst will ich wissen, wo Dr. Wild ist.»

«Hier stelle ich die Fragen.» Er kam bedrohlich nahe.

Natalie brauchte all ihren Mut, um stehen zu bleiben. «Ich gebe dir die Steine erst, wenn ich eine Adresse habe.»

Lionel hob eine Augenbraue. «Du hast Mut.» Seine rechte Hand schnellte vor, packte Natalie an der Kehle und drängte sie zurück an die Wand. Sie würgte und kämpfte um Luft. Wenn er noch fester drückte, würde er ihr die Haut vom Hals reissen. Sein Griff lockerte sich leicht. «Die Diamanten», flüsterte er in ihr Ohr.

«In meinem Zimmer», keuchte Natalie.

«Geht doch.» Er liess ihren Hals los und packte sie stattdessen am Arm.

Sie schrie vor Schmerzen auf, als er sie hinter sich herzog. Im Schlafzimmer warf er sie aufs Bett. «Wo?»

Natalie drückte sich die Hand leicht auf den brennenden Arm. Trotz der Angst blieb sie stur. «Ich will die Adresse.»

«Was nützt dir die Adresse? Hast du nie daran gedacht, dass ich dich umbringen werde, sobald ich die Diamanten habe?»

«Die Adresse.» Natalie fühlte das Handy auf ihrer Brust. Sie brauchte einzig die verdammte Adresse.

Lionel legte den Kopf schief. «Stures Weib. Wenn es dich vor deinem Tod glücklich macht … Deine Freundin liegt gefesselt unter einer verlassenen Hütte. Ihr geht es gut, noch gut. Und jetzt will ich die Ware.»

«Wo ist die Hütte?»

Lionel liess einen Schwall französischer Fluchworte fallen und nannte ihr schliesslich eine Strasse in Hünenberg. Natalie hatte keine Ahnung, wo das war, aber für den Moment war sie zufrieden. Sie zitterte heftig. Tom würde nicht rechtzeitig eintreffen. Natalie dachte, sie sei auf den Tod vorbereitet gewesen, doch jetzt, wo das Ende näher rückte, hatte sie Schiss. Ein schreckliches Gefühl. Sie betete, dass ihr Tod schnell gehen würde.

Natalie griff unter die Matratze und holte den Samtbeutel mit den Steinen hervor.

***

Musa rannte den Hang wieder hoch zum Chalet. Er hatte den Zucker für den Kaffee vergessen. Er grinste breit. Einer von Natalies Bewachern war echt süss. Ob er wohl auf Männer stand?

Er öffnete leise die Verandatür. Natalie hatte gesagt, sie wolle sich hinlegen. Es war still im Haus. Musa schlich auf Zehenspitzen in die Küche.

Wenn die ganze Sache hier ausgestanden war, würde er sich endlich einen Freund suchen. Er hatte sich lange genug in der Villa versteckt. Es wurde Zeit, sein Leben zu leben, so wie er war.

Er suchte in der Küche nach dem Zucker und öffnete mehrere Küchenschränke, bis er endlich fündig wurde. Er hörte ein Geräusch. «Natalie?» Er drehte sich um. Für den Bruchteil einer Sekunde sah er, wie eine schwarze Faust auf sein Gesicht zuraste, bevor sein Kopf explodierte.

***

Fünf Minuten nach zwölf schlich Tom durch den Wald zum Hintereingang des Chalets.

Er war angespannt.

Dass die Tür weit offen stand, war kein gutes Zeichen. Er dachte kurz darüber nach, Natalie zu rufen, hielt sich aber zurück.

Tom spähte durch die offene Tür ins Innere. Im Korridor war niemand zu sehen. Er trat vorsichtig ein. Für einmal hätte er sich eine Waffe gewünscht.

Geradeaus auf der rechten Seite sah er das Wohnzimmer, links gab es zwei geschlossene Türen. Vermutlich die Schlafzimmer. Tom lauschte, hörte jedoch nichts. Er ging ins Wohnzimmer. Niemand zu sehen.

Das war nicht gut.

Gegenüber dem Wohnzimmer gab es eine kleine offene Küche. Keine Menschenseele. Tom wollte sich umdrehen, als ihm auf dem hellen Fliesenboden in der Küche etwas auffiel. Rasch ging er hin und kniete sich nieder. Eine dunkelrote, glänzende Flüssigkeit. Tom tauchte den Zeigefinger hinein. Das war Blut. Frisches Blut.

Er schoss auf, packte sich von der Küchenablage ein Fleischermesser und folgte der Blutspur, die er vorhin übersehen hatte. Er steuerte auf die erste Tür im Korridor zu und öffnete sie leise. Es war ein Schlafzimmer.

Leer.

Langsam ging er auf das nächste Zimmer zu. Ein blutiger Handabdruck zeichnete sich unter der Türfalle ab. Tom holte tief Luft und stiess die Tür auf.

Entsetzt schrie Natalie auf, als er ins Zimmer stürmte. Sie sass auf dem Bett. Ihr Gesicht war blutüberströmt, ihre ganze Kleidung voller Blut.

«Natalie!», rief Tom und brauchte einen Moment, den Anblick zu verdauen.

Sie weinte. In den Händen hielt sie einen schwarzen Stoffbeutel. Auf ihrem Schoss lagen eine Handvoll Rohdiamanten. Sie riss den Mund auf …

Tom bemerkte seinen Fehler zu spät. Natalies schrecklicher Anblick hatte ihn abgelenkt.

Hinter der Tür schoss ein Mann hervor und warf sich auf ihn, schlang seinen Arm von hinten um seine Kehle. Der Kerl war gross und drückte gnadenlos zu. Seine freie schwarze Hand schlug das Messer zu Boden. Tom presste sein Kinn gegen den Arm, rannte rückwärts aus dem Zimmer und stiess den Mann im Flur hart gegen die Wand. Der Schlag lockerte den Würgegriff. Das war Toms Chance. Er drehte sich zur Seite, schnellte seine Faust vor, die gegen die Nase des Angreifers krachte. Rasch wand sich Tom aus der Umklammerung, ging einen Schritt zurück und brachte sein Bein hoch. Der Kick liess den Mann nach Luft japsen. Tom fühlte eine unglaubliche Wut in sich, holte aus und knallte mit voller Wucht seine Faust auf die Nase des Schwarzen. Dieser schlingerte zurück, steckte den Schlag aber erstaunlich gut weg, duckte sich und rammte seine eigene Faust als Kinnhaken in Toms Gesicht. Ein Volltreffer.

Er taumelte. Der Kerl war verdammt stark – und schnell. Seine Reichweite mit der geballten Faust war um einiges grösser. Bereits holte er mit seiner Linken zu einem weiteren Schlag aus. Tom wich ihm aus und rannte ins Wohnzimmer. Er musste den Kerl von Natalie wegbringen. Wenn er es schaffte, ihn zur Verandatür hinauszulocken, würden die Polizisten das hoffentlich mitbekommen und eingreifen.

Der Schwarze folgte ihm, packte ihn an der Schulter und riss ihn zurück. Tom konnte sich gerade rechtzeitig abfangen, um einer nächsten Granate zu entgehen. Mit den riesigen Fäusten seines Gegners war nicht zu spassen. Tom liess sich fallen, rollte sich auf dem Boden ab und stiess dem Typen einen harten Kick gegen sein Schienbein. Der schrie vor Schmerzen auf. Das war Toms Chance. Er sprang auf die Beine, holte Anlauf, hechtete auf den kleinen Salontisch und griff den Schwarzen von oben an. Dabei stiess er ihm sein Knie in die Kehle und packte ihn am Schopf. Der plötzliche Angriff liess den Schwarzen stolpern. Er fiel rückwärts. Sein Hinterkopf schlug krachend gegen die Küchentheke.

Regungslos blieb er auf dem Rücken am Boden liegen, Tom über ihm, heftig atmend, den Unterarm gegen seine Luftröhre gedrückt.

Keine Reaktion kam, keine Gegenwehr. Er atmete nicht.

Hölle und Verdammnis! Tom kontrollierte den Puls am Hals. Er fühlte keinen. Eine Blutlache breitete sich rasch auf dem Boden unter dem Kopf des Schwarzen aus.

Er war tot.

Tom stand keuchend auf. Sein Kiefer pochte heftig vor Schmerzen.

Natalie!

Er rannte zurück ins Schlafzimmer.

Natalie sass nicht mehr auf dem Bett. Er hörte ein Schluchzen. Es kam von hinter der Tür.

Da sass Natalie, zusammengekauert am Boden.

Neben ihr lag Musa, Gesicht und Arme blutüberströmt.

FÜNFZEHN

Was für ein Desaster. Sara hätte Natalie ohrfeigen können und Tom gleich dazu. So eine kindische, unprofessionelle und dumme Aktion war ihr in ihrer ganzen Karriere nie untergekommen.

Sie schritt rasch die Räume des Chalets ab, um sich einen Überblick zu verschaffen. Es war ein einfaches, gemütliches Ferienhaus, das jetzt mit Blutspritzern dekoriert war. Draussen hörte sie das Martinshorn heulen. Der Krankenwagen fuhr los. Es stand schlecht um Natalies Pfleger. Er war nicht mehr ansprechbar gewesen.

Sara blieb im Wohnzimmer vor der Leiche stehen. Wer war dieser unbekannte Schwarze? Bisher wusste sie einzig, dass er anscheinend Lionel hiess und die Diamanten wollte.

Sara hörte Stimmen vor dem Chalet und Motorenlärm. Sie war als Erste am Tatort gewesen, zusammen mit der Ambulanz. Die ganze Entourage traf endlich ein, angeführt von Staatsanwalt Lind. Er schüttelte den Kopf und kam auf Sara zu. Sein Hawaiihemd war komplett deplatziert. «Du hattest recht», sagte er mit gedämpfter Stimme, «Natalie ist ein wichtiges Puzzleteil in unserem Fall. Wie geht es ihr?»

«Sie steht unter Schock. Sie ist mit dem Notarzt und Tom Engels nebenan im Zimmer.»

«Ist sie verletzt?»

«Nur Schürfwunden an Hals und Arm, was in ihrem Fall schlimm ist.»

«Oje.»

«Oje? Sie wollte einen gemeingefährlichen Kriminellen alleine überführen. Sie hat ihn hierhergelockt, mit einem Beutel Glassteine, stell dir das mal vor. Was hat sie sich nur dabei gedacht?»

«Sie wollte Dr. Wild retten.» Tom trat zu ihnen, ein dickes Pflaster auf seiner Stirn. Er humpelte leicht und hielt sich das

Kinn. «Ihr wolltet ja nicht wahrhaben, dass Rebecca ein Opfer ist.»

«Das wissen wir nicht mit Sicherheit», sagte Sara und wusste, dass ihre Antwort zu trotzig ausfiel.

«Weil ihr Dr. Wild nicht persönlich kennt.» Tom hielt ihr ein schwarzes Ding unter die Nase, das er in ein Taschentuch gewickelt hatte.

«Was ist das?»

«Ein Handy, das Natalie heimlich ins Chalet geschmuggelt hat. Können eure Techniker da was rausholen? Natalie hatte es unter ihrer Kleidung versteckt und das Gespräch mit diesem Lionel aufgenommen. Leider hat er es gefunden, die SIM-Karte rausgenommen und das Handy zerstört.»

Sara wies einen der Techniker vom KTD an, nach der SIM-Karte Ausschau zu halten, und gab ihm das Handy.

«Hat er etwas Wichtiges gesagt?», fragte Lind.

«Ja. Er hat Natalie den Aufenthaltsort von Dr. Wild verraten. Sie kann sich leider nicht an den Strassennamen erinnern. Sie steht unter Schock. Sie weiss nur, dass Dr. Wild unter einer Hütte in Hünenberg eingesperrt ist, was immer das zu bedeuten hat.»

Sara notierte sich die Info in ihr Notizbuch.

«Und jetzt?», fragte Tom.

«Jetzt kriegst du einen Riesenanschiss von mir. Sag mal, warst du von allen guten Geistern verlassen, hierherzufahren, ohne mich zu informieren? Ich hätte das alles hier verhindern können.»

Tom drehte sich ohne ein Wort um und ging.

«Diesen Knaben hast du nicht im Griff.» Lind grinste, setzte aber gleich wieder ein ernstes Gesicht auf. «Ah, da kommt der Amtsarzt. Ich geselle mich zu ihm. Schauen wir uns den Toten mal genauer an.»

Sara schnaubte leise. Sie war wütend. Mehr als wütend. Sie steckte ihre Hände in die Hosentaschen und folgte Tom ins Schlafzimmer.

Natalie lag zusammengekauert auf dem Bett, ein Häufchen Elend. Tom sass daneben und strich ihr mit der Hand über den

Kopf. Es war eine liebevolle Geste – vielleicht mehr als das. Ein Sanitäter sass auf einem Stuhl neben dem Bett und verabreichte ihr eine Spritze. Das Medikament werde sie beruhigen und ihr die Schmerzen nehmen, sagte er nicht weniger liebevoll. Es gab Sara einen Stich ins Herz. In ihrem ganzen Leben war sie nie so liebevoll umsorgt worden, nicht einmal als … selbst damals war sie nur beschimpft worden, von der katholischen Schwester im Spital und der eigenen Mutter. «Kann ich mit Natalie sprechen?», fragte sie den Sanitäter.

«Nein. Frau Krieger braucht Ruhe. Sie steht unter Schock und hat Schmerzen. Wir bringen sie gleich ins Spital für weitere Abklärungen.»

«Ich fahre mit ihr», sagte Tom.

«Ausgeschlossen», sagte Sara. «Du hast einen Mann getötet. Du kommst mit mir auf den Posten. Wir zwei haben so einiges zu bereden.»

«Ich fürchte, Herrn Engels Verhör muss warten», sagte Lind, der ins Zimmer trat. Er ging zu Natalie und griff nach ihrer einbandagierten Hand, als wäre es das Normalste der Welt. «Ich habe trotz allem gute Neuigkeiten für Sie, Frau Krieger.»

Natalie starrte ihn mit wässrigen Augen an.

«Oh, pardon, ich habe mich nicht vorgestellt. Ich bin Staatsanwalt Eckart Lind, und ich leite die Untersuchung im Fall Emeline.» Er hob einen Plastikbeutel in die Höhe.

Sara sah, dass darin ein Handy lag.

Lind zeigte es Natalie. Ihre Augen wurden gross, als sie daraufstarrte.

«Ja», sagte Lind. «Dem Baby geht es gut. Wir haben es gefunden und werden gleich zu ihm fahren. Sie lassen sich unterdessen im Spital untersuchen, und ich komme zu Ihnen, sobald ich mehr weiss, in Ordnung?»

Sara sah, wie Natalie zu weinen begann und heftig nickte. Tom starrte einen Moment auf das Display des Handys, seine Hand lag nach wie vor auf Natalies kahlem Kopf.

Lind stand auf und kam auf Sara zu. Sie kochte innerlich. «Und ich erfahre als Letzte von dem Baby?»

Offenbar genoss er den Moment. «Wir haben das Handy in der Hosentasche des Toten gefunden. Sonst trug er nichts bei sich. Die Kollegen durchsuchen gerade seinen Mietwagen, der oben im Wald steht.»

«Was hast du auf dem Handy gefunden?»

Er reichte es ihr. «Da ist fast nichts drauf. Er hat immer nur mit einer Nummer aus dem Kongo telefoniert. Dem werden wir nachgehen. Und es gab ein Foto in der Bildergalerie. Er hat es wohl heimlich durch eine Hecke hindurch aufgenommen.»

Sara schaute sich den Schnappschuss an. «In was für einer verlogenen Welt leben wir bloss?», fragte sie ungläubig. Das Bild war unscharf, aber es zeigte genug. Es zeigte Amanda Raschak. Sie sass auf der Terrasse im Schatten ihrer Villa, ihre Tochter Anna im Schoss. Neben ihr stand die Nanny. Sie trug ein Baby auf dem Arm. Ein schwarzes Baby.

Die Nanny war selber noch fast ein Kind. Sie sprach Englisch und kam aus Kanada. Ein Au-pair-Mädchen, wie Amanda Raschak erklärt hatte. Sie liess sich von Rizzo trösten, der sie dennoch draussen auf der Terrasse befragen musste. Amanda war schwerer einzuschüchtern. Sie sass mit geradem Rücken auf dem Sofa, wiegte die kleine Anna in den Armen und trug Josephine auf, eine weitere Runde Kaffee zu servieren. Amanda schwieg. Sie wollte auf ihren Mann und den Anwalt warten.

Sara wartete auch. Wartete auf die Mitarbeiterin der KESB, die ihr das kleine dunkelhäutige Bündel abnahm, das sich in ihren Armen eingenistet hatte. Imani schien zufrieden und wenig beeindruckt von dem Trubel. Der Kopf des Babys lag an Saras Brust. Hörte es nicht ihr Herz rasen?

Das Handy klingelte. Rasch ging Sara ran, nicht, dass die Kleine aufwachte.

Es war Bolander. Er war mit Tom zur Zentrale gefahren, um dort dessen Aussage aufzunehmen. Er erklärte Sara, dass so weit alles erledigt sei und Lind das Okay gegeben habe, Tom freizulassen. Auch das Spital habe angerufen. Natalie ginge es besser, sie werde am Abend entlassen. Musa werde nach wie vor operiert, aber er sei über dem Berg.

«Gute Arbeit. Danke, Bolander.» Es war für einen Moment still in der Leitung. «Ist noch etwas?», fragte Sara.

«Lob und ein Danke in einem Atemzug?», fragte Bolander. «Was ist mit dir passiert?»

Imani bewegte sich in Saras Armen. Schien so, als suchte sie nach ihrer Milchbar. «Alles gut. Wir warten auf Vincent Raschak und den Anwalt, um einige Fragen zu klären. Bis später.» Sie legte auf. «Rizzo», rief sie gedämpft, «die Nanny soll mal herkommen und Imani den Schoppen warm machen. Die Kleine hat Hunger.»

Es gab Sara unerwartet wieder diesen Stich in die Brust, als die Nanny ihr Imani abnahm. Sara atmete tief durch und konzentrierte sich auf Amanda. «Vincent hat Ihnen ein Kuckuckskind gebracht, und Sie haben es aufgenommen?»

«Ich sagte, ich warte auf meinen Anwalt.»

«Ach, kommen Sie! Ich will wissen, wie sich eine Ehefrau und junge Mutter fühlt, wenn der Mann das Kind von einer anderen ins Haus bringt?»

«Hätte ich Vincent mit seinem Baby auf die Strasse setzen sollen?», fragte Amanda scharf. «Vincent alleine, ja, vielleicht. Aber er könnte niemals für das Baby sorgen.»

«Sie kannten Emeline?» Na endlich ging was.

«Nein. Ich habe sie nur einmal getroffen. An dem Nachmittag, bevor sie am nächsten Morgen tot unter der Brücke gefunden wurde.»

Amanda schlug ihre schlanken Beine übereinander. Die Füsse steckten in eleganten Pumps. Sie trug ein blaues tailliertes Kleid. Ihre blonden Haare waren zu eleganten Locken gedreht. Die kleine Anna wiegte sie in den Armen wie ein schickes Accessoire. Sara wollte nicht unfair sein, aber welche junge Mutter trug ein teures Designerkleid, wenn sie wusste, dass ein Baby mindestens zehnmal am Tag die Kleider vollspuckte? Anscheinend war gutes Benehmen bei reichen Babys angeboren. Anna verhielt sich vorbildlich. «Emeline ist zu Ihnen gekommen?»

«Sie stand am Tor. Ich habe sie reingelassen, als sie behauptete, das Baby sei von Vincent. Sie sei schwanger geworden, als er für drei Wochen im Kongo war. Ich habe nachgerechnet, der Zeitpunkt passte. Und sie wusste Details über Vincent, die sie nur kennen konnte, wenn sie intim mit ihm gewesen war. Im ersten Moment hätte ich sie schlagen können. Sie schwor bei Gott, nichts von mir und Anna gewusst zu haben. Vincent habe ihr versprochen, zurückzukommen und sie zu heiraten. Naives Ding.»

Jung, verliebt und wenig welterfahren. Konnte man es Emeline übel nehmen? «Wie war sie so?», fragte Sara. «Was für ein Mensch war Emeline?»

Amanda schaute aus dem Fenster und überlegte einen Augenblick. «Können Sie es verstehen, wenn ich sage, dass ich Emeline gemocht hätte, hätte ich sie unter anderen Umständen kennengelernt? Sie war gross. Eine schöne Frau. Sie trug die Schultern zurück, den Rücken gerade, und da war ein gewisser Stolz in ihren Augen. Sie muss Schlimmes durchgemacht haben. Sie erzählte mir, dass sie verfolgt würde. Sie könne auf sich aufpassen, jedoch nicht auf ihr Neugeborenes. Sie hatte Angst, grosse Angst, aber sie war nicht gebrochen.»

«Hat sie sonst etwas Wichtiges gesagt?», fragte Sara.

«Sie sagte, Imani solle die Chance auf ein besseres Leben bekommen. Ich müsse ihr das versprechen. Ich müsse ihr versprechen, dass Imani glücklich aufwachsen werde.»

«Haben Sie es versprochen?»

«Ich schwieg. Ich war überrumpelt. Sie hat mir einfach ihre Tochter in die Arme gedrückt und ist gegangen. Sie schien mir wie eine Kriegerin, die in die Schlacht zog und wusste, dass sie nicht zurückkehren würde.»

Darauf wusste Sara nichts zu antworten. Sie hätte diese Emeline gerne kennengelernt, ihre Geschichte aus ihrem Mund gehört, aber die würde Sara wohl nie ganz erfahren.

«Imani ist Annas Halbschwester. Was konnte ich anderes tun, als sie bei uns aufzunehmen? Ich musste Vincent versprechen, Imani vorerst versteckt zu halten. Ich weiss nicht, in welche krummen Geschäfte er verstrickt ist, doch etwas ist wohl richtig danebengegangen.»

Stimmen vom Eingang her liessen Sara aufhorchen. Das musste Vincent Raschak sein, der laut polternd sein Haus betrat.

Mit rotem Kopf stürmte er in den Salon. «Was soll das? Weshalb belästigen Sie meine Frau?» Er setzte sich neben Amanda und legte besitzergreifend den Arm um sie. «Liebling, alles okay?»

«Verdammt, Vincent», schnauzte sie ihn an. «Lass die Heuchelei. Sie wissen von Imani. Sie wissen, dass du der Vater bist, und sie wollen Antworten.» Amanda stand auf und ging im Raum auf und ab. «Erzähl ihnen von deiner Affäre. Erzähl ihnen, wie du Emeline und mich belogen und betrogen hast.»

Sara sah den Zorn in Vincents Augen. Bedrohte er Amanda?

«Unser privates Leben geht die Polizei einen Scheissdreck an!»

«Doch», konterte Sara. «Das tut es, wenn Sie uns bei unseren Ermittlungen im Todesfall von Emeline behindern. Sie wussten, dass die Polizei nach dem Baby sucht, und haben es vor uns versteckt.»

Lind betrat den Raum. Er hatte draussen telefoniert. Er stellte sich Vincent vor. «Als Leitender Staatsanwalt in diesem Fall ordne ich an, dass Sie uns begleiten. Wir haben so einige Fragen.»

«Nichts werde ich tun», sagte Vincent. «Ich warte auf meinen Anwalt.»

«Der kann direkt zur Polizeidienststelle fahren», sagte Lind. «Sara, würdest du Herrn Raschak die Handschellen anlegen?»

Sara nickte energisch.

«Ich brauche keine Handschellen.» Seine Stimme überschlug sich beinahe.

Jämmerliche Gestalt, dachte Sara. Emeline hatte Schreckliches erlebt, und dennoch war sie mit erhobenem Haupt ihrem Schicksal entgegengetreten. Der feine Herr Raschak hier geriet in Panik wegen ein paar Handschellen. Weshalb eigentlich? Er musste wissen, dass er höchstens eine Geldstrafe aufgebrummt bekam, weil er polizeiliche Ermittlungen behindert hatte. Er hatte Imani nicht entführt, er hatte seine eigene Tochter bei sich aufgenommen, ohne sie bisher bei den Behörden anzumelden. Es sei denn … Es sei denn, da steckte mehr dahinter. Hatte Vincent Raschak mit dem Tod von Emeline zu tun, und wusste er von den Diamanten? «Die Handschellen dienen Ihrer eigenen Sicherheit», sagte Sara. «Ich bin gespannt, was Sie mir über diesen Lionel zu erzählen wissen.» Sie achtete genau auf seine Reaktion. Die fiel wie erwartet aus: geschockt. Er kannte Lionel. Raschak hatte definitiv Dreck am Stecken.

«Wer ist Lionel?», fragte Amanda.

«Er ist der Hauptverdächtige im Todesfall von Emeline», erklärte Lind, der Sara einen fragenden Blick zuwarf.

«Sie kennen ihn, Herr Raschak, hab ich recht?», fragte Sara.

«Lionel war hinter Emeline her. Er wollte sie zurück in den Kongo bringen.» Vincent zeigte auf die Wunde am Kopf und sein blaues Auge. «Der Kerl hat mich bedroht.»

«Aha, dann war das also nicht der Rechen im Garten, wie Sie mir letztes Mal erzählt haben?»

«Was wollte dieser Lionel von Ihnen?», fragte Lind.

«Keinen blassen Schimmer. Er hat herausgefunden, dass Imani bei uns ist. Der ganze Schlamassel hat mit Natalie Krieger zu tun. In ihre Villa wurde eingebrochen, richtig? Die Haushälterin wurde verletzt. Das war Lionel. Er sagte, Emeline und Natalie haben zusammengearbeitet. Ich glaubte ihm nicht.»

Sara stutzte. «Warum nicht?»

«Weil Emeline Angst vor Natalie hatte.»

«Angst?», fragte Sara ungläubig. «Natalie ist krank und wohl kaum stark genug, um Emeline Angst einzujagen.»

«Ja, Natalie ist krank. Auch im Kopf!» Vincent schnaubte laut. «Sie hat sich an meinem Hochzeitstag an mich rangemacht. Natalie hat ein Problem damit, dass sie keinen Mann und niemals Kinder haben kann. Dann kam Emeline in ihr Leben und mit Emeline das Baby.»

Sara lief es kalt den Rücken hinunter. «Was wollen Sie damit sagen?»

«Natalie wollte Emeline töten und das Baby für sich beanspruchen.»

***

Natalie sass an Alexandras Bett und hielt ihre Hand. Sie lag weiterhin im Koma. Auch Musa war bisher nicht aus der Narkose erwacht. Er lag auf der Intensivstation. Lionel hatte seinen schönen, gesunden Körper zertrümmert. Natalie hörte noch immer die Schmerzensschreie, sah, wie Musa sich mit letzter Kraft zu ihr ins Zimmer schleppte, um Hilfe flehte, die sie ihm nicht geben konnte. Immer wieder sah sie die Bilder von Lionels Schuhen, die auf Musa niederprasselten, der hilflos am Boden lag.

Das war alles ihre Schuld. Ihre Schuld! Sie hatte den Teufel ins Haus geholt. Wie naiv war sie gewesen. Statt Rebecca zu retten, hatte sie beinahe Musa getötet. Natalie legte den Kopf auf Alexandras Hand und schloss die Augen. Den ganzen Nachmittag und Abend über versuchte sie, sich verzweifelt an die Adresse zu erinnern, die Lionel ihr genannt hatte. Da war nur Leere in ihrem Kopf. Die Ärzte sagten, das läge an ihrem Schock. Sie wollten ihr Beruhigungsmittel geben, aber Natalie verweigerte jegliche Medikamente, die ihre Sinne benebelten. Sie musste sich beruhigen und klar denken können. Panik war kontraproduktiv.

Sie hörte, wie die Türe zum Krankenzimmer leise geöffnet wurde. Das musste eine Schwester sein. Paps war vor einer halben Stunde heimgefahren. Endlich. Er war Natalie während Stunden nicht von der Seite gewichen. Natalie konnte ihn letztlich überzeugen, dass sie über Nacht bei Alexandra und Musa bleiben wollte.

Sie spürte eine Hand auf ihrer Schulter und drehte sich um. Tom stand hinter ihr. Das war's. Natalie brach in Tränen aus. Er kniete sich nieder und nahm sie in den Arm. Es dauerte eine Ewigkeit, bis sich ihr Vorrat an Tränen erschöpft hatte. Als sie sich langsam wieder aufrichtete, wischte Tom ihr vorsichtig die nassen Wangen trocken.

«Alles gut», sagte er. «Lionel ist tot. Der wird dich nicht mehr bedrohen. Es ist vorbei, Natalie.»

Sie schüttelte trotzig den Kopf.

«Die Polizei hat Imani gefunden. Der Kleinen geht es prima.» Er lächelte. «Amanda Raschak hat sich gut um sie gekümmert. Du hattest recht, Natalie. Vincent ist der Vater.»

Natalie legte ihre Hände in Toms. «Gott sei Dank. Was ist mit dir? Bist du okay? Hat die Polizei dich gehen lassen?»

«Mach dir um mich keine Sorgen. Der Kampf war Notwehr, und Lionel ist unglücklich gefallen.»

«Du hast uns gerettet, mich und Musa.»

Sein Blick wurde ernst. «Ja, darüber müssen wir reden. Das war eine ganz, ganz dumme Aktion von dir. Die Standpauke hebe ich mir für später auf. Jetzt zählt einzig, dass es dir gut geht. Die Ärzte sagen, du kannst nach Hause, wenn du willst. Was meinst du? Ist dir mein alter Peugeot bequem genug?»

«Sieh mich an. Ich bin bis oben hin einbandagiert wie eine Mumie. Dein alter Wagen ist nicht das Problem. Ich kann mich nicht zu Hause ins Bett legen. Rebecca ist irgendwo in einem Keller gefangen. Wir müssen sie finden, sonst ist sie tot. Und ich will Alexandra und Musa nicht alleine lassen.»

«Die Polizei sucht nach Rebecca. Sara ist eine gute Polizistin. Sie wird sie finden.»

«Und die Diamanten? Die bleiben verschwunden. Ja, Lionel ist tot, aber es werden andere Lionels kommen und nach den Klunkern suchen.»

«Eins nach dem andern. Wir müssen uns alle von diesem Tag erholen. Alexandra und Musa werden wieder gesund. Hier kannst du nichts für sie tun. Sie müssen sich ausruhen. Um dich mache ich mir im Moment die grössten Sorgen.»

Reflexartig strich Natalie mit ihrer Hand über Toms zerzaustes Haar. Was hätte sie dafür gegeben, mit ihren Fingern durch die Strähnen zu fahren, statt mit der verklumpten, einbandagierten Hand, die kaum etwas fühlen konnte.

«Gehen wir heim», sagte er.

Brüssel – Mai

In Europa auf der Strasse zu leben war einfacher als in unserem Dorf im Kongo. Mit Betteln verdiente ich in Brüssel an einem Tag mehr als in einem Monat im Hotel in Bukavu. Zudem war ich bestimmt die reichste Bettlerin der Welt. In meiner Tasche trug ich Rohdiamanten im Wert von drei Millionen Euro mit mir herum. Dreimal entkam ich knapp einer Polizeikontrolle. Meinen Pass hatte ich verbrannt, und wöchentlich schliff ich mir die Fingerkuppen glatt. Sollten die Behörden mich kriegen, musste ich meine Identität um jeden Preis verbergen. Würde Onkel Godefroid herausfinden, wo ich war, wäre das mein sicherer Tod. Ich konnte nicht mehr zurück in den Kongo. Nie mehr. Ich hatte die Familie verraten.

Nach etwa einem Monat lernte ich auf der Strasse Julien kennen. Er entstammte einer wohlhabenden Familie und half Obdachlosen. Julien hatte ein gutes Herz. Er wollte nicht, dass eine schwangere Frau auf der Strasse leben musste. Aber Julien war auch ein Mann. Ich hatte mein Vertrauen in Männer verloren und nahm sein Geld nicht an. Ich erzählte ihm nichts über mich, nur, dass ich in die Schweiz wollte. Julien sagte, er sei bei einer Organisation, die sich Kipekapeka nannte. Wir sassen an diesem Tag unter einer Brücke. Über sein Tablet loggte er sich ins Internet ein und stellte eine Verbindung zu einer jungen Frau aus der Schweiz her, dann zog er sich zurück und liess mich alleine mit ihr via Skype sprechen. Ich erzählte ihr, dass ich schwanger sei und in die Schweiz wolle. Sie war bereit, mir zu helfen, und gab mir ihre Adresse. Ich war mir nicht sicher, ob ich ihr trauen konnte, ob ich Julien trauen konnte, die Gefahr war einfach zu gross. Ich beschloss, auf eigene Faust in die Schweiz zu reisen. Die Grenzen in Europa sind schwach kontrolliert. Ich fuhr schwarz mit dem Zug und per Anhalter durch Frankreich und ging in einer Nacht zu Fuss über die Grenze in die Schweiz.

SECHZEHN

Harri sass am frühen Morgen am Swimmingpool, die Füsse im kühlen Wasser. Er war seit Stunden hier, schon die ganze Nacht hindurch. An Schlaf war nicht zu denken nach dem, was geschehen war.

Ein Spatz hüpfte vor dem Papiliorama hin und her und suchte vergeblich nach einem Schlupfloch ins Paradies, so wie Harri vergeblich nach einem Ausweg für seine Sorgen suchte. Was hatte er in seinem Leben bloss falsch gemacht? Dabei hatte es so vielversprechend begonnen: das Medizinstudium, die grosse Erbschaft einer verstorbenen Tante, sein Forschungsplatz an einer renommierten Universität in Deutschland, die verlockende Stelle im Labor in Zug. Auf einer Tagung in Paris lernte er Charlotte kennen. Sie war Balletttänzerin in einem kleinen Ensemble, die sich am Abend als Kellnerin etwas dazuverdiente. Ein Jahr später heirateten sie, dann kam Natalie. Es war der schönste Tag in seinem Leben gewesen und gleichzeitig sein Übertritt in einen Alptraum. Charlotte konnte Natalies Schmerzen nicht ertragen. Sie verliess ihre Tochter. Aus den Augen, aus dem Sinn.

Harri suchte seit Jahren vergeblich nach einer Heilung für EB. Hätte er sich nicht einfach besser damit abfinden und so viel Zeit wie möglich mit Natalie verbringen sollen? Ja, hätte er. Erst der Überfall in der Küche, danach der Einbrecher im Papiliorama und letzte Nacht der Angriff im Chalet – es war ein Wunder, dass Natalie noch lebte. Ein Wunder, das er Tom Engels zu verdanken hatte. Er sollte öfter auf die Intuition seiner Tochter hören. Tom zu engagieren war das einzig Richtige gewesen. Natalie mochte ihn. Der Gedanke schmerzte ihn, nicht, weil er Natalie keinen Mann gönnte, aber er wusste, was das für sie bedeutete. Natalie konnte nie eine Familie gründen, würde nie eigene Kinder haben. Harris grösste Befürchtung war die Vorahnung, dass er seine Tochter überleben würde.

Er starrte in den Himmel hoch. Die Morgendämmerung setzte rasch ein. Er wollte Frühstück machen und danach Alexandra und Musa im Spital besuchen. Er wollte auch der Polizei Druck aufsetzen. Sie mussten Rebecca finden. Er sträubte sich gegen die Vorstellung, dass sie irgendwo in einem Keller gefesselt und geknebelt am Boden lag. Jede Stunde zählte – und er sass hier herum. Rebecca zu verlieren wäre unvorstellbar. Er war damals dumm genug gewesen, Rebecca für Charlotte zu verlassen. Rebecca war nie wütend auf ihn gewesen. Sie war einfach nach Afrika gegangen. Es war ihre Art gewesen, ihm zu zeigen, dass sie ohne ihn klarkam. Es wurde Zeit, dass er seinen Fehler korrigierte. Konnte Rebecca ihm nach über zwanzig Jahren vergeben? Harri wollte nicht, dass sie nur Freunde blieben. Er erinnerte sich an das Gespräch, an seinen Vorschlag, mit ihr ein eigenes Labor zu eröffnen. Wollte er nicht eigentlich mehr als eine berufliche Partnerschaft?

Harri stand auf. Er brauchte Kaffee, um die Müdigkeit zu vertreiben. Natalie und Tom schliefen oben in ihren Zimmern. Nach dem Frühstück wollte er alles in seiner Macht Stehende in Bewegung setzen, um Rebecca zu finden.

***

Natalie versorgte so gut es ging ihre eigenen Wunden. Ihr Hals sah schlimm aus. Der schwarze Teufel hatte seine Spuren hinterlassen. Auch ihre Augen schmerzten. Sie waren wieder total zugeklebt gewesen. Sie hatte in der Nacht zu viele Tränen vergossen. Ihre Schutzkontaktlinsen konnte sie ohne Musas Hilfe nicht einsetzen, also liess sie es bleiben. Sie starrte in den Spiegel. Eine Katastrophe war sie, aber was half jammern? Sie wickelte ihren schmerzenden Körper vorsichtig in bunte Khangatücher. Es war früh, erst halb sieben. Sie liess Tom schlafen und schlich humpelnd hinunter in die Küche. «Paps? Du bist auf?»

«Ich war nie schlafen», sagte er und nahm sie lange in die Arme. «Wie geht es dir?»

«Voll mies.»

«Warum hast du mich nicht gerufen. Ich hätte dir mit den Verbänden helfen können.»

Als Natalie den besorgten Blick ihres Vaters sah, korrigierte sie sich gleich: «Nicht körperlich mies. Es ist mein Gewissen. Ich bin an allem schuld. Ich war naiv, eine dumme Göre, die glaubte, Wonder Woman spielen zu können. Wegen mir wäre Musa fast gestorben. Es war schrecklich, Paps.»

«Sei nicht so streng mit dir. Setz dich.»

«Keine Standpauke?»

«Ein Jahr Hausarrest, mindestens.»

«Ich hätte auch fünf Jahre akzeptiert.»

Harri lächelte. «Kriegst du einen Schluck Kaffee runter?»

«Am Morgen? Unmöglich. Ich werde mir nachher einen leckeren Frühstücksbeutel gönnen.»

Natalie blickte auf, als Tom die Küche betrat.

Harri zog seinen Mund schief. «Kaffee? Den Kaffee haben Sie sich verdient.»

Tom schmunzelte und wischte sich die letzte Müdigkeit aus dem Gesicht. Sein Out-of-bed-Look gefiel Natalie. Er trug eine schwarze Baumwollhose und ein graues T-Shirt, das ziemlich verwaschen aussah. Sie biss sich verlegen auf die Lippen, als sie realisierte, dass sie Tom zu lange angestarrt hatte. Sie wartete mit gesenktem Blick, bis Harri zwei Tassen Kaffee serviert hatte und sich zu ihnen setzte.

Er war es, der das Schweigen brach und Tom die offene Hand hinstreckte. «Ich stehe in Ihrer Schuld. Danke.»

Tom zögerte kurz und besiegelte das Friedensangebot mit einem Handschlag.

«Nenn mich Harri.»

«Tom.»

Natalie beobachtete die beiden. Ihr war nie aufgefallen, wie ähnlich sie sich waren. Die gleiche Nase, die gleichen warmen, intelligenten Augen. Paps war fast zehn Jahre älter als Tom. Er hätte sein grosser Bruder sein können. Sie sassen am Tisch wie eine ganz normale Familie, nur dass nichts normal war.

«Ich muss nachher kurz nach meinem Vater sehen», sagte Tom. «Geht das in Ordnung? Bleibst du bei Natalie?»

«Ich wollte ins Spital fahren. Kommst du mit?» Harri schaute Natalie an.

Sie schluckte schwer und nickte.

Es klingelte. Natalie starrte auf den kleinen Monitor an der Wand. An der Einfahrt draussen vor dem Tor standen zwei Polizeiwagen. Es war vorbei mit der Ruhe.

Tom ging und nahm die Besucher in Empfang. Er führte Sara und ihren Kollegen Bolander in die Küche, gefolgt von zwei uniformierten Kollegen.

Das war ein mieses Omen, dachte Natalie.

Harri bot ihnen einen Platz am Tisch an, aber die Kripochefin wollte stehen bleiben.

Sie zog ein Papier aus ihrer Jackentasche. «Wir haben einen Durchsuchungsbefehl für Ihr Haus. Unsere Kollegen vom Kriminaltechnischen Dienst werden in den nächsten Minuten eintreffen.»

Harri stand auf. «Wie bitte? Was soll das?»

«Natalie Krieger», sagte Sara formell, «Sie müssen uns auf die Polizeidienststelle begleiten. Sie sind vorübergehend festgenommen.» Sara nickte ihren Kollegen zu. Einer zückte Handschellen und trat vor Natalie.

«Moment mal», griff Tom ein und stellte sich sofort schützend neben Natalie. «Weshalb willst du sie verhaften?»

«Tom, tritt sofort beiseite, oder ich lasse dich ebenfalls verhaften. Frau Krieger, Sie werden wegen polizeilicher Behinderung und Verdacht auf versuchte Kindesentführung zu einer Einvernahme auf die Polizeidienststelle gebeten.»

«Kindesentführung?», wiederholte Natalie. «Ihr habt einen totalen Sockenschuss! Die Raschaks haben Imani entführt, nicht ich.»

«Die Raschaks haben auf Wunsch der Mutter das Baby aufgenommen. Sie hingegen wollten es der Mutter wegnehmen.»

Natalie glaubte, im falschen Film zu sein. Einer der Polizisten griff nach ihrem Handgelenk. Sie schrie vor Schmerzen auf.

Tom stiess den Uniformierten harsch zur Seite. «Lass deine Finger von ihr! Ihr könnt Natalie keine Handschellen anlegen.»

Die Luft vibrierte im Raum. Eine falsche Bewegung und alle würden aufeinander losgehen. «Macht euch locker, Mensch», sagte Natalie, um die Situation zu entschärfen. «Ich komme ja mit. Aber verraten Sie mir mal, wie Sie auf die Idee kommen, dass ich Emeline ihr Baby wegnehmen wollte.»

«Wir wissen, dass Emeline in ihrem Geheimzimmer entbunden hat», antwortete Sara und schaute Tom an.

Natalie bemerkte den Blickabtausch. Tom? Hatte er ihr Geheimnis verraten? Sie glaubte, den Boden unter den Füssen zu verlieren, und hielt sich an der Tischkante fest. Sofort trat Tom neben sie und legte die Hand um ihre Hüfte. Sie schlug sie weg. «Ich habe Emeline geholfen. Ich wollte ihr nicht das Baby wegnehmen.»

«Weshalb haben Sie uns wegen der Geburt belogen?», fragte Sara.

«Je weniger von der Geburt wussten, desto sicherer war es für Emeline und ihr Baby. Ich musste ihr versprechen, mit niemandem darüber zu reden. Rebecca hätte als Ärztin zudem Probleme bekommen. Ich wollte sie da raushalten, geht das in eure Köpfe?»

«Negativ», antwortete Sara. «Vincent Raschak behauptet, Emeline sei in Panik bei ihnen in Oberägeri aufgetaucht und hätte gefleht, Vincent solle sein Kind bei sich aufnehmen, weil Sie, Frau Krieger, Emeline töten wollten. Da niemand von der Geburt wusste, wollten Sie das Baby für sich beanspruchen.»

«Rebecca weiss, dass das nicht wahr ist. Sie war mit dabei.»

Sara nickte. «Vielleicht. Dumm nur, dass sie untergetaucht ist. Ein Zufall?»

«Sie sind eine –» Natalie wären böse Worte über die Zunge gerutscht, hätte Tom sie nicht zurückgehalten.

«Du hast keine Beweise, Sara.»

«Ich weiss, dass Frau Krieger ganz geschickt im Fälschen von Dokumenten ist. Ihr Pfleger Musa ist ein ausgewiesener Flüchtling, der unter falschen Papieren von Ihnen wieder in die Schweiz geholt wurde, nicht? Dachten Sie, ich bekäme das nicht raus?»

«Sie dürfen Musa nicht verraten! Er hat nichts getan.»

«Erst lösen wir den Fall von Emeline, danach kümmere ich mich um Ihren Pfleger. Kommen Sie nun freiwillig mit, oder brauchen wir die Handschellen?»

***

Tom sass bei Jonas im Pförtnerhaus, während der KTD die Villa auf den Kopf stellte. Harri war mit Natalie auf die Polizeidienststelle gefahren.

«Glaubst du ihr?», fragte Jonas.

«Wem?»

«Der Polizei. Glaubst du, dass Natalie das Baby für sich wollte und die Mutter umbringen liess?»

«Niemals. Natalies Charakter ist es, zu helfen. Ja, sie lügt hin und wieder, aber nicht bei dieser Sache.»

«Manchmal braucht es Lügen, um zu überleben. Manchmal ist die Wahrheit lebensgefährlich.»

Tom dachte sich schon, dass auch Jonas ein Geheimnis mit sich trug.

«Ich war verheiratet», sagte Jonas. «Vor vier Jahren. Aus einem Urlaubsflirt in der Karibik wurde die grosse Liebe. Wir haben Hals über Kopf geheiratet. Damals lebte ich in Mailand. Ich bin ein halber Italiener, weisst du. Meine Mutter ist Schweizerin, mein Vater stammt aus Venedig. Ich habe Sofia, ebenfalls Italienerin, geheiratet, und sie zog zu mir in meine kleine Wohnung in Mailand. Drei Monate später hat sie mich ihrer Familie auf Sizilien vorgestellt. Eine grosse Familie. Eine mächtige Familie.»

«Mafia?»

Jonas nickte. «Dummerweise wurde ich Zeuge, wie Sofias Cousin einen Mord beging. Ich stellte Sofia vor die Wahl, ich oder ihre Familie. Sie wählte die Familie. Das war faktisch mein Todesurteil, ich wusste bereits zu viel. Ich floh in die Schweiz und handelte hier einen Deal mit der italienischen Staatsanwaltschaft aus. Nächstes Jahr ist die Gerichtsverhandlung in Palermo. Solange bleibe ich in der Schweiz mit falscher Identität untergetaucht.»

«Du heisst nicht wirklich Jonas Iten?»

«Nein.»

«Wie dann? Giovanni, Antonio, Lorenzo?»

Jonas grinste. «Nah dran.»

«Weiss Natalie von deinem Zeugenschutzprogramm?»

«Nein. Auch die Zuger Polizei nicht. Das ist ein Fall auf Bundesebene.»

«Warum erzählst du mir das?»

«Du musst es wissen. Seit Natalie in den Schlagzeilen ist, ist es nicht auszuschliessen, dass mein Gesicht irgendwo in den Medien erscheint. Wenn die Mafia mich findet, ist Natalie erneut in Gefahr, und deshalb habe ich mit den Bundesbehörden Kontakt aufgenommen. Ich muss von hier verschwinden und brauche eine neue Identität. Natalie wird mir das übel nehmen. Du musst dafür sorgen, dass sie mir vergibt. Erzähl ihr irgendeine Geschichte, weshalb ich gegangen bin, ohne mich zu verabschieden.»

«Bleib», sagte Tom. «Halt dich im Hintergrund. Natalie braucht dich. Sie mag dich.»

«Dich mag sie mehr. Ich hatte nie eine Chance bei ihr.»

«Ich arbeite für Natalie. Sie ist meine Klientin, mehr nicht. Natalie braucht einen Freund in ihrem Alter, also lass sie jetzt nicht im Stich.»

«Hast du ihr das gesagt? Wenn nicht, tu es. Mache ihr keine Hoffnungen.»

Tom nickte. «Ich werde mit ihr darüber reden, aber erst müssen wir uns überlegen, wie wir beweisen können, dass Natalie keine Kindesentführerin ist.»

«Wusstest du von der Geburt im Geheimzimmer?», fragte Jonas.

«Ja.»

«Hast du es der Polizei verraten?»

«Nein.»

«Wer dann?»

Darauf wusste Tom keine Antwort. «Wir müssen Rebecca finden. Sie war bei der Geburt dabei. Vielleicht hat sie es Lionel verraten, und der hat es Vincent erzählt, der wiederum –»

«Denkst du, Rebecca wurde gefoltert?»

«Ich hoffe nicht. Wenn wir sie finden, kann sie bezeugen, dass Natalie keine Kindesentführerin ist und Emeline helfen wollte.»

«Wie sollen wir Rebecca finden? Hünenberg ist gross. Wir können nicht jeden Keller durchsuchen.»

«Dieser Lionel kam aus dem Kongo in die Schweiz. Er hat wohl kaum eine eigene Wohnung oder ein Haus mieten können in der kurzen Zeit. Er wird als Versteck ein verlassenes Gebäude ausgesucht haben. Klappern wir die Gegend auf gut Glück ab. Ist immer noch besser, als rumzusitzen.»

Jonas stand auf. «Wir nehmen den Touareg.»

***

Natalie starrte seit einer gefühlten Ewigkeit auf die Strassenkarte. Sie fühlte sich schwach und entsetzlich hilflos. Ihr Kopf liess sie im Stich. Sie konnte sich unmöglich an den Strassennamen erinnern. Sie konnte sich an überhaupt kein Wort erinnern, das Lionel gesagt hatte. Immer wieder sah sie Musa, wie er blutüberströmt in das Schlafzimmer gekrochen kam. Mein Gott, wohin hatten ihr Egoismus und ihre Naivität sie gebracht?

Die Kripochefin kam zurück. Sie war hartnäckig, geduldig und eiskalt. Natalie verabscheute Sara Jung.

«Und? Wirken die Medikamente?»

Ein Arzt war vorhin hier gewesen, hatte sich mehr schlecht als recht um ihre Wunden gekümmert. Auch der Polizeipsychologe hatte ihr einen Besuch abgestattet. Erfolglos. Natalies Erinnerungslücke konnte er nicht durchbrechen, ebenso wenig wie die verdammte Strassenkarte von Zug und Hünenberg.

«Sie haben nichts gegessen», sagte Sara und zeigte auf das verschlossene Joghurt und die Banane.

«Danke, ich warte auf Beutelnahrung, die mir der Arzt vorbeibringen will.»

«Wie Sie wollen. Dann haben wir Zeit für ein weiteres nettes Gespräch.»

«Ohne Ihre Kollegen?» Natalie waren die beiden Polizisten lieber gewesen.

«Die brauchten Feierabend.»

«Sie nicht?»

«Das hier ist wichtiger.»

«Krass. Sie quälen lieber unschuldige, kranke Frauen, als in Ihrer eigenen Einsamkeit zu versauern.» Natalie sah an Saras Reaktion, dass sie einen wunden Punkt getroffen hatte.

«Jetzt reicht's! Wir haben hier einen Todesfall zu klären, und Sie stecken in der Sache mittendrin. Haben Sie Emeline in den Tod getrieben?»

«Das haben wir bereits durchgekaut. Ich war in jener Nacht zu Hause. Bis halb zwölf sass ich mit Alexandra vor dem Fernseher. Sie kann das bezeugen.»

«Frau Bierbaum ist bisher nicht ansprechbar.»

Natalie seufzte. «Wie soll ich mit meinen verkrüppelten Füssen einer Frau wie Emeline hinterhergerannt sein und sie derart in Panik versetzt haben, dass sie auf der Lorzentobelbrücke über das Gitter kletterte und sich in den Tod stürzte? Ich kann sie ja schlecht rübergeworfen haben. Frau Jung, Sie wissen, dass ich nicht die Mörderin sein kann. Das war dieser Lionel.»

«Weshalb haben Sie uns die Entbindung bei Ihnen im Geheimzimmer verschwiegen? Wollten Sie Emeline nach der Geburt zum Schweigen bringen?»

«Das ist Quatsch! Vincent lügt, wenn er das behauptet. Ich nehme keiner Mutter ihr Baby weg, und ich bin keine Mörderin! Das ist Wahnsinn, so etwas von mir zu denken.»

«Wie kann ich Ihnen glauben, wenn Sie mich ständig belügen, Frau Krieger? Tom hat mir erzählt, dass Sie ihn und Ihren Pfleger gewarnt hatten, dass wir unterwegs sind zum Haus von Dr. Wild. Er hat mir auch von dem Blutdiamanten erzählt, den Ihnen Emeline angeblich zugestellt hat und den wir in Dr. Wilds Haus zusammen mit Ihrem PC gefunden haben. Leider sind alle Dateien darauf gelöscht und können nicht wiederhergestellt werden. Was war auf der Festplatte? Beweise, dass Sie Emeline ihr Baby wegnehmen wollten?»

Natalie hätte schreien können. In ihren schlimmsten Träumen hätte sie sich so ein Verhör nicht ausmalen können. «Emeline hatte keine Angst vor mir. Sie hat mir vertraut.»

«Deshalb ist sie von Ihrem Grundstück geflohen? Weshalb haben Sie uns das verschwiegen?»

«Es war Emelines Wunsch. Sie wusste, dass gefährliche Leute sie jagten. Ich musste ihr versprechen, zu schweigen, ganz egal, was geschehen würde. Sie wollte mich und Rebecca schützen. Es ging Emeline dabei nicht um das Baby, es ging um die Diamanten. Das wusste ich damals nicht. Die Diamanten machten sie zur Gejagten.»

«Was ist mit dem Stein, den Ihnen angeblich Emeline per Post zugestellt hat?»

«Nicht angeblich.»

«Kann es sein, dass Sie mich wieder belügen? Wäre es möglich, dass Emeline Ihnen die Diamanten gegeben hat, und Sie haben sich den Stein selber zugestellt, um von sich abzulenken.»

«Das ist Blödsinn. Weshalb sollte ich das tun?»

Sara griff nach der Banane und schälte sie. «Menschen sind gierig.»

«Mein Vater hat genug Geld, ich brauche keinen illegalen Nebenverdienst. Wenn ich die Diamanten hätte, weshalb sollte ich mich in Gefahr bringen und Lionel ins Chalet locken?»

«Weil Sie mit Rebecca Wild zusammenarbeiten und sie freibekommen wollten.»

«Voll der Burner, Ihre Story», sagte Natalie frustriert, «Sie hätten Krimiautorin werden sollen. Ihre Phantasie schäumt über.»

«Ich gehe einfach alle Möglichkeiten durch. Erzählen Sie mir, was nach der Entbindung geschah.»

Natalie wiederholte zum hundertsten Mal, dass sie Emeline angeboten hatte, einige Tage bei ihr zu bleiben, und dass sie ihr helfen wollte, in der Schweiz Asyl zu beantragen. «Ich dachte,

Emeline sei wegen Vincent in der Schweiz. Ich wusste damals nicht, dass sie Diamanten geschmuggelt hatte. Deshalb ist sie in der Nacht wohl mit Imani geflohen. Sie wusste, dass dieser Lionel hinter ihr her war. Er durfte mich und Rebecca nicht finden. Emeline brachte ihre Tochter zu den Raschaks, dort war sie sicher. Mit dem Baby hätte Emeline keine Chance gehabt, Lionel zu entkommen.» Plötzlich wurde Natalie die Bedeutung dieses Satzes klar. «Sie hatte auch alleine keine Chance gegen Lionel.»

«Nein. Er hat sie gefunden.»

«Und ich sitze hier in der Scheisse. Mensch, ich habe Emeline geholfen. Und Vincent? Der Dreckskerl hat sie geschwängert, sie sitzen gelassen und vermutlich zu dem fetten Diamantenschmuggel überredet. So einen Verbrecher lasst ihr frei herumlaufen?»

Sara biss in die Banane und schaute Natalie durchdringend an. Sie war keine schöne Frau. Ihre Gesichtszüge waren zu streng, die Augenbrauen zu männlich, und das fast schwarze kinnlange Haar umrahmte ihr Gesicht wie ein Helm, fand Natalie. Ein wenig Make-up hätte ihr gutgetan, auch eine Bluse mit Farbe. In Saras Leben gab es einzig Schwarz und Weiss, Licht und Dunkel, Gut und Böse, Recht und Unrecht, und dementsprechend kleidete sie sich. Wie konnte sich Natalie je mit ihr auf einer Ebene treffen, wenn sie sich selber nur in Grauzonen bewegte, in den Schatten lebte?

«Wir haben keine Beweise, um Herrn Raschak festzuhalten. Ja, er hat uns belogen betreffend den Aufenthalt seiner Tochter. Er hat Spielschulden, und der Ehesegen hängt schief, doch deswegen können wir ihn nicht festhalten. Wir haben keine Hinweise, die ihn mit den Diamanten in Verbindung bringen. Dass Herr Raschak öfters mit den Plantagenbesitzern im Kongo telefoniert hat, ist nachvollziehbar, GeoFoss ist dafür Grund genug, das ist sein Job. Wir haben auch einen Verbindungsnachweis von seinem Handy zu dem von Dr. Wild, kurz bevor sie verschwunden ist. Herr Raschak behauptet, er habe von seiner Sekretärin eine Nachricht erhalten, diese Dr. Wild, die er nicht kannte, dringend zurückzurufen. Die Sekretärin bezeugt das. Dr. Wild sei kurz vor Feierabend bei ihr im Büro aufgetaucht und habe nach Herrn Raschak gefragt.»

«Das glaube ich nicht!», sagte Natalie. «Klar lügt Leonie. Sie hat eine Rechnung mit uns offen und schützt ihren Chef.»

«Wie das?»

«Na, wegen der Puppe», sagte Natalie voreilig und bemerkte zu spät ihren Fehler.

«Welche Puppe?»

«Ähm, an dem Abend, an der Wohltätigkeitsveranstaltung auf Raschaks Anwesen, da hat er mir eine Art Voodoo-Puppe in die Handtasche gesteckt. Er wollte mir einen Schrecken einjagen, damit ich mich aus dem Fall raushielt.»

«Voodoo-Puppe? Und in der steckten sicher Nadeln als Warnung drin?»

«Machen Sie sich bloss lustig. Dieses Verhör ist nichts als Bullshit wert!»

Sara legte die Bananenschale auf den Tisch und lehnte sich vor. «Von der Puppe höre ich zum ersten Mal. Wo ist das Beweisstück?»

«Vermutlich in Vincents Büro.»

«Aha. Ich dachte, er hätte sie Ihnen gegeben.»

«Wir, ähm, wir haben sie zurückgebracht.»

«Und mit wir meinen Sie …?»

***

«Tom!»

«Ja, Paps, der Hackbraten kommt gleich.» Tom stand in der Küche und hielt den Brief in der Hand. Er war von Karos Anwalt-Liebhaber. Er hatte tatsächlich einen gerichtlichen Beschluss erwirkt, dass Tom seine Töchter nicht sehen durfte, bis der «Entführungs-Fall» vom Mittwoch geklärt war, was laut Anwalt einige Wochen oder Monate dauern dürfte. Monate! Tom durfte seine Töchter während Monaten nicht besuchen? Er zerknüllte das Papier und warf es in den Abfall. Ausgelaugt liess er sich in den Stuhl am Küchentisch fallen und vergrub den

Kopf in seinen Armen. Der Schädel brummte, und er fühlte sich müde. Paps schlurfte unüberhörbar zur Toilette.

Den ganzen Tag war Tom mit Jonas unterwegs gewesen. Sie hatten Dutzende von leer stehenden Häusern, Schuppen und Gebäuden abgesucht. Vergebens. Vielleicht hatte Lionel auch gelogen, und Rebecca war in keinem Keller und nicht in Hünenberg. Würde Natalie sich nicht erinnern, stand es schlecht um Rebecca. Vor einer Stunde hatte Tom mit Sara telefoniert. Sie versicherte ihm, dass eine polizeiliche Grossfahndung nach Rebecca lief. Würden sie sie bis morgen nicht finden, würde ein öffentlicher Aufruf folgen. Wie lange konnte Rebecca durchhalten? Hatte sie genügend Luft, hatte sie Wasser, etwas zu essen? War sie verletzt? Tom stand auf. Er musste all dies ausblenden und einen klaren Kopf behalten. Sara hatte ausdrücklich betont, dass er sich zurückhalten solle. Er hatte einen Menschen getötet, auch wenn es Notwehr gewesen war, doch der Fall würde Konsequenzen mit sich bringen. Und Natalie? Sie war nach wie vor in Polizeigewahrsam.

Paps kam in die Küche. «Das riecht gut. Wo ist Rösli?»

«Ach, Paps, Mutter ist kurz weg. Sag mal, wie siehst du denn aus?» Tom ging zu seinem Vater, strich ihm vergeblich die Haare glatt, richtete seine Strickjacke und schloss den Hosenschlitz. «Hast du dir nach der Toilette auch die Hände gewaschen?»

Lange starrte Paps ihn verständnislos an. Er hatte bereits vergessen, dass er auf der Toilette gewesen war. Paps' Zustand wurde immer schlimmer. Bald konnte Tom ihn für keine Stunde mehr alleine lassen. Die Spitex und die Nachbarin kümmerten sich gut um ihn, aber die waren nicht vierundzwanzig Stunden hier. Bei dem Gedanken, Paps in ein Pflegeheim zu geben, drehte sich Tom der Magen um. Er führte ihn zum Spülbecken und wusch seine Hände mit Seife. «So, und jetzt setzen wir uns an den Esstisch. Es gibt Mutters berühmten Hackbraten.»

Sein Vater schaute ihn verwirrt an. «Holst du Rösli und Eric an den Tisch?» Er schwieg einen Moment. Seine Augen wurden feucht. «Ich vermisse sie, Tom.»

SIEBZEHN

Godefroid Kakoko hatte getobt wie ein Wahnsinniger und versprochen, dass er Vincent eine Horde bestialischer Hutu-Rebellen schicken werde, wenn er nicht innerhalb von vierundzwanzig Stunden die Rohdiamanten auftreiben würde. Vincent glaubte ihm jedes Wort. Er wusste, dass Lionel wie ein Sohn für Kakoko gewesen war. Dessen Tod würde gerächt werden, auch wenn Vincent unschuldig war. Natalie, diese Göre, und ihr Bodyguard waren schuld! Je mehr Vincent sich anstrengte, aus dem Desaster rauszukommen, desto mehr versank er im Morast. Als er gestern Morgen entlassen wurde und zurück nach Hause kam, standen zwei Koffer auf der Auffahrt. Amanda hatte ihm verweigert, das Haus zu betreten. Offenbar war es Mode, sich als Frau einen Bodyguard zuzulegen. Ein Muskelprotz von einem Kerl hatte ihn grimmig angestarrt, die Hände hinter dem Rücken verschränkt, die Brust gebläht.

Vincent hatte in seinem Büro ein paar Stunden geschlafen. Am Samstag war zum Glück niemand dort.

Jetzt war Sonntagmorgen, er sass in seinem Wagen und starrte zu dem alten Wohnblock hoch, der über einem Lebensmittelladen stand. Natalie war die Einzige, die wissen konnte, wo die Diamanten waren, doch die sass bei der Polizei fest. Vincent wusste, dass sie Tom vertraute. Wenn einer ihn zu den Steinen führen konnte, dann er.

Tom schien an diesem Morgen lange ausschlafen zu wollen. Verdammte Scheisse. Vincent trommelte auf das Lenkrad ein.

Die Uhr tickte. Die Hutu-Rebellen rückten näher. War Tom wirklich die richtige Spur?

In diesem Moment sah er einen schwarzen VW Touareg vor dem Wohnblock parkieren.

***

«Ist ja gut, ich komme.» Tom schleppte sich schlaftrunken aus dem Bett. Das Hämmern an seine Tür war, als schlage jemand mit einem Beil gegen seinen Kopf. Die Welt schlenkerte um ihn herum. Im Flur stolperte er über eine leere Bierflasche. Er brauchte drei Anläufe, bis er den Schlüssel im Türschloss drehen konnte. Ihm kam die Tür entgegen. «Oh Shit!» Tom stützte sich an der Wand ab und blinzelte ein paarmal. Träumte er?

«Jonas, setz Kaffee auf. Starken Kaffee», gab Harri die Anweisung. «Tom, du gehst unter die Dusche. Und putzt dir die Zähne.»

«Was ist los?», fragte Tom mit einer Zunge, die den Gehorsam verweigern wollte.

Harri trat vor ihn. «Seit wann löst ein Besäufnis Probleme? Ich habe dich klüger eingeschätzt.» Er packte ihn an der Schulter. «Wo ist das Bad?»

Zehn Minuten später sass Tom frisch geduscht am Küchentisch, vor sich ein Glas mit Alka-Seltzer und eine Tasse dampfenden Kaffee.

«Trink», ordnete Harri an. «Wir brauchen dich mit klarem Verstand. Wir müssen los.»

«Was ist passiert? Geht es Natalie gut?»

«Meine Tochter ist bestimmt nicht glücklich in ihrer neuen Unterkunft bei der Polizei, aber zumindest ist sie dort sicher verwahrt, was mich beruhigt.»

«Wir glauben zu wissen, wo Rebecca ist», sagte Jonas. «Wir dachten, es wäre gut, jemanden mitzunehmen, der uns helfen kann, sollten böse Jungs auftauchen.»

«Woher …?»

«Musa», erklärte Jonas. «Er ist aufgewacht. Ich habe ihn heute Morgen besucht. Er kann sich an alles erinnern. Musa lag halb tot am Boden, da hat Lionel kurz telefoniert. Er sprach in einer Bantusprache, Musa verstand ein paar Worte. Es ging um eine Frau. Er hat eine Adresse rausgehört. Eine Adresse in Hünenberg. Ober-Ehretstrasse.»

«Ober-Ehretstrasse?» Das sagte Tom nichts.

«Es ist eine kleinere Strasse, die von der Holzhäusernstrasse über die Autobahn und danach durch den Langholzwald nach Hünenberg See führt.»

«Mein Vater ist in Hünenberg auf einem Hof aufgewachsen», sagte Harri. «Die Hünenberger nennen die Strasse den Kistenpass. Es ist ein Schleichweg, wenn man einen sitzen hat und unbemerkt von Polizeikontrollen vom See zum Dorf gelangen will – oder umgekehrt. Abseits der Waldstrasse gibt es eine alte Hütte, die heute kaum noch jemand kennt. Sie steht über einem natürlichen Keller. Sie wäre ein gutes Versteck.»

Tom schoss zu schnell vom Stuhl auf. Er musste sich an der Tischkante abstützen. Es war keine gute Idee gewesen, sein Elend gestern Abend vor dem Fernseher mit Bier zu ersäufen, er war keine zwanzig mehr. Nach drei tiefen Atemzügen stand die Welt wieder still, und Tom ging zum Tisch am Fenster, wo er seine Wagenschlüssel aufbewahrte. Er warf einen kurzen Blick nach draussen. Es schien ein sonniger Tag zu werden. Er griff nach den Schlüsseln und wollte sich wieder umdrehen, als er erneut einen Blick nach draussen warf. Was zum Kuckuck … «Hey, wartet!», rief er Harri und Jonas zurück, die schon bei der Tür waren. «Wurdet ihr verfolgt, als ihr herkamt?»

«Nein», sagte Harri vorsichtig.

«Ich könnte schwören, das ist der Wagen der Raschaks, der da abseits parkiert steht. Ein kaffeebrauner Porsche Cayenne.»

«Von denen gibt es sicher mehr als einen im Kanton», sagte Jonas.

«Wer würde so einen Wagen in meiner armseligen Strasse parkieren?», fragte Tom. «Er steht definitiv im falschen Quartier. Das kann kein Zufall sein.»

«Na dann los», sagte Harri entschlossen. «Bringen wir Vincent frischen Kaffee.»

Toms Wohnblock besass keinen Hinterausgang. Sie mussten vorne raus, doch der Eingang lag direkt im Blickfeld von wem auch immer, der da in dem Wagen sass.

«Harri und ich rennen zum Porsche», sagte Tom hinter

der Eingangstür. «Jonas, du sprintest direkt zu eurem Wagen. Schläft der Kerl, der mein Haus beschattet, nicht gerade hinter dem Steuer, wird er uns sehen, sobald wir auf die Strasse treten. Ich renne vor die Wagenhaube. Harri, du versuchst, dich hinter dem Wagen in Position zu bringen. Aber Vorsicht, sollte der Typ Gas geben. Vielleicht sitzt nicht Vincent am Steuer, sondern ein weiterer kongolesischer Söldner. Jonas, du fährst seitlich neben den Cayenne. Damit haben wir ihn in der Zange. Merkt euch sein Nummernschild. Alles klar?»

Harri und Jonas stürmten bereits los.

Tom rannte dicht hinter Harri über die Strasse. Der Wagen stand etwa zweihundert Meter entfernt. Zu weit. Sollte er sie gleich kommen sehen, musste er bloss Gas geben, und weg war er.

Das tat er auch. Der Motor des Porsches heulte auf, bevor Tom und Harri auch nur in der Nähe waren. Mit quietschenden Reifen fuhr der Wagen an und raste davon. Durch die getönten Scheiben konnte Tom nicht erkennen, wer am Steuer sass. Er winkte Jonas zu, der nach einer gefühlten Ewigkeit mit dem VW Touareg vorfuhr.

«Los! Los!», rief Tom und schwang sich auf den Beifahrersitz, während Harri hinten Platz nahm.

Jonas gab Gas.

Der Porsche war bereits vorne links auf die Industriestrasse abgebogen. Als Jonas endlich die Kreuzung erreichte, sahen sie, wie der Wagen beim Kreisel weiter vorne die Ausfahrt auf die Knonauerstrasse nahm.

«Er will auf die Autobahn», rief Harri. «Den kriegen wir nie! Spätestens bei der Verzweigung Blegi entwischt er uns. Da kann er überallhin.»

«Konntet ihr die Nummer erkennen?»

«Nein», sagte Jonas. «Er ist zu weit entfernt.»

«Ging zu schnell», sagte Harri.

Mist. Er entkam ihnen. Und sie hatten nichts. Nichts ausser Vermutungen.

Beim nächsten Kreisel wechselte ein Velo die Spur, und Jonas musste hart auf die Bremse treten. Wütend schlug Tom auf das Armaturenbrett. «Verdammt.» Er atmete heftig durch, um sich zu beruhigen. «Fahr langsam, Jonas. Das hat keinen Sinn mehr. Du verlierst höchstens deinen Führerausweis. Das ist es nicht wert.» Tom fasste sich an den Kopf, der pochte wie ein Vorschlaghammer.

«Fahren wir nach Hünenberg», sagte Harri.

Tom drehte sich um und starrte ihn an. «Weshalb habt ihr die Adresse nicht an die Polizei weitergegeben?»

«Ich mag diese Polizistin nicht. Sie hat meine Tochter verhaften lassen. Die Genugtuung, dass sie Rebecca findet, gönne ich ihr nicht. Zudem bin ich mir nicht sicher, ob sie wirklich dort ist, wo ich sie vermute …»

Tom grinste. «Willst du für Rebecca den Helden spielen und ihr Herz zurückerobern?»

Harri schwieg.

«Tja, wie der Vater, so die Tochter», sagte Tom und blickte nach vorne. «Das Helden-Gen hat Natalie definitiv von dir geerbt.»

Jonas raste auf der Autobahn bis zur Ausfahrt Cham und nahm die Strasse durch Cham bis Hünenberg See. Niemand sprach ein Wort. Die Spannung baute sich mit jedem Kilometer auf, den sie der Waldhütte näher kamen. War Rebecca wirklich dort? War sie verletzt? Lebte sie? Was, wenn Harri falschlag? Wenn sich Musa verhört hatte? Oder wenn bereits andere Söldner dort waren? «Lionel hatte am Telefon jemandem die Adresse genannt. Weshalb?», fragte Tom.

«Vermutlich erstattete er seinem Boss im Kongo Bericht», antwortete Harri.

In Hünenberg See gab Harri Jonas den Weg vor. Er fuhr rechts auf die Huobstrasse und nahm die zweite links auf die Langholzstrasse.

«Du weisst genau, wo diese Hütte liegt?», fragte Tom.

«Ich bin in Hünenberg aufgewachsen, ganz bescheiden auf dem Bauernhof meiner Grosseltern. Da vorne rechts, Jonas, da kommst du auf die Ober-Ehretstrasse. Ignorier das Fahrverbot. Die Busse zahle ich gerne, aber die Polizei ist natürlich nicht hier, wenn man sie einmal braucht.»

Jonas gab Gas und legte den Wagen mit quietschenden Reifen in die Kurve. So viel Temperament hätte Tom ihm nicht zugetraut. Jonas schien seinen fragenden Blick zu bemerken und zuckte kurz mit den Schultern. «Ich absolviere regelmässig Fahrtrainings auf einer Rennpiste, und ich habe Ferrari-Blut in meinen Adern.»

«Da vorne ist das Langholz!», rief Harri. «Nimm gleich eingangs die Kiesstrasse rechts.»

Die Fahrt wurde holpriger. Die Bäume spendeten angenehmen Schatten. Die Sonne brannte bereits heiss an diesem Morgen.

Ein Jogger kam ihnen entgegen, sprang entsetzt zur Seite und verwarf fluchend die Hände.

«Dieses Wäldchen scheint recht belebt», sagte Tom. «Hätte da nicht jemand Rebecca finden müssen?»

«Die Hütte ist kaum bekannt. Sie liegt abseits des Weges und ist bestimmt zerfallen und überwuchert.»

«Wie kommt es, dass dieser Lionel die Hütte kennt und Rebecca hier versteckt hält?», fragte Tom. Lionel konnte die Hütte nicht kennen.

«Ich war früher mit ihr dort», gestand Harri. «Wir hatten uns auf dem Gymi verliebt und haben uns in der Hütte versteckt, wenn wir … Egal. Unsere Eltern fanden es heraus, und es gab Riesenärger.»

«Du denkst, die Hütte steht noch?», fragte Jonas.

«Keine Ahnung. Ich war seit über zwanzig Jahren nicht mehr dort. Sie war damals bereits heruntergekommen.»

Tom fühlte, wie seine Hoffnung sank.

«Stopp!», rief Harri. «Parkier am Wegrand. Den Rest müssen wir zu Fuss gehen.» Er sprang aus dem Wagen, eilte zum Kofferraum und griff nach einer grossen Tasche.

«Was ist das?», fragte Tom.

«Arztkoffer – für alle Fälle.»

«Arztkoffer?»

«Ja, ich bin Arzt, auch wenn ich nach meinem Abschluss nie als Arzt praktiziert habe, sondern gleich in die Forschung gegangen bin.»

«Welche Richtung?», fragte Jonas.

Harri zeigte in den Wald hinein. «Da lang.»

Es gab keinen Weg oder Pfad, bloss kniehohe Brombeersträucher, dichtes Unterholz und Tannen, die das Sonnenlicht über ihnen raubten. Rebecca musste Lionel hierhergeführt haben. Der Gedanke bereitete Tom Sorgen. Weshalb hatte sie das getan?

«Da!», rief Jonas. «Da sind Äste abgebrochen. Jemand ging vor Kurzem hier vorbei.»

Es könnten auch Tiere gewesen sein, dachte Tom wenig überzeugt. «Hier ist nur Dickicht. Keine Hütte.» Tom schaute sich um.

«Ich weiss nicht …», murmelte Harri. «Es ist so lange her.» Hektisch ging er weiter. «Rebecca!»

Das brachte nichts, dachte Tom. Er gab Jonas die Anweisung, weiter rechts zu suchen, er ging nach links. Tom zweifelte, dass sie richtig waren. Sie waren ein ganzes Stück weg von dem Waldweg.

«Hier!», rief Jonas. «Ich hab die Hütte gefunden.»

Sofort eilte Tom hin. Auch Harri kam angerannt.

Die Hütte stand schief, Teile des Schindeldaches waren eingebrochen, die morschen Holzwände waren mit Graffiti beschmiert. Jonas rüttelte an der Tür. Sie war zu verwittert, um sie öffnen zu können. Efeu und Brombeersträucher hatten sie fest im Griff.

«Rebecca!», rief Harri. Seine Stimme war panisch.

Tom ging um die Hütte herum. Auf der Rückseite fehlte ein Fenster. Tom schaute hinein. Es war stockfinster. «Hast du eine Taschenlampe dabei?», fragte er Harri, der neben ihn trat.

«Ja, hier.»

Harri wollte hineinklettern, aber Tom zog ihn zurück. Er nahm ihm die Taschenlampe ab und leuchtete hinein. Die Hütte war höchstens zwölf Quadratmeter gross. Ein einziger Raum. Bis auf ein zusammengefallenes Regal und einen Stuhl, der am Boden lag, war sie leer. Absolut leer. Da war niemand. «Rebecca ist nicht hier.»

«Sie muss hier sein!» Harri riss Tom die Taschenlampe aus der Hand und kletterte hinein.

Widerwillig folgte Tom ihm. Das Dach konnte jeden Moment einstürzen. «Sei vorsichtig.»

Harri steuerte entschlossen auf die hintere Ecke zu, dort, wo das Regal am Boden lag. «Hilf mir mal.» Er begann, die alten Bretter wegzuräumen.

Tom wunderte sich über den fast sauberen Boden an dieser Stelle der Hütte, auch lagen die Bretter zu geordnet herum. Jemand war vor Kurzem hier gewesen.

«Hier ist eine Falltür im Boden», sagte Harri. «Darunter liegt der Keller. Der Einsiedler, der hier früher einmal lebte, lagerte seine Vorräte da unten. Und seinen Schnaps. Rebecca und ich haben uns ab und zu ein Gläschen genehmigt.»

Tom griff nach einem Brett und half Harri.

«Meine Grosseltern kannten den alten Mann. Ein schräger Vogel. Man fand ihn eines Tages tot in der Hütte. Niemand wollte sie erben, und so geriet sie in Vergessenheit. Rebecca!»

Tom griff nach dem letzten Stück morschen Holzes, während Harri bereits an dem eingelassenen Griff zog. Die Scharniere quietschten, als er die Falltür hob. Modrige Luft kam Tom entgegen und der Gestank nach Fäkalien. Mein Gott, dachte er. Sollte Rebecca wirklich hier sein, war sie mit Sicherheit unterdessen erstickt.

«Licht! Ich brauche Licht!», schrie Harri, entriss Tom die Taschenlampe und stolperte die Holzstufen hinab. «Jonas! Bring meine Tasche!»

Tom hockte wie erstarrt am Kellereingang. Das war kein gewöhnlicher Keller. Das war eine grosse Höhle. Seine Nackenhaare sträubten sich beim Blick hinunter in die Dunkelheit.

Kaum war Harri unten, leuchtete er den Naturkeller aus. «Rebecca. Da ist sie!»

Jonas stürzte an Tom vorbei die Stufen hinunter. Toms Herz pochte wie wild, Panik überkam ihn. Nicht jetzt, dachte er. Du kommst hier wieder raus, redete er sich ein, holte tief Luft und stieg die Stufen hinab.

Er folgte dem Lichtkegel. Tatsächlich. Rebecca lag auf dem nackten Naturboden. Regungslos.

Harri kniete sich sofort neben sie. «Rebecca.» Er strich ihr über den Kopf. Sie sah blass und leblos aus. Tom nahm Harri die Taschenlampe ab, der nach ihrem Puls fühlte. «Sie lebt!»

Rebecca war seit fünf Tagen hier unten eingesperrt. Ihre Hände waren mit Handschellen gefesselt. Ein Seil führte von den Handschellen zu einem in die Wand eingeschlagenen Stahlring, der schon lange dort stecken musste. Tom sah sich um, ausser einer feuchten Decke gab es nichts. Kein Licht, keine Lebensmittel. Einzig ein feines Rinnsal an Wasser floss von der Decke die Wand hinunter und versickerte im Boden. Das Wasser musste Rebecca am Leben erhalten haben.

«Harri?» Rebecca hob den Kopf und kniff die Augen zusammen, geblendet von dem Licht.

«Ist ja gut. Ich bin hier. Wir holen dich raus. Schnell», gab er die Anweisung. «Bringen wir sie hoch an die frische Luft.»

Tom zog sein Taschenmesser aus der Hosentasche und schnitt das dicke Seil durch. An den Spuren am Seil erkannte er, dass Rebecca versucht hatte, es durchzubeissen. Es war zu dick gewesen. Sie hatte keine Chance.

Harri trug sie hoch.

Tom und Jonas machten ihm den Weg frei, damit er sie durch den Wald zurück zum Wagen tragen konnte. Vorsichtig legte Harri sie auf den Rücksitz und kletterte selber in den Wagen. Sie kniff immer wieder die Augen zusammen. Kein Wunder, nach fünf Tagen Finsternis. Das musste die Hölle gewesen sein.

Harri deckte Rebecca zu und gab ihr Wasser, das sie gleich wieder auswürgte. Er verlor keine Zeit und griff nach dem Beutel mit Kochsalzlösung. Er band ihr den Arm ab und suchte nach einem Zugang für die Nadel.

Rebecca war kaum wiederzuerkennen. Sie war bleich und eingefallen und komplett dehydriert. Zum Glück schien sie unverletzt.

Tom zog sich zurück. Ihm war übel. Er kriegte den modrigen, mit Fäkaliengeruch durchsetzten Gestank in der Höhle nicht aus seinem Kopf. Noch immer fühlte er die Kälte, die Nässe, die Dunkelheit und Enge dort unten. Das Gefühl von Panik war nicht verebbt. Er schloss die Augen und hörte sich rufen. Die ganze Nacht über hatte er nach seinen Eltern gerufen, mit einer so schwachen Stimme, dass ihn niemand hörte. Einzig die Wildtiere und Geister hatten ihm geantwortet.

Sein Magen drehte sich um. Er stolperte zu einer Föhre und übergab sich hinter dem Baumstamm.

Eine halbe Stunde später war es vorbei mit der Ruhe im Wäldchen. Polizei, Ambulanz, Staatsanwalt, Kriminaltechnischer Dienst, der Förster – alle waren sie gekommen.

Rebecca sass aufrecht auf einer Liege der Ambulanz. Sonnenlicht schien auf ihr Gesicht. Sie sog die Strahlen auf wie ein Lebenselixier. Nach wie vor hing sie am Tropf. Die Sanitäter hatten sie notdürftig gewaschen, umgezogen und ihr Spritzen mit Nährlösungen verabreicht. Sie war ausgehungert, unterkühlt und schwach, doch sie lächelte ihren Helden an. Harri blieb an ihrer Seite, hielt ihre Hände, mittlerweile von den Handschellen befreit, fest umschlungen.

«Geht es dir gut?», fragte Sara und trat neben Tom, der am Wegrand hockte, abseits des Trubels. «Herr Iten hat gesagt, dass du dich übergeben musstest. Soll ich einen Arzt rufen?»

«Mir geht es gut.»

Sie setzte sich neben ihn.

«Kommt die grosse Standpauke?», fragte er.

«Die kennst du, auch ohne dass ich sie aussprechen muss. Ihr wart leichtsinnig, uns nicht zu informieren.»

«Wie geht es weiter?»

«Dr. Wild wird uns einiges zu erzählen haben. Erst einmal bringen wir sie ins Spital zur weiteren Abklärung.»

«Und was ist mit Vincent? Er war an der ganzen Sache beteiligt. Kommt er ungeschoren davon?»

«Im Moment haben wir zu wenig gegen ihn in der Hand.»

«Ihr habt nichts.»

«Vielleicht kann Dr. Wild uns da ebenfalls weiterhelfen. Herr Raschak hat sie kurz vor ihrer Entführung angerufen. Ich möchte wissen, weshalb.»

Tom rieb sich die Schläfen. Er hatte Kopfschmerzen. «Was ist mit Natalie? Glaubst du endlich, dass sie eine der Guten ist?»

Sara stand auf. «In einer halben Stunde bin ich hier durch, dann nehme ich dich mit zum Posten. Natalie wird sich freuen, dich zu sehen. Du kannst ihr die gute Nachricht von Dr. Wild gleich selber überbringen. Sie hat bereits ein gutes Wort für Natalie eingelegt. Es ist okay, wenn du sie danach heimbringst.»

***

Natalie tigerte in der Zelle auf und ab. Am liebsten hätte sie auf die Tür eingeschlagen, auch wenn das sinnlos war. Diese Bullen waren Armleuchter. Sie sperrten die Guten hinter Gitter und liessen die Bösewichte frei. Gäbe es fähige Bullen, hätte sie Kipekapeka nie gründen müssen.

Entmutigt setzte sie sich auf die Pritsche. Der ganze Körper tat ihr weh. Die Krankenschwester, die heute Morgen ihre Wunden versorgt hatte, war eine Niete gewesen. Sie behandelte zum ersten Mal ein Schmetterlingskind. Natalie zog an dem Verband am Arm, er zwickte.

Sie hörte die Entriegelung. Natalie stand auf, zog die Schultern zurück und hob das Kinn. Sie war nicht bereit, sich hier eine Blösse zu geben. «Was wollt ihr diesmal?», fragte sie schnippisch, noch bevor sie sah, wer hereintrat.

«Der Knast hat dich nicht gebrochen, was?», sagte Tom fröhlich.

Sie hätte ihm eine hauen können. Das Leben war eine Katastrophe, und er hatte beste Laune. Sie zog einen Schmollmund und unterdrückte den Drang, ihm um den Hals zu fallen. Stattdessen verschränkte sie die Arme und drückte die Brust raus, bis ihr bewusst wurde, dass sie eine typische Geste von Sara Jung kopierte. «Hast du keine Pralinen oder Blumen mitgebracht?», fragte sie mürrischer als beabsichtigt.

Tom schien es zu amüsieren. «Wieso Besuch? Ich bringe dich heim.»

«Ich kann gehen?»

«Ja. Dir wurde vorläufig die Freiheit geschenkt.»

Natalie stiess einen kurzen Freudenschrei aus und fiel Tom in die Arme. Das tat gut. Behutsam drückte er sie an sich, und sie glaubte, einen flüchtigen Kuss auf ihrer Stirn zu fühlen.

«Es gibt weitere gute Nachrichten», sagte er. «Dein Paps ist ein Held. Er hat Rebecca gerettet. Ihr geht es den Umständen entsprechend gut.»

Natalie trat zurück. Sie fühlte Tränen in den Augen. «Wo?»

«In einem Keller unter einer zerfallenen Hütte im Langholz. Dein Paps kannte den Ort dank einem Hinweis von Musa.»

«Gott sei Dank!»

«Komm. Gehen wir. Wir müssen kurz bei Sara im Büro vorbei. Auschecken.»

«Du musst mir alles erzählen.»

«Auf der Heimfahrt.»

Tom nahm Natalie an der einbandagierten Hand und führte sie aus der Zelle. Im Flur wartete eine Wärterin, die sie den unterirdischen Gang hinüber zum Hauptgebäude führte.

Sara sass an ihrem Arbeitstisch und telefonierte. Auch der Staatsanwalt war im Büro. Er strahlte. Offenbar war er über Natalies Freilassung erfreut. Er erkundigte sich, wie es ihr ginge, und versicherte, dass alles gut werde. Der Fall sei fast gelöst.

«Ihr habt die Diamanten?», fragte Natalie.

«Die nicht», sagte Sara und legte auf. «Das war das Spital. Dr. Wild geht es gut, und auf ihren Wunsch wird sie heute Mittag entlassen.» Sie wedelte mit einem Papier in der Hand. «Das sind Ihre Entlassungspapiere, Frau Krieger. Ich brauche eine Unterschrift von Ihnen. Staatsanwalt Lind hat schon unterzeichnet.»

Natalie ging zum Tisch, doch Sara zog das Papier wieder zurück. «Auch wenn wir Sie gehen lassen, Sie sind nicht aus dem Schneider. Sie halten sich uns zur Verfügung, Sie verlassen den Kanton nicht, und Sie benehmen sich mustergültig. Kein Darknet, keine eigenen Nachforschungen und Alleingänge – haben wir uns verstanden? Das gilt auch für dich, Tom.»

«Klar», sagte Tom.

Natalie schwieg. Für wen hielt sich diese arrogante Polizistin? «Ich werde einen Scheiss versprechen. Entweder bin ich frei, oder Sie sperren mich wieder weg.»

«Frau Krieger», sagte der Staatsanwalt, «seien Sie vernünftig.»

Natalie zeigte aus dem Fenster. «Vincent läuft da draussen frei rum. Er hat Emeline auf dem Gewissen. Und was ist mit Alexandra? War das wirklich Lionel – oder auch Vincent? Solange der Mistkerl frei herumläuft, mache ich weiter.»

«Ohne stichhaltige Beweise können wir ihn unmöglich verhaften», sagte Sara. «Wir arbeiten daran. Das ist unser Job, nicht Ihrer. Sie hätten Ihre letzte Aktion fast nicht überlebt, wäre –»

«Überlebt? Ich habe euch einen Mörder geliefert. Überleben werde ich deswegen nicht. Früher oder später bringt mich das hier um.» Sie hob ihre Hände. «Da wähle ich lieber einen heldenhaften Tod.»

«Seien Sie nicht töricht», sagte Sara.

Natalie fühlte Toms Hand auf ihrer Schulter. «Ich bin nicht töricht. Ich bin ein Krüppel ohne Zukunft. Ich habe nur die Gegenwart, und die ist kurz, aber ich habe die Freiheit, das zu tun, was ich will. Geben Sie mir den Wisch. Ich werde unterschreiben, und Tom bringt mich nach Hause. Wenn Sie damit ein Problem haben, sperren Sie mich wieder weg.»

Sara tauschte einen Blick mit Lind. Überlegte sie sich tatsächlich, Natalie wieder wegzusperren? Lind nickte, und Sara gab ihr die Entlassungspapiere. Natalie las sie nicht durch, setzte ihre Unterschrift darunter und verliess das Büro humpelnd, aber mit erhobenem Haupt.

Sie schreckte hoch, als jemand an die Tür ihres Schlafzimmers klopfte. Tageslicht schien durchs Fenster. Natalie konnte nur ein Auge öffnen, das andere war verklebt. Sie blickte auf die Uhr. Es war fast neunzehn Uhr. Sie hatte den ganzen Nachmittag verschlafen.

Es klopfte erneut. «Natalie, bist du wach?»

Es war Tom.

«Komm rein.» Es gab keinen Grund mehr, sich vor ihm zu verstecken. Sollte er sie sehen, wie sie wirklich war. Sie liess den Kopf zurück in ihr Kissen fallen und schloss die Augen. Sie fühlte, wie er sich auf die Bettkante setzte.

«Dein Vater ist bald mit Rebecca hier.»

«Dann sollte ich mich wohl frisch machen.» Sie schaute Tom an.

«Dein Auge …»

«Das geschieht manchmal. Kannst du mir helfen? Ausnahmsweise lasse ich dich mit in meinen Beautysalon. Sorry, ich weiss, das gehört nicht zu deinen Aufgaben, aber alleine krieg ich das nicht hin. Ich bin schon fast von Kopf bis Fuss einbandagiert.»

«Klar helfe ich dir. Was soll ich tun?»

Er machte es ihr leicht, das Gefühl von Scham zu vergessen. «Na dann los», sagte sie matt.

Eine Stunde später sah Natalie die Welt wieder klar, fühlte sich einigermassen erfrischt, und die Schmerzen waren zu ertragen. Tom hatte geschickte Hände. Er verstand es auch, ihr mit Nonstop-Small-Talk peinliche Minuten zu ersparen. Bei ihm schien alles normal und überhaupt kein Problem. Sie verstand nicht, wie seine Ex-Frau ihn hatte betrügen und verlassen können.

Natalie wickelte sich Khangatücher in Blau und Lila um, verzichtete aber auf eine Kopfbedeckung. Die Wunden am Kopf waren gut verheilt, die Haare bereits wieder ein paar Millimeter lang, und Tom schien keine Abneigung gegen ihre Frisur zu haben. Er entsorgte die alten Verbände und legte die Salben zurück an ihren Platz.

Natalie hörte unten die Eingangstür. Paps war zurück.

«Nehmen wir sie in Empfang.» Tom reichte ihr seinen angewinkelten Arm.

Sie hakte sich bei ihm unter, er führte sie aus dem Beautysalon und die Treppe hinunter zum Entrée. Bunte Ballone hingen am Geländer. Jonas stand bereits unten und nahm Rebecca zur Begrüssung in die Arme. Harri stand dicht neben ihr.

«Rebecca!», rief Natalie und fühlte wieder Tränen in den Augen. Sie mutierte zur Heulsuse. Rebeccas Anblick war schrecklich. Für einmal schien sie dünner und gebrechlicher als Natalie. Ihr Gesicht war bleich und eingefallen und von den Strapazen gezeichnet, doch sie strahlte, als sie Natalie sah.

So schnell Natalie konnte, eilte sie humpelnd auf sie zu und fiel ihr in die Arme. Sie weinte hemmungslos.

Eine halbe Stunde später sassen sie auf der Terrasse bei einem Glas Wein und einem Stück Schokoladenkuchen, den Jonas – mit Toms Hilfe, wie er versicherte – gebacken hatte. Die beiden schienen sich erstaunlich gut zu verstehen, bemerkte Natalie, die neben Rebecca sass und ihre Hand hielt. Paps erzählte, wie er Rebecca im Spital abgeholt hatte, wie sie kurz bei Musa vorbeigeschaut hatten. Er erholte sich rasch von seinen Verletzungen und würde nächste Woche nach Hause können. Auch Alexandra war aufgewacht. Sie war schwach und verwirrt, aber auf dem Weg der Besserung. Sie sprachen über alles Mögliche, mieden es jedoch, Rebeccas Gefangenschaft anzusprechen. Sie schien glücklich.

Rebecca begann von sich aus. «Will denn niemand wissen, was ich erlebt habe?»

Alle schwiegen.

Sie lachte. Typisch Rebecca. Sie war eine starke Frau.

«Soweit ich das von der Polizei verstanden habe, ist der Mann, der mich entführt hat, tot. Das Problem ist, dass er nicht alleine gearbeitet hat. Ihr vermutet, dass Vincent Raschak ihm geholfen hat, richtig?»

«Uns fehlen die Beweise», sagte Natalie.

«Montagnacht, als Lionel bei mir einbrach, war ich am Telefon. Es war kurz vor elf. Vincent Raschak hat mich angerufen. Er sagte, er müsse dringend mit mir sprechen, hat aber um den heissen Brei herumgeredet. Der Anruf war ein Ablenkungsmanöver, damit Lionel bei mir einbrechen konnte. Er packte mich von hinten und flösste mir K.-o.-Tropfen ein. Ich konnte erkennen, dass mein Angreifer schwarze Hände hatte. An das, was danach geschah, kann ich mich nur bruchstückweise erinnern.»

«Ja», sagte Harri, «die Polizei weiss von diesem Anruf. Ein Anruf alleine ist leider kein Grund, jemanden zu verhaften.»

«Was ist mit meinem Laptop?», fragte Natalie.

«Den muss Lionel mitgebracht haben», erklärte Rebecca. «Es sollte aussehen, als gehöre ich zu den Bösen, um die Polizei abzulenken.»

«Woher wusste Lionel von der Hütte?», fragte Harri.

«Wusste er nicht», antwortete Rebecca. «Er kannte sich in Zug kaum aus. Ich habe ihm das Versteck gezeigt. Die K.-o.-Tropfen machen gefügig. Ich habe ihm unter dem Einfluss der Drogen den Ort genannt, ich kann mich vage daran erinnern.»

«War es schlimm?», fragte Natalie.

«Es war kalt, dunkel und feucht. Er hat mir Brot und Äpfel dagelassen, nach zwei Tagen war der Vorrat aufgebraucht. Das Wasser habe ich von der Wand geleckt, es war nicht appetitlich. Aber ich wusste, ihr würdet mich finden. Die Hoffnung stirbt zuletzt, nicht wahr?»

Natalie legte den Kopf an Rebeccas Schulter. «Es tut mir voll leid. Es ist alles meine Schuld. Ich habe dich da mit hineingezogen.»

«Kind, nicht doch.» Sie strich Natalie mit der Hand über den Kopf. «Du hast das Richtige getan. Du wolltest Emeline und ihrer Tochter helfen.»

«Werden wir je erfahren, weshalb Emeline von dieser Brücke stürzte?», fragte Jonas.

Rebecca seufzte. «Wohl nicht. Was ich von der Polizei und euch weiss, ist, dass wir in einer Sackgasse stecken.»

«Warum hat Emeline in jener Nacht ihr Baby zu Vincent gebracht?», fragte Tom. «Er hatte sie zuvor bereits verstossen.»

«Als Hochschwangere verstossen», erklärte Rebecca. «Emeline hoffte wohl, dass, wenn er die eigene Tochter in den Armen hält, er es sich anders überlegen würde. Mir war nie klar, wovor sie solche Angst hatte. Als ihr mir erzählt habt, dass Emeline Diamanten nach Europa schmuggelte, um Vincent wiederzusehen, wurde mir einiges klar.»

«Weshalb hat sie ihm die Diamanten nicht einfach gegeben?», fragte Tom.

«Emeline war eine starke Frau, eine mutige Frau und eine Frau mit Prinzipien. Sie hatte ihren Stolz. Nicht einmal ihr Onkel, der sie über Monate vergewaltigte, konnte ihr diesen Stolz nehmen, aber er schürte in ihr die Wut. Wut auf böse Menschen, die andere ausbeuten.»

«Woher weisst du das?», fragte Natalie.

«Ich habe sie während der Geburt betreut. Emeline hat mir von Godefroid Kakoko erzählt.»

«Warum hat sie sich mir nicht anvertraut?», fragte Natalie.

«Sie wollte dich nicht mit diesen schlimmen Erinnerungen belasten. Sie sagte mir, du seist so jung und unschuldig.»

«Jung? Emeline war nicht älter als ich.» Natalie hörte sich an wie ein Trotzkopf.

«Ja, auf dem Papier», sagte Rebecca. «An Lebenserfahrung war Emeline eine Generation älter als du, Natalie.»

«Boah, eh! Warum wollen mich alle immer beschützen?»

«Weil wir dich lieben», sagte Harri und lächelte.

«Als Emeline auch von Vincent verstossen wurde», erzählte Rebecca weiter, «war ihre Wut grenzenlos. Sie beschloss, sich zu rächen. Damals war mir nicht klar, was sie damit meinte. Jetzt weiss ich es.»

«Sie lieferte die Diamanten nicht aus», ergänzte Jonas.

Nach einer Weile des Schweigens stellte Tom die Frage: «Wo hat sie die Diamanten hingebracht?»

«Irgendwo versteckt, nehme ich an», sagte Rebecca. «Hat Emeline keinen Hinweis hinterlassen?»

«Sie hatte sich Kipekapeka auf den Zeh geschrieben», sagte Natalie. «Sie wollte wohl, dass die Polizei mit mir in Kontakt tritt.»

«Und weshalb wollte sie, dass die Polizei zu dir kommt?», fragte Tom.

«Keine Ahnung. Wegen der Diamanten? Wegen Imani? Ich weiss es nicht.»

«Weshalb hat Emeline dir einen Blutdiamanten zugestellt?», fragte er. «Das muss wichtig sein.»

Alle schauten Natalie an. Den Stein hatte sie total vergessen. Die Nachricht dazu auch. *«Diamants du sang pourrissent en enfer!»*, rief sie aus. «Blutdiamanten verrotten in der Hölle! Das ist der Hinweis.»

Tom begriff es als Erster. «In Zug gibt es nur eine Hölle.»

«Die Höllgrotten», sagte Jonas.

«Die Höllgrotten im Lorzentobel», fügte Harri hinzu. «Deshalb brachte Emeline ihre Tochter zu Vincent. Sie wollte die Steine in den Höllgrotten verstecken. Sie wusste, Lionel war hinter ihr her. Sollte ihr Vorhaben scheitern, und das tat es, wollte sie zumindest Imani in Sicherheit wissen.»

«Woher kannte Emeline die Höllgrotten?», fragte Natalie.

«Von mir», sagte Rebecca. «Um sie von den Schmerzen der Wehen abzulenken, habe ich ihr von der Schweiz erzählt, von Zug und unter anderem auch von den Höllgrotten.»

Die anderen hatten sich längst schlafen gelegt, nur Tom sass mit Natalie noch auf der Terrasse. Eine Weile schwiegen sie und starrten auf den See hinunter.

«Es ist gut, liegen die Blutdiamanten in der Hölle begraben», sagte Natalie. «Imani kann stolz auf ihre Mutter sein.»

«Die Öffentlichkeit darf nie davon erfahren», sagte Tom. «Stell dir die Menschenmassen vor, welche die Höllgrotten stürmen würden, auf der Suche nach den Diamanten.»

Natalie lachte. «Eine Katastrophe wäre das.» Sie zog sich die Decke enger um die Schultern.

«Mädchen, dir ist kalt. Gehen wir schlafen.»

«Ich kann unmöglich schlafen.»

Er legte den Arm um sie und zog sie näher an sich.

«Hast du von deinen Töchtern gehört?»

«Morgen habe ich einen Termin bei den Behörden. Das kann heiter werden.»

«Soll ich mitkommen und ein gutes Wort für dich einlegen?»

«Bei deinem Talent, Chaos in die Ordnung zu bringen?»

«Hey, das ist unfair.»

«Ich weiss», sagte er und konnte dem Drang nicht widerstehen, ihr einen Kuss auf die Stirn zu drücken. «Brauchst du mich noch, jetzt, da alles vorbei ist?», fragte er.

Sie schoss erschrocken auf und starrte ihn an. «Sag nicht, dass du einen Abgang machen willst?»

«Wenn du mich nicht mehr brauchst, ist das okay. Wir können Freunde bleiben.»

«Tom! Es ist nicht vorbei. Ich krieg Vincent, das schwör ich dir. Wegen dem Mistkerl wächst Imani ohne ihre Mutter auf.»

«Du willst weitermachen?»

«Wenn es sein muss, auch alleine. Aber ich habe mir da was überlegt. Vincent steckt in finanziellen Schwierigkeiten, das wissen wir, daher liess er sich auf illegale Geschäfte mit diesem Godefroid Kakoko ein. Vincent mit seinen Beziehungen kennt bestimmt hier in Europa Abnehmer für die Diamanten. Er steckt tief in der Scheisse.» Sie lächelte. «Was, wenn wir uns endlich Beweise beschaffen könnten?»

«Du willst Vincent eine Falle stellen?»

«Genau. Die Diamanten sind dabei der Lockvogel. Spielen wir mit ihm Verstecken.»

Zug – Juni

Die Geburt stand kurz bevor.

Ich schaffte es gerade noch bis zu der Frau, mit der ich über Skype gesprochen hatte, als die Wehen einsetzten.

Natalie nahm mich bei sich auf. Sie rief eine Freundin zu Hilfe, die Ärztin war. Und so kamst du in einem Geheimzimmer in einer Villa auf die Welt. Natalie wird dir eines Tages alles über diese Nacht erzählen. Sie ist eine junge, mutige und sehr starke Frau mit einem grossen Herzen. Sie ist krank, ein Schmetterlingskind, wie sie mir erzählt hat, aber das hielt sie nicht davon ab, das Richtige zu tun. Wenn sie nicht an ihrem Schicksal zerbricht, dachte ich, so will ich auch nicht an meinem zerbrechen. Ich will stark sein für dich, meine Tochter.

Aber ich durfte nicht bei Natalie bleiben. Ich brachte sie und die Ärztin in grosse Gefahr. Onkel Godefroid und seine Handlanger würden nicht aufhören, mich zu jagen, bis sie die Diamanten hatten. Und sie würden mich nicht am Leben lassen. Das Böse pirschte sich heran wie ein schwarzer Panther in der Dunkelheit. Erst musste ich dich in Sicherheit wissen, meine Tochter, bevor ich mich meiner Vergangenheit stellen konnte. Deshalb wollte ich die Diamanten ausliefern.

Ich ruhte mich einen Tag von der Geburt aus, in der Nacht packte ich dich in warme Kleidung und schlich mich aus der Villa.

Es war nicht weit zu Vincents Haus. Es war ein schönes Haus, fast schon ein Palast. Wenn er reich war, weshalb half er Onkel Godefroid beim Schmuggeln von Diamanten, fragte ich mich.

Als ich an die Tür klopfte, öffnete eine Bedienstete. Sie holte die Herrin des Hauses. Als ich die weisse Frau mit ihrem Baby auf dem Arm auf mich zukommen sah, wusste ich, weshalb Vincent mich verstossen hatte. Sie waren wunderschön, und mir wurde klar, dass Vincent mich niemals geliebt haben konnte. Ich war nur sein Zeitvertreib in Afrika gewesen. Seine schwarze

Mätresse. Ich war so wütend auf den Muzungu und meine eigene Naivität und beschloss, dass Vincent die Diamanten nicht verdient hatte. Sollen die Steine in der Hölle verrotten. Aber das bedeutete auch, dass du und ich in Todesgefahr lebten. Es gab nur einen Weg, dir eine glückliche Zukunft zu sichern. Ich drückte dich der weissen Frau in die Arme und machte mich mit den Diamanten auf den Weg zur Hölle, von der ich gehört hatte, den schwarzen Panther auf den Fersen.

ACHTZEHN

Tom schwitzte Blut und Wasser. Seine Hände waren eiskalt, und das lag nicht an den zehn Grad Celsius Umgebungstemperatur. Er blickte auf das Display seines Handys: neun Uhr zwanzig. An diesem Montagmorgen war er der erste Besucher gewesen, der die Höllgrotten betrat. Noch war er alleine und hatte das Höhlensystem für sich. Er war zum ersten Mal hier unten, und er hasste es. Die Stollen waren eng und feucht, und das Gefühl, dass er zu ersticken drohte, nahm mit jedem Schritt zu. Das geschieht nur in deiner Vorstellung, redete er sich ein, das sind typische Symptome von Platzangst, die Panikattacke kriegst du unter Kontrolle, da musst du durch. «Verdammt, es ist ungefährlich hier drinnen», sagte er laut und hoffte, seine Stimme zu hören, mache ihm Mut.

Auf steinigen Stufen stieg er tiefer hinab in den Berg. Vor sich sah er plötzlich bunte Lichter tanzen. Das Zauberschloss. Er kannte es aus dem Prospekt. Ein Lichtspiel in blauen und violetten Farben leuchtete die Grotte unter ihm aus. Tropfsteine hingen von der Decke. Es gab einen kleinen See, über den ein kurzer Holzsteg zum nächsten Stollen des Rundganges führte. Das Lichtspiel änderte seine Farbe und tauchte die Grotte in Türkis.

Tom blieb einen Augenblick auf dem Steg stehen, hielt sich am Geländer fest und atmete tief durch. Er wartete darauf, dass der Schwindel verflog. Er tat es nicht. Es war eine blöde Idee gewesen, die Höhle auszukundschaften, aber Natalie hatte recht. Um Vincent in eine Falle zu locken, mussten sie ihm einen konkreten Hinweis liefern, wo die Steine lagen. Für Natalie war es zu gefährlich hier unten, zu eng, rutschig und rau.

Tom griff in seine Jackentasche und tastete nach dem Beutel mit den Glaskristallen. Natalie hatte noch welche bei sich auf dem Zimmer gehabt. Auf die Schnelle konnte man sie durchaus mit Rohdiamanten verwechseln, bloss einem Bruchtest hielten sie kaum stand, sollte Vincent auf die Idee kommen, einen der Steine zu zertrampeln. Tom hoffte, dass der Lackaffe zu dumm dazu war.

Die Quizfrage war, wo den Beutel platzieren? Tom brauchte ein Versteck, das Vincent leicht genug fand, andere Besucher der Höhle aber nicht entdeckten. Er brauchte ein Versteck, das er ungesehen beobachten konnte, was schwierig war in diesen engen Gängen. So schön das Zauberschloss war, hier würden sich zu viele Besucher aufhalten. Er brauchte einen Ort, der weniger anziehend war.

Tom ging weiter. Ein endlos langer Stollen führte hinaus an die frische Luft. Er sog sie in seine Lungen wie ein rettendes Lebenselixier. Der Himmel war bewölkt, wenigstens regnete es nicht. Der Weg führte ihn in einer engen Kurve die Stufen hinab zu einem zweiten, unteren Eingang der Höhle. Tom brauchte einen Augenblick zur Erholung, wartete darauf, dass die Erde nicht mehr wie ein Ei im Universum schlingerte. Er suchte mit seinen Augen einen Fixpunkt. Unter sich sah er den Kiesweg und dahinter die Lorze. Das fliessende Wasser beruhigte ihn. Tom blickte nach links. Er wusste, der Weg führte etwa einen Kilometer dem Fluss entlang und dann hoch zu den beiden Lorzentobelbrücken. Das war der Weg, den Emeline gerannt sein musste. Tom verstand nicht, weshalb Emeline in der Nacht hier gewesen war. Wie Sara ihm erzählt hatte, brachte Emeline ihre Tochter nach vier Uhr am Nachmittag zu den Raschaks. Die Höhlen schlossen um fünf. Emeline besass kein Auto, und die Schweiz war ihr fremd. Auch wenn die Grotten gut beschriftet waren, in einer Stunde konnte sie es kaum von Oberägeri zu Fuss oder per Autostopp oder mit einem Bus bis hierher geschafft haben. Mit einem Taxi vielleicht?

Tom schaute sich um. Die Anlage war eingezäunt. Es gab Kameras an den Ein- und Ausgängen. Was hatte Emeline den ganzen Abend bis fast um Mitternacht hier gemacht? Hatte sie auf Lionel gewartet? Wollte sie ihm die Steine geben, oder tat sie das Gleiche, was Tom gerade tat? Wollte sie Lionel eine Falle stellen, um ihn loszuwerden? Wenn ja, dann ging der Plan schief, und sie bezahlte mit ihrem Leben dafür.

Tom atmete tief durch. Er war nicht bereit, heute zu sterben. Sollte er das hier überleben, würde ihn Karo mit Sicherheit umbringen. Er hatte den Termin bei der Behörde heute Morgen abgesagt. Das war unklug, aber solange Vincent frei herumlief, war Natalie in Gefahr. Tom könnte es sich nie verzeihen, wenn ihr etwas zustossen würde, nicht nur, weil es sein Job war, sie zu beschützen, nein, auch weil er sie mochte. Das verwirrte ihn. Ihm war nicht klar, auf welche Art er sich von ihr angezogen fühlte. War sie wie eine Tochter für ihn? Wie eine Schwester? Oder war da mehr? Er schüttelte den Gedanken ab und bereitete sich mental auf den nächsten Stollen vor, den er gleich betreten musste. Augenblicklich kam die Welt wieder ins Trudeln. Er ignorierte den Schwindel und öffnete die Tür zur unteren Höhle. Wieder liess er das Tageslicht ausgesperrt, als er die Unterwelt betrat.

Hinter dem Eingang lag die Seengrotte, ein ehemals unterirdischer See, der durch einen künstlichen Stollen entwässert werden musste, um die Grotten den Besuchern zugänglich zu machen. Ein Gebilde, das sich Krokodil nannte, ragte aus dem Boden, entstanden während Tausenden von Jahren.

Tom ging weiter, vorbei an der Himmelsgrotte. Nach der Fabelgrotte verzweigte sich der Stollen. Rechts führte der Besucherrundgang die Korallenschlucht hoch, links war der kurze Entwässerungsstollen, der vor einem langen, schmalen See endete, dessen hinteres Ende sich Toms Blickfeld entzog. Im knietiefen Wasser stand ein grosser, runder, traubenartiger Tropfstein, der sich im glasklaren See zu einer Kugel spiegelte. Das Gebilde besass eine fast ausserirdische Schönheit. Tom betrachtete den stillen See einen Moment. Hier gab es kein Weiterkommen. Er kehrte um und ging zurück zur Korallenschlucht. An deren Ende betrat er die Feengrotte, die letzte Grotte auf dem Rundgang vor dem Ausgang dieser unteren Höhle. Die Stufen führten hoch zur rettenden Tür. Tom blieb stehen und drückte einen Knopf an der Wand. Der Teufel starrte mit seinen roten Augen auf ihn herab, zwei rote Lichtpunkte, die oben in den nassen Felsen eingelassen waren und aufleuchteten.

Die Feengrotte schien ihm der passende Ort für die Steine, bewacht vom Teufel persönlich. Ausserdem lag sie gleich beim Ausgang. Draussen wäre es einfacher, Vincent zu verfolgen, als durch das Höhlensystem hindurch, und zudem konnte Tom ihm am See unbemerkt auflauern.

Er schaute sich in der Feengrotte genauer um, suchte nach einem Versteck für seinen Beutel mit den Glassteinen. Tom beeilte sich. Er wollte hier raus. Schwindel und Übelkeit liessen sich schwer wegdenken. Er fand ein geeignetes Versteck, gleich eingangs der Feengrotte. Ein Loch in der feuchten Felswand, das zu hoch lag, als dass man hineinsehen konnte, jedoch niedrig genug war, um problemlos mit der Hand hineinzufassen. Tom tastete das Loch mit seinen Fingern ab. Es war kaum grösser als seine Faust. Der ideale Ort für den Beutel.

Plötzlich hörte er Stimmen. Die ersten Besucher kamen ihm hinterher. Er musste sich beeilen. Tom legte den Beutel mit den Glaskristallen in das Loch. Perfekt. Das war's für den Moment. Er eilte zum Ausgang und riss die Tür mit einem heftigen Ruck auf. Er brauchte Luft. Frische Luft.

Und er musste Natalie anrufen.

***

Natalie sass an ihrem Arbeitstisch, starrte abwechselnd auf die Worte auf dem Bildschirm, die sie geschrieben hatte, und auf Emelines kurzen Brief, den sie von ihr zusammen mit dem Blutdiamanten zugestellt bekommen hatte: *«Diamants du sang pourrissent en enfer!»*

Sie musste für Vincent einen Köder auslegen, einen Brief schreiben und es so aussehen lassen, als käme er von Emeline. Emeline schrieb auf Französisch, aber Natalies schriftliche

Französischkenntnisse waren mangelhaft, also verfasste sie den Brief in Deutsch. Julien würde ihn für sie übersetzen.

Sie las die Zeilen, die sie aufgesetzt hatte, erneut durch:

Vincent, du warst mein Engel, doch du hast mich fallen lassen. Meine lodernde Wut führte mich in die Hölle, dort, wo die Blutdiamanten hingehören, bewacht von den roten Augen des Teufels. Aber unsere Tochter kann unmöglich ein Werk des Teufels sein. Ich vertraue sie dir an. Mach sie glücklich. Wenn es sein muss, mit Hilfe der Diamanten, denn ich weiss, wenn du nicht lieferst, wird der schwarze Teufel dich jagen, wie er mich in den Tod jagen wird. Hol dir die Steine aus der Hölle zurück, begleiche deine Schuld und lass unsere Tochter im Paradies aufwachsen.

Waren diese Zeilen gut genug? Würde Vincent den Hinweis verstehen? Anbeissen?

Es klopfte an der Tür. Tom trat ein. Er sah müde aus und war verschwitzt, sein Haar zerzaust.

Natalie stand auf. «Alles okay? Alter, du siehst schrecklich aus.»

«Ich brauche eine Dusche, um mir den Höhlengestank abzuwaschen.»

Natalie musste lachen. «Höhlengestank? Echt jetzt?»

«Lauf du mal eine halbe Stunde durch den schlimmsten deiner Alpträume.»

Sie klopfte ihm vorsichtig auf die Schulter. «So ein Aufstand wegen ein bisschen Panik und Platzangst? Ich lebe seit Geburt in einem Alptraum.»

Tom schwieg. Hatte sie ihn in Verlegenheit gebracht? Es sollte ein Scherz sein. «Schau dir das an.» Sie zeigte auf den Monitor. «Was denkst du zu dem Text?»

Tom las die Zeilen durch. «Der ist gut. Vincent wird darauf hereinfallen.»

«Cool. Ich maile ihn gleich Julien nach Brüssel, damit er ihn auf Französisch übersetzen kann.»

«Du vertraust diesem Julien?»

«Ja. Ausserdem weiss er ja von nichts, und mit dem Inhalt des Briefes kann er wenig anfangen. Na los, spring unter die Dusche. Jonas wird bald von seiner Einkaufstour mit dem Equipment zurück sein. Bis dahin wird auch der Brief bereit für die Auslieferung sein. Vincent ist fällig.»

Tom strich Natalie mit der Hand über die Wange. «Und du bist endlich in Sicherheit.»

***

Tom vergewisserte sich, dass Vincents Auto auf dem Parkplatz von GeoFoss stand, und stieg aus seinem Peugeot aus, gekleidet in den gelben Overall eines Kurierdienstes. Natalies Beziehungen reichten weit. Keine Ahnung, wie sie an die Kleidung kam, die Jonas gebracht hatte, aber die Tarnung war perfekt. Es wurde Zeit, den Brief ins Spiel zu bringen, den Tom in einem zerknautschten Couvert in der Hand hielt, angeblich abgeschickt an Emelines Todestag. Tom hatte den von Julien übersetzten Text von Hand abgeschrieben und dabei versucht, Emelines Handschrift zu kopieren, was ihm nicht wirklich gelungen war, aber Natalie meinte, das wäre gut genug.

Er ging direkt auf den Haupteingang zu, zog seine Mütze tiefer ins Gesicht und gab sich gehetzt. Kuriere arbeiteten immer unter Zeitdruck. Am Empfang meldete er, dass er einen Brief an Vincent Raschak zustellen müsse. Er reichte den Umschlag der Dame am Empfang, entschuldigte sich, dass die Zustellung so lange gedauert hatte, es sei etwas falschgelaufen bei der Verarbeitung, holte seinen elektronischen Terminal hervor und liess sie ihre Unterschrift als Empfangsbestätigung daraufschreiben. Dass das Gerät nur ein von Jonas auf die Schnelle umgebauter Barcodescanner war, bemerkte sie nicht. Sie versprach, den Brief gleich Herrn Raschak zu bringen.

Es lief alles nach Plan. Tom schaute auf die Uhr, bald Mittag. Nichts wie hin zu den Höllgrotten. Der schwierige Teil stand ihm bevor. Tom musste wieder in seinen Alptraum hinabsteigen. Er steckte den Barcodescanner in seine Tasche und verabschiedete sich.

***

Leonie blieb wie angewurzelt neben den Liften stehen. Sie hatte Mittagspause und wollte essen gehen, aber diese Stimme hätte sie aus Tausenden herausgehört. Tom Engels! Den einzigen Mann, den sie jedoch in der Empfangshalle sah, war der Kurier in seiner gelben Uniform. Er stand mit dem Rücken zu ihr.

Rasch suchte sie Schutz hinter einer der Steinsäulen und beobachtete den Mann. Er liess sich von der Empfangssekretärin die Lieferung quittieren. Während sie unterschrieb, schaute er sich in der Halle um, dabei drehte er sein Gesicht kurz in ihre Richtung. Leonie hatte recht, es war Tom. Dieser Blender wagte sich hierher? Das bedeutete Ärger. Sie fühlte wieder diese Wut in sich lodern. Mordlust beschrieb ihr Gefühl besser.

Sie wartete, bis Tom das Gebäude verlassen hatte, und ging zum Empfang.

«Oh, Leonie, gut, dass du kommst. Dieser Brief wurde soeben für Herrn Raschak abgegeben.»

«Na endlich!», sagte Leonie überfreundlich. «Auf den wartet er ungeduldig. Ich bringe ihn gleich zu ihm hoch.»

***

«Oui, Monsieur, je comprends. Si vous deviez changer votre opinion … – Non? Pas de chance? Dans ce cas … Au revoir, Monsieur Dibwa.» Rizzo legte auf.

«Und?», fragte Sara. Sie sass im Sitzungszimmer, Lind und Bolander ihr gegenüber. Rizzo kam kopfschüttelnd zurück an den Tisch.

«Die Leitung in den Kongo war katastrophal, aber ich habe genug verstanden, um zu wissen, weshalb Emeline Dibwa in die Schweiz wollte. Sie wurde von ihrer Familie verstossen. Ein uneheliches Kind ist eine Todsünde. Sie wollen ihren Leichnam nicht zurück. Wir sollen ihn verbrennen, hat Onkel André Dibwa gesagt.»

«Was ist mit der Mutter?», fragte Sara und fühlte mit Emeline.

«Die habe ich kaum verstanden. Sie hat wütend vor sich hin gemurmelt, keine Spur von Trauer über den Tod ihrer Tochter, und sie will von dem Baby nichts wissen. Emeline habe die Familie entehrt, als sie sich von einem Muzungu – was immer das bedeutet – habe schwängern lassen.»

«Muzungu bedeutet ‹weisser Mann›», erklärte Lind.

«Woher weisst du das?», fragte Sara.

«Von dem Gespräch mit dem Hotelbesitzer in Bukavu», sagte Lind und lehnte sich im Stuhl zurück.

Wie würde die Woche enden, wenn Lind schon am Montag bester Laune war. Sara starrte lieber auf ihre Notizen vor sich, denn Linds zitronengelbes Hemd war eine Qual für ihre Augen.

«Monsieur Kalemba hat von Emeline geschwärmt», fuhr Lind fort. «Vier Jahre hat sie für ihn gearbeitet. Sie war intelligent, und obwohl sie nur die Primarschule besuchen durfte, sprach sie fliessend …», er nahm seine Notizen zur Hilfe, «Kiswahili, Kinyarwanda, Französisch und Englisch. Sie interessierte sich für Politik. Bei den Gästen war sie beliebt. Kalemba sagte, sie sei eine grosse und starke Frau gewesen, eine stolze Frau. Anscheinend hatte er ihr einen Heiratsantrag gemacht, den sie abgelehnt hatte. Monsieur Kalemba klang am Telefon etwas in die Jahre gekommen. Sie habe sich leider in einen Muzungu verliebt, vertraute er mir an. Kalemba bestätigte, dass der Muzungu Vincent hiess, an den Nachnamen konnte er sich nicht mehr erinnern. Er erklärte mir, dass Emeline etwa drei Monate, nachdem der Muzungu abgereist war, ohne Erklärung verschwand. Als Kalemba zu ihrer Familie fuhr, verleugnete die Mutter die Existenz ihrer Tochter.»

«Weiss er, wo Emeline hin ist?»

«Nein. Sie bleibt auch für uns verschwunden, bis sie im April am Flughafen in Brüssel wieder auftaucht, nach Europa einreist, um gleich wieder bis zur Geburt ihrer Tochter in der Villa der Kriegers unterzutauchen.»

«Wenn sie Diamanten nach Europa geschmuggelt hat», überlegte Sara laut, «dann muss sie sich in den Monaten im Kongo mit üblen Kerlen zusammengetan haben.»

«Ich habe mich über diesen Godefroid Kakoko informiert», sagte Bolander, «mit dem laut Telefonnachweis Vincent Raschak in den letzten Wochen öfters telefoniert hat. Dieser Kakoko ist wie der König vom Ostkongo. Er muss persönlich einen guten Draht zur Regierung haben und kauft sich aus allen Problemen raus. Nicht nur, weil er reich ist, sondern weil er Söldner auf seiner Seite hat, welche es verstehen, andere einzuschüchtern. Seine Geschäfte sind undurchsichtig und meist illegal. Er lässt nach Bodenschätzen schürfen, Genehmigungen interessieren ihn nicht. Er arbeitet ebenso mit der Regierung, den Rebellen und ausländischen Firmen zusammen, wie er mit Warlords Geschäfte macht. Es gibt Gerüchte, dass er selber einer ist. Klar ist, dass er im Ostkongo ein mächtiger Mann ist.»

«Und Vincent Raschak hatte mit ihm Kontakt durch GeoFoss?», fragte Rizzo.

«Das dachte ich erst», antwortete Bolander. «Die Geschäftsleitung von GeoFoss verleugnet solche Geschäfte vehement. Sie würden nur zertifiziertes Coltan im Kongo abbauen und hätten sich legal Schürfrechte erkauft. Auf die Schnelle lässt sich das nicht überprüfen. Ich habe mich durch einige behördliche Instanzen durchgekämpft. Am Ende hatte ich Herrn Mulumba in der Leitung. Er arbeitet beim ICCN, der kongolesischen Naturschutzbehörde. Ich wollte eigentlich auflegen, aber Monsieur Mulumba war so erfreut, mit einem Schweizer zu sprechen, dass er wie aus dem Nähkästchen geplaudert hat. Er kennt Godefroid Kakoko persönlich und weiss, dass dieser auch nach Gold und Diamanten schürfen lässt. Dabei kümmern ihn Gesetze, die den Nationalpark vor Raubbau schützen sollen, wenig. Mulumba kann nichts gegen Kakokos Männer ausrichten. Sie nehmen sich, was sie brauchen.»

«Also können wir annehmen, dass Raschak mit diesem Kakoko krumme Geschäfte macht?», fragte Lind.

Bolander nickte. «Noch etwas ist mir aufgefallen. Mulumba hat erklärt, dass Kakoko, der heute von Goma aus, der Hauptstadt der Provinz Nord-Kivu, operiert, ursprünglich aus einem Dorf aus der Provinz Süd-Kivu stammt. Dort hatte er in jungen Jahren zusammen mit seinem Halbbruder eine kleine Firma, die Holz verarbeitete. Es kam immer wieder zu Problemen mit dem ICCN, deshalb kann sich Mulumba gut daran erinnern. Das Holz für die Verarbeitung stammte nicht immer aus legalem Holzschlag. Nachdem der Bruder im Krieg erschossen wurde, schloss sich Kakoko den Rebellen an und begann seine kriminelle Karriere.»

«Was ist daran interessant?», fragte Sara.

«Die Firma der beiden Brüder hiess Dibwa-Kakoko Menuiserie Bukavu.»

«Dibwa? Wie der Nachname von Emeline?», fragte Rizzo.

Sara stand auf. Sie hielt es auf dem Stuhl nicht mehr aus.

«Der Halbbruder von Godefroid Kakoko war Emelines Vater», bestätigte Bolander.

Sara verschränkte die Arme vor der Brust. «Emeline suchte Zuflucht bei ihrem Onkel und willigte ein, für ihn Diamanten nach Europa zu schmuggeln. Das ist eine tolle Geschichte. Doch wo sind die Beweise? Das reicht niemals, um Raschak vor Gericht zu zerren.» Sie schaute Lind an.

Mit gewohnter Gelassenheit pflichtete er ihr bei.

«Wie erklärt das den Diamanten in Emelines Bauch, das Wort auf ihrem Zeh und die abgeschliffenen Fingerkuppen?», fragte Bolander.

«Die Fingerkuppen hat sie sich selber abgeschliffen», erklärte Sara, die langsam die Zusammenhänge zu begreifen begann. «Sie war für zwei Monate in Europa untergetaucht, weshalb auch immer. Wäre sie in eine Polizeikontrolle geraten, hätten ihre Fingerabdrücke sie wegen der hinterlegten Daten im System sofort identifiziert. Sie reiste aus dem Kongo mit einem Schengenvisum ein, das nur für vierzehn Tage ausgestellt worden war, das wissen wir mittlerweile. Dazu musste sie ihre Fingerabdrücke geben.»

«Ja, aber die Haut wächst wieder nach», sagte Rizzo.

«Es hätte ihr Zeit verschafft. Sie wollte ihr Kind in Europa zur Welt bringen.»

«Und der Diamant? Und Kipekapeka auf dem Zeh?»

«Emeline wurde von Lionel gejagt, ich glaube, davon können wir ausgehen. Er wollte die Diamanten, die sie zurückbehalten hat, was auch immer der Grund dafür war. Sie wollte lieber sterben, als Lionel und ihrem Onkel ausgeliefert zu sein. Ohne die Identität ihrer Leiche klären zu können, würden wir nie ihre Geschichte erfahren. Emeline wollte mit uns kommunizieren. Papiere konnte sie nicht bei sich tragen, die hätte Lionel nach ihrem Sprung von der Brücke mit Sicherheit gefunden. Jeden Hinweis auf ihre Identität hätte er ihr abgenommen.»

«Er hat das kleine Wort an ihrem Zeh übersehen», ergänzte Lind.

«Ja. Und er konnte auch nicht von dem Rohdiamanten wissen, den sie kurz vor ihrem Tod geschluckt hatte, sonst hätte er ihr den Stein sicher aus dem Bauch geschnitten.»

Lind tigerte ebenfalls im Sitzungszimmer umher. «Emeline wusste auch, dass wir nach ihrem Baby suchen würden. Die Spuren der Geburt waren eindeutig. Sie hat uns so einige Hinweise hinterlassen.»

«Leider zu wenige, um Raschak zu überführen», sagte Rizzo. «Wir wissen, dass er der Vater ist und Kakoko kennt, aber das genügt nicht, um ihm die Beteiligung an dem Diamantenschmuggel nachzuweisen.»

«Nein», sagte Lind. «Das genügt nicht. Was ist mit der Leiche von Lionel?»

«Berger ist damit durch», sagte Sara. «Die Autopsie ergab nichts. Ich habe Lionels Spuren zurückverfolgt. Er ist im Kongo aufgewachsen, hat die französische Staatsbürgerschaft erhalten und in Paris Wirtschaft studiert. Er hat eine Grossmutter in Goma. In seinem Hotelzimmer in Zug haben wir nichts Aussergewöhnliches gefunden, ausser dass er von dort aus mit

Godefroid Kakoko telefoniert hatte. Auch sein Handy war leer, bis auf das eine Foto mit Amanda Raschak und dem Baby und einige Anrufnachweise in den Kongo. Dr. Wild bestätigte uns, dass sie von Lionel entführt wurde. Lionel jagte mit Sicherheit Emeline hinterher, auf Befehl von Kakoko. Unter der Schuhsohle eines Turnschuhs in dem Hotelzimmer haben wir Erde und Kieselsteine gefunden. Die Erde stammt vom Lorzentobel, wie mir der KTD versichert hat.»

«Können wir ihm den Angriff auf Alexandra Bierbaum auch nachweisen?», fragte Lind.

«Nein. Weil Lionel zu dem Zeitpunkt in seinem Hotel telefoniert hat.»

«Wenn er Frau Bierbaum nicht angegriffen hat …», sagte Bolander.

«… kann es nur Vincent Raschak gewesen sein», ergänzte Rizzo.

Lind ruderte hektisch mit seinen Armen. «Wenn wir beweisen können, dass Raschak in die Villa der Kriegers eingebrochen ist und Frau Bierbaum angegriffen hat, können wir den feinen Herrn einbringen.»

«Ja, können wir», sagte Sara. «Also, an die Arbeit. Wir müssen Beweise finden. Alexandra Bierbaum ist aufgewacht, war aber bisher nicht vernehmungsfähig. Ich fahre gleich zu ihr.»

Rizzo und Bolander standen auf und wollten gehen. Sara hielt sie zurück. «Wartet, da ist noch eine Sache, die ich loswerden will …»

Sie starrten sie stirnrunzelnd an.

«Gute Arbeit, Kollegen.»

***

Tom sass seit über zwei Stunden auf einem Baumstrunk und genoss die Sonne. Zwischendurch surfte er auf seinem Handy. Da sich die Batterie zunehmend leerte, steckte er es weg. Er brauchte es später noch. Immer wieder marschierten Besucher an ihm vorbei, grüssten freundlich und gingen weiter. Wie gerade jetzt. Ein Koloss von einem Vater trug seine kleine Tochter auf den Schultern und hielt die Hand seiner Frau.

Tom befand sich auf halbem Weg zum Haupteingang der Höllgrotten, das Eintrittsticket in seiner Jackentasche. Von hier oben, im Schutz der Bäume, konnte er unten das Kassenhäuschen gut überwachen. Sobald Vincent auftauchen würde, wollte Tom in die Höhle gehen und ihm am See auflauern. Er wollte filmen, wie Vincent nach den Diamanten suchte, und ihm danach nach draussen folgen und ihn zur Rede stellen. Eigentlich ein einfacher Plan. Das Problem war, dass von Vincent jede Spur fehlte. Tom schaute auf die Uhr. Es war nach vier. Um fünf würden die Höllgrotten schliessen. Es kamen kaum noch Besucher. Was, wenn der Schuft nicht auftauchte?

In diesem Moment sah er einen Mann, der von den Parkplätzen her auf das Kassenhäuschen zuging. Vincent! Endlich. Er hatte den Köder geschluckt.

Tom nutzte die paar Minuten Vorsprung und ging den Kiesweg hoch zum Eingang der Grotte. Sein Magen drehte sich erneut um, als er sein Ticket in den Scanner steckte und das Licht über dem Drehkreuz auf Grün wechselte. Tom begegnete keiner Menschenseele, als er zügig den Rundgang der Höllgrotten abschritt. Am Ende des langen Tunnels der oberen Höhle brachte der Weg ihn nach draussen, um ihn kurz darauf vor die Tür der unteren Grotte zu führen. Er hörte wieder die Schreie der Wildtiere in der Nacht, fühlte die Kälte und die Todesangst. Da musste er ein letztes Mal durch.

Der Weg durch den entwässerten See war glitschig. Stalaktiten hingen von der Decke, er musste den Kopf einziehen. In der Fabelgrotte blieb er kurz stehen, um Luft zu holen. Sein Puls raste, und es fühlte sich an, als stünde er mitten in einem Tornado gefangen. Er wischte sich kalten Schweiss von der Stirn. Bald war es geschafft. Er ging weiter, einige Steinstufen hinunter, bis er vor der Verzweigung stand. Rechts führte die Korallenschlucht zur Feengrotte und zum rettenden Ausgang, links lagen der künstlich geschaffene kurze Entwässerungsstollen und der See, der den Weg unpassierbar machte und dessen

Ende in der Tiefe der Höhle verschwand. Eine Absperrung hielt Besucher davon ab, ins eisige Wasser zu treten.

Tom musste darauf hoffen, dass Vincent keine Besichtigungstour machte und bei der Verzweigung direkt an ihm vorbei in die Korallenschlucht ging, nur so konnte Tom ihn heimlich beobachten.

Er suchte im Stollen Deckung, traf jedoch auf ein massives Problem. Der Familienvater, den er vorhin gesehen hatte, stand am Geländer und starrte auf den See hinaus. Mist, dachte Tom. Er musste ihn loswerden. Wo waren seine Frau und die kleine Tochter?

Der Mann drehte sich um. Er war ein Riese. Trotz der nur zehn Grad in der Höhle trug er bloss ein T-Shirt und kurze Hosen. «Es ist schön hier unten, nicht?», sagte er und lächelte. «Ich bin das erste Mal in den Höllgrotten. Und Sie?»

«Ähm, nein.» Tom hörte Schritte, die schnell näher kamen. Das musste Vincent sein. Verdammt, dieser Besucher würde seinen ganzen Plan ruinieren.

«Tja», sagte der Riese, «ich muss weiter. Meine Frau wartet am Ausgang.» Er nickte Tom zu und ging in dem engen Gang an ihm vorbei.

Tom wollte erleichtert durchatmen, als der Mann stehen blieb und sich umdrehte.

Hinter ihm stand Vincent!

Zu spät erkannte Tom, dass er zwischen dem See und den Männern in der Falle sass. Er konnte nirgendwohin ausweichen.

Tom war geliefert.

Er war in seine eigene Falle getappt.

***

Der Anruf von Sara Jung hatte sie aufgewühlt. Laut Alexandras Aussage hatte tatsächlich Vincent sie überfallen, nicht Lionel. Wenn das stimmte, war Vincent gefährlich. Natalie hatte unter falschem Namen in seinem Büro angerufen, nur um von Leonie zu erfahren, dass ihr Chef gegangen war. Daraufhin wollte sie gleich Tom warnen, doch sein Telefon war aus. Gab es in der Höhle keinen Empfang? Tom war erneut wegen einer ihrer dummen Ideen in Lebensgefahr. Was, wenn Vincent bewaffnet war?

Sie konnte nicht tatenlos zu Hause rumsitzen. Also hatte sie sich in den Wagen gesetzt.

Immer wieder blickte Natalie zum Himmel hoch, als sie Richtung Zug fuhr. Ein Gewitter braute sich über ihr zusammen. Es war fast fünf, und der Abendverkehr wurde dichter. Sie nahm die Abzweigung nach Menzingen und entschloss sich, auf der Aegeristrasse nach Baar zu fahren, wo sie rechts auf den Lorzendamm abbog, der sie durch den Wald zu den Höllgrotten brachte.

Auf dem Parkplatz standen vier Wagen. Sofort erkannte sie Toms Peugeot und Vincents Porsche Cayenne. Daneben stand ein dunkler Audi. Eine Frau mit einem kleinen Mädchen stieg gerade ein. Der vierte Wagen war mit dem Signet der Höllgrotten beschriftet.

Natalie parkierte, stieg aus und ging den kurzen Weg zu dem Kassenhäuschen. Die Kassiererin wollte soeben schliessen. «Tut mir leid», sagte sie und starrte auf Natalies verbundene Hände.

«Da müssen noch Leute drin sein.»

«Der Höhlenwart macht gerade seine letzte Runde. Sollte jemand drin sein, nimmt er die Besucher mit raus. Warten Sie einfach beim Ausgang.»

Mist, elender, dachte Natalie. Ihr blieb nichts anderes übrig. Sie wartete fünf Minuten und behielt den Ausgang im Auge. Als sich die Tür öffnete, trat ein Mann heraus und schloss hinter sich ab.

Sofort wählte Natalie Toms Nummer. Kein Rufzeichen, bloss eine Stimme auf Tonband, die vorschlug, dass sie es später erneut versuchen sollte.

Wo war Tom?

Natalie eilte zu dem Mann hin. «Entschuldigung! Kann es sein, dass noch jemand drin ist? Ich habe mich mit meinem Freund verabredet.»

«Wahrscheinlich sitzt er im Restaurant.» Der Höhlenwart zeigte zum Parkplatz. «Da vorne rechts.»

«Nein, das kann nicht sein.»

«Es ist niemand mehr drin. Die Lichter sind aus und die Türen verschlossen.»

Natalie fühlte Tränen in den Augen. Was sollte sie tun? «Hören Sie, sein Wagen steht auf dem Parkplatz, und er ist nicht im Restaurant. Sein Telefon ist aus. Er muss in der Höhle sein.»

«Die Höhle ist leer. Kommen Sie morgen wieder. Auf Wiedersehen.»

Er liess Natalie stehen und ging. Verdammte Kacke! Tom war da drinnen – zusammen mit Vincent. Für Tom kam das der Hölle gleich. Was hatte sie ihm bloss angetan?

Ein paar Minuten tigerte Natalie vor dem Ausgang hin und her, bis ihre Füsse schmerzten. Sie wusste, dass Tom die falschen Steine in der Feengrotte deponiert hatte, die laut Plan gleich vor dem Ausgang lag, gleich hinter dieser Tür also, vor der sie stehen blieb. Natalie rief Toms Namen. Erfolglos.

Rechts von ihr verlief der Drahtzaun, der das Grundstück der Höllgrotten abriegelte. Es gab ein grosses Drehkreuz, durch welches Besucher zwischen der oberen und unteren Höhle nach draussen gehen konnten, sollten sie den Rundgang vorzeitig abbrechen wollen. Das Drehkreuz liess sich einzig auf eine Seite drehen. Da kam sie nicht rein. Sollte Natalie unter dem Zaun hindurchkriechen? Für einen gesunden Menschen sicher kein Problem, ihr würde es dabei ergehen wie einem Rüebli unter dem Sparschäler, aber sie könnte es dank ihres fast komplett einbandagierten Körpers schaffen. Und danach? Der Eingang der unteren Höhle war ebenfalls durch eine Tür verschlossen, sie konnte diese von hier aus sehen. Über der Tür hing eine Kamera. Natalie vermutete, dass niemand um diese Zeit die Livebilder überwachte.

Natalie kletterte die kleine Böschung hoch bis zum Drahtzaun, legte sich flach auf den Boden und robbte untendurch. Die Drähte waren zum Glück nur locker gespannt. Für Tom war sie bereit, sich häuten zu lassen. Sie biss die Zähne zusammen, als der raue Boden von unten und der Draht von oben sie malträtierten. Gut, trug sie heute ausnahmsweise einen Trainingsanzug, der schützte sie besser als die afrikanischen Gewänder. Eine Mumie im Trainingsanzug, wie sich das anhörte. Es fühlte sich wie eine Ewigkeit an, bis sie endlich unter dem Zaun hindurch war.

Sie atmete einige Male tief durch, um die Schmerzen wegzudenken, und ging zur Tür. Die Enttäuschung war niederschmetternd. Auch diese Tür war aus Metall und verschlossen. Mit gesunden Händen hätte sie vielleicht mit einem grossen Stein auf das Türschloss einschlagen können. Den Gedanken verwarf sie rasch. Nach weiteren erfolglosen Rufen griff sie nach ihrem Telefon und wählte eine Nummer in Mexico.

«Hola, José!», sprach sie ihn auf Spanisch an. «Was geht ab?» José war der reiche Sohn eines zwielichtigen Industriellen. José verabscheute die Geschäfte seines Vaters und hatte sich darauf spezialisiert, Unschuldige aus den Fängen der Drogenkartelle zu befreien, anonym verstand sich. Nach einer halben Minute Small Talk kam Natalie zur Sache. «Amigo, du bist Mexicos Ein- und Ausbrecherkönig. Ich brauche deine Hilfe. Ich habe hier eine Tür, die ich aufbrechen muss, und ich habe nichts bei mir ausser meinen nutzlosen Händen.»

Natalie musste José einige Fotos der Tür senden. Wenn einer dieses Schloss knacken konnte, dann er.

«Du brauchst ein Stück Draht», sagte er.

Draht, na toll. Wo sollte Natalie Draht herbekommen? Sie schaute sich um. Da war ein loses Ende von einem Stück Befestigungsdraht, der vom Drehkreuz zum Felsen gespannt war. Der Draht war nicht sehr dick, dennoch kostete es sie zehn Minuten und blutende Hände, bis sie es endlich schaffte, das Stück abzubrechen.

Mit Josés Anleitung bog sie den Draht zurecht, führte ihn zwischen Tür und Rahmen ein und stocherte darin herum, bis ein leises Klicken verriet, dass die Tür entriegelt war. Natalie stiess sie auf. «Ich hab sie offen», jubelte sie leise und bedankte sich bei José, der besorgt meinte, sie solle vorsichtig sein.

Natalie wollte das Telefon wegstecken, als sie es sich anders überlegte. Sie wählte eine weitere Nummer. «Frau Jung? Ich bin es, Natalie Krieger. Kommen Sie sofort zu den Höllgrotten. Ich werde Ihnen Vincent Raschak liefern. Den Mistkerl buchten wir ein.» Sie legte auf, bevor Sara etwas erwidern konnte. Natalie blickte auf die Uhr auf dem Display des Handys. Es war bald halb sechs. Wann würde die Polizei hier sein? In fünf Minuten, vielleicht in zehn?

Ihr blieben also knappe zehn Minuten, um als Heldin in die Geschichte einzugehen. Sie war fest entschlossen, Tom zu retten und Vincent zu überführen.

Sie stellte die Taschenlampenfunktion ihres Handys ein und betrat das schwarze Loch. Das Adrenalin in ihrem Körper mischte sich unter die Angst. Dieser Hormoncocktail war besser als jeder Drogenrausch und wirkte stärker als jedes Schmerzmittel.

Sie war Wonder Woman, für Tom – und für Emeline.

NEUNZEHN

Natalie senkte den Lichtstrahl ihres Handys und lauschte. Von der Seite her hörte sie tropfendes Wasser. Sie unterdrückte den Drang, laut zu rufen. Die Stille war grausam. Die Dunkelheit auch. Zu wissen, dass man im Berg mit dem Bösen gefangen war, schnürte ihr die Luft ab.

Natalie war nie in den Höllgrotten gewesen. Als Kind hatte sie Paps angefleht, mit ihr herzufahren, aber er weigerte sich stur, die Verletzungsgefahr sei zu gross, war seine Begründung gewesen. Typisch.

Vorsichtig ging sie weiter und konzentrierte sich darauf, mit dem schwachen Lichtstrahl den Boden auszuleuchten. Sie vergass, die Decke im Auge zu behalten. Mit dem Kopf stiess sie gegen einen Stalaktiten, der bis tief in den Weg hinunterhing. «Autsch!» Sie konnte den Schmerzensschrei gerade noch im Keim ersticken. Vincent durfte nicht wissen, dass sie gekommen war, um Tom zu retten.

Natalie horchte erneut in die Stille der Höhle hinein.

Sie wagte es, mit dem Licht ihres Handys die Seegrotte auszuleuchten, die erstaunlich gross war.

Sie ging weiter. Der Weg führte erst leicht nach rechts und knickte dann nach links ab. In den Boden waren Stufen gemeisselt. Kaltes Wasser tropfte von der Decke auf ihren Kopf.

Natalie blieb stehen. Sie hatte ein Geräusch gehört. Ein Gurgeln?

Da war es wieder!

Es war ein Keuchen und klang, als würde sie einem Ertrinkenden zuhören. Oh nein!

Tom!

Natalie stürmte vorwärts und kam vor eine Weggabelung. Rechts führte der Rundgang weiter, links lag der Entwässerungsstollen mit dem künstlichen See. Die Feengrotte lag gleich hinter der Korallenschlucht. Der Entwässerungsstollen vor ihr leitete das Wasser des Sees unterirdisch in die Lorze zurück. Durch diesen Stollen kam niemand raus. Das war eine Sackgasse.

Wieder hörte sie das Gurgeln und Keuchen. Es kam eindeutig vom See her.

Sie hörte Stimmen. Zwei Männer unterhielten sich. Sie warf den Kopf herum. Die Stimmen kamen aus der Feengrotte. Vincent! Er musste dort nach den versteckten Diamanten suchen. Die andere Stimme gehörte einem Unbekannten. Vincent hatte Verstärkung dabei. Shit. An diese Möglichkeit hatte sie nie gedacht. Wusste er, dass Tom hier war? Hatte er den Plan durchschaut? Der Brief musste ihn misstrauisch gemacht haben. Scheisse. Es war Tom, der in der Falle sass, nicht Vincent. Das Gurgeln und Keuchen konnte nur von ihm stammen. Hatten die beiden ihn überwältigt und in den See geworfen? Natalie eilte in den Entwässerungsstollen. Ihr Herz blieb einen Moment stehen, als sie den künstlichen See mit dem schwachen Lichtstrahl auszuleuchten versuchte. Das hintere Ende des Sees verschwand in der Dunkelheit.

«Tom?», rief sie im Flüsterton.

Totenstille.

Oh nein!

Sie kletterte unter dem Geländer durch und tauchte den ersten Fuss ins Wasser. Die Kälte biss sich durch ihre Sneakers. Das Wasser war eisig.

Sie leuchtete die Oberfläche ab und betrachtete ihr Gesicht, das vom dunklen Wasser wie von einem Spiegel reflektiert wurde. Sie sah die nackte Angst in ihren Augen.

Natalie zog den zweiten Fuss nach. Das Wasser war knietief, der Boden extrem rutschig. Sofort sogen sich ihre Verbände mit Wasser voll, wurden eisig und fühlten sich schwer wie Steine an. Wenn sie ausrutschte und das Handy ins Wasser fiel, war sie gefangen in der Dunkelheit. Wie sollte sie dann Tom finden, wenn er nicht antwortete?

Sie watete an dem kugelförmigen Steingebilde vorbei, das aus dem Wasser ragte. Der Tropfstein war sicher einen halben

Meter im Durchmesser und erinnerte sie an das Gehirn eines Ausserirdischen. Gut möglich, dass ein Alien oder ein Predator aus der Dunkelheit geschossen kam. Dann war es vorbei mit ihrem Heldenleben …

Wieder hörte sie die Stimmen. Die nassen Wände verzerrten die Worte, deren Echo durch die Höhle jagte. Natalie verstand nicht, worüber Vincent mit dem Mann sprach, aber es klang definitiv wütend. Wenn sie den Beutel fanden und bemerkten, dass die Steine unecht waren, würden sie zurückkommen. Hundertpro.

Natalie ging schneller. Zu schnell. Ihr Turnschuh rutschte über eine Unebenheit am Boden. Bevor sie reagieren konnte, verlor sie das Gleichgewicht und fiel rückwärts.

Das Handy, schoss es ihr durch den Kopf.

Sie hob die Hand, die das Handy festhielt, in die Höhe, dadurch konnte sie sich aber nur mit einem Arm auffangen. Als das Wasser sich um ihre Hüften schloss, setzte der Atem aus. Der Kälteschock war mörderisch. Das Wasser war zu seicht, als dass es ihren Sturz genug dämpfte. Natalie biss sich die Lippen blutig, um nicht zu schreien. Ihre offenen Wunden unter den nassen Verbänden brannten wie Feuer. Sie hatte sich erneut die lädierte Hüfte geprellt. Für einmal war sie dankbar, wie eine Mumie verpackt zu sein. Sollte sie diesen Trip überleben, würden die Ärzte ihr morgen den Hintern amputieren. Sie blieb ein paar Sekunden im Wasser sitzen, holte Luft und versuchte, wieder aufzustehen, was schwierig war, aber es gelang ihr.

Weiter.

Ich muss Tom retten, dachte sie, Tom retten. Sie sprach die Worte wie eine Zauberformel vor sich her.

Der See schien endlos lang.

Sie sah Fässer halb im Wasser liegen. Whiskyfässer. Hier reifte also während drei Jahren der Johnett Whisky. Sie hatte davon gelesen. Wenn alles den Bach runterging, konnte sie sich vor ihrem Tod wenigstens betrinken.

Mehr beunruhigte sie, dass das Gurgeln verstummt war. Hektisch leuchtete sie die Oberfläche des Wassers ab.

Dann sah sie ihn.

Tom trieb im See, Gesicht nach unten, die Hände auf dem Rücken mit seinen eigenen Fussknöcheln verschnürt wie ein Paket. Das Wasser schimmerte rötlich um ihn herum. Er blutete!

Natalie rannte zu ihm hin, ging in die Knie und steckte sich ihr Handy in den Mund. Sie versuchte, Tom auf den Rücken zu drehen. Es gelang ihr nicht, er war zu schwer. Sie griff nach seinem Kopf und zog ihn aus dem Wasser.

Tom zeigte keine Reaktion.

War er tot?

«Nein! Bitte …» Sie war zu spät gekommen. Natalie hatte Tom in die kalte Hölle geschickt, um zu sterben.

Sie war keine Heldin.

Sie war sein Todesengel.

***

Seine Lungen brannten. Dann kam der Hustenreiz. In einem Schwall würgte er Wasser aus seinem schmerzenden Körper. Er stöhnte, aber kein Laut wollte aus seiner Kehle kommen. Bevor er seine Augen öffnete, wusste er, dass er in absoluter Dunkelheit gefangen war. Die Kälte war grausam, und der Geruch von feuchter Luft war entsetzlich.

Die Höllgrotten. Er war ihr Gefangener. Tom hörte Tierlaute, die es hier unten unmöglich geben konnte. Panik breitete sich aus. Es gab keinen Sauerstoff. Er wollte mit den Armen rudern, es ging nicht, seine Hände waren gefesselt, seine Füsse auch. Wasser schwappte gegen sein Kinn. Er lag mit dem Bauch nach unten im See.

Die ganze Erinnerung kam mit einem Schlag zurück: Vincent hatte ihm eine Falle gestellt!

Der Riese am See gehörte zu Vincent, er hatte ihm aufgelauert, verpasste ihm schmerzhafte Faustschläge und zielte mit einer Waffe auf seinen Kopf. Vincents Wut war gnadenlos gewesen, als er nach dem Versteck der Diamanten fragte.

Tom schwieg. Er war ein toter Mann, so oder so. Der Gorilla hatte ihn daraufhin in den See geschleppt, bis ganz nach hinten, ins Wasser geworfen, auf dem Rücken mit einer Schnur seine Hände an die Fussknöchel gefesselt und ihm die heftigsten Fusstritte verpasst, die er je in seinem Leben zu spüren bekommen hatte. Er erinnerte sich auch daran, wie er ihm den Mund zugehalten hatte, als der Höhlenwart seine letzte Runde durch die Stollen drehte. Dann liess er ihn mit dem Kopf nach unten im Wasser liegen. Tom hatte minutenlang gekämpft, versucht, im nur knietiefen Wasser zu überleben. Mit gebrochenen Rippen und letzter Kraft immer wieder den Kopf aus dem eisigen Wasser zu werfen, um nach Luft zu schnappen, war ein Spiel gegen die Zeit gewesen. Er wusste, er hatte verloren, und irgendwann hatten Kälte und Erschöpfung ihn aufgeben lassen.

Weshalb atmete er jetzt wieder? Er riss die Augen auf. Sie war noch da, die Dunkelheit, aber diesmal tanzten feine Schatten an der Wand der Höhle. Etwas strich ihm über den Kopf. Etwas hielt ihn fest. Nicht etwas, jemand. Er hörte ein Schluchzen.

«Nat–»

«Schhht», sagte sie und murmelte unverständliche Worte.

Tom hustete das letzte Wasser aus seinen Lungen. Er zitterte am ganzen Körper. Diese verdammte Kälte. Er schloss die Augen und nutzte die Atemtechnik, die er in jahrelangem Training erlernt hatte. Sie wirkte. Sein Puls beruhigte sich, das Zittern wurde schwächer, und sein Verstand kam zurück. «Natalie, was tust du hier?», keuchte er.

Sie nahm ihr Handy, die schwache Lichtquelle in diesem finsteren Loch, aus dem Mund. «Dich retten?», sagte sie unsicher. Sie zitterte so heftig, dass Tom befürchtete, das Handy würde jeden Moment im See landen. Mit ihren Händen konnte sie es nur schlecht festhalten.

«Verrücktes Mädchen», sagte er. «Da du schon mal hier bist … du musst mich losbinden.»

«Wie?»

«Steck das Telefon in den BH, dort sollte es trocken bleiben.

Du brauchst beide Hände. Du musst den Knoten meiner Fesseln auf dem Rücken lösen.»

«Wenn ich dich loslasse, tauchst du mit dem Kopf wieder unter.»

«Dir fehlt die Kraft, mich hoch auf meine Knie zu stemmen. Ich hole tief Luft, und du machst dich an die Arbeit, okay?»

«Vergiss es!» Sie hob weinend eine Hand. «Mit denen krieg ich das niemals hin.»

«Natalie, das ist deine Chance, dich als Heldin zu beweisen. Trösten werde ich dich, wenn wir hier raus sind. Leg los ...» Tom holte Luft und liess sich wieder mit dem Kopf ins Wasser fallen. Er fühlte, wie Natalie hinter seinem Rücken an dem verknoteten Seil zerrte, das seine Hände und Füsse aneinanderfesselte. Als die Lungen wieder nach Sauerstoff lechzten, wusste Tom, dass es Natalie niemals schaffen würde. Das Seil war komplett durchnässt und der Knoten festgezurrt. Selbst mit starken, gesunden Fingern wäre es eine Herausforderung, diesen Knoten zu lösen.

Er brauchte Luft!

Natalie zog weiterhin heftig an dem Seil. Endlich liess sie ab, griff wieder nach seinem Kopf und zog ihn aus dem Wasser. Er keuchte heftig.

«Ich schaffe das nicht, Tom.»

«Nicht – aufgeben», hustete er. Irgendwer musste ja die Nerven behalten. Ihm kam eine Idee. «In meiner rechten Hosentasche ist ein Taschenmesser. Hol es.»

Natalie hielt seinen Kopf mit einer Hand über Wasser und tastete mit der anderen seine Hosentasche ab. Sie hatte Schmerzen, er sah es ihr an. Sie schaffte es nicht mit einer Hand.

«Es ist Zeit für mein nächstes Bad. Mit beiden Händen kriegst du es raus. Los!» Er tauchte wieder unter, und sofort kippte Natalie ihn zur Seite und suchte in seiner Hosentasche nach dem Messer.

Als sie seinen Kopf wieder aus dem Wasser zog, hielt sie es mit der anderen Hand gegen ihre Brust gedrückt. «Ich hab es», sagte sie. «Mist! Ich kann es mit meinen Händen unmöglich öffnen.»

«Leg es in meine Hand», sagte Tom. «Ich mache das.»

Das schwache Licht des Handys begann auf Natalies Brust zu flackern.

Dann war es aus.

Totale Finsternis.

Tom hätte schreien können.

Natalie wimmerte.

«Scht, ist ja gut. Ich bin hier», sagte er, «und wir beide schaffen es hier raus, okay?»

«Okay», sagte sie wenig überzeugt.

«Gut. Leg mir das Messer in die Hand. Ich tauche kurz unter, damit du beide Hände dafür frei hast.»

«Tom, ich …»

«Ja, ich habe auch Angst, und mir ist schweinekalt, und ich hasse enge dunkle Höhlen. Aber ich bin nicht alleine, ich habe dich. Und du hast mich. Und zusammen kriegen wir das hin, das ist ein Versprechen.»

«Okay, ich lass deinen Kopf wieder los.» Natalie zählte von drei rückwärts, und sein Kopf glitt erneut unter Wasser. Es fühlte sich an, als ob tausend winzige Eispickel auf ihn einstachen. Seine Lungen kannten das Spiel bereits und rebellierten nach wenigen Sekunden. Er hatte zu wenig Sauerstoff im Blut. Natalie musste schnell handeln.

Er fühlte, wie ihre Hände seinen Oberkörper entlangtasteten. Sie suchte in der Dunkelheit nach den seinen, die er selber kaum spüren konnte. Wie wollte er die Fingerfertigkeit aufbringen und das Taschenmesser aufklappen? Tom zweifelte, dass Natalie es fertigbrachte, das Seil danach auch tatsächlich zu durchschneiden. Es war eine kaum lösbare Aufgabe für sie.

Toms Körper bäumte sich im Todeskampf auf. Er begann die Kontrolle zu verlieren. Er brauchte Luft. Nur noch wenige Sekunden, und er würde den Atemreflex nicht mehr unterdrücken können. Ein Schwall Eiswasser würde erneut seine Lungen fluten. Kein schöner Tod, das wusste er.

Plötzlich fühlte er das Taschenmesser in seiner Hand. Er packte es. Keine Sekunde zu spät zog Natalie seinen Kopf wieder aus dem Wasser. Er schnappte heftig nach Luft wie ein Fisch auf dem Trockenen.

«Sorry, sorry», murmelte sie im Dunkeln.

Er fühlte ihre Wange an der seinen und warme Tränen auf der Haut.

Ein Geräusch liess sie erstarren.

Tom konnte Natalies Umrisse wieder deutlich vor sich sehen.

Eine Lichtquelle. Eine Lichtquelle, die rasch näher kam.

«Tom», flüsterte Natalie. «Sie kommen zurück.»

***

«Das sind keine Diamanten! Der Schuft hat uns reingelegt.» Vincent warf den Beutel auf den Höhlenboden. Glas, billiges Glas.

Benno war bereits auf dem Weg zurück zu Tom. Sie hätten ihn am Leben lassen sollen. Tot war er wertlos. Verdammt. Konnte irgendwann etwas nach Plan verlaufen?

Vincent ging die Korallenschlucht zurück, folgte Benno zum See. Vielleicht lebte Natalies Handlanger ja noch. Der Kegel seiner Taschenlampe tastete die nassen Wände ab. Die Stalaktiten warfen gespenstische Schatten. Sollte Tom leben, würde er um Gnade betteln. Vincent war zu allem bereit, denn er hatte nichts mehr zu verlieren. Sollte er ohne Steine hier rausgehen, war er ein toter Mann, dafür würde Kakoko früher oder später sorgen.

Er betrat den Entwässerungsstollen. Benno war bereits über das Geländer gestiegen und watete durch das Wasser. Vincent folgte ihm, sein Gesicht zu einer Fratze verzerrt, als das eisige Wasser seine Waden umspülte. Die Lichtkegel ihrer Taschenlampen tasteten sich vor, bis sie ganz hinten Tom im Wasser liegen sahen.

Regungslos, auf dem Bauch treibend, den Kopf unter Wasser, Hände und Füsse auf dem Rücken gefesselt. Tom lag da, wie sie ihn zurückgelassen hatten.

Benno blieb vor dem Leichnam stehen, kickte mit dem Knie leicht gegen den Körper und schüttelte den Kopf. «Der ist hin, Boss.»

«Fuck!», schrie Vincent. In seiner Wut stiess er Benno seine Faust in den Rücken. Benno schien den Schlag kaum zu spüren. «Musstest du ihn gleich umbringen?»

«So war deine Anweisung, Boss», sagte Benno gelassen. «Er sollte langsam und qualvoll sterben.»

«Langsam! Ich habe *langsam* gesagt.»

«Langsam ist relativ», erwiderte Benno. Er drehte sich zu Vincent um. «Und jetzt?»

Vincent fasste sich an den Kopf. Er hatte keine Ahnung. Er schloss die Augen, um nachzudenken. Die Diamanten waren nicht hier. Vermutlich würden sie nie gefunden werden. Vincent konnte sich auch gleich hier von Benno umbringen lassen.

Ein kehliger Schrei liess ihn zusammenfahren.

Benno starrte ihn mit aufgerissenen Augen an. Er hustete. Warme Flüssigkeit spritzte auf Vincents Gesicht. Blut! Blut spritzte aus Bennos Mund. Er sank in die Knie.

Was zum Teufel …?

Vincent wischte sich angeekelt mit der Hand über das Gesicht. Er richtete seine Taschenlampe auf Benno.

Tom stand direkt hinter ihm!

Vincent brauchte einige Sekunden, um zu realisieren, was hier gerade geschah.

Tom hielt ein Taschenmesser an Bennos Kehle, der im Wasser kniete, starr vor Schock. Blut tropfte von der Klinge. Er starrte Vincent an. Des Teufels Augen hätten nicht grausiger funkeln können.

Mit zitternden Händen griff Vincent nach seiner Pistole am Hosenbund.

***

Natalie drückte sich im Schutz der Dunkelheit an die Wand. Sie wusste nicht, was mehr schmerzte, ihr Körper oder ihr Herz.

Sie konnte die schreckliche Szene kaum mit ansehen. Tom stand Vincent gegenüber. Er war geschwächt, atmete zu schnell, war unterkühlt – und zu allem entschlossen.

Das hier war die letzte Runde.

Natalie sah, wie Vincents Gorilla im Wasser kauerte und nach Luft schnappte. Tom musste ihm durch den Rücken in die Lunge gestochen haben. Das Messer hielt er an dessen Kehle.

Weitaus mehr Sorgen machte ihr die Waffe, die auf Tom gerichtet war. Was konnte sein Schweizer Taschenmesser gegen eine Bleikugel ausrichten?

«Endlich stehen wir uns Auge in Auge gegenüber», hörte sie Tom sagen. Seine Stimme war ungewohnt heiser und hart. «Haben dir die Glassteine nicht gefallen?»

«Wo sind die Diamanten?», fragte Vincent nervös.

«Es war eine gute Ablenkung», sagte Tom und blickte in Natalies Richtung, die sich an der Wand hinter Vincent versteckt hielt.

«Ablenkung?», fragte Vincent.

«Ablenkung. Du hast dich zu sehr auf die Diamanten konzentriert.»

Natalie stutzte. Was meinte Tom mit Ablenkung? Nie hatte sie ihn so kalt sprechen hören, als wäre er ein anderer Mensch. War das Tom? Fast machte er ihr Angst – denn er zeigte keine. Die Waffe schien ihm egal.

«Ja», sagte Tom. «Es musste schnell gehen, es war meine einzige Chance.»

«Hör auf, Scheisse zu labern, oder ich erschiesse dich gleich auf der Stelle.»

Tom grinste hämisch. Natalie konnte es deutlich sehen, Vincent leuchtete ihm mit seiner Taschenlampe direkt ins Gesicht. «Die Steine haben dich abgelenkt, Vincent. Du hast das Überraschungsmoment unterschätzt. Du bist voll geliefert, Alter. Gegen Superhelden hast du keine Chance.»

«Hat es dir das Hirn gewaschen?»

Natalie hätte sich ohrfeigen können. Ablenkung, klar doch! Tom sprach mit ihr. Du dumme Nuss, beschimpfte sie sich. Ihr

Verstand arbeitete mit dem Tempo einer Schnecke auf einer Leimspur. Tom braucht mich, das ist meine Chance.

Es ist Zeit für Wonder Womans Auftritt.

Entschlossen trat sie aus dem Schatten. «Hey, Vincent! Du hast voll abgekackt und bist so was von am Arsch.»

Vincent schnellte herum.

Natalie ging auf ihn zu, fest entschlossen, den schmerzenden Körper zu ignorieren und Haltung zu bewahren. Wenn sie hier sterben sollte, dann als stolze Heldin. «Wenn Tom Blut leckt und sich verwandelt», sagte sie und versuchte seinen kalten Tonfall zu imitieren, «wird er zur Bestie. Da ist der Hulk ein Hosenpups dagegen. Ich hätte dich vor ihm warnen sollen.»

Das waren die Sekunden Ablenkung, die Tom brauchte, um den Mistkerl zu überwältigen. Er stiess den kollabierten Benno beiseite und sprang Vincent blitzschnell an, das Taschenmesser vor sich haltend wie eine Schwertklinge. Vincent schrie, als sich das Messer in seinen Oberarm bohrte. Er ruderte mit den Armen, verlor unter Toms Gewicht die Balance, und zusammen stürzten sie in den See. Die Männer wanden sich im Wasser wie zwei Haie, die sich einen Kampf lieferten.

Was konnte Natalie tun? Sie musste Tom helfen.

Sie eilte zu den beiden hin.

Ein ohrenbetäubender Knall jagte durch die Höllgrotten und liess sie erstarren.

***

«Schneller!», schrie Sara.

Ihr Kollege von der Sicherheitspolizei brach die Ausgangstür der Höllgrotten auf. Rizzo stand mit gezogener Waffe neben ihr. Bolander hatte sie zum Eingang der unteren Höhle geschickt. Sie konnten unmöglich auf den Höhlenwart mit dem Schlüssel warten. Wenn sich im Innern das Drama abspielte, welches sie sich vor ihrem geistigen Auge ausmalte, war das übel, ganz übel.

Es knackte aus dem Funkgerät, das sie an der schusssicheren Weste trug.

Bolander sagte: «Die Tür hier oben wurde mit einem Draht aufgebrochen. Ich geh rein.»

«Los!», hetzte Sara ihren Kollegen unfreundlich.

Nach wenigen Sekunden war auch diese Tür offen, und Sara stürmte als Erste vor.

Ihre Augen mussten sich erst an das schwache Licht gewöhnen, das ihre Taschenlampen in die Höhle ausstrahlten. Nässe und Kälte empfingen sie. Sara schauderte, zögerte jedoch nicht lange und ging rasch vorwärts. Es war still. Zu still. «Tom? Natalie? Hier ist die Polizei.»

Keine Antwort.

«Sara, sei vorsichtig», warnte Rizzo.

Sara nickte und ging weiter. Draussen hörte sie Sirenen. Verstärkung war unterwegs.

Ein knirschendes Geräusch liess sie innehalten. Sie war auf etwas getreten. Sie zog den Fuss zurück und leuchtete den Boden ab. Vor ihr lag ein schwarzer Stoffbeutel. Daneben lagen – Diamanten? Sie ging in die Knie. Mehrere der Steine waren zu Puder zerdrückt. Sie hob einen auf. Das waren keine Rohdiamanten. Das waren Glassteine. Die gleichen, die Natalie benutzt hatte, um Lionel in das Chalet zu locken. Sie gab wohl nie auf. Hoffentlich bezahlte sie ihren Heldentraum nicht mit dem Tod.

Rizzo ging an Sara vorbei und verschwand in dem Stollen. Sie folgte ihm und bog weiter vorne rechts ab. Ein kleiner See lag vor ihr. Eine unbekannte Lichtquelle liess das glasklare Wasser glitzern, das kleinste Wellen warf.

«Natalie!», rief sie erneut.

«Wir sind hier hinten!», rief deren Stimme zurück. «Schnell, wir brauchen einen Arzt.»

Sara rannte los.

Natalie kam ihr nach wenigen Metern weinend entgegen. Sie fiel ihr direkt in die Arme, war total entkräftet und blutete an den Händen. Sara hielt sie fest, schickte Rizzo mit einem Handzeichen weiter. «Sind Sie verletzt? Was ist passiert?»

«Tom! Ihr müsst ihm helfen.»

Sara reichte Natalie an ihren Kollegen vom Sicherheitsdienst weiter und stürmte Rizzo hinterher. Weshalb roch es hier hinten nach Alkohol, wunderte sie sich.

Sara war auf so einiges gefasst gewesen, aber was sie sah, schockierte sie.

Ein Mann lag blutend und regungslos im Wasser. Daneben kniete Vincent. Er weinte und starrte in Panik hilfesuchend zu Sara hoch. Hinter ihm stand Tom, komplett durchnässt und totenbleich. Nackte Wut loderte in seinen Augen. Er hielt ein Taschenmesser in seiner zitternden Hand und drückte die Klinge fest gegen Vincents Halsschlagader. Dessen Haut war von der Klinge bereits angeritzt, und eine feine Blutspur rann den Hals hinab.

«Tom!», rief Sara und richtete ihre Pistole auf ihn. «Lass Raschak los.»

«Der Arsch wollte Natalie und mich töten», sagte Tom, seine Stimme war eiskalt. Diese Seite an Tom war ihr völlig fremd – und bestürzte sie.

«Lass ihn los! Das ist meine letzte Warnung, Tom.»

Er lachte unbeeindruckt. «Du bist spät dran, Sara.» Er liess das Messer fallen und sackte zusammen.

***

Vor den Höllgrotten herrschte reger Betrieb. Mehrere Polizeiwagen standen an der Seite parkiert, man hatte drei Krankenwagen angefordert, und der Staatsanwalt unterhielt sich mit dem Hüttenwart, den man ebenfalls gerufen hatte. Neben ihm stand die Kassiererin und trat nervös von einem Bein aufs andere.

Natalie beobachtete das Treiben abwesend, mit ihren Gedanken war sie bei Tom, der neben ihr auf der Bahre in einem der Krankenwagen sass. Sie hatte darauf bestanden. Sie brauchte seine Nähe.

Während ein Sanitäter Natalies offene Wunden verarztete und die durchnässten Verbände notdürftig ersetzte, drückte ein anderer Tom eine Sauerstoffmaske auf die Nase. Die sass nicht lange dort. Kaum drehte sich der Sanitäter weg, zog Tom das Ding aus seinem Gesicht. Er drückte Natalie die wärmende Decke enger um die Schultern. Sie zitterte heftig. «Wie geht es meiner Wonder Woman?»

«Ich dachte, Heldin zu sein fühlt sich gut an. Mir geht es beschissen.»

«Du hast mir das Leben gerettet. Danke.»

«Ich dachte, Vincent erschiesst dich.»

«Vincent hatte nicht den Mumm, richtig zu zielen. Glück gehabt. Die Kugel steckt jetzt irgendwo in der Höhlenwand fest.»

Sie biss sich auf die Lippen, ob aus Schmerz oder wegen einer Überdosis Hormone, die in ihr tobte, war ihr nicht klar.

Der Sanitäter, der Natalies Wunden versorgte, bemerkte den intimen Moment und verdrückte sich.

Tom nahm sie in die Arme und schwieg. Das war ihr recht. Sie beobachtete den Aufmarsch rund um die Höllgrotten. Der war gewaltig. In einem Streifenwagen weiter vorne sass Vincent in Handschellen auf dem Rücksitz. Mordversuch war ein guter Anklagepunkt. Der Mistkerl würde den Rest seines Lebens hinter Gittern schmoren, davon würde Natalie den Richter überzeugen.

Ein Ambulanzwagen fuhr mit Blaulicht los. Tom hatte Vincents Schläger an der Lunge erwischt. Der Stich war nicht tief, er würde es wohl überleben.

Sara kam zu ihnen. Von ihrer Hand baumelten Handschellen.

«Echt jetzt?», fragte Tom.

«Ist Vorschrift. Du hast einen Mann niedergestochen und einem anderen fast die Kehle aufgeschlitzt.»

«Das war Notwehr!», rief Natalie entsetzt.

«Ganz ruhig. Ich passe gut auf Ihren Tom auf. Die Handschellen kriegt er später wieder ab. Ich lege ein gutes Wort für ihn ein. Aber jetzt nehme ich ihn mit. Wir machen für einen Check-up einen kurzen Halt im Spital, danach fahren wir zum

Posten und führen dort ein intensives Gespräch in der Arrestzelle. In ein bis zwei Tagen haben Sie Tom zurück. Versprochen.»

Natalie hätte der Kratzbürste eine reinhauen können.

Tom drückte ihr besänftigend einen Kuss auf die Stirn. «Es ist vorbei, Natalie. Alles wird gut. Ich bin bald zurück. Aber da gibt es eine Sache, um die ich dich bitten muss.»

Natalie schluckte schwer und nickte. So traurig hatte sie sich selten gefühlt.

«Schau nach meinem Paps. Er ist es nicht gewohnt, dass ich so lange wegbleibe.»

«Klar», sagte sie. Mehr fiel ihr nicht dazu ein.

Tom stand auf, hielt sich augenblicklich die Rippen und keuchte nach Luft. Dann richtete er sich langsam auf und streckte seine Arme aus. Mit einem schnappenden Geräusch legte Sara ihm die Handschellen an. Sie nahm ihn mit sich wie einen angeleinten Hund.

Natalie hätte schreien können und war kurz davor, ihren ersten Mord zu begehen. Sie stand von der Bahre auf und wollte den beiden nacheilen, als die Kassiererin der Höllgrotten vor sie trat. Nervös blickte sich diese um. Sie trug eine dunkle Hornbrille und schob sich eine braune Haarsträhne hinters Ohr. «'tschuldigung», sagte sie. «Ich habe vorhin gehört, wie der Verletzte Sie mit Natalie ansprach.»

«Ja, ich bin Natalie.»

«Ich bin Wendy. Ich arbeite hier.» Sie zeigte zu dem Kassenhäuschen. Dann lehnte sie sich verschwörerisch vor und sprach leise: «An dem Tag, bevor man die schwarze Frau unter der Lorzentobelbrücke fand, also da, na ja, da war dieser Brief. Er lag am Boden vor der Tür des Kassenhäuschens. Ich dachte, jemand hätte ihn verloren, und bewahrte ihn neben der Kasse auf – falls dieser Jemand danach fragen sollte.»

«Was hat das mit mir zu tun?»

«Da war keine Adresse drauf auf dem Brief, nur ein Name.» Die junge Frau blickte sich um und zog diskret einen Umschlag aus ihrer Jackentasche. «Ich glaube, der war für Sie gedacht. Damals war mir nicht klar, dass er mit der toten Frau in Verbindung stehen könnte.»

Natalie nahm den Brief rasch entgegen. Niemand beobachtete sie. Sie drehte den dicken Umschlag um. «Natalie», stand darauf, geschrieben in einer altmodischen Schnörkelschrift.

ZWANZIG

Fünf Tage hatte die Jung ihn für sich. Jetzt stand sie unter dem Türrahmen und brachte Tom zurück.

Natalie ignorierte ihre brennenden Füsse und rannte durch das Entrée zum Eingang. Strahlend blieb sie vor Tom stehen. Sara Jung würdigte sie keines Blickes.

«Na endlich!» Sie packte Tom mit ihren eingebundenen Händen am Arm und zog ihn ins Haus. «Es sind alle da. Wir haben eine Megaüberraschung für dich. Komm.»

Tom lachte, hielt Natalie aber zurück. «Gut siehst du aus, Mädchen.»

Sie legte den Kopf schief. «Alter, ich dachte, mit meiner Heldentat hätte ich mir einen cooleren Namen verdient?»

Er kam näher und flüsterte ihr ins Ohr: «Da wird mir schon was einfallen.»

«Komm jetzt.»

«Und die Jung? Willst du sie unter der Tür stehen lassen?»

Natalie blickte zu ihr hinüber. Sie stand stramm, die Arme vor der Brust verschränkt, den Mund leicht schief gezogen. Wie immer trug sie eine dunkle Hose und eine weisse Bluse. Hatte die keine anderen Kleider im Schrank? Natalie wusste, dass sie selber heute blendend aussah. Sie trug eine bunte afrikanische Robe in Gold-, Pink- und Blautönen. Rebecca hatte ihr mit dem Make-up geholfen. Und mit dem Kopftuch. Sie brauchten beinahe eine Stunde, um mit Hilfe eines Anleitungsvideos aus dem Internet einen kunstvollen nigerianischen Gele auf ihrem Kopf zu drapieren. Natalie war mächtig stolz auf ihren Kopfschmuck, der sich fast wie eine Krone anfühlte. Vielleicht war das übertrieben, aber Natalie war in der Stimmung zu feiern, und ab und zu durfte sie auch die Tusse in ihr raushängen lassen.

«Kommen Sie rein, Frau Jung», sagte sie und wusste, dass es hochnäsig rüberkam, was gut war. Obwohl Sara ihnen geholfen hatte, auch mit Musa, dessen Fingerabdrücke auf rätselhafte Weise aus dem System gelöscht worden waren, wollte Natalie ihr nicht vertrauen. Etwas steckte in ihr, ein Geheimnis, das Natalie misstrauisch machte. Sie hatte sich entschlossen, nächste Woche die ersten Recherchen über Sara Jung anzustellen. Man wusste nie, wann einem Geheimnisse weiterhelfen konnten, denn Natalie war überzeugt, dass sie die Kripochefin wiedersehen würde.

«Danke, Frau Krieger, ich habe zu arbeiten», sagte Sara kühl. «Tut mir leid, dass wir Herrn Engels ganze fünf Tage bei uns zu Gast hatten. Sie verstehen sicher, es gab so einige Fragen zu klären, und die Bürokratie ... Das dauert seine Zeit.»

«Ich habe ihn ja zurück», sagte Natalie und legte den Arm um Tom. «Ich will Sie natürlich nicht von Ihrer Arbeit abhalten. Zug soll ja ein sicheres Pflaster bleiben.»

«Natürlich», sagte Sara. «Ich hoffe, Sie stellen in nächster Zeit keine weiteren Dummheiten an.»

«Ich geb mir Mühe.»

Sara ging, und Natalie schloss erleichtert die Tür hinter ihr.

«Was war denn das?», fragte Tom. «Ich bin keine Ware, um die ihr streiten könnt.»

Statt zu antworten, fiel ihm Natalie um den Hals.

«Na, na», sagte Harri, der in die Eingangshalle kam. Er ging Hand in Hand mit Rebecca. «Unser Held ist zurück.» Er klopfte Tom auf die Schulter. «Aber ich bin immer noch böse, weil du meine Tochter in Gefahr gebracht hast.»

«Lauter Helden in diesem Haus», sagte Rebecca, «das gefällt mir.» Sie drückte Harri einen Kuss auf die Wange.

Tom folgte Natalie in den Salon. Auch Harri folgte ihnen, Rebecca blieb zurück. Natalie wusste, weshalb.

«Wow», flüsterte Tom ihr ins Ohr, als sie den Salon betraten, «was haben wir zu feiern?»

Natalie hatte sich Mühe gegeben mit der Dekoration: Blumen, Ballone, bunte Papier-Volants und ein Buffet mit Leckereien füllten den Raum.

«Das hier ist für dich.»

Musa kam humpelnd aus der Küche. Er grinste breit. «Da ist ja unser Knastbruder!»

«Musa! Du bist auch raus?» Tom stürmte auf Musa zu. Dieser hob sofort die Hände. «Nicht anfassen, Mann. Bei mir ist alles lose und erst dabei, wieder zusammenzuwachsen. Ein kräftiger Händedruck, und ich zerfalle in Einzelteile.»

«Lionel hat dich ganz schön rangenommen, was?»

«Ohne dich wäre ich tot, Mann. Danke.»

«Immer wieder gern.»

«Alexandra lässt dich grüssen. Sie wird in zwei Tagen entlassen. Sie hat versprochen, dir einen riesigen Kuchen zu backen, wenn sie wieder fit ist.»

«Schön, dass es ihr besser geht.»

Natalie stand abseits und beobachtete die Szene. So glücklich wie heute hatte sie sich lange nicht mehr gefühlt. Das hier war ihre Familie. Was konnte sie sich mehr vom Leben wünschen? Sie ging zu Tom. «Setz dich. Wir haben einige Überraschungen auf Lager.» Sie schaute sich um. «Wo ist eigentlich Jonas? Hat ihn jemand gesehen. Er wollte heute Morgen etwas erledigen und rechtzeitig zurück sein.»

Alle schüttelten die Köpfe. Natalie entging Toms nachdenklicher Blick nicht. «Alles okay?»

«Ja, sicher. Mach dir keine Sorgen um Jonas.»

«Ich mache mir keine Sorgen.» Was sollte diese Bemerkung? Egal, sie konnte Tom später danach fragen. Sie führte ihn zu einem Sessel, setzte ihn hinein und stellte sich hinter ihn. «Josephine!», rief sie. «Du kannst kommen.»

«Josephine?»

«Die Raschaks mussten sie entlassen. Finanzielle Sorgen und ein Mann im Knast ruinieren Amanda, die kürzertreten muss. Deine Sara hat uns von Josephine erzählt. Paps und ich haben sie bei uns aufgenommen.»

Das dunkelhäutige Mädchen trat in den Salon, etwas scheu, aber mit einem Lächeln im Gesicht. Natalie konnte sich an ihr nicht sattsehen. Ihre dunkle Haut glänzte wunderschön im Licht der Sonne.

«Ist das Imani?», fragte Tom und sprang vom Sessel auf.

Josephine trug das Baby auf dem Arm.

«Josephine braucht eine Aufgabe», sagte Natalie. «Wir dachten, sie kann sich um Imani kümmern.»

Tom ging zu dem Baby und nahm es Josephine vorsichtig aus den Armen. Er sah gut aus mit Baby auf dem Arm. «Du bist also das kleine Mädchen, das uns in den letzten Tagen auf Trab gehalten hat. Eine süsse kleine Maus. Kräftig und gesund.»

«Sie hat die Gene einer starken Mutter», sagte Natalie.

Harri trat neben sie. «Wir können Imani als Pflegekind aufnehmen. Vincent und seine Familie wollen nichts mit ihr zu tun haben. Sie haben sie zur Adoption freigegeben. Imani bleibt bei uns, und Natalie bekommt endlich eine Schwester.»

«Gratuliere!», sagte Tom und gab Josephine das Baby zurück. «Dann sind alle glücklich vereint. Happy End.»

Natalie hörte die Traurigkeit aus seinen Worten. Sie ging zu ihm. «Tom, ich wollte, deine Töchter wären auch hier. Mein Anwalt hat alles versucht – keine Chance.»

«Ich weiss», sagte er. «Aber danke.»

«Alter – ganz alleine bist du trotzdem nicht. Schau, wer da kommt!»

Natalie genoss den Augenblick, als Rebecca Toms Vater in den Salon führte.

«Paps?»

«Junge, warum hast du mir deine Freunde nicht früher vorgestellt? Ist das nicht ein schönes Haus? Rösli gefällt es auch – wo ist sie denn?»

Natalie beobachtete Toms Vater. Sie hatte sich in den letzten Tagen um ihn gekümmert und ihn heute hergebracht. Es stimmte sie traurig, zu sehen, wie der alte Herr seine verstorbene Frau vermisste. Diese Leere konnte auch die Krankheit ihm nicht nehmen. Wahre Liebe konnte wundervoll und grausam sein.

Harri öffnete den Champagner, und Rebecca verteilte die Gläser. Es wurde geredet, gelacht und die Ereignisse der letzten Tage als Heldentaten immer und immer wieder erzählt. So mussten Märchen entstanden sein, dachte Natalie glücklich.

Tom kam auf sie zu. Sein Gesicht zu ernst.

Das Happy End war noch nicht geschrieben, sie wusste es. «Hey», sagte Natalie. «Kommt jetzt der Augenblick, in welchem der Prinz vor der Prinzessin in die Knie geht und ihr einen Ring an den Finger steckt?»

«Nein», sagte Tom. «Wir sind Helden, keine Blaublüter. Helden sind dazu verdammt, alleine weiterzuziehen. Lass uns reden.»

Natalie nickte und liess sich von ihm über die Terrasse zum Papiliorama führen. Drinnen war es warm und feucht. Die Schmetterlinge schwebten wie bunte Punkte durch die Luft.

Sie setzten sich auf die Gartenstühle.

Tom schwieg, und Natalie konnte die Spannung kaum ertragen. Sie brach als Erste das Schweigen. «Wohin gehst du?»

«Die Agentur hat mir einen Job vermittelt. Offenbar hat ein deutscher Geschäftsmann in den Zeitungen über unseren Fall gelesen. Er will mich als Bodyguard engagieren.»

«Ich gebe dich nicht her.»

«Du bist in Sicherheit – so gut das bei dir eben geht. Karo droht, den Vorfall in den Höllgrotten vor Gericht gegen mich zu verwenden. Dich zu beschützen stelle auch eine Gefahr für die Mädchen dar. Idiotisch ist das! Aber ich muss an meine Töchter denken.»

«Das versteh ich ja.»

Er nahm sie in den Arm.

«Ich hasse es, eine Heldin zu sein. Ich wäre für einmal lieber die Prinzessin.»

«Wir können trotzdem Freunde bleiben und uns regelmässig sehen.»

«Das hoffe ich. Du bist mir deine Version der Geschichte schuldig, die dich damals in U-Haft gebracht hat.»

«Die werde ich dir erzählen. Aber jetzt habe ich etwas für dich», sagte Tom und liess sie los. Er stand auf und griff in seine Jeanstasche. Er holte eine kleine Schmuckschachtel hervor. «Nein, es ist kein Ring.» Er kniete sich vor sie, öffnete die Schachtel und zog ein Bracelet hervor. Er legte es ihr über dem

Verband an. «Es ist mir eine Ehre, dass ich der erste Mann sein darf, der dir ein Schmuckstück schenkt.» Er grinste. «Ich bin sicher, ich werde nicht der letzte sein.»

«Tom, das ist voll schön! Danke.» Natalie betrachtete das Schmuckstück. Tausend Steine funkelten im Tageslicht. «Aber das ...»

«Sorry, echte Diamanten kann ich mir nicht leisten. Emelines Steine sind es auch nicht. Die bleiben verschwunden.»

«Die werden wir auch nie finden, Tom. Die liegen irgendwo in der Lorze oder im Höllbach begraben. Sie sind vermutlich schon auf dem Weg zum Meer.»

«Woher ...?»

Natalie holte den Brief hervor, den ihr die Kassiererin bei den Höllgrotten in die Hand gedrückt hatte. «Emeline hat eine Art Brief-Tagebuch geführt und ihre Geschichte aufgeschrieben. Der Diamant, den sie mir geschickt hat, sollte mich zu den Höllgrotten führen. Dort hatte sie einen Brief für mich hinterlassen.»

Toms Hand berührte die ihre einen langen Moment, als er den Brief entgegennahm.

«Wer hat ihn gelesen?», fragte er.

«Ich und jetzt du. Wenn Imani gross genug ist, wird sie ihn bekommen.»

Tom öffnete den Umschlag und zog mehrere Blätter heraus, vollgeschrieben mit einer altmodischen Schnörkelschrift.

Natalie stand auf. «Ich gehe zu den anderen. Lies den Brief. Geben wir Emeline das letzte Wort in diesem Fall.»

Höllgrotten – Juni

Blut klebt an den Diamanten. Sie bringen Unglück. Die Steine entstammen der Hölle, und dorthin sollten sie zurückkehren. Sie dürfen niemals gefunden werden.

Die Ärztin hat mir von den Höllgrotten erzählt. Von einer Feengrotte und einem Zauberschloss mitten im Berg. Dort wollte ich die Diamanten auf ewig begraben, doch ich kam zu spät. Die Höhle war geschlossen. Und der schwarze Teufel jagte hinter mir her. Er muss mich beobachtet haben, als ich dich heute Nachmittag weggeben habe, meine geliebte Tochter. Ich glaube, er ist mir den ganzen Tag schon gefolgt. Aber das spielt keine Rolle mehr. Die weisse Frau hat dich aufgenommen, nur das zählt. Du bist in Sicherheit, und du wirst ein gutes Leben haben. Ich bete, dass dein Vater und seine Frau dich liebevoll aufziehen werden.

Bitte verzeih, dass diese Zeilen kaum leserlich ausfallen. Ich schreibe bei Mondlicht. Auch wenn ich den schwarzen Teufel für eine kurze Zeit abschütteln konnte, er wird mich bald wieder finden. Ich stehe hier auf diesem kleinen Steg über dem Fluss. Hinter mir sehe ich die beiden hohen Brücken. Die rechte Hand hält den Stift, die linke ist gefüllt mit Blutdiamanten. Ich werde sie in den Fluss streuen. Das Wasser wird sie mit sich reissen und über das Land verteilen. Diese Diamanten dürfen niemandem gehören. Sie bringen einzig Tod und Verdammnis.

Meine Tochter, ich kann dich nicht behalten, denn bleibst du bei mir, müssen wir zurück in den Kongo, und dort wartet auf uns der Tod. Hier in der Schweiz darfst du leben. Ich habe dir den Namen Imani gegeben. In Suaheli bedeutet er Glaube, Vertrauen und Hoffnung. Ich trage Hoffnung in meinem Herzen. Und die Kraft, dich freizugeben, Imani, auch wenn es schmerzt, aber wir können nicht zusammenbleiben – es würde dein Unglück bedeuten. Sei nicht traurig, wenn du hoffentlich in einigen Jahren diese Zeilen von dem Schmetterlingskind zu lesen bekommst. Natalie ist meine Heldin, sie hat uns gerettet, und sie wird immer bei dir sein, das fühle ich. Sie wird über dich wachen, wie nur eine Mutter über ihr Kind wachen kann. Ich werde ihr auf ewig dankbar sein, und ich bete, dass sie diesen Brief findet und ihn dir eines Tages weitergeben wird. Ich habe Hinweise hinterlassen, welche helfen sollen, dich und Natalie zusammenzubringen, wenn alles vorbei ist.

Meine Tochter, weine nicht, wenn der Abschied kommt. Ich muss gehen, ich höre bereits, wie sich der schwarze Teufel wieder an mich heranschleicht. Was immer geschehen wird, ich bin glücklich, denn ich durfte die Hoffnung Afrikas unter meinem Herzen tragen und wahre Liebe erfahren, mehr wollte ich von diesem einen Leben nicht.

In Liebe, Emeline

Dank

«Höllgrotten» zu schreiben war eine wundervolle Erfahrung und hat mir so einiges abverlangt – emotional wie fachlich. Ohne die Hilfe anderer wäre diese Geschichte nie entstanden.

Schmetterlingskinder sind wahre Helden. Ich möchte Jenny und Tanja danken, die mir Einblicke in das Leben von Schmetterlingskindern geschenkt haben. Ich bewundere euren Mut und die Lebensfreude. Ihr habt meinen tiefsten Respekt.

Die Stiftung DEBRA leistet Grossartiges, hilft Betroffenen und informiert über Epidermolysis bullosa – EB. Wer sich informieren oder helfen möchte: www.schmetterlingskinder.ch

Der Kongo war Neuland für mich. Deshalb ein riesiges Dankeschön an den Urner Carlos Schuler, der seit dreissig Jahren im Kongo lebt. Ausführlich hat er meine Fragen direkt aus Bukavu per Mail beantwortet. Sein Buch «Leben und Überleben im Kongo» hat mir grossartige und auch berührende Momente geschenkt, mich viel über den Kongo gelehrt und nicht mehr losgelassen.

Bedanken möchte ich mich auch ganz herzlich bei der Zuger Polizei, die sich Zeit für meine Fragen und für meinen Fall genommen hat und mich durch die Räumlichkeiten der Polizeidienststelle führte. Sollte es in meinem Krimi Details geben, die ermittlungstechnisch inkorrekt sind, so ist das einzig der Phantasie der Krimiautorin zuzuschreiben und nicht beabsichtigt.

Ich möchte mich bei der Stiftung Höllgrotten bedanken, dafür, dass ich die Höllgrotten als wunderbaren Schauplatz nutzen und den Namen als Buchtitel verwenden durfte, und auch für die Hilfsbereitschaft und das Beantworten meiner Fragen. Wer sich näher informieren möchte: www.hoellgrotten.ch

Wie immer ein herzliches Dankeschön an meine Testleser, vor allem an Erika und meine Mutter, für ihre Zeit und Geduld und unentbehrlichen Ratschläge.

Meine Lektorin Irène Kost hat wieder Wunder vollbracht und meinem Manuskript den letzten Schliff verpasst. Ich schätze ihre feinfühlige und konstruktive Kritik sehr. Danke für deine tolle Arbeit.

Auch dem Emons Verlag möchte ich herzlich danken, dafür, dass er mir all meine Freiheit lässt, über Themen zu schreiben, die mir am Herzen liegen, und mich so wunderbar unterstützt. Ein ganz grosses Dankeschön an das ganze Team nach Köln.

Und wer wäre ich ohne meine Familie, die mir so toll zur Seite steht und mir Raum und Zeit schenkt, meiner Leidenschaft nachzugehen. Danke.

Zuletzt möchte ich meinen Lesern danken, für die Feedbacks per Mail oder die tollen Gespräche an Lesungen. Es ist dieser direkte Kontakt, der mich enorm motiviert weiterzuschreiben: Dank euch konnte mein Zuger Krimi entstehen, und ich hoffe, dass euch die Geschichte von Emeline berührt hat und Natalie und Tom euch spannende Stunden schenken konnten. Lasst es mich wissen …

Herzlichst

Monika

MONIKA MANSOUR
Luzerner
Todesmelodie
KRIMINALROMAN
emons: